EUGEN RUGE

QUAND LA LUMIÈRE DÉCLINE

Roman d'une famille

Traduit de l'allemand
par Pierre Deshusses

10/18

LES ESCALES

Titre original :
In Zeiten des abnehmenden Lichts

© Rowohlt Verlag GmbH, Reinbek bei Hamburg, 2011.
© Éditions Les Escales, 2012, pour la traduction française.
ISBN : 978-2-264-05841-6

Pour vous

ROMAN D'UNE FAMILLE

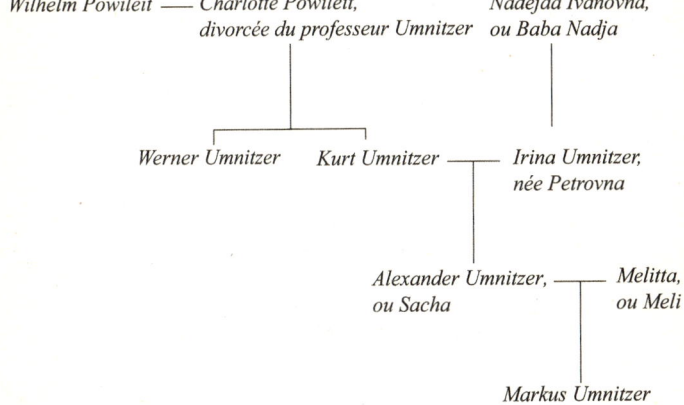

Wilhelm Powileit —— Charlotte Powileit,
divorcée du professeur Umnitzer

Nadejda Ivanovna,
ou Baba Nadja

Werner Umnitzer   Kurt Umnitzer —— Irina Umnitzer,
née Petrovna

Alexander Umnitzer, —— Melitta,
ou Sacha   ou Meli

Markus Umnitzer

2001

Alexander

Deux jours durant, il est resté allongé sur son canapé en peau de buffle, comme mort. Puis il s'est levé, s'est douché abondamment pour éliminer toute trace d'odeur d'hôpital, et il s'est mis en route pour Neuendorf.

Il a pris l'autoroute A115 comme d'habitude. A regardé le monde. A vérifié s'il avait changé. Et – avait-il changé ?

Les voitures lui paraissaient plus propres. Plus propres ? Plus colorées d'une certaine façon. Plus idiotes.

Le ciel était bleu. Quoi d'autre !

L'automne était arrivé en douce, sans prévenir. Piquant les arbres de quelques taches jaunes. On était passé en septembre. Et, si on l'avait laissé partir samedi, on devait être aujourd'hui mardi. Il avait perdu la notion du temps au cours des derniers jours.

Neuendorf disposait depuis peu d'une sortie d'autoroute – « depuis peu », cela voulait toujours dire pour Alexander : depuis la chute du Mur. On arrivait ainsi directement dans la Thälmannstraße (qui n'avait pas changé de nom). La rue avait été goudronnée, avec des bandes cyclables marquées en rouge de part et d'autre de la chaussée. Immeubles récemment rénovés et isolés de façon thermique selon une quelconque norme européenne. Constructions récentes qui ressemblaient à des centres nautiques : on appelait ça des « maisons de ville ».

Mais il suffisait de tourner une fois à gauche et de longer quelques centaines de mètres la courbe du Steinweg, puis d'obliquer encore une fois à gauche – ici, le temps semblait s'être arrêté : rue étroite avec des tilleuls. Trottoirs pavés et bossués par les racines. Barrières en bois pourri où couraient des punaises rouges. Au fond des jardins, derrière des herbes hautes, les fenêtres sans vie de maisons dont on se disputait la rétrocession dans de lointains cabinets d'avocats.

L'une des rares maisons à être encore occupées ici : le 7 du Fuchsbau. Mousse sur le toit. Lézardes sur la façade. Les buissons de sureau touchaient déjà la véranda. Et le pommier que Kurt avait toujours taillé lui-même poussait à tort et à travers, fouillis hirsute se dressant vers le ciel.

Le « repas à domicile » était déjà posé sur le poteau de la clôture, dans son emballage isolant. La date de mardi inscrite dessus confirmait ce qu'il s'était dit. Alexander prit la boîte et entra dans le jardin.

Bien qu'il ait une clef, il sonna. Pour voir si Kurt allait ouvrir. Peine perdue ! De toute façon, il savait que Kurt n'ouvrirait pas. Mais il ne tarda pas à entendre le grincement familier de la porte du couloir ; et lorsqu'il regarda par le fenestron, il aperçut la silhouette de Kurt – tel un fantôme – dans la pénombre du vestibule.

— Ouvre ! lança Alexander.

Kurt s'approcha en faisant de grands yeux ronds.

— Ouvre !

Mais Kurt ne bougeait pas.

Alexander ouvrit et serra son père dans ses bras, même si ses embrassades lui répugnaient depuis longtemps. Kurt sentait. C'était l'odeur de la vieillesse. Elle était inscrite au plus profond de ses cellules. Kurt sentait, même une fois lavé et après s'être brossé les dents.

— Tu me reconnais ? demanda Alexander.

— Oui, dit Kurt.

Sa bouche était encore barbouillée de marmelade de prunes – une fois de plus, l'auxiliaire du matin était passée en coup de vent. Sa veste en laine était boutonnée de travers et il n'avait qu'une seule pantoufle.

Alexander réchauffa le repas de son père. Microondes, remettre le fusible. Kurt restait debout à côté de lui et regardait d'un air intéressé.

— Tu as faim ? demanda Alexander.

— Oui, dit Kurt.

— Tu as toujours faim.

— Oui, dit Kurt.

Il y avait du goulasch accompagné de chou rouge (depuis que Kurt avait failli s'étrangler avec un morceau de viande, on ne lui donnait plus que des choses coupées très fin). Alexander se prépara un café. Puis il sortit le goulasch du micro-ondes et le posa sur la nappe en toile cirée.

— Bon appétit, dit-il.

— Oui, dit Kurt.

Kurt commença à manger. Pendant un certain temps, on n'entendit plus que ses reniflements concentrés. Alexander goûta du bout des lèvres son café encore trop chaud. Tout en regardant Kurt manger.

— Tu tiens ta fourchette à l'envers, dit-il au bout d'un moment.

Kurt s'arrêta un instant, comme s'il réfléchissait. Puis il se remit à manger, essayant de pousser le morceau de goulasch sur la pointe de son couteau avec le manche de sa fourchette.

— Tu tiens ta fourchette à l'envers, répéta Alexander.

Il parlait sans hausser le ton, sans inflexions dissuasives, simplement pour voir l'effet que les mots avaient sur Kurt. Aucun effet. Rien. Zéro. Il se passait quoi dans cette tête ? Dans cet espace encore séparé du monde par un crâne et qui contenait toujours une forme de « moi ». Que ressentait-il, à quoi pensait-il quand il errait dans cette pièce ? Quand il était assis, le matin, à son bureau à fixer le journal pendant des heures, comme le lui avaient dit les auxiliaires médicales. À quoi pensait-il ? Était-il encore capable de penser ? Comment penser sans mots ?

Kurt avait finalement réussi à mettre le morceau de goulasch sur la pointe de son couteau. Il le portait maintenant en équilibre vers sa bouche, d'une main tremblante et avide. Raté. Deuxième essai.

Quelle ironie du sort quand même, se dit Alexander, que la déchéance de Kurt ait justement commencé par la perte de la parole. Kurt, l'orateur. Kurt, le grand raconteur d'histoires. C'est là qu'il était assis autrefois, dans son fauteuil – le fameux fauteuil de Kurt ! Tout le monde était suspendu à ses lèvres quand il racontait ses histoires, monsieur le professeur ! Avec ses anecdotes. C'est drôle : dans la bouche de Kurt tout devenait anecdote. Peu importe ce qu'il racontait – même quand il racontait comment il avait failli crever dans le camp –, il y avait toujours une saillie, un bon mot. Il y avait eu… ! Passé archilointain. La dernière phrase que Kurt avait pu prononcer correctement avait été : « J'ai perdu l'usage de la parole. » Pas mal ! Et les gens s'étaient dit – vraiment : « Regardez-moi ça, il a perdu l'usage de la parole, mais à part ça… » À part ça, il semblait avoir encore toutes ses facultés. Il souriait, il hochait la tête. Il faisait des grimaces, toujours en rapport avec la situation. Il dissimulait avec habileté. Mais parfois des choses étranges lui échappaient – comme verser du vin rouge dans son café. Ou se retrouver totalement désemparé, un bouchon à la main – qu'il allait finalement poser sur une étagère de sa bibliothèque.

Performance minable : Kurt avait réussi à avaler un petit morceau de goulasch. Maintenant il y allait avec les doigts. Il jeta un regard torve vers Alexander, comme un enfant cherchant à évaluer la réaction de ses parents. Se fourra un morceau dans la bouche. Puis encore un. Et mâcha.

Et, pendant qu'il mâchait, il tenait ses doigts en l'air, tout maculés, comme s'il prêtait serment.

— Si tu savais, dit Alexander.

Kurt ne réagit pas. Il avait enfin trouvé une méthode : la solution au problème du goulasch. Il se fourrait un morceau dans la bouche et mâchait. La sauce coulait sur son menton en un étroit filet.

Kurt n'était plus capable de *rien*. Ne pouvait pas parler, ne pouvait plus se laver les dents. Ne pouvait même pas se torcher – et il fallait s'estimer heureux quand il s'asseyait sur les toilettes pour chier. La seule chose que Kurt savait encore faire, se dit Alexander, la seule chose qu'il faisait encore de son plein gré, la seule chose qui l'intéressait vraiment et pour laquelle il recourait à l'ultime part de ruse dont il était capable : manger. Absorber de la nourriture. Bouffer. Kurt ne mangeait pas avec plaisir. Kurt ne mangeait pas parce qu'il trouvait ça bon (ses papilles, Alexander en était convaincu, étaient totalement détruites par le tabac de la pipe qu'il avait fumée pendant des dizaines d'années). Kurt mangeait, bouffait pour vivre. Manger = vivre. Cette formule, se disait Alexander, il l'avait apprise dans le camp de travail – de façon indélébile. Une fois pour toutes. L'avidité avec laquelle Kurt mangeait, avec laquelle il se fourrait des morceaux de goulasch dans la bouche, n'était rien d'autre qu'une volonté de survivre. C'était la dernière chose qui était restée à Kurt. La seule chose qui le maintenait à flot, qui permettait à ce corps de continuer à fonctionner, système de circulation partant du cœur qui avait complètement débloqué et qui se maintenait en marche tout seul – et qui se maintiendrait sans doute en marche encore un bon moment, on pouvait le craindre. Kurt avait survécu, à tout le monde. Il avait survécu à Irina. Et maintenant se profilait la possibilité bien réelle qu'il lui survive aussi, à lui, Alexander.

Une grosse goutte de sauce se forma sous le menton de Kurt. Alexander ressentit l'envie très forte de faire mal à Kurt : prendre un morceau d'essuie-tout et enlever sans ménagement la sauce sur son visage.

La goutte tremblota – chuta !

C'était hier ou aujourd'hui ? À un moment donné, au cours des deux jours où il était resté allongé sur son canapé en peau de buffle (sans faire un geste, s'efforçant toujours, pour il ne savait quelle raison, de ne pas mettre sa peau nue en contact avec le cuir), à un moment donné, il avait eu cette idée : tuer Kurt. C'était plus qu'une idée. Il avait passé en revue plusieurs variantes : étouffer Kurt avec un oreiller ou – meurtre parfait – servir à Kurt un steak bien coriace. Comme le steak avec lequel il avait failli s'étouffer. Et si Alexander, quand Kurt, le visage bleu, était sorti dans la rue en titubant et s'était effondré sans connaissance, si Alexander, à cette époque, ne l'avait pas mis instinctivement en position latérale de sécurité pour lui faire cracher, en même temps que son dentier, la boulette de viande presque parfaitement ronde et bien compacte à force d'avoir été mâchée, Kurt ne serait vraisemblablement plus de ce monde à présent, et cette défaite (au moins celle-ci) aurait été épargnée à Alexander.

— Tu as remarqué que j'ai été absent un moment ?

Kurt était passé au chou rouge – depuis quelque temps, il avait pris l'habitude infantile de vider les compartiments de la barquette les uns après les autres : d'abord la viande, puis les légumes, puis les pommes de terre. Étonnamment, il avait repris sa fourchette – et même dans le bon sens. Enfournant du chou rouge.

Alexander répéta sa phrase :

— Tu as remarqué que j'ai été absent un moment ?

— Oui, dit Kurt.

— Tu as donc remarqué ! Et pendant combien de temps : une semaine ? Un an ?

— Oui, dit Kurt.

— Oui, quoi ? Un an ?

— Oui, dit Kurt.

Alexander se mit à rire. Il avait effectivement l'impression que ça faisait un an. Comme une autre vie – car la vie précédente avait été balayée par une seule et banale petite phrase :

— Je vais vous envoyer à Fröbel.

C'était ça, la phrase.

— À Fröbel ?

— La clinique.

Ce n'est qu'une fois sorti de la pièce qu'il avait pensé à demander à l'infirmière si cela voulait dire qu'il devait prendre son pyjama et sa brosse à dents. Et l'infirmière était retournée dans le cabinet de consultation et avait demandé si cela voulait dire que le *patient* devait prendre son pyjama et sa brosse à dents. Et le médecin avait dit que le *patient* devait prendre son pyjama et sa brosse à dents. Voilà !

Quatre semaines. Vingt-sept médecins (il avait compté). Médecine moderne.

Il y avait eu l'interne qui ressemblait à un bachelier et lui avait expliqué – dans une absurde salle d'attente où l'on entendait geindre, derrière des paravents, des gens gravement malades – les principes du diagnostic. Le médecin avec la queue de cheval qui lui avait dit : « Ceux qui font du marathon n'attrapent pas de maladies dangereuses » (très sympathique, cet homme). La radiologue qui lui avait demandé si, à son âge, il voulait encore faire des enfants. Le chirurgien répondant au nom étrange de Fleischhauer, l'« équarrisseur ». Et bien sûr le Karajan à la peau grêlée par la variole : le médecin chef Koch.

Et vingt-deux autres encore.

Et deux douzaines de laborantins qui lui avaient fait des prises de sang pour remplir des éprouvettes, avaient analysé ses urines, observé ses tissus avec toutes sortes de microscopes ou les avaient mis dans toutes sortes de centrifugeuses. Et tout cela pour un résultat aussi désolant qu'odieux, que le docteur Koch avait résumé en deux mots :

— Pas opérable.

Voilà ce qu'avait dit le docteur Koch. De sa voix rocailleuse. Avec sa peau grêlée par la variole. Et sa coiffure à la Karajan. « Pas opérable ! » Voilà ce qu'il avait dit en se balançant sur sa chaise, tandis que les verres de ses lunettes lançaient des éclairs au rythme de ses balancements.

Kurt avait terminé son chou rouge à présent. Il s'attaquait aux pommes de terre – bien sèches. Alexander savait ce qui allait arriver (s'il ne donnait pas tout de suite un verre d'eau à Kurt). Les pommes de terre allaient rester coincées dans sa gorge, et il aurait un hoquet si fort que tout le monde croirait qu'il allait vomir son estomac. On pourrait aussi étouffer Kurt avec des pommes de terre bien sèches…

Alexander se leva et alla remplir un verre d'eau.

Bizarrement, Kurt, lui, avait été *opérable* : on lui avait enlevé les trois quarts de l'estomac. Et il mangeait avec ce qui lui restait d'estomac, comme si on lui en avait rajouté trois nouveaux quarts. Peu importe ce qu'il y avait au menu : Kurt finissait toujours sa barquette. Autrefois aussi il finissait toujours son assiette. Peu importe ce qu'Irina lui préparait. Il mangeait tout et disait : « Fameux ! » Toujours la même chose, toujours le même compliment : « Merci ! » et « Fameux ! » Et ce n'est que bien des années plus tard – après la mort d'Irina, lorsqu'il arrivait à Alexander de faire la cuisine –, ce n'est que bien plus tard donc qu'il avait compris à quel point ces éternels « Merci ! » et ces éternels « Fameux ! » avaient dû être usants et humiliants pour sa mère. On ne pouvait rien reprocher à Kurt. Il n'avait effectivement jamais rien réclamé, pas même de la part d'Irina. Quand personne n'était là pour lui faire la cuisine, il allait au restaurant ou mangeait une tartine de beurre. Et si quelqu'un lui faisait la cuisine,

il disait gentiment « merci ». Puis il allait faire une
sieste. Puis une promenade. Puis il répondait à son
courrier. Que redire à ça ? Rien. C'était bien là le
problème.

Kurt ramassait du bout d'un doigt les derniers
restes de pommes de terre. Alexander lui tendit une
serviette. Kurt s'essuya la bouche, replia consciencieusement la serviette et la posa près de son assiette.

— Écoute, père, dit Alexander. J'étais à l'hôpital.

Kurt secoua la tête. Alexander lui saisit le bras
et essaya encore une fois, avec un peu plus d'insistance.

— Moi (il se désigna du doigt), j'ai été à l'hô-pi-tal !
Tu comprends ?

— Oui, dit Kurt en se levant.

— Je n'ai pas fini, dit Alexander.

Mais Kurt ne réagit pas. Il se dirigea à pas
hésitants vers sa chambre, toujours chaussé d'une
seule pantoufle, et enleva son pantalon. Il jeta un
regard à Alexander, comme s'il attendait quelque
chose.

— Une sieste ?

— Oui, dit Kurt.

— Bon, alors on va changer la couche.

Kurt se dirigea à petits pas vers la salle de bain.
Alexander croyait qu'il avait compris mais une fois
à la salle de bain, Kurt baissa sa couche et se mit à
pisser par terre dans un grand jet en arc de cercle.

— Mais qu'est-ce que tu fais ?

Kurt leva les yeux, effrayé. Sans pouvoir s'arrêter
de pisser.

Après avoir douché son père, l'avoir mis au lit et
avoir nettoyé le sol de la salle de bain, Alexander
se rendit compte que son café était froid. Il regarda
sa montre : quatorze heures pile. Le service du soir

ne viendrait certainement pas avant dix-neuf heures. Il se demanda s'il devait prendre maintenant les vingt-sept mille marks dans le coffre et filer. Il décida d'attendre. Il voulait le faire devant son père. Voulait lui expliquer, même si ça ne menait à rien. Voulait que Kurt dise « Oui » – même si c'était le seul mot qu'il était encore capable de dire.

Alexander passa dans le salon avec son café. Que faire maintenant ? Que faire de tout ce temps perdu ? Une fois de plus il fut agacé en se rendant compte qu'il s'était soumis au rythme de Kurt, et cet agacement se combina naturellement avec celui qu'il éprouvait chaque fois qu'il était dans cette pièce. Sauf que maintenant, après quatre semaines d'absence, il lui semblait que c'était pire encore : rideaux bleus, tapisseries bleues, tout bleu. Parce que le bleu avait été la couleur préférée de la dernière dulcinée de son père... Pathétique, à soixante-dix-huit ans ! À peine six mois après l'enterrement d'Irina... Même les serviettes, même les bougies : tout bleu !

Pendant un an, tous les deux s'étaient comportés comme de vrais collégiens. Ils s'envoyaient des cartes postales avec des cœurs et enveloppaient les petits cadeaux qu'ils se faisaient dans du papier bleu. Puis la dulcinée avait remarqué que Kurt commençait à perdre la boule – et elle avait pris la poudre d'escampette. Restait ce « cercueil bleu », comme l'appelait Alexander. Monde bleu et froid qui n'était plus habité par personne.

Seul le coin repas était resté comme avant. Quoique !... Certes, Kurt n'avait pas touché au revêtement en placage – fierté d'Irina : un placage en vrai bois ! Même le « bric-à-broc » (comme disait Irina en parlant de sa collection) était encore là – mais dans quel état ! Cette accumulation de bibelots et de souvenirs, tous plus abracadabrants les uns que les autres, et qui avait grossi au fil du temps au point de recouvrir toute la surface du placage, Kurt l'avait débarrassée dans sa frénésie de rénovation ; il avait tout épousseté et n'avait gardé que le « plus important » (ou ce que Kurt considérait comme tel) pour le remettre ensuite en place contre le revêtement en placage selon une « disposition assez libre » (ou ce que Kurt considérait comme tel), en essayant de réutiliser de façon « judicieuse » les différents trous laissés par les clous. Esthétique du compromis selon Kurt. C'est d'ailleurs à ça que ça ressemblait.

Où était le petit poignard à lame courbe que Gojkovic, l'acteur qui jouait le chef dans tous les films d'Indiens tournés par la DEFA, le studio d'État de la RDA – pas n'importe qui ! –, avait offert à Irina ? Et où était passée l'assiette rapportée de Cuba, que les camarades de l'usine Karl-Marx avait offerte à son grand-père Wilhelm pour son quatre-vingt-dixième anniversaire ? Il avait aussitôt dégainé son portefeuille – c'est du moins ce qu'on racontait – et avait claqué d'un geste brusque un billet de cent dans l'assiette, croyant qu'on faisait la quête pour le mouvement de Solidarité populaire...

Peu importe. Ce n'étaient que des objets... se dit Alexander. Rien que des objets. Pour celui qui viendrait après, juste des vieilleries bonnes pour la poubelle.

Il passa dans le bureau de Kurt, qui se trouvait de l'autre côté (le plus joli, à son avis) de la maison.

À la différence du salon, où son père avait tout chamboulé – il avait même changé les meubles d'Irina, troquant la belle vitrine ancienne contre un horrible truc en aggloméré ; il avait aussi bazardé le merveilleux petit guéridon bancal qui servait à poser le téléphone, ainsi que l'horloge (Alexander lui en avait beaucoup voulu : cette bonne vieille horloge dont le mécanisme se mettait à ronronner aux heures et à la demie pour montrer qu'elle remplissait toujours son office, même si le coffre du carillon avait disparu, car au départ il s'agissait d'une grande horloge dont Irina, suivant la mode de cette époque, avait seulement gardé le mécanisme qu'elle avait accroché au mur, et Alexander se souvenait encore parfaitement comment ils étaient allés chercher cette horloge, lui et Irina, et comment Irina n'avait pas eu le cœur de dire à la vieille dame qui se séparait de cette horloge que le coffre en bois était inutile ; elle avait alors été obligée de demander à un voisin de les aider à charger la grosse horloge dans la voiture, et cette horloge qu'ils n'emportaient en entier que pour donner le change dépassait tellement du coffre de la petite Trabi que la voiture n'avait presque plus d'adhérence aux roues avant) –, à la différence donc du salon qui avait été entièrement refait, le bureau de Kurt était resté intact, à tel point que ça en donnait le frisson.

La table était placée en oblique devant la fenêtre – quarante ans durant, chaque fois qu'on avait refait la pièce, elle avait été replacée au même endroit, les pieds dans les marques imprimées sur le tapis. Même chose pour le coin où l'on pouvait s'asseoir, avec le grand fauteuil où Kurt prenait place, dos voûté et mains croisées, pour raconter ses anecdotes. Même chose aussi pour les rayonnages suédois (pourquoi suédois en fait ?) qui étaient encore là. Les étagères ployaient sous le poids des livres ; à certains endroits, Kurt avait ajouté une planche qui n'était pas exactement de la même couleur, mais l'ordre cosmique restait inchangé, dernier reflet du cerveau de Kurt : on trouvait là les usuels qu'Alexander avait aussi consultés de temps en temps (« Il s'appelle

"Reviens" ! »), les ouvrages sur la révolution russe, plus loin toute la rangée des œuvres de Lénine d'un brun couleur de rouille et à gauche de Lénine, dans la dernière section, sous le classeur portant l'inscription tranchante : PERSONNEL, il y avait toujours – Alexander aurait pu le prendre, même les yeux fermés – le vieil échiquier repliable, tout abîmé, avec les pièces qui avaient sans doute été sculptées par un quelconque prisonnier anonyme du goulag.

Les seules choses qui étaient venues s'ajouter au cours de ces quarante années – les nouveaux livres mis à part –, c'étaient quelques souvenirs provenant de tous ceux que ses grands-parents avaient ramenés du Mexique ; la plupart avaient été donnés ou bazardés après leur mort, sur un coup de tête ; et même les rares objets dont Kurt n'avait bizarrement pas voulu se séparer n'avaient pas réussi à trouver une place dans ce « bric-à-broc » – sous prétexte de manque de place mais en réalité parce que Irina n'avait jamais pu surmonter la haine qu'elle éprouvait pour tout ce qui venait de la maison de ses beaux-parents. Kurt les avait donc intégrés « provisoirement » dans sa bibliothèque, où ils étaient « provisoirement » restés jusqu'à aujourd'hui : Kurt avait même accroché à un barreau, avec un morceau de ruban, le bébé requin empaillé dont la peau rugueuse impressionnait beaucoup Alexander quand il était petit. L'effrayant masque aztèque se trouvait toujours dans la vitrine, visage tourné vers le haut, au milieu des innombrables petits échantillons d'alcool en tout genre ; et la grosse conque marine de couleur rose, dans laquelle Wilhelm avait réussi (personne ne savait comment) à installer une petite lampe, était toujours dans l'un des placards du bas – et toujours sans raccord électrique.

Il ne put s'empêcher de repenser à Markus : son fils. Il imaginait Markus rôder dans la pièce, capuche sur la tête et écouteurs plaqués sur les oreilles – c'est ainsi qu'il l'avait vu la dernière fois, deux ans auparavant –, il imaginait Markus s'arrêter devant ce mur de livres, tapotant les étagères du bout de sa botte, prenant dans sa main les objets qui s'étaient accumulés ici pendant quarante ans, évaluant leur utilité ou le prix qu'il pourrait en tirer. Peu de chance que quelqu'un lui achète les œuvres complètes de Lénine ! Mais il pourrait peut-être avoir quelques marks pour l'échiquier repliable. Seul le bébé requin empaillé et la grosse conque marine de couleur rose pourraient peut-être l'intéresser. Il les mettrait dans sa chambre sans se poser de questions sur leur provenance.

L'espace d'une seconde, il pensa qu'il pourrait prendre le gros coquillage et le jeter à la mer pour le remettre là d'où il venait – mais il se dit que ça faisait « série télévisée à l'eau de rose » et il abandonna son idée.

Il s'assit au bureau et ouvrit la porte de gauche. C'était dans le tiroir du milieu, tout au fond, dans une très vieille boîte de papier photo ORWO, que se trouvait depuis quarante ans, sous des tubes de colle, la clef du coffre – et elle était toujours là (Alexander avait soudain été traversé par l'idée idiote que la clef avait peut-être disparu et que tous ses plans tomberaient à l'eau).

Il mit par précaution la clef dans sa poche – comme si quelqu'un pouvait encore la lui prendre. But une gorgée de café froid.

Étrange comme le bureau de Kurt était petit. C'est sur cette minuscule table que Kurt avait écrit toute son œuvre. Il avait été assis là, dans une position hautement critique d'un point de vue médical, sur une chaise qui était une vraie catastrophe ergonomique, fumant ses pipes, buvant son café au goût amer, martelant les touches de sa machine à écrire selon une technique à quatre doigts et demi, tac-tac-tac-tac, papa travaille ! Sept pages par jour, c'était sa « norme », mais il pouvait arriver qu'il annonce au déjeuner : « Aujourd'hui, douze ! » Ou : « Quinze ! » Il avait ainsi rempli à force de taper sur sa machine toute une partie de son mur de livres, un mètre sur trois mètres cinquante, le tout bourré de ce bla-bla – « l'un des historiens les plus productifs de la RDA », disait-on ; et, même si on enlevait les articles publiés dans des magazines et les contributions à des ouvrages collectifs et si on alignait tout ça – à côté des dix ou douze ouvrages que Kurt avait rédigés seul –, son œuvre occupait toujours toute une longueur d'étagère et pouvait ainsi faire concurrence à l'œuvre de Lénine : un mètre de science. Pour ce mètre de science, Kurt avait travaillé dur pendant trente ans ; il avait terrorisé sa famille pendant trente ans. C'est pour ce mètre qu'Irina avait fait la cuisine et la lessive. C'est pour ce mètre que Kurt avait reçu des médailles et des décorations mais aussi essuyé des réprimandes et même un blâme de la part du parti, qu'il avait marchandé ses tirages avec les maisons d'édition sans cesse aux abois par manque de papier, qu'il avait bataillé pour imposer des formulations et des titres, qu'il avait dû faire machine arrière ou parfois obtenu gain de cause à force de ruse et de ténacité – et maintenant tout cela était bon pour le rebut.

Voilà ce que s'était dit Alexander. Il avait cru au moins pouvoir enregistrer ce triomphe après la chute du Mur : il avait cru que tout cela était fini. Cette prétendue recherche, tous ces trucs à moitié vrais, à moitié assumés que Kurt avait écrits sur l'histoire du mouvement ouvrier allemand en martyrisant sa machine – tout cela, c'est ce qu'Alexander avait cru, serait emporté par la réunification et rien ne resterait de la prétendue œuvre de Kurt.

Mais Kurt s'était assis encore une fois sur sa catastrophe de chaise, à près de quatre-vingts ans, et il avait encore martelé les touches de sa vieille machine pour écrire en catimini son dernier livre. Et même si ce livre n'avait pas été un succès international – oui, vingt ans plus tôt, un livre où un communiste allemand racontait ses années passées dans un goulag serait sans doute devenu un succès international (sauf que Kurt avait été trop lâche pour l'écrire !) –, même si ce livre n'avait pas été un succès international donc, il était, qu'on le veuille ou non, un livre important, singulier, un livre « qui reste » – un livre tel qu'Alexander n'en avait jamais écrit et n'en écrirait sans doute jamais.

Le voulait-il ? N'avait-il pas toujours dit qu'il se sentait attiré par le théâtre, justement parce que le théâtre était quelque chose d'éphémère ? Éphémère – ça sonnait bien. Tant que ça ne rimait pas avec cancer.

Les moustiques dansaient dans la lumière du soleil, Kurt dormait encore – et pourtant on dit toujours que les vieilles personnes dorment moins. Alexander décida de s'allonger aussi un peu.

Au moment où il allait quitter le bureau, son regard tomba sur le classeur marqué de l'étiquette PERSONNEL, qui l'avait toujours attiré mais qu'il n'avait jamais osé ouvrir – même si, adolescent, il n'avait pas été effrayé en découvrant la collection de photos érotiques de son père. Jusqu'à ce que ce dernier fasse installer un verrou à la porte du placard.

Il prit le classeur : bouts de papier, notes. Copies de documents. Sur le dessus : plusieurs lettres écrites à l'encre violette, comme cela se faisait en Russie, il y avait bien des années :

« Ira chérie ! » (1954)

Alexander feuilleta… Du Kurt tout craché. Même ses lettres d'amour, il avait pris soin de les écrire des deux côtés, d'une écriture impeccable – chaque feuillet rempli jusqu'en bas, avec toujours le même espacement entre les lignes, sans jamais que les lignes en fin de page ne s'allongent ou se resserrent, ni que la marge accueille la moindre ligne supplémentaire… Comment avait-il fait ? Et, avec ça, ces formules exaspérantes et redondantes dont il bombardait Irina :

« Chère Irina chérie ! » (1959)

« Mon soleil, ma vie ! » (1961)

« Ma chère épouse, mon amie, ma compagne ! » (1973)

Alexander reposa le classeur et monta l'escalier jusqu'à la chambre d'Irina. Il se laissa tomber sur le grand canapé recouvert d'une sorte de couverture en peluche et essaya de dormir un peu. Mais il ne faisait que revoir le Karajan à la peau grêlée qui, remonté comme une mécanique, ne cessait de se balancer sur son fauteuil. Les verres de ses lunettes brillaient en cadence, la voix répétait toujours la même phrase… Assez ! Il fallait qu'il pense à autre chose. Il avait pris une décision : ne plus rien penser, ne plus rien décider !

Il ouvrit les yeux. Regarda les peluches d'Irina bien rangées sur le dossier du canapé, les unes à côté des autres – une initiative de la femme de ménage : le chien, le hérisson, le lapin avec son oreille roussie.

Et s'ils s'étaient trompés ?

Absurde, se dit-il, qu'Irina ait dit « ta chambre » jusqu'à la fin. « Vous dormirez en haut, dans ta chambre », il avait toujours cette phrase dans l'oreille. Et pourtant il était difficile d'imaginer une chambre représentant mieux que celle-ci la réalisation parfaite, bien que tardive, d'une chambre de jeune fille : des murs roses. Un miroir rococo, abîmé mais d'époque. Près de la fenêtre se trouvait un secrétaire peint en blanc devant lequel Irina aimait bien se faire photographier dans une pose songeuse. Et les fragiles petits sièges, sans doute eux aussi rococo, étaient si aimablement disposés dans la pièce qu'on n'avait pas envie de s'y asseoir.

Effectivement, dès qu'il essayait de se représenter Irina, il la voyait assise ici par terre, se livrant à ses orgies solitaires en écoutant de mauvaises cassettes de Vissotski, tout en se soûlant lentement.

Et là-bas le téléphone, toujours le même appareil remontant à l'époque de la RDA et qui se trouvait autrefois au rez-de-chaussée. L'appareil où elle avait dit ces quatre mots d'une voix blanche :

— Sachenka[1]. Tu. Dois. Venir.

Quatre mots venus de la bouche d'une mère russe dont la grande fierté avait toujours été de n'avoir *jamais au grand jamais* demandé quelque chose à son fils :

— Sachenka. Tu. Dois. Venir.

Et après chaque mot un long crépitement atmosphérique qui faisait que l'on était tenté de raccrocher en se disant que la communication avait été coupée.

Et ? Qu'avait-il dit ?

— Je viendrai quand tu auras arrêté de boire.

Il se leva pour se diriger vers le secrétaire peint en blanc où, après la mort d'Irina, il avait trouvé ses réserves d'alcool cachées dans des tiroirs secrets.

1. Sachenka : diminutif de Sacha, forme russe du prénom Alexandre, ou Alexander en allemand.

Il l'ouvrit et commença à fouiller partout, comme quelqu'un en manque. Il retourna vers le canapé où il se laissa tomber. Il n'y avait plus d'alcool ici.

Ou bien avait-il dit « picoler » ? « Je viendrai quand tu auras arrêté de picoler » ?

Quinze jours plus tard, il s'était rendu au funérarium pour réveiller sa mère et la faire revenir à la vie… Non, il y était allé pour remplir encore quelques formalités. Mais ensuite, dans la rue déjà, il avait été submergé par l'idée fixe qu'il pourrait réveiller sa mère s'il lui *parlait*. Et après avoir fait deux fois le tour du pâté de maisons pour essayer de se sortir cette idée de la tête, il avait fini par pénétrer à l'intérieur, avait demandé à voir sa mère et il ne s'était pas laissé éconduire quand on lui avait expliqué de façon professionnelle qu'il serait préférable qu'il la garde dans son souvenir comme elle avait été « dans la vie ».

On l'avait alors amenée sur un brancard muni de roulettes. On avait tiré un rideau. Il se tenait debout à côté d'un cadavre apprêté avec quelque désinvolture, qui, il fallait le reconnaître, n'était pas sans ressemblance avec sa mère (sauf le visage trop petit et les minuscules rides en accordéon sur la lèvre supérieure), il se tenait debout à côté d'elle, sans oser lui adresser la parole devant les deux employés du funérarium qui épiaient derrière le rideau, si près qu'on voyait dépasser les bouts de leurs chaussures sous le rideau. Pour se dire qu'il avait tenté quelque chose, il toucha sa main – il se rendit compte qu'elle était froide : froide comme un morceau de poulet que l'on sort du réfrigérateur.

Non, ils ne s'étaient pas trompés. Il y avait une radio. Il y avait le résultat d'un scanner. Il y avait des mesures faites en laboratoire. C'était clair : lymphome non hodgkinien, du genre à évoluer lente-

ment. Contre lequel – quel tact dans l'expression !
– il n'existait encore aucune thérapie efficace.

— Et ça veut dire quoi, en termes d'années ?

Et ce type qui n'en finissait pas de se balancer
sur sa chaise de bureau, affichant une expression
comme si c'était une exigence éhontée de devoir
répondre à une telle question, et qui finit quand
même par dire :

— Ce n'est certainement pas moi qui vais vous
donner un pronostic.

Et sa voix qui nasillait – comme l'appareil à
oxygène du vieux dans sa chambre.

Mesures du temps. Douze ans : chute du Mur.
Temps inaccessible. Il chercha malgré tout à éprouver ce que cela représentait : que sont douze années ?

Il était évident que les douze années précédant la
chute du Mur lui paraissaient incommensurablement
plus longues que les douze années qui avaient suivi.
1977 – c'était une éternité ! 1989, en revanche – un
passage, un trajet en tram. Et pourtant il s'était passé
un certain nombre de choses, non ?

Il avait foutu le camp et il était revenu (même si
le pays où il était revenu n'existait plus). Il avait
accepté un travail bien payé pour un magazine
de sports de combat (puis démissionné). Il avait
contracté des dettes (puis les avait remboursées). Il
avait concocté un projet de film (à oublier !).

Irina était morte : *six ans*.

Il avait mis en scène dix, douze, quinze pièces
de théâtre (toujours dans des théâtres de seconde
zone). Il était allé en Espagne, en Italie, en Hollande,
en Amérique, en Suède, en Égypte (mais pas au
Mexique). Il avait baisé un nombre indéfini de
femmes (dont il ne se rappelait plus les noms). Il
s'était engagé – après une période passée à papillonner

à droite et à gauche – dans ce qui ressemblait à une relation sérieuse…

Il avait fait la connaissance de Marion : *trois ans.* Ça ne lui semblait pas si court que ça maintenant.

Il se souvint qu'il avait voulu le lui dire. Elle était quand même la seule à être venue le voir – même s'il avait expressément demandé qu'on ne la laisse pas venir non plus. Il avait néanmoins dû reconnaître que ça n'avait pas été aussi terrible que ça. Non, elle n'avait pas été exagérément prévenante, comme il le redoutait. Elle n'avait pas essayé de lui remonter le moral avec des maximes dérisoires. Elle ne lui avait pas apporté de fleurs. Mais une salade de tomates. Comment avait-elle fait pour savoir ce qu'il avait envie de manger ? Comment avait-elle fait pour savoir qu'il avait une peur panique qu'on lui apporte des fleurs à la clinique ?

En d'autres termes : pourquoi n'était-il pas en mesure d'aimer Marion ? Était-elle trop vieille ? Elle avait son âge pourtant. Cela venait-il des deux ou trois petites veines bleues en haut de ses cuisses ? Cela venait-il de lui ?

« Irina chérie, adorée !... Mon soleil, ma vie ! »

Jamais il n'avait écrit ça à une femme. Était-ce passé de mode ? Ou bien Kurt avait-il aimé Irina ? Est-ce que ce vieux chien pédant, est-ce que cette machine appelée Kurt Umnitzer avait réussi à aimer ?

À cette idée, Alexander se sentit tellement mal qu'il dut se lever.

Il était un peu plus de quatorze heures trente lorsqu'il descendit l'escalier. Kurt dormait encore. Marion était à la jardinerie, il le savait : trop tôt pour l'appeler. À la place il appela les renseignements. En fait, il aurait bien voulu aller directement à l'aéroport avec sa voiture. Mais il appela et se fit mettre directement en relation par le service des renseignements ; il finit par atterrir dans le bon bureau et hésita quand il s'avéra possible de réserver une place pour un vol le lendemain, sans autres formalités. À condition qu'il ait une carte de crédit.

Il en avait une.

— Alors je réserve ou non ? demanda la femme à l'autre bout du fil, non pas de façon impolie mais sur un ton qui signifiait quand même qu'elle ne voulait pas passer sa vie avec ce genre de broutille.

— Oui, dit-il, et il donna son numéro de carte de crédit.

Quand il reposa le combiné, il était 14 h 46. Il resta un petit moment debout dans la pénombre, attendant une impression quelconque – aucune ne se manifesta. Il se remémorait simplement la mélodie – le 78 tours de sa grand-mère Charlotte qu'il avait fait tomber lors du déménagement et qui s'était cassé en mille morceaux :

Mexico lindo y querido
si muero lejos de ti...

La fameuse chanson de « J'aurais regretté ». Comment ça continuait ? Il ne savait plus. Pourrait-il retrouver ça au Mexique ? Cinquante ans après ?

Il retourna dans le « cercueil bleu », prit sa tasse de café et alla dans la cuisine. Il s'arrêta un instant devant la fenêtre pour jeter un coup d'œil dans le jardin. Comme s'il lui était redevable d'au moins cette seconde du souvenir, il chercha dans l'herbe haute et dorée l'endroit où Baba Nadja, son autre grand-mère, avait passé des heures, courbée en deux, à s'occuper de ses plants de cornichons… Mais il ne vit rien. Baba Nadja avait disparu sans laisser de traces.

Il alla chercher la boîte à outils dans le débarras puis retourna dans le bureau de Kurt.

Il prit d'abord le vieil échiquier qui se trouvait à gauche de Lénine et l'ouvrit. Il saisit ensuite le classeur portant l'inscription PERSONNEL. Il s'empara d'une liasse de papiers, aussi épaisse que pouvait en contenir l'échiquier, et la mit à l'intérieur. Il alla ensuite chercher un grand sac en plastique blanc dans la cuisine. Il mit l'échiquier dedans. De façon automatique. Avec des gestes tranquilles et sûrs, comme s'il avait planifié tout cela depuis longtemps.

Il se dit qu'il mettrait aussi l'argent dedans, après.

Puis il farfouilla dans la boîte à outils pour en sortir le ciseau à bois à lame large, souvent utilisé en dépit du bon sens ; il l'enfonça dans l'interstice de la porte du meuble du bas, fermée par le verrou. Il y eut un bruit sec, des éclats de bois se détachèrent. Plus difficile qu'il ne l'avait pensé. Il dut retirer tous les tiroirs de l'autre moitié du meuble jusqu'à ce que la cloison de séparation cède pour décoincer la porte : des photos. Un jeu de cartes érotiques. Des vidéos. Quelques magazines du même genre… Elle était bien là, il ne s'était pas trompé : la boîte allongée en plastique rouge avec les diapositives. Il n'avait ouvert qu'une seule fois cette boîte, avait sorti la première diapo, l'avait tenue à la lumière et avait reconnu sa mère à moitié nue dans une pose suggestive – il avait aussitôt remis la diapo dans la boîte.

Il alla chercher la corbeille à linge dans la salle de bain et mit tout à l'intérieur.

Le seul poêle qui restait dans cette maison se trouvait au salon. Il n'avait plus servi depuis longtemps. Alexander se munit de papier journal puis de deux serre-livres pris dans la bibliothèque de Kurt – c'étaient les chouettes – et de l'huile de friture dans la cuisine. Il en imbiba le papier journal. Alluma...

Kurt était debout dans l'embrasure de la porte. Aimable, reposé. Ses jambes maigres faisaient contraste avec sa couche. Ses cheveux étaient en bataille, comme les branches du pommier au-dehors. Kurt s'avança, curieux.

— Je brûle tes photos, dit Alexander.

— Oui, dit Kurt.

— Écoute, père, je vais partir. Tu comprends ? Je pars et je ne sais pas quand je vais revenir. Tu comprends ?

— Oui, dit Kurt.

— C'est pour ça que je les brûle. Pour que personne ne tombe dessus.

Kurt ne semblait trouver là rien d'inhabituel. Il s'accroupit à côté d'Alexander et regarda dans la corbeille à linge. Le feu commençait à prendre. Alexander jeta d'abord les cartes, les unes après les autres. Puis les photos, les magazines... Il se dit qu'il mettrait plus tard les vidéos dans la grande poubelle à l'extérieur, mais il fallait brûler les diapos. Où était passée la boîte ?

Il leva les yeux : Kurt avait la boîte dans les mains. Il la lui tendit.

— Et ? Tu as envie que j'en fasse quoi ? demanda Alexander.

— Oui, dit Kurt.

— Tu sais ce que c'est ? demanda Alexander.

Kurt fit un effort de réflexion en se frottant les tempes comme autrefois quand il cherchait ses mots. Comme s'il voulait produire de l'énergie électrique pour son cerveau, une ultime impulsion.

Et soudain il dit :

— Irina.

Alexander regarda son père droit dans les yeux. Il avait des yeux bleus. Bleu clair. Et jeunes. Beaucoup trop jeunes pour son visage ravagé.

Il lui prit la boîte des mains et sortit les diapos. Il les jeta par poignées dans le feu. Elles brûlaient vite et sans un bruit.

Il habilla Kurt, le peigna, le rasa rapidement aux endroits où l'aide à domicile avait laissé des poils de barbe. Puis il fit du café (pour Kurt, avec la machine à café). Sans demander si Kurt avait envie de boire du café. Ce fut alors le moment de la promenade et Kurt se précipita vers la porte comme un chien qui connaît les règles et exige son dû.

Ils partirent pour la promenade habituelle de Kurt : « à la poste », comme il disait autrefois, même si le chemin pour aller à la poste n'était qu'une petite partie de son trajet quotidien ; pourtant, Kurt disait toujours au moment de partir : « Je vais à la poste » – et même s'il n'avait plus rien à poster depuis longtemps, il continuait à aller « à la poste » ; mais c'était à cette application ridicule inhérente à la nature de Kurt que l'on devait quand même la présence dans le coffre des vingt-sept mille marks. Pendant un certain temps, en effet, Kurt s'était souvenu de son code et avait été en mesure de retirer de l'argent au distributeur ; et, comme il n'avait rien à faire à la poste, il retirait de l'argent. Chaque fois, des milliers de marks. Un jour, il avait même retiré huit mille marks d'un coup. Alexander avait trouvé cet argent dans son portefeuille et l'avait mis dans le coffre. Voilà pourquoi il était le seul à connaître l'existence de cet argent.

Ils remontèrent la rue et passèrent devant les maisons des voisins qu'Alexander avait autrefois tous connus personnellement : ici, c'était la maison de Horst Mählich, que Wilhelm avait toujours considéré comme un grand espion soviétique et qui, jusqu'à la fin, avait fait partie de ceux qui croyaient dur comme fer à l'assassinat de Wilhelm ; là-bas, c'était la maison de Bunke, qui avait appartenu à la Stasi et qui, même après la réunification, avait encore continué quelques années à faire pousser des légumes dans son jardin, saluant toujours aimablement par-dessus la barrière, avant de disparaître un jour sans faire de bruit ; là-bas avait habité Schröter, un professeur de sport, et plus loin le médecin venu de l'Ouest ; et enfin tout là-bas, à l'extrémité de la rue, il y avait la maison de ses grands-parents. Elle était déjà « rétrocédée » et désormais habitée par les petits-enfants de l'ancien propriétaire, un nazi bon teint qui avait fait fortune dans la fabrication de télescopes de tranchée pour la Wehrmacht. Ses héritiers avaient rénové la maison et l'avaient repeinte. La magnifique terrasse en pierre de taille, que Wilhelm avait fait s'effondrer à force d'y couler du béton, était réparée à présent. Et la véranda, avec de nouvelles vitres abondamment décorées par des bibelots en tout genre, paraissait maintenant si étrange à Alexander qu'il avait du mal à imaginer que c'était bien là qu'il s'asseyait avec sa grand-mère pour écouter ses histoires mexicaines.

Puis ils obliquèrent dans le Steinweg, Kurt toujours reniflant, tout courbé mais tenant bien l'allure. Ici, ils avaient fait du patin à roulettes autrefois, sur l'asphalte lisse, et des dessins à la craie. Là-bas, se trouvait le boucher où Irina faisait ses courses sans même regarder ce qu'on lui servait, prenant simplement les paquets déjà tout prêts dans l'arrière-boutique. Là-bas, la « librairie du peuple » maintenant transformée en agence de voyages. Et plus loin le magasin Konsum (avec accentuation sur la première syllabe – on était effectivement loin du monde de la consommation) où, il y avait très longtemps – c'est à peine si Alexander pouvait encore s'en souvenir –, on achetait du lait et des timbres.

Et puis il y avait la poste.

— La poste, dit Alexander.

— Oui, dit Kurt.

Ils n'échangèrent ensuite plus un mot.

Ils gravirent la colline où se dressait l'ancien château d'eau. De là, on avait une jolie vue sur la Havel. Ils s'assirent sur le banc et regardèrent longtemps le ciel qui prenait peu à peu une teinte rouge.

1952

Charlotte

Pour le nouvel an, ils étaient allés passer quelques jours sur la côte pacifique. Un camion destiné au transport du café les avait conduits du petit aéroport jusqu'à Puerto Angel. C'est un ami qui leur avait recommandé l'endroit : un village romantique dans une crique pittoresque avec des rochers et des bateaux de pêcheurs.

La crique était effectivement pittoresque. Hormis la rampe en béton pour le chargement du café.

Quant au village lui-même : vingt ou vingt-cinq petites maisons, un bureau de poste assoupi et un kiosque où l'on pouvait acheter de l'alcool.

La seule maison à louer était une minuscule cabane, en brique malgré tout (que la logeuse d'origine espagnole appelait un « bungalow »). À l'intérieur trônait un lit en métal sous une moustiquaire qui pendait du plafond (que la logeuse appelait un « pavillon »). Deux petites tables de nuit de part et d'autre. Quelques cintres étaient accrochés à des clous plantés dans les piliers.

Devant le « bungalow » se trouvait une terrasse protégée par un toit, avec deux chaises longues branlantes et une table.

— Oh, comme c'est beau, dit Charlotte.

Elle ignora les chauves-souris accrochées tête en bas sous l'avant-toit et qui étaient pratiquement dans la chambre car, comme c'était l'usage ici, il y avait partout un espace de la largeur d'une main entre le mur et le toit. Elle ne fit pas attention au gros cochon tacheté qui rôdait dans le jardin et qui, de son groin, retournait la terre autour du cabanon que la logeuse appelait la « salle de bain ».

— Oh, comme c'est beau, dit-elle. Ici, on va bien se reposer.

Wilhelm fit un signe approbateur de la tête et se laissa tomber dans la chaise longue, épuisé. Les jambes de son pantalon avaient remonté, découvrant ses mollets fins et blancs. Maigre de nature, il avait encore perdu cinq kilos au cours des dernières semaines. Ses membres secs rappelaient la chaise longue dans laquelle il était assis.

— On va faire de belles excursions dans les environs, promit Charlotte.

Sauf qu'il s'avéra que les « environs » étaient pratiquement inexistants.

Ils allèrent une fois – avec un camion destiné au transport du café – à Pochutla, situé non loin de là, et entrèrent dans le magasin chinois qui vendait des produits exotiques. Wilhelm errait d'un air absent dans cet espace archiencombré lorsqu'il tomba en arrêt devant un grand coquillage lisse et brillant.

— Vingt-cinq pesos, annonça le Chinois.

C'était du vol.

— Tu as toujours voulu en avoir un comme ça, dit Charlotte.

Wilhelm haussa les épaules.

— On le prend, dit Charlotte.

Elle paya sans marchander.

Une autre fois, ils marchèrent jusqu'à Mazunte. Les plages étaient à peu près toutes les mêmes, sauf que la plage de Mazunte était maculée de taches sombres. Ils ne tardèrent pas à comprendre d'où cela venait : des pêcheurs étaient en train d'extraire de sa carapace une tortue de mer encore vivante.

Ils ne retournèrent plus à Mazunte. Et ils ne mangèrent plus jamais de soupe à la tortue.

Arriva la Saint-Sylvestre. Pendant des jours, les hommes du village avaient chargé du café à grand renfort de cris. On leur avait maintenant payé leur salaire. Vers quinze heures, ils étaient tous ivres et, vers dix-huit heures, tous inconscients. Le calme revint dans le village. Rien ne bougeait, on ne voyait personne. Comme tous les soirs, Charlotte et Wilhelm avaient fait un petit feu avec le bois que le *mozo* leur ramassait pour quelques pesos.

La nuit tombait vite, les soirées étaient longues.

Wilhelm fumait.

Le feu crépitait.

Charlotte faisait semblant de s'intéresser aux chauves-souris qui voletaient dans la lueur du feu, silencieuses comme des comètes.

À minuit, ils burent du champagne dans des verres ordinaires et chacun mangea ses grains de raisin : coutume locale consistant à manger douze grains de raisin au moment où l'on changeait d'année. Douze vœux – un pour chaque mois de l'année.

Wilhelm mangea tous ses grains d'un seul coup.

Charlotte souhaita d'abord que Werner soit en vie. Pour cela, elle mangea trois grains. Kurt vivait, elle avait reçu du courrier de lui. Pour des raisons qu'il ne mentionnait pas dans sa lettre, il avait atterri quelque part dans l'Oural, où il s'était marié. Mais de Werner – rien. En dépit des efforts de Dretzky. En dépit des recherches faites auprès de la Croix-Rouge. En dépit des demandes adressées au consulat soviétique – la première remontant déjà à six ans :

— Gardez votre calme, citoyenne. Les choses suivent leur cours.

— Camarade, je suis membre du parti communiste et la seule chose que je demande, c'est de savoir si mon fils est vivant.

— Ce n'est pas parce que vous êtes membre du parti communiste que cela vous donne des droits particuliers.

Espèce de porc ! Ils devraient te fusiller. Et elle avait croqué un grain de raisin.

Plutôt Ewert et Radovan, dans ce cas : chacun un grain.

Un grain pour transformer la punition en typhus. Un typhus dont on pouvait guérir. Un grain pour étendre l'épidémie de typhus à Inge, la femme d'Ewert, récemment devenue rédactrice en chef.

Tout à coup, il ne restait plus que trois grains. Il fallait se montrer économe.

Le dixième : santé pour tous ses amis – lesquels ?

Le onzième : pour tous les disparus. Comme chaque année.

Et le douzième… elle le croqua simplement. Sans faire de vœu. Voilà, c'était fini.

D'ailleurs, tout ça ne menait à rien. Cinq fois déjà, elle avait fait le vœu de pouvoir rentrer en Allemagne l'année suivante. Ça n'avait servi à rien, ils étaient toujours coincés là.

Ils étaient coincés là – alors que de l'autre côté de l'océan, dans le nouvel État, on répartissait les postes.

Deux jours plus tard, ils reprenaient l'avion pour Mexico. Le mercredi, c'était le jour du comité de rédaction, comme d'habitude. Si Wilhelm avait été évincé de la direction du groupe, il avait conservé ses fonctions à la *Demokratische Post*, le journal des exilés allemands : il s'occupait des factures, gérait la caisse, aidait à la relecture des épreuves et à la diffusion d'un tirage désormais réduit à quelques centaines d'exemplaires.

Mais Charlotte aussi se sentait obligée de participer. Le comité de rédaction siégeait une fois par semaine et on ne savait pas vraiment s'il ne faisait pas office en même temps de réunion du parti. Plus le groupe se réduisait, plus les choses se mélangeaient : cellule du parti, comité de rédaction, direction des affaires.

Ils étaient encore sept. Trois d'entre eux constituaient la « direction ». Ou plutôt : deux – depuis que Wilhelm avait été évincé.

Charlotte eut du mal à tenir jusqu'à la fin de la séance ; assise au bout de la table, l'échine courbée, elle était à peine capable de regarder Radovan dans les yeux. Inge Ewert racontait des inepties, ne connaissait même pas la largeur de la justification, confondait titre courant et bas de page, mais Charlotte réprimait toute envie d'intervenir ou de faire une proposition et, dans l'article qu'on lui donna à corriger, elle ignora sciemment quelques coquilles pour que les camarades à Berlin se rendent compte aussi à quel niveau était tombé le journal depuis qu'on l'avait remplacée comme rédactrice en chef.

Pour « atteinte à la discipline du parti ». Si bien que Charlotte n'avait vu d'autre solution que d'envoyer de son côté un rapport à Dretzky. Son « atteinte à la discipline du parti » consistait essentiellement dans le fait que, le 8 mars, journée de la femme, elle avait écrit quelque chose sur la nécessité de faire honneur à la nouvelle loi promulguée en RDA sur l'égalité entre hommes et femmes, même si sa proposition avait été unanimement rejetée comme « inintéressante ». C'était *là* le scandale.

Elle ajouta que, sur la question de la paix, Ewert adoptait une « attitude défaitiste » et que, sur la question des juifs particulièrement sensible quant au travail à faire au Mexique (la *Demokratische Post* avait toujours eu beaucoup de lecteurs bourgeois et juifs), Radovan enfreignait la ligne du parti définie par Dretzky lui-même, quand il était encore au Mexique.

Ce n'était pas fair-play, elle le savait. Mais était-ce fair-play de lui reprocher d'avoir porté « atteinte à la discipline du parti » ?

— Tu peux nous donner quelque chose pour les pages culturelles d'ici début février ?

Voix de Radovan.

— Une page et demie calibrée, en rapport avec la région.

Charlotte fit un signe de tête affirmatif et griffonna quelque chose dans son agenda. Cela voulait-il dire qu'elle n'était plus assez fiable pour la partie politique ?

Le soir, elle prit un bain – presque une habitude maintenant après chaque séance du comité de rédaction.

Le jeudi et le vendredi, elle donnait des cours particuliers d'anglais et de français, trois heures chaque fois (et en deux jours, elle gagnait plus que Wilhelm en une semaine à la *Demokratische Post*).

Le reste du temps, avant que Wilhelm ne rentre à la maison, elle se balançait dans le hamac accroché sur la terrasse, se faisait apporter par la bonne des noix et du jus de mangue, et se plongeait avec délices dans des livres sur l'histoire précolombienne : à cause de l'article qu'elle devait faire pour les pages culturelles, telle était l'excuse que personne d'ailleurs ne lui demandait.

Le week-end, Wilhelm lisait comme toujours le *Neues Deutschland* qui arrivait d'Allemagne par paquets avec invariablement quinze jours de retard. Comme il ne connaissait ni l'espagnol ni l'anglais, le *ND* était sa seule lecture. Il lisait chaque ligne et, à l'exception de deux fois une demi-heure où il sortait promener le chien, cela l'absorbait jusque tard le soir.

Charlotte s'occupait du ménage : elle discutait avec Gloria, la bonne, des menus pour la semaine suivante, vérifiait les factures et arrosait ses fleurs. Elle cultivait depuis longtemps, sur la terrasse du toit, une reine de la nuit. Elle l'avait achetée des années auparavant dans l'espoir équivoque qu'elle ne la verrait jamais fleurir.

Le lundi, Wilhelm filait de bonne heure à l'imprimerie ; Charlotte appelait Adrian et prenait rendez-vous avec lui pour midi.

Ça faisait longtemps qu'Adrian voulait lui montrer la statue colossale de Coatlicue. Il lui avait souvent parlé de cette déesse aztèque de la Terre et elle en avait déjà vu une photo : figure terrifiante. Son visage était étrangement fait de deux têtes de serpent vues de profil, si bien qu'un œil et deux dents appartenaient à chacun des deux serpents. De ses entrailles sortait la tête de son fils Huitzilopochtli, qui rappelait une tête de mort. Elle portait autour du cou une chaîne faite de mains coupées et de cœurs arrachés : symbole des rites victimaires des anciens Aztèques.

— On l'a trouvée il y a plus d'un siècle et demi sous les pavés d'*El Zócalo*, dit Adrian tout en trempant les lèvres dans son café et en regardant Charlotte comme si elle passait un examen.

C'était la première fois qu'elle mettait les pieds à l'université. Tout, même les tasses à café dans le bureau d'Adrian, lui semblait sacré. Et Adrian lui-même lui semblait encore plus imposant, son front ceint d'une aura d'intelligence, ses mains encore plus fines que d'habitude.

— On l'a trouvée au cours de fouilles, en 1790, et on l'a transportée jusqu'à l'université. Mais le recteur de l'époque a décidé de la faire enfouir à nouveau à *El Zócalo*. Trois fois on l'a enfouie – tellement on trouvait son visage abominable. Et même après, elle est restée plusieurs dizaines d'années derrière un panneau. On ne la montrait aux visiteurs que comme une sorte de curiosité monstrueuse.

Charlotte suivit Adrian à travers un labyrinthe de couloirs et d'escaliers, avant de se retrouver dans une cour intérieure ; Adrian la fit doucement pivoter, et elle vit les pieds de Coatlicue. Elle s'était attendue à une statue de taille humaine. Lentement son regard remonta le long du corps jusqu'à quatre mètres de hauteur. Elle ferma les yeux, se détourna.

— Sa beauté, dit Adrian, vient de ce que l'effroi est contenu par l'esthétique de la forme.

En janvier, elle écrivit deux pages calibrées sur la dialectique du concept de beauté dans l'art aztèque.

En février, son article fut écarté à l'unanimité du comité de rédaction, y compris Wilhelm, parce que jugé trop « théorique ».

En mars, il commença à pleuvoir de façon totalement imprévisible et Adrian lui demanda sa main.

Il ne s'était jamais rien passé avec Adrian. Il ne s'était d'ailleurs rien passé non plus avec Wilhelm qui, depuis son éviction de la direction du parti, était sexuellement inactif.

Ils étaient assis sur les marches de la pyramide du soleil de Teotihuacán où elle était allée – et ce n'était pas la première fois – avec Adrian. Charlotte regardait, par-delà la ville morte, le large paysage vallonné appelé « vallée du Mexique », même si celle-ci était en réalité à deux mille mètres d'altitude, et soudain elle se crut en mesure de *déblayer toute cette saleté*.

À la place : voir au moins une fois fleurir la reine de la nuit.

Mais, lorsqu'elle rentra le soir à la maison et vit Wilhelm assis par terre à côté du chien, elle sut que c'était impossible.

Et indépendamment de ça : reverrait-elle jamais ses fils si elle restait au Mexique ?

Et indépendamment de ça : avait-elle vraiment envie de passer le reste de ses jours à donner des cours à des enfants de riches ? Ou à donner des ordres aux employés de maison d'un professeur d'université veuf ?

Et indépendamment de ça : à quarante-neuf ans ?

En avril arriva une lettre de Dretzky bizarrement datée du 1er avril. Comme elle pouvait le lire sur l'en-tête, Dretzky était devenu entre-temps secrétaire d'État au ministère de la Culture. Il ne faisait aucun cas du rapport envoyé par Charlotte. Il les informait au contraire que deux visas les attendaient au consulat soviétique et les priait de rentrer aussi vite que possible pour qu'ils puissent prendre leurs nouvelles fonctions : Charlotte devait prendre la « direction » de l'Institut de littérature et de langues à la nouvelle

Académie des sciences sociales et politiques ; quant à Wilhelm qui, comme l'écrivait Dretzky, ne pouvait être repris, en dépit de ce qu'il aurait souhaité, dans les services secrets vu son passé d'émigrant de l'Ouest, comme on disait alors – Wilhelm était promu « directeur administratif » de cette académie.

Ce soir-là, ils allèrent au parc Alameda en se laissant porter par la foule. On entendait au loin la musique d'un orchestre de mariachis, et ils mangèrent comme d'habitude des tortillas avec des fleurs de courge.

Mais ce n'était pas comme d'habitude.

Trois policiers à cheval traversaient lentement la foule, comme au ralenti. Ils portaient de grands et lourds sombreros, si grands et si lourds qu'ils les tenaient en équilibre sur leur tête plus qu'ils ne les portaient, ce qui donnait à ces cavaliers une apparence à la fois digne et ridicule. Représentants de ce pouvoir d'État qui leur avait sauvé la vie, douze ans plus tôt… Idée aberrante : tout cela était un poisson d'avril. Mais n'était-ce pas aberrant aussi, se disait Charlotte, que Dretzky veuille faire de Wilhelm le directeur administratif d'une académie ? Wilhelm n'avait aucune idée de ce qu'était l'administration. Wilhelm n'avait en fait aucune idée sur rien. Wilhelm était métallo, un point, c'est tout.

Certes, il avait été une fois – sur le papier – codirecteur de la Lüddecke Import-Export. Mais d'une part – se fondant sur une obligation de réserve – il n'avait jamais mis ça dans son curriculum vitæ demandé par le parti. D'autre part, la Lüddecke Import-Export n'avait jamais été rien d'autre qu'une société écran financée par les Russes, qui servait aux services secrets du Komintern à faire passer en douce des hommes et du matériel.

Au Mexique, Wilhelm avait mis un temps infini à trouver du travail, et ce qu'il avait fini par trouver, c'était un emploi – certes bien payé – de garde du corps d'un diamantaire, emploi qui, hormis le fait que c'était une entorse à son honneur que de surveiller la vie et les biens d'un millionnaire, était surtout déprimant parce que Wilhelm avait toujours l'impression d'être payé pour sa bêtise. Mendel Eder l'avait embauché non pas en dépit mais à cause de son ignorance de l'espagnol, car cela lui convenait parfaitement d'avoir à son côté un sourd-muet quand il traitait ses affaires.

Ce n'est que tardivement, au moment où la plupart des exilés étaient déjà rentrés en Allemagne, que Wilhelm avait commencé à travailler pour la *Demokratische Post* ; mais même s'il avait indiqué dans son curriculum vitæ comme dernier emploi : « gestionnaire de la *Demokratische Post* » (et réduit son emploi chez Eder à : « service de fret dans la société Eder »), Dretzky devait quand même bien savoir que le décompte des dons pour la *Demokratische Post* n'avait absolument rien à voir avec l'administration d'une académie.

— En fait, me voilà maintenant ton supérieur, lança Wilhelm en sortant une cigarette de son paquet.

— Ça m'étonnerait, dit Charlotte.

Il se passait quoi dans cette tête ?

On leur avait déjà fait miroiter plusieurs fois la possibilité d'un retour mais il y avait toujours eu un obstacle de dernière minute. La première fois, c'était le visa pour la traversée des États-Unis qui n'avait pas été accepté. Ensuite, il n'y avait plus eu assez d'argent dans les caisses parce que d'autres camarades avaient plus d'importance qu'eux. Plus tard, le consulat soviétique avait prétendu qu'ils n'avaient pas de papiers à leur nom. Et, enfin, on leur avait dit que, n'ayant pas profité à plusieurs reprises de l'autorisation de retour, ils devaient maintenant patienter.

Mais, cette fois, tout semblait différent. On leur donna effectivement un visa de retour, au consulat. Ils obtinrent un embarquement direct, à prix réduit de surcroît. En outre, le billet de Wilhelm fut remboursé sur la caisse du parti (pourquoi seulement Wilhelm ?) – même s'ils avaient maintenant assez d'argent pour payer eux-mêmes la traversée.

Charlotte commença à s'occuper de la liquidation du ménage, elle mit fin aux contrats de ses différents employés et revendit – à perte – la reine de la nuit au fleuriste. Il y avait énormément de choses à faire et ce n'était que maintenant qu'elle se rendait compte à quel point elle était prise dans cette vie actuelle ; chaque livre dont elle se demandait si elle l'emportait ou non, chaque coquillage, chaque statuette qu'elle enveloppait avec précaution dans du papier journal ou se décidait à jeter – tout était lié aux souvenirs d'une période de sa vie qui prenait fin. Mais, en même temps, alors qu'elle jugeait de l'utilité que chaque objet pouvait avoir dans sa nouvelle vie, une image de cette nouvelle vie commençait à prendre forme devant ses yeux.

Ils firent l'acquisition de cinq grandes malles, changèrent une partie de leur petite fortune de bijoux en argent et achetèrent avec le reste différentes choses dont ils supposaient qu'elles étaient rares dans l'Allemagne d'après-guerre, par exemple une machine à écrire suisse de voyage (bien que sans « ß »), deux ménagères en plastique dur extrêmement pratiques, un grille-pain, un grand nombre de couvertures en coton décorées de motifs indiens, cinquante boîtes de Nescafé – une boisson très pratique –, cinq cents cigarettes, sans compter beaucoup de vêtements qu'ils supposaient adaptés autant au climat de là-bas qu'à leur nouveau statut. Charlotte n'essayait plus d'amples habits d'été de couleur claire mais des corsages boutonnés très haut et des costumes discrets dans différents tons de gris ; elle se fit faire une mise en plis et acheta des lunettes simples mais élégantes, dont la fine monture de couleur noire donnait à son visage un côté à la fois sévère et crédible chaque fois qu'elle s'exerçait devant le miroir à prendre un regard de directrice d'institut.

Et c'est ainsi, avec ses nouvelles lunettes et sa nouvelle coiffure, même si elle avait gardé son ancienne façon de s'habiller, qu'elle alla rendre une dernière fois visite à Adrian. Ils se rendirent dans un petit restaurant de Tacubaya où ils avaient déjà souvent mangé et dont le seul inconvénient était qu'il se trouvait tout près du consulat soviétique. Adrian commanda deux verres de vin blanc et des *chiles en nogada* ; et, avant qu'on les serve, il demanda à Charlotte si elle savait que Slánský avait été condamné à mort.

— Pourquoi tu me dis ça ? demanda-t-elle.

Au lieu de répondre, Adrian ajouta :

— Et dix autres aussi – pour conspiration sioniste.

Adrian posa le *Herald Tribune* sur la table.

— Lis, dit-il.

Mais Charlotte ne voulait pas lire.

— C'est la preuve, expliqua Adrian qui tapotait le journal avec son index, qu'absolument rien n'a changé.

— Tu ne pourrais pas parler moins fort, lui intima Charlotte.

— Si tu veux, répondit Adrian. Voilà que tu as peur. Ça va se terminer comment là-bas ?

Le repas arriva mais Charlotte ne voulut rien manger. Ils restèrent un moment assis l'un en face de l'autre devant leurs chilis farcis. Puis Adrian dit :

— Le communisme, Charlotte, c'est comme la croyance des anciens Aztèques : il est assoiffé de sang.

Charlotte prit son sac à main et sortit en courant dans la rue.

Cinq jours plus tard, ils montaient sur le bateau qui devait les amener en Europe. Au moment où on larguait les amarres et où le sol sous ses pieds commençait à se déplacer un peu, juste d'un simple millimètre, elle sentit ses jambes flageoler et elle dut se cramponner au bastingage. La panique disparut au bout de quelques minutes, sans que Wilhelm ait rien remarqué.

La côte s'évanouit dans la brume, le paquebot fit face à l'océan et prit son cap, laissant derrière lui un sillage rectiligne. Le vent fraîchit, les haubans se mirent à siffler et ils ne tardèrent pas à être entourés d'un gris uniforme s'étendant jusqu'à l'infini.

Les jours étaient longs, les nuits plus longues encore. Charlotte dormait mal et ne cessait de faire le même rêve où Adrian la conduisait à travers une sorte de musée souterrain ; et, quand elle se réveillait, elle ne retrouvait plus le sommeil. Elle restait allongée des heures dans l'obscurité, attentive au bruit des machines et au roulis du bateau, sentant la coque trembler sous l'assaut des bourrasques. « Et dix autres aussi », avait dit Adrian. Pourquoi n'avait-elle pas au moins lu les noms ? Questions. Que faisait Kurt dans l'Oural ? Pourquoi la Croix-Rouge n'arrivait-elle pas, même après toutes ces années, à savoir où était Werner ? Elle était une mauvaise camarade. Si elle voulait être honnête, elle devait se dire que son esprit ne cessait de s'opposer à la discipline du parti. Et même son corps n'était pas loin de s'y opposer.

Le jour, elle se faisait toute petite devant Wilhelm, cherchant à mettre de l'ordre dans ses pensées. Que serait-elle aujourd'hui sans le parti ? se demandait-elle. Le raccommodage et le repassage, elle les avait appris à l'école ménagère. Aujourd'hui, elle raccommoderait et repasserait encore pour son premier mari, monsieur le professeur Umnitzer, qui la trompait avec ses élèves ; aujourd'hui, elle supporterait encore la condescendance de sa belle-mère et s'énerverait de voir Madame Paschke lui prendre sa ligne d'étendage – si le parti, en la personne de Wilhelm Powileit, n'avait pas fait irruption dans sa vie.

C'était au parti communiste qu'elle avait rencontré pour la première fois le respect et la reconnaissance. C'étaient les communistes, qu'elle avait considérés autrefois comme des bandits (quand elle était enfant, elle s'était toujours imaginé qu'ils entraient dans les maisons et déchiraient les lits bien faits, parce que sa mère lui avait dit que les communistes étaient « contre l'ordre »), c'étaient les communistes qui, les premiers, avaient reconnu son talent, avaient soutenu ses connaissances en langues, lui avaient confié des tâches politiques, et alors que son frère Carl-Gustav, pour qui sa mère avait fait des économies drastiques afin qu'il puisse se lancer dans des études d'art – Charlotte se souvenait encore non sans amertume qu'elle était sommée de rester près de la bouilloire et de la surveiller pour économiser du gaz et que sa mère lui donnait un coup de planche en bois derrière la tête quand elle oubliait d'arrêter la bouilloire à temps, c'est-à-dire *avant* qu'elle se mette à siffler –, alors donc que son frère Carl-Gustav avait échoué comme artiste et sombré dans le milieu homosexuel de Berlin, elle, qui n'avait jamais fait que quatre années d'école ménagère, revenait aujourd'hui en Allemagne pour diriger un Institut de langues et de littérature, et la seule chose qui lui faisait mal, c'était que sa mère n'était plus là pour être témoin de ce triomphe et qu'elle ne pouvait même pas lui envoyer un bref courrier avec, comme en-tête : *Charlotte Powileit. Directrice d'institut.*

Et puis la nuit revenait. Le bateau tanguait dans l'obscurité, et à peine s'était-elle endormie qu'Adrian revenait pour la conduire à travers des couloirs souterrains et tortueux au bout desquels l'attendait quelque chose de terrible... Elle était réveillée par son propre cri.

Wilhelm, de son côté, semblait aller mieux de jour en jour. Il y avait peu de temps encore, de l'autre côté de l'océan, il avait souffert d'insomnie chronique et se plaignait de son manque d'appétit. Or, maintenant, moins Charlotte mangeait, plus l'appétit de Wilhelm semblait augmenter. Il dormait bien, faisait chaque jour de longues promenades sur le pont, même lorsque le temps était exécrable et, quand il rentrait avec son sombrero Tardan tout trempé mais visiblement indestructible, il regrettait que Charlotte ne sorte jamais de la cabine.

— J'ai le mal de mer.

— À l'aller, tu n'avais pas le mal de mer, lui rétorquait Wilhelm.

Lui qui, douze années durant, à toutes les soirées, avait donné l'impression d'être une canne oubliée dans un coin, qui n'avait jamais pu lire le moindre panneau en espagnol et devait chaque fois appeler Charlotte à la rescousse quand un policier lui adressait la parole, se présentait soudain comme un grand connaisseur et amateur du Mexique, distrayant toute

la tablée du capitaine avec des histoires véritablement étonnantes, et alors que, depuis sa période
hambourgeoise – Lüddecke Import-Export –, il avait
toujours parlé par énigmes et allusions, il n'avait
pas tardé à convaincre tout le monde qu'il avait
parcouru à cheval la distance entre les deux océans,
avait attrapé des requins à Puerto Angel avec une
simple petite embarcation et découvert tout seul le
temple maya de Palenque enfoui sous la végétation
– tandis que Charlotte trempait une biscotte dans
une tasse de camomille.

Le vent glacial avec lequel les accueillit la
nouvelle Allemagne ne sembla avoir aucune prise
sur Wilhelm. Bien droit, il traversa la zone portuaire
d'un pas glorieux et sûr, une main sur le rebord
de son chapeau – on aurait dit qu'il connaissait
l'endroit. Charlotte trottinait derrière, la tête rentrée
dans les épaules.

Ils arrivèrent à un baraquement ; un homme au
visage blême regarda leurs papiers et, pendant que
Charlotte se demandait si l'on devait dire « citoyen »
ou « camarade » à un douanier de la nouvelle
Allemagne, Wilhelm avait déjà réglé l'affaire et
commandé un taxi.

Ce qu'ils virent de la ville ne se distinguait guère
du port, et, même si Charlotte ne pouvait déceler
dès l'abord aucune trace flagrante de destruction,
tout semblait en fait détruit : les maisons, le ciel,
les gens qui cachaient leur visage derrière leur col
relevé.

À un coin de rue, on vendait de la soupe dans
de grandes bassines.

Deux silhouettes tiraient une charrette chargée de
toutes sortes de vieilleries et essayait de la faire
passer sur le trottoir.

Charlotte commença à se dire que le chapeau avec la voilette noire qu'elle avait acheté exprès pour le retour était une erreur.

Wilhelm lança des ordres au porteur de bagages. Charlotte donna à l'homme stupéfait deux dollars de pourboire.

— Tu exagères, dit Wilhelm.

— Toi aussi, dit Charlotte.

Le train arriva dans un couinement qui faisait redouter le pire. Ça sentait bien le train : mélange typique de suie et d'excréments. Charlotte n'avait pas pris le train depuis longtemps.

Elle regardait par la fenêtre. Le paysage défilait à un rythme régulier. La forêt dégoulinait. Dans les champs nus, on voyait les restes sales de la première neige. De la fumée sortait de la cheminée d'une petite maison de garde-barrière, et, juste au moment où ils passaient devant, Charlotte aperçut le préposé qui commençait à remonter les barrières avec sa manivelle.

— Un garde-barrière, dit Wilhelm, d'une voix triomphante, comme s'il venait de prouver quelque chose.

Charlotte ne réagit pas et continua à regarder par la fenêtre. Essayant de trouver quelque chose qui puisse la réconforter ; essayant de trouver beau un clocher en briques rouges ; essayant de ressentir quelque chose qui, face à ce paysage, aurait ressemblé au plaisir de retrouver son pays natal. Les routes bordées d'arbres – c'était déjà ça – lui rappelaient qu'en Allemagne aussi il y avait quelque chose qui ressemblait à l'été. Brise tiède, la BMW R32 de Wilhelm avec le side-car où prenaient place les gamins. Insouciance. Rires.

Le train s'arrêta, la porte du compartiment s'ouvrit. Une odeur de lignite brûlé et de pluie froide s'engouffra à l'intérieur. L'homme ne salua pas, il quitta son manteau avant de s'asseoir ; c'était un manteau en cuir sombre et tout usé. Ses chaussures étaient pleines de glaise.

L'homme les observa brièvement du coin de l'œil avant de sortir de sa serviette une gamelle où il prit une tartine déjà entamée. Il mâchait lentement et consciencieusement ; il remit dans sa gamelle la tartine mangée aux trois quarts. Puis il sortit le *Neues Deutschland* de sa serviette et l'ouvrit ; Charlotte remarqua tout de suite un grand titre sur la dernière page du journal, juste en face d'elle :

LE PARTI T'APPELLE !

Charlotte avait honte. À cause de sa voilette. À cause de sa peur. À cause des cinquante boîtes de Nescafé dans sa valise... Oui, le parti avait besoin d'elle. Ce pays avait besoin d'elle. Elle allait travailler. Elle allait aider à construire ce pays – y avait-il plus belle mission ?

L'homme tenait maintenant le *ND* de telle façon qu'elle pouvait voir le bas de la page : des futilités mais qui soudain l'intéressaient. Comme il était bon d'imaginer que ce soir, si elle le voulait, elle pourrait aller au cinéma Sterne de Berlin-Mitte – on y jouait *Le Chemin de l'espérance*, Charlotte était prête à prendre cela comme un signe de bon augure, et elle fut émue – pourquoi ? – presque aux larmes, quand elle lut dans la rubrique BRÈVES :

Les commandes de grands sapins de Noël doivent parvenir à la coopérative Groß-Berlin d'ici le 18 décembre au plus tard, par écrit ou par téléphone.

L'homme ouvrit complètement le journal, ce qui permit à Charlotte de voir la une et, comme une évidence, son regard tomba sur une légende de photo qui disait :

Le secrétaire d'État au ministère de la Culture, le camarade...

Aurait dû suivre normalement : Karl-Heinz Dretzky.
Mais non !

Le train dodelina sur un réseau d'aiguillage. Charlotte tituba dans le couloir, sentant à peine où elle se cognait. Elle atteignit non sans mal les toilettes, ouvrit d'un coup – mains nues – l'abattant et vomit le peu qu'elle avait mangé au petit déjeuner.
Elle baissa l'abattant, s'assit dessus. Le roulement régulier des boggies passait directement dans ses dents, dans sa tête, comme un tam-tam. Elle sentait encore le regard inquisiteur qui l'avait fixé par-dessus le bord supérieur du journal. Manteau de cuir noir – précisément. Tout était clair, tout concordait.
Infiltrés, tel était le terme adéquat. Ils étaient infiltrés par l'agent sioniste Dretzky.
Couinements et grincements, comme si le train allait se disloquer. Elle prit sa tête dans ses mains... Ou était-elle en train de divaguer ? Non, elle avait toute sa raison. Elle était lucide comme rarement elle l'avait été... Si au moins on avait écrit : le *nouveau* secrétaire d'État... Elle faillit glousser de plaisir en se rendant compte à quel point elle avait bien appris à percevoir les nuances. Le nouveau secrétaire d'État : cela aurait voulu dire qu'il y en avait un ancien... Mais il n'y avait pas d'ancien. Il n'existait

pas. Ils étaient les protégés d'un non-existant. Et ils étaient eux aussi quasiment des non-existants. À l'Ostbahnhof, il y aurait des hommes en manteau de cuir noir qui les attendraient, et Charlotte les suivrait sans résister, sans faire de bruit. Elle signerait des aveux. Disparaîtrait. Où ? Elle ne savait pas. Où étaient passés ceux dont les noms n'étaient plus prononcés ? Ceux qui non seulement n'existaient pas mais n'avaient jamais existé ?

Elle se leva, ôta son chapeau. Se rinça la bouche. Se regarda dans le miroir. Idiote.

Prit les ciseaux à ongles dans son sac et coupa la voilette. Elle voulait au moins s'épargner ça.

L'homme était debout dans le couloir et fumait, elle se pressa contre la paroi et passa à côté de lui sans le toucher.

— Tu étais où pendant tout ce temps ? demanda Wilhelm.

Charlotte ne répondit pas. S'assit, regarda par la fenêtre. Vit les champs, les collines, les voyant, ne les voyant pas. S'étonna de ressentir surtout de l'agacement à présent. S'étonna de ce qu'elle pensait à présent. Elle pensait qu'elle devait penser à quelque chose d'important. Mais elle pensait à sa machine à écrire suisse qui n'avait pas de « ß ». Elle se demandait qui allait bien pouvoir profiter des cinquante boîtes de Nescafé. Elle pensait à la reine de la nuit qu'elle avait revendue au fleuriste (à un prix dérisoire !). Et elle pensait, pendant que dehors passait un film sans action, pendant qu'un tracteur peinait à travers champs...

— Un tracteur, dit Wilhelm.

... pendant que le train s'arrêtait dans une petit gare crasseuse...

— Neustrelitz, dit Wilhelm.

… pendant que le paysage devenait plus plat et plus déprimant, pendant que des rangées monotones de pins défilaient, interrompues par des ponts, des routes et des passerelles enjambant la voie et où ne se trouvait jamais personne, pendant que les fils du télégraphe filaient de poteau en poteau à une vitesse absurde et que des gouttes de pluie commençaient à ramper en oblique sur la vitre – elle pensait au moment où Wilhelm, presque un an plus tôt, était allongé dans la chaise longue à Puerto Angel, elle pensait à ses mollets maigres et blancs qui dépassaient des jambes de son pantalon…

— Oh, là, là ! Plus de voilette ! fit remarquer Wilhelm.

— Oui, dit Charlotte. Plus de voilette.

Wilhelm se mit à rire. Le blanc de ses yeux étincela sur son visage hâlé tandis que son crâne anguleux brillait comme le cuir reluisant d'une chaussure.

Oranienburg : un panneau indicateur en bordure de route. Souvenirs de bistrots où, pour quelques pfennigs, on pouvait avoir un café et manger les sandwichs qu'on avait apportés, à l'ombre d'un marronnier ; souvenirs de petites plages, de gens habillés de vêtements d'été, voix des marchands ambulants avec leur éventaire sur le ventre et odeur de saucisses chaudes. Maintenant, en traversant cet endroit, elle crut, l'espace d'une seconde, qu'il s'agissait d'un autre Oranienburg qu'elle ne connaissait pas : un ensemble de bâtiments disséminés de façon absurde et qui, si jamais ils avaient été habitables un jour, paraissaient maintenant tous abandonnés.

Un mât éclaté. Des véhicules militaires. Les Russes.

Une femme se tenait devant le passage à niveau avec sa bicyclette ; un chien était assis dans la corbeille sur le porte-bagages. Soudain, Charlotte sut qu'elle ne supportait pas les chiens.

Puis Berlin. Un pont détruit. Des façades criblées de balles. Là-bas une maison éventrée par les bombes, vie intime exposée : la chambre, la cuisine, la salle de bain. Un miroir brisé. On se serait même attendu à distinguer le verre à dents. Le train passa devant la maison – lentement, comme quand on visite une ville. Charlotte faillit plaindre les habitants de ce pays : quel travail !

Elle ne reconnaissait rien. Il n'y avait plus rien de commun avec la métropole qu'elle avait quittée à la fin des années trente. Des magasins avec de misérables enseignes peintes à la main. Des rues vides. Presque pas de voitures, de rares passants.

Puis de nouveau des gens faisant la queue devant un magasin. Debout, impassibles, gris.

Quelques ouvriers qui, au milieu de cette désespérance, rafistolaient une portion de la chaussée.

Puis les voies se ramifièrent.

— Ostbahnhof, dit Wilhelm.

Titubant, les jambes flageolantes, Charlotte s'engagea dans le couloir. Les freins couinèrent. Wilhelm descendit, se retourna pour prendre les valises. Charlotte descendit. Le ciel de la gare – la première chose qu'elle reconnaissait. Les pigeons sur les montants métalliques. Depuis l'autre côté du quai, l'annonce intempestive :

— Ééééloignez-vous des voies, s'iiiil vous plaît !

Charlotte jeta un regard prudent autour d'elle.

— Tu es toute pâle, lui dit Wilhelm.

1er octobre 1989

Irina

Le bazar commença peu avant huit heures du matin.

C'était dimanche.

Tout était calme.

On entendait seulement le gazouillis étouffé des moineaux par la fenêtre entrouverte de la chambre qui faisait prendre conscience du silence. C'était le silence d'un endroit coupé du monde qui somnolait depuis un quart de siècle à l'ombre des installations frontalières, sans circulation de transit, sans bruits de construction, sans engins modernes de jardinage.

Ce silence était traversé à intervalles réguliers par la sonnerie du téléphone.

Irina croyait parfois reconnaître à la sonnerie qu'il s'agissait de Charlotte. Elle était allongée sur le dos dans le lit, jambes repliées, écoutant, par la porte de la chambre, Kurt en train de sortir de la cuisine, le bruit de ses pas faisant craquer le parquet, Kurt traversant les six mètres de la pièce. Décrochant finalement le combiné et disant :

— Oui, maman.

Irina ferma les yeux, retroussa les lèvres. Essaya de réprimer son irritation.

— Non, maman, dit Kurt. Alexander n'est pas chez nous.

Quand il parlait avec Charlotte, il disait « Alexander » au lieu de « Sacha », ce qui paraissait bizarre à Irina : le fait qu'un père dise « Alexander » en parlant de son propre fils – on ne disait ça que lorsqu'on vouvoyait quelqu'un.

— Si vous avez rendez-vous à onze heures, disait Kurt, Alexander viendra sans doute à onze heures… Allô ?... Allô !

Manifestement Charlotte avait raccroché – c'était sa nouvelle manie : raccrocher brusquement quand la conversation ne l'intéressait plus ou quand elle avait eu les informations qu'elle désirait.

Kurt retourna à la cuisine.

Irina l'entendait traîner les pieds et bouger des objets : il faisait le petit déjeuner. Depuis quelque temps, Kurt s'était mis dans la tête que c'était à lui de faire le petit déjeuner, le week-end – sans doute pour montrer que lui aussi était pour l'égalité des sexes.

Irina fit une moue et regretta pendant quelques secondes cette heure matinale perdue : la seule heure qui lui appartenait, quand personne ne téléphonait, quand personne ne lui tapait sur le système, quand elle pouvait boire tranquillement son café et fumer sa première cigarette, avant de se mettre au travail. Quel délice ! Comme le petit verre de schnaps qu'elle s'accordait parfois ces derniers temps. Un seul, là-dessus elle était inflexible. Pour s'armer contre la journée. Pour supporter la folie.

Foulie, comme disait Irina.

Depuis des semaines, les choses se déroulaient de la façon suivante : chaque jour, Charlotte appelait, commandait quelque chose, donnait des ordres, changeait d'avis, en donnait de nouveaux : Irina pouvait-elle lui procurer des étiquettes autocollantes pour les vases ? Comme chaque année, Charlotte avait emprunté des vases dans tout Neuendorf et, même s'il n'y avait jamais eu de problème, Charlotte s'était soudain mis dans la tête qu'il fallait étiqueter les vases pour que chacun retrouve le sien.

Pourquoi ? Pourquoi, se demandait Irina, avait-elle effectivement pris la voiture pour aller chercher ces foutues étiquettes ? Pendant une demi-journée, elle avait fait toutes les papeteries de la ville – plus facile à dire qu'à faire : chercher des endroits pour se garer, éviter les chantiers (toujours les mêmes chantiers qui ne changeaient pas de place depuis des années), faire la queue à la station-service (se disputer une demi-heure avec les gens qui voulaient resquiller), pester contre tous ces trajets faits en pure perte parce que, quand on avait enfin déniché une place, on se retrouvait devant la porte d'un magasin où était affiché « Fermé pour cause d'inventaire » – avant de se diriger finalement, vu qu'il n'y avait évidemment aucune étiquette autocollante dans aucune papeterie, vers les studios de la DEFA avec une bouteille de cognac, pour demander au chef du laboratoire chargé des décors de lui procurer quelques-unes de ces foutues étiquettes… Or, Wilhelm se moquait bien de recevoir des fleurs. Irina se souvenait de l'an passé où il était resté dans son fauteuil à oreilles et – comme un enfant répétant toujours la même blague – il avait rabroué tous ceux qui venaient lui souhaiter un bon anniversaire avec cette phrase :

— Mets ces légumes dans le vase !

Et ses courtisans riaient chaque fois à gorge déployée, comme si c'était là une prouesse de l'esprit.

Ça faisait longtemps que Wilhelm n'entendait plus très bien. Il était aussi à moitié aveugle. Il passait son temps assis dans son fauteuil à oreilles, squelette avec une moustache, mais quand il levait la main et se préparait à dire quelque chose, tout le monde se taisait et attendait calmement qu'il émette quelques sons coassants, aussitôt interprétés par tous les gens présents. Chaque année, il recevait une décoration quelconque. Chaque année, on faisait un discours quelconque en son honneur. Chaque année, on servait le même cognac infect dans les mêmes gobelets de couleur en aluminium. Et, chaque année, Irina avait l'impression qu'il était entouré d'un plus grand nombre de courtisans, comme s'ils se multipliaient, une sorte d'engeance de nains, rien que des petits bonshommes dans des costumes d'un gris huileux qu'Irina était incapable de distinguer les uns des autres, qui n'arrêtaient pas de rire et parlaient une langue qu'Irina ne comprenait effectivement pas, même avec la meilleure volonté du monde. Quand elle fermait les yeux, elle savait déjà comment elle se sentirait à la fin de cette journée, elle sentait ses joues figées par les faux sourires, elle sentait les relents de mayonnaise qui remontaient de son estomac après qu'elle avait écumé le buffet par ennui, elle sentait le goût d'aluminium du cognac servi dans ces gobelets de couleur.

Quoi qu'il en soit, elle n'aimait pas aller chez ses beaux-parents et la seule idée de devoir y aller lui était désagréable. Elle détestait les meubles lourds et sombres, les portes, les tapis. Tout dans cette maison était lourd et sombre. Tout lui rappelait l'époque de son calvaire, même les animaux morts que Wilhelm avait accrochés au mur avec des clous. Non, même après trente-trois ans, elle n'avait pas oublié ce que c'était que de devoir nettoyer les interstices dans la penderie du couloir. Devoir faire bouillir des flocons d'avoine pour Wilhelm : attendre au bas des escaliers et écouter le moment où Wilhelm sortirait de la salle de bain, et alors – vite ! – filer dans la cuisine remuer les flocons d'avoine pour qu'ils ne collent pas au moment où elle les servirait… Jamais de sa vie elle ne s'était sentie aussi démunie : ne maîtrisant pas la langue, elle était comme une sourde-muette qui cherche désespérément un repère dans les gestes et les regards des autres.

Et Kurt ?

Kurt, pendant qu'elle était dans la buanderie à repasser les chemises de Wilhelm, son enfant accroché à ses jupes, était assis sur le canapé chez Charlotte et se gavait de raisin. Voilà comment c'était. Avec cette Madame Stiller.

Madame le *professeur* Stiller, pardon !

Elle entendit Kurt passer dans le salon, poser quelque chose sur la table, retourner à la cuisine. Il était bientôt huit heures et demie. D'ici dix heures, il faudrait qu'elle soit allée chercher les fleurs. Puis acheter des cigarettes Belomorkanal au magasin russe. Elle voulait aussi faire des *pelmeni* – puisque Sacha venait déjeuner.

Mais Kurt tenait à ce qu'elle reste allongée jusqu'à ce qu'il passe la tête par l'entrebâillement de la porte et l'appelle pour le petit déjeuner d'une voix enfantine. Et Irina lui faisait ce plaisir. Pourquoi en fait ?

Elle se regarda dans le grand miroir ovale accroché au-dessus de la tête de lit et incliné vers elle… Cela venait-il de la lumière ? Ou bien du fait que, dans ce satané miroir, on se voyait toujours la tête en bas ? Il faudra enlever ce miroir, se dit Irina, en se rappelant au même instant qu'elle s'était déjà souvent dit la même chose : tous les dimanches, lorsque Kurt préparait le petit déjeuner et qu'elle restait allongée là à se regarder dans le miroir.

Le pire, c'était qu'elle commençait à découvrir sur son visage des traits de sa mère. Cela décourageait Irina. Certes, elle avait toujours de l'allure. Aujourd'hui encore, Horst Mählich, avec ses yeux de cocker, lui ferait des compliments enflammés, et même ce nouveau secrétaire de district qui avait toujours un rictus aux lèvres, un être asexué qui semblait fait de plastique plutôt que de chair – à la différence de l'ancien, certes petit et gros mais un vrai homme malgré tout, en mesure de faire un baisemain à une dame de surcroît –, même ce nouveau secrétaire de district lui ferait encore, au moment où il la saluerait, une courbette plus appuyée que nécessaire, et il y aurait alors dans le regard qui la frôlerait si ce n'était de l'admiration du moins quelque chose qui ressemblerait à de la gêne.

Mais tout cela ne changeait rien au fait que l'âge avançait de façon sensible et inexorable ; et depuis que sa mère habitait à la maison (Irina l'avait fait venir de Russie il y avait treize ans après un incroyable marathon bureaucratique), elle voyait chaque jour où menait cette avancée. Elle avait bien sûr toujours su que l'on vieillissait. Mais la présence de sa mère lui rappelait chaque jour le caractère vain de son combat : cela la rongeait, mettait en branle dans sa tête des idées hérétiques, lui susurrait la tentation de jeter l'éponge – comme femme. À quoi bon des bas de contention et des soins pour les gencives, à quoi bon des postiches et des laits de beauté, à quoi bon s'épiler et se maquiller ? Pour en imposer à quelques vieux messieurs sans intérêt avec une coupe de cheveux de fonctionnaire ? Pour le petit plaisir de triompher chaque année devant Madame Stiller, pardon : Madame le professeur Stiller, dont la silhouette se rapprochait de plus en plus d'un sac de pommes de terre et dont le visage devenait toujours un peu plus rouge à cause de sa tension ?

Le téléphone sonna.

Une fois de plus, les pas de Kurt firent craquer le parquet sur six mètres. Il passait maintenant devant le canapé. Il était tout près de la porte de la chambre. Et puis enfin sa voix :

— Oui, maman.

Incroyable, se dit Irina, à quel point Kurt peut être gentil et patient avec Charlotte.

— Non, maman, dit Kurt, il est maintenant huit heures et demie. Si vous avez-rendez-vous à onze heures, Alexander va venir dans deux heures et demie.

Au fond, dans son for intérieur, cela blessait Irina. Elle y voyait même une grande injustice qui se prolongeait : comme si Kurt refusait aujourd'hui encore de voir ce que Charlotte lui avait fait subir à l'époque.

— Mais maman, je ne sais pas quand vous avez rendez-vous, disait Kurt.

Charlotte l'avait traitée comme une moins que rien. Comme une domestique. Et Irina se disait que, si elle l'avait pu, sa belle-mère l'aurait renvoyée dans son village en Russie – et aurait joué les entremetteuses entre Kurt et Madame le professeur Stiller.

Elle entendit Kurt revenir à pas hésitants dans la cuisine. Mon Dieu, il fallait combien de temps à cet individu pour déballer un morceau de fromage et mettre deux assiettes ? Et, pour finir, il s'imaginait contribuer au travail du ménage. Alors qu'il faisait plus de dégâts qu'il ne se rendait utile. Une fois, il avait oublié de mettre le pot à café sous le filtre de la cafetière. Une autre fois, il avait servi des œufs non cuits – alors qu'il avait pourtant fait bouillir l'eau pendant trois minutes et demie exactement !

Le seul rayon de lumière aujourd'hui : la venue de Sacha pour le déjeuner. C'était, se dit Irina en rejetant la couverture pour faire quelques mouvements de yoga (ou ce qu'elle considérait comme tel), c'était la seule incidence agréable de cet anniversaire.

Comme tous les autres, Sacha avait sa « mission spéciale » – Charlotte adorait confier à tout le monde des « missions spéciales » ; il y avait même un responsable du papier qui enveloppait les fleurs et un responsable du nettoyage des bouteilles de Vita-Cola, toujours collantes à cause de la défectuosité de l'automate de remplissage. Sacha était responsable de la table à rallonges. Pour une raison quelconque, Charlotte s'était mis dans la tête que Sacha était le seul capable d'installer la table à rallonges. C'était idiot, mais Irina se gardait de corriger cette erreur. En effet, une fois que Sacha, convoqué pour onze heures, en aurait fini avec la table à rallonges, il n'était plus temps pour lui de rentrer à Berlin, si bien qu'il restait généralement jusqu'au début de la fête d'anniversaire, et, comme chaque année, ils mangeraient ensemble des *pelmeni* avec de la crème fraîche et de la moutarde, comme Sacha les aimait.

Si Catrin ne l'accompagnait pas.

Elle n'avait rien contre Catrin, qui s'écrivait sans *h* (avec accentuation sur le *i* : Catrín !), sauf qu'elle ne comprenait pas pourquoi son fils s'était senti obligé d'emménager tout de suite chez cette femme. Il emménageait tout de suite chez les femmes qu'il fréquentait, au lieu d'attendre un peu, le temps de faire connaissance. Voir si ça allait marcher. Il aurait été si bien installé ici : Irina avait fait aménager les combles exprès pour lui, un vrai petit appartement, avec une salle de bain.

Non, elle n'avait rien contre Catrin, se disait Irina, tout en faisant une chandelle assez correcte, mais en se disant aussi qu'elle ne comprenait vraiment pas ce que Sacha trouvait à cette femme… Bien sûr, ce n'étaient pas ses affaires. Et elle se gardait bien de faire ne serait-ce que la moindre remarque. Mais elle s'étonnait quand même qu'un jeune homme aussi bien de sa personne, intelligent, ne trouve pas une femme mieux. Actrice, paraissait-il. Il ne voyait donc pas que cette femme était *moche* ? Des genoux moches, pas de taille, pas de fesses. Et un menton, pour être honnête, qui faisait penser à celui d'un ouvrier de chantier… Elle avait de beaux yeux, ça, on devait le reconnaître. Quoique, d'un autre côté : ce regard papillonnant, cette agitation dans les yeux quand on parlait avec elle… Irina n'avait jamais l'impression de vraiment la saisir. Cette femme semblait toujours être ailleurs, en train de réfléchir, avec fébrilité, même ; il y avait toujours quelque chose qui se passait dans sa tête quand elle était en train de vous sourire.

Peu importe, se dit Irina en regardant ses jambes tendues qu'elle trouvait, pour être honnête, encore assez jolies, surtout si on les comparait aux guiboles toutes maigres de Catrin, si bien qu'elle décida de ne pas mettre sa robe longue à dos nu, comme l'an dernier, mais sa jupe vert océan, même si elle faisait moins habillé et était en fait un petit peu courte pour son âge – peu importe que ça les arrange ou non, il devait quand même être possible, une fois par an, se dit Irina, que Sacha vienne seul à la maison. Une fois par an, elle voulait manger des *pelmeni* avec son fils, comme autrefois. Qu'est-ce qu'il y avait de mal à ça ? D'autant plus que Catrin, de toute façon, n'aimait pas les *pelmeni*. Et, après manger, c'était ce qu'imaginait Irina en arrêtant de faire la chandelle et en ramenant ses jambes dans un léger gémissement, après manger, Sacha irait s'allonger un peu en haut et ensuite les hommes iraient s'asseoir dans le bureau de Kurt pour jouer aux échecs. Irina adorait quand les hommes jouaient aux échecs dans le bureau de Kurt en buvant un petit cognac ; d'ailleurs, elle aussi, une fois qu'elle aurait fini la vaisselle, elle s'offrirait un petit verre de cognac et resterait là à les regarder en silence – promis ! – (elle donnerait tout au plus un petit coup de pied à Sacha sous la table, s'il ne voyait pas venir un coup dangereux). Ensuite, ils iraient ensemble à la fête d'anniversaire – perspective supportable et presque agréable, du moins en ce qui concernait la petite promenade automnale à travers Neuendorf, perspective propre à faire remonter des souvenirs encore plus lointains, encore plus invraisemblables, souvenirs d'une époque où l'on brûlait encore les feuilles mortes à Neuendorf, où Sacha lui donnait encore la main en trottinant à côté d'elle...

Mais à ce moment le téléphone sonna pour la troisième fois. Plus vite que son ombre, Irina avait bondi et saisi le combiné.

— Tu ne pourrais pas au moins une fois nous laisser prendre le petit déjeuner tranquilles ? lança-t-elle, sans même laisser à Charlotte le temps de dire un mot.

Puis elle plaqua le combiné sur l'appareil qu'elle fixa un instant, comme si c'était un animal qu'elle venait juste de tuer, et elle aurait bien été capable de le fracasser, l'instant suivant – mais il ne sonna pas une nouvelle fois.

— Tu n'es pas obligée de te mettre dans des états pareils, dit Kurt.

Il était debout derrière elle, un coquetier (avec un œuf !) dans chaque main.

— Allez, prends encore sa défense ! lui cria Irina.

Kurt ne répondit pas, il posa les coquetiers et prit Irina dans ses bras. C'était une étreinte paternelle, sans intention précise ; Kurt avait mis ses bras autour du corps d'Irina et il la berçait doucement : « consoler », voilà comment elle appelait ça dans sa langue à elle et, même si elle se cabrait au début, elle aimait finalement bien se faire consoler, et dès que Kurt la prenait comme ça dans ses bras, elle avait aussitôt l'impression d'avoir de bonnes raisons de se laisser consoler : pour toutes les choses perdues, pour tout ce que la vie lui avait fait et pour tout ce que Kurt aussi lui avait fait. Irina posa sa tête contre l'épaule de Kurt et se laissa bercer. Au même instant, la porte de la chambre de sa mère s'ouvrit dans un grincement – ce qui eut pour conséquence de figer Irina, à l'affût du bruit de pas traînants qui allaient se faire entendre dans quelques secondes... Elle vit malgré elle la silhouette voûtée avec le bonnet de nuit tricoté qu'elle mettait quelle que soit la saison, la chaînette avec la clef qu'elle portait autour du cou quel que soit le moment de la journée, comme si elle redoutait qu'Irina la laisse dehors et ferme sournoisement, elle vit les pantoufles qui ressemblaient plus à des chiffons qu'à des chaussons et que sa mère adorait parce que ses pieds déformés par l'exostose la faisaient souffrir... Nadejda Ivanovna, fantôme qui incarnait son avenir.

Le fantôme s'approcha à pas traînants, s'arrêta derrière la porte entrouverte du salon, toujours invisible, et grommela quelque chose.

Irina ouvrit la porte d'un coup :

— Qu'est-ce que tu veux ?

Irina parlait russe avec sa mère ; depuis treize ans que Nadejda Ivanovna habitait ici, elle n'avait pas appris un seul mot d'allemand, sauf pour dire bonjour et au revoir – ce qu'elle confondait malheureusement la plupart du temps.

— Quand est-ce que Sacha arrive ? demanda Nadejda Ivanovna.

— Comment je pourrais savoir quand Sacha arrive ? lança Irina. Va plutôt mettre tes dents et déjeuner !

— Pas besoin de déjeuner, répondit Nadejda Ivanovna en se dirigeant vers la salle de bain à pas traînants.

Irina s'assit et sortit une cigarette Club de son paquet.

— Mange d'abord un peu quelque chose, dit Kurt.

— Il faut d'abord que j'en fume une, répliqua Irina.

— Irouchka, il ne faut pas que tu t'énerves comme ça à propos de tout, dit Kurt. Regarde comme le soleil brille.

Il fit une grimace pour dérider Irina.

— Pas besoin de déjeuner, dit Irina en imitant sa mère.

— Elle ne meurt quand même pas de faim, dit Kurt.

Irina eut un geste de déni. Kurt pouvait bien dire ce qu'il voulait, ce n'était pas lui qui s'occupait de Nadejda Ivanovna. Il ne savait pas à quoi ressemblait sa chambre : toutes ces denrées moisies qu'Irina retrouvait à chaque fois, parce que Nadejda Ivanovna rapportait toujours dans sa chambre des trucs à moitié avariés qu'elle mangeait – en cachette, car elle voulait absolument prouver qu'elle n'était à la charge de personne. Kurt n'était pas obligé de relaver la vaisselle que Nadejda Ivanovna, par notoire mesure d'économie, ne lavait qu'à l'eau tiède et sans utiliser de produit. Il n'était pas obligé de supporter l'épidémie de cornichons qui sévissait régulièrement à cette époque de l'année, parce que Nadejda Ivanovna voulait absolument se rendre « utile », occupant pendant des jours et des semaines la cuisine où elle mettait sa production de cornichons à mariner dans du vinaigre – activité qui se justifiait en Russie ou dans l'Oural mais qui était totalement absurde ici où l'on pouvait acheter un bocal de cornichons pour quelques pfennigs dans n'importe quel magasin.

— C'est terrible de n'être entourée que de vieux, dit Irina.

— Tu veux que je déménage ? demanda Kurt.

Irina ne trouvait pas ça particulièrement drôle, mais en portant son regard sur Kurt, en le voyant assis en face d'elle avec son visage sillonné de rides, ses sourcils qui devenaient de plus en plus broussailleux (à tailler absolument avant la fête d'anniversaire) et ses yeux bleus dont l'un était aveugle depuis l'enfance et avait peu à peu perdu l'habitude de suivre le mouvement de l'autre (un défaut qu'elle ne remarquait presque plus au bout de quarante ans, même si elle ne détestait pas le prendre en compte pour expliquer les faiblesses de caractère de Kurt comme, par exemple, son ambition démesurée et son côté coureur de jupons) – en le voyant assis en face d'elle, souriant comme un garnement sourit de sa propre blague, elle ressentit soudain de l'inclination pour cet individu. Plus même : elle sentit l'envie étonnante de tout lui pardonner – en tout cas en cet instant où elle se rendait compte que Kurt aussi vieillissait ; de ce point du vue au moins, il ne la laissait pas en plan.

— Tu sais, Irouchka, dit Kurt, c'est aujourd'hui dimanche, et qui sait combien de temps va encore durer le beau temps. On pourrait prendre la voiture et aller un peu dans la forêt ramasser des champignons ou autre chose.

— Mais tu n'aimes pas ramasser des champignons, fit remarquer Irina.

Non seulement Kurt n'aimait pas ramasser des champignons, mais en plus il n'en trouvait jamais. Chose qu'Irina se garda de dire, car elle mettait ça sur le compte de son œil aveugle.

— Mais j'aime bien regarder quand tu ramasses des champignons, répondit Kurt.

— Kurtik, il faut que je fasse à manger, il faut que j'aille chercher le cadeau pour Wilhelm…

— Quoi comme cadeau ?

Irina leva les yeux au ciel.

— Wilhelm a toujours le même cadeau depuis trente ans !

Dix paquets de Belomorkanal : des *papirossi* russes classiques qu'Irina allait chercher au foyer de ce que l'on appelait la « Maison des officiers » – un truc infect que Wilhelm ne fumait que pour se pousser du col et montrer à ses camarades du parti comment il savait pincer le tube en carton, tout en étalant ses quelques bribes de russe et en faisant de vagues allusions à sa « période russe ».

— Irouchka, objecta Kurt, cela fait deux ans que Wilhelm ne fume plus.

Le pire, c'était que Kurt avait raison. Après sa grave pneumonie (en fait, il avait déjà eu plusieurs pneumonies) Wilhelm avait arrêté de fumer ; lors de son dernier anniversaire, il avait même fait cadeau de ses Belomorkanal à Horst Mählich, qui ne s'était pas gêné pour aussitôt pincer une *papirossa* et la fumer devant tout le monde.

— Et qui va faire le repas de midi ?

— Fais quelque chose de simple, dit Kurt.

— Quelque chose de simple ! (Irina secoua la tête.) Il y a Sacha qui vient, et je vais faire quelque chose de simple !

— Et pourquoi pas ?

— Parce que chaque fois que Sacha vient, le 1er octobre, on mange toujours des *pelmeni*.

— Tu parles ! dit Kurt. Ça n'a absolument aucune importance.

Il cassa le haut de son œuf et commença à enlever la coquille pour la mettre dans le coquetier, méthode qu'Irina trouvait sans-gêne parce que ce n'était pas agréable d'enlever ensuite les coquilles du coquetier.

Mais elle ne dit rien. Prit une profonde inspiration qui lui causa un léger vertige. Entendit Nadejda Ivanovna sortir de la salle de bain.

— Je vais d'abord à la salle de bain, conclut Irina.

Quand Irina sortit de la salle de bain, Kurt était en train de feuilleter le journal. Son assiette était propre, sans la moindre miette.

— Pourquoi tu ne manges rien ? dit Irina. Tu vas encore avoir des maux d'estomac.

— Absolument rien ! s'écria Kurt. Pas un seul mot sur la Hongrie, pas un mot sur les réfugiés, rien sur l'ambassade à Prague[1] !

Il replia le journal qu'il claqua sur la table. On pouvait lire à la une, en gros caractères :

1. Depuis mai 1989, la frontière entre la Hongrie et l'Autriche est ouverte et de nombreux Allemands de l'Est utilisent cette voie pour passer à l'Ouest.

DANS LES LUTTES DE NOTRE TEMPS
LA RDA ET LA RÉPUBLIQUE POPULAIRE DE
CHINE AVANCENT MAIN DANS LA MAIN

Irina avait déjà vu le titre hier – c'était l'édition du week-end du *ND*, que Kurt n'avait pas encore lue, parce que la *Literaturnaja Gazeta* était arrivée de Moscou la veille. Irina se demandait pourquoi il lisait encore ce torchon de *Neues Deutschland* !

Kurt tapota du doigt le journal.

— Tu comprends ce qu'ils veulent dire avec ça ?

Irina haussa les épaules. Elle avait vu la photo aussi : quelques sommités alignées sur trois rangs, mais le grain de l'image était si grossier que l'on avait du mal à distinguer les nombreux Chinois des Allemands. Une photo normale et stupide, typique du *ND*, mais particulièrement stupide vu les circonstances puisque les gens fuyaient par tous les moyens (circonstances qui causaient une certaine joie maligne à Irina, alors que Kurt s'en inquiétait).

— C'est une mise en garde, pérorait Kurt. Ça veut dire que, s'il y a des manifestations ici, ça va faire comme les Chinois sur la place Tian'anmen. Grand Dieu, non, vraiment, ils ont la tête dure. Du béton, dit Kurt. Du béton !

Il prit du pain dans la corbeille et se fit une tartine.

Une image avait surgi dans la tête d'Irina aux mots de Tian'anmen : un homme tout seul, fragile, en chemise blanche, face à l'avancée de quatre ou cinq blindés. Elle se rappelait encore comment elle avait retenu son souffle en regardant la télévision, lorsque le premier blindé, crachant ses gaz d'échappement et tanguant dangereusement sur ses chenilles, avait essayé de contourner l'individu. Elle savait ce que cela voulait dire d'être aussi près d'un blindé. Pendant deux ans, elle avait fait la guerre, même si c'était seulement comme infirmière. Elle savait reconnaître un T-34 juste au bruit qu'il faisait quand il démarrait.

— Mais tu vas quand même parler à Sacha, dit Irina. Pas qu'il fasse des bêtises !

Kurt fit un geste en manière de refus.

— Si tu crois que Sacha va m'écouter !

— Mais tu vas quand même lui parler !

— Pour lui dire quoi ? Regarde-moi toute cette débilité – et Kurt tapait si fort avec son doigt sur le *ND* que ça en faisait mal à Irina –, rien que des mensonges et des débilités !

— Dis ça à ta mère, cet après-midi !

Irina prit une cigarette dans son paquet. Kurt arrêta sa main.

— Allez, Irina ! Mange d'abord quelque chose.

La pendule du salon ronronna neuf heures. L'espace d'un instant, tous deux s'immobilisèrent, comme si c'était convenu – il fallait vraiment tendre l'oreille pour entendre le ronronnement à peine audible de cette pendule. Puis Kurt dit :

— Entendu. Je vais parler à Sacha.

Il commença à manger son œuf avec une petite cuillère avant de s'arrêter et d'ajouter :

— Mais après le petit déjeuner, on va faire une balade.

Irina prit à son tour un morceau de pain dans la corbeille et se fit une tartine avec du beurre et du fromage, calculant combien de temps il allait lui rester si elle renonçait au magasin russe. D'un autre côté : elle n'avait vraiment aucune envie d'aller se promener, surtout avec Kurt qui courait toujours devant. En plus, elle n'avait pas les chaussures qu'il fallait.

— Tu veux que j'appelle Vera ? demanda Kurt. Peut-être qu'elle voudra nous accompagner.

— Ah ! dit Irina. C'est donc ça !

— Quoi donc ?

— Tu as envie d'être avec Vera, c'est ça ?

— Vera est *ton* amie, dit Kurt. Je me suis dit que tu allais peut-être t'ennuyer si on n'y allait que tous les deux.

— Vera n'a jamais été mon amie, dit Irina.

— Fabuleux, dit Kurt. On y va donc tous les deux !

Irina repoussa sa tartine et alluma sa cigarette.

— Irina, ça veut dire quoi ?

— Rien, dit Irina. Tu peux aller faire une balade avec Vera.

— Mais je ne veux pas aller faire une balade avec Vera, dit Kurt.

— Désolée, dit Irina, mais tu viens de dire que tu voulais aller te promener avec Vera.

Il y eut un instant de silence. Puis une porte grinça et l'on entendit les pas traînants de Nadejda Ivanovna qui approchaient, s'arrêtaient... Irina ouvrit la porte d'un seul coup et tendit à sa mère l'assiette où était posée une tartine.

— Allez, mange !

— C'est quoi ? demanda Nadejda Ivanovna, sans prendre l'assiette.

— Mon Dieu, c'est une tartine ! Avec du fromage ! Tu crois que je veux t'empoisonner ?

— Je ne supporte pas le fromage, rétorqua Nadejda Ivanovna.

Irina se leva, alla dans la chambre de sa mère et posa d'un geste autoritaire l'assiette sur la table.

Ce n'est qu'une fois revenue dans le salon qu'elle se rendit compte à quel point ça sentait fort dans la chambre de Nadejda Ivanovna – outre les aliments moisis et les différentes crèmes pour les pieds, toutes aussi inutiles les unes que les autres, il y avait surtout les effluves douceâtres de la naphtaline ramenée de Russie, que Nadejda Ivanovna utilisait à doses quasi mortelles et qui supplantait tout.

Irina alla ouvrir encore une fois la porte de la chambre et lança :

— Et tu pourrais aérer, s'il te plaît !

Elle retourna s'asseoir et se prit la tête dans les mains.

— Tu veux encore du café ? demanda Kurt.

Irina fit signe que oui de la tête.

— Excuse-moi.

Kurt lui versa du café avant de lui faire une tartine avec du fromage et du beurre encore un peu trop dur pour être bien étalé – la même que celle qu'elle avait portée dans la chambre de Nadejda Ivanovna – et la lui tendit.

— Irouchka, je pensais que nous avions dépassé tout ça.

Oui, se dit Irina, moi aussi, je pensais que nous avions dépassé tout ça.

Mais à la place, elle dit :

— Écoute, Kurtik, va te promener tout seul, j'ai encore beaucoup de choses à faire.

— Tout seul, dit Kurt, tout seul, je fais ça tous les jours.

— Alors va dans le jardin et coupe les roses fanées.

— Couper les roses ?

Kurt poussa un soupir et Irina ajouta :

— Je t'apporterai du café tout à l'heure et une tartine à la confiture de framboise.

Kurt fit oui de la tête.

— À la confitour de framboise, répéta-t-il.

Car, en réalité, Irina ne disait pas *confiture* mais *confitour* ; elle ne disait pas *folie* mais *foulie* ; elle ne disait pas *RDA* mais *ArDA*. Cela faisait trente ans qu'elle parlait comme ça, développant obstinément son propre dialecte, et cela faisait trente ans que Kurt la taquinait à cause de ça.

— J'ai dit quoi de travers encore ? demanda Irina.

— Rien, répondit Kurt, sans broncher, puis après un instant, il ajouta : confitour de passe-passe !

— Oh, toi ! dit Irina.

Et elle lui donna une tape en éclatant de rire.

Kurt fit semblant de se sauver devant son attaque et alla chercher sa pipe dans son bureau. À cet instant, le téléphone sonna de nouveau.

Il se dépêcha de revenir et posa sa pipe sur la table. Se dirigea vers le téléphone et prit le combiné.

— Oui, dit Kurt.

— Allô, dit Kurt.

À la façon dont il prononça « Allô », Irina se rendit compte que ce n'était pas sa mère.

— Dis donc ! s'exclama Kurt. Et pourquoi ?

Kurt blêmit soudain.

— Qu'est-ce qui se passe ? demanda Irina.

Mais Kurt se contenta de lever la main pour lui faire comprendre de ne pas le déranger. Il poursuivit dans le combiné :

— Tu n'es pas sérieux, là ?

Puis il écouta un moment, dit plusieurs fois à mi-voix :

— Oui… Oui… Oui…

Puis la conversation parut interrompue :

— Allô, dit Kurt. Allô ?

Était-ce quand même Charlotte ? S'était-il passé quelque chose ?

Kurt revint lentement jusqu'à la table et s'assit.

— C'était qui ? demanda Irina.

— Sacha, dit Kurt.

— Sacha ?

Kurt fit oui de la tête.

— Qu'est-ce qui se passe ? Il est où ?

— À Gießen, dit Kurt d'une voix faible.

Le corps d'Irina réagit instantanément – comme si on l'avait frappée, tandis que sa tête avait besoin de temps pour comprendre ce que voulait dire : Gießen.

Pendant un certain temps, aucun des deux ne prononça une parole.

Au bout d'un moment, Kurt commença à se bourrer une pipe. Il expirait de temps en temps par le nez, une manie typique quand il était désemparé.

Bruit de sa blague à tabac.

Puis la porte de Nadejda Ivanovna grinça. Lentement, très lentement, les pas traînants se rapprochèrent du salon… S'arrêtèrent. Puis, par l'entrebâillement de la porte, la voix de Nadejda Ivanovna, frêle mais soutenue, enfla d'une façon qui lui était propre :

— Pas que Sacha oublie de prendre un bocal de cornichons avant de repartir !

Kurt se leva lentement, fit le tour de la table, ouvrit grande la porte de la chambre et dit :

— Nadejda Ivanovna, Sacha ne viendra pas aujourd'hui.

Nadejda Ivanovna resta un moment désemparée avant de dire :

— Pas grave. Ça se conserve, les cornichons.

— Nadejda Ivanovna, dit Kurt… (Il leva les deux mains en même temps avant de les laisser retomber.) Nadejda Ivanovna, asseyez-vous un instant, s'il vous plaît.

— J'ai déjà déjeuné, dit Nadejda Ivanovna.

— Asseyez-vous un instant, s'il vous plaît, répéta Kurt.

Nadejda Ivanovna fit le tour de la table en traînant les pieds, s'assit sur le bord d'une chaise, posa sur la table le bocal de cornichons qu'elle avait apporté et mit l'une sur l'autre ses mains maigres et burinées par le travail.

— Nadejda Ivanovna, dit Kurt, en fait, Sacha ne va pas venir du tout pendant un bon moment.

— Il est malade ?

— Non, dit Kurt. Sacha est à l'Ouest.

Nadejda Ivanovna réfléchit.

— En Amérique ?

— Non, dit Kurt, pas en Amérique, à l'Ouest. En Allemagne de l'Ouest.

— Je sais, dit Nadejda Ivanovna. L'Allemagne de l'Ouest, c'est en Amérique.

Irina n'y tint plus.

— Sacha est parti, cria-t-elle. Mort, tu comprends ? Mort !

— Irina, s'exclama Kurt, tu ne peux pas dire une chose pareille !

Et s'adressant à Nadejda Ivanovna, en russe :

— Sacha n'est pas mort. Irina veut dire qu'il est parti très loin. Qu'il ne reviendra plus.

— Mais il viendra pour nous voir, dit Nadejda Ivanovna.

— Non, dit Kurt. Même pas pour nous voir. Je ne peux pas vous en dire plus pour l'instant.

Nadejda Ivanovna se leva au ralenti et retourna dans sa chambre en traînant les pieds. La porte grinça quand elle la referma.

1959

Alexander

L'infini.

Achim Schliepner avait dit qu'on ne pouvait pas compter jusqu'à l'infini.

Alexander était allongé sur sa couchette et rêvait de compter jusqu'à l'infini. Il rêvait qu'il était le premier à compter jusqu'à l'infini. Il comptait jusqu'à des chiffres qui donnaient le vertige, des millions, des trillions, des tribillions, des milliers de millions de tribillions... Et tout à coup, il était là : l'infini ! Les applaudissements fusaient. Le voilà célèbre. Il était debout dans une Tschaïka noire décapotée, la légendaire voiture des sommités russes, avec tous ses chromes et ses ailerons arrière en forme de fusée. Le cortège passait lentement dans la rue. À droite et à gauche, les gens faisaient une haie d'honneur, comme pour le 1er Mai, et ils agitaient des petits drapeaux noir-rouge-or...

À ce moment, il reçut un coup sur la tête. C'était Madame Remschel qui veillait à ce que tout le monde dorme. Si on ne dormait pas, on recevait un coup de livre sur la tête.

Sa mère vint le chercher. Il faisait presque nuit. L'homme qui allumait les réverbères ne tarda pas à arriver.

— Maman, quand est-ce qu'on va voir Baba Nadja ?

— Ah, Sachenka, ça va encore durer un petit peu.

— Mais pourquoi ça dure toujours aussi longtemps ?

— Tu devrais être content que ça dure longtemps. Quand tu seras grand, tout ira brusquement très vite.

— Pourquoi ?

— C'est comme ça : quand on vieillit, le temps passe plus vite.

Stupéfiante découverte.

Ils étaient arrivés au Konsum. Le Konsum était à peu près à mi-chemin. Le chemin était long, surtout le matin. Le retour lui paraissait plus court. Il se demanda si c'était parce que, l'après-midi, il était déjà un peu plus vieux que le matin.

— Tu veux venir avec moi, demanda sa mère, ou tu préfères attendre dehors ?

— Je viens avec toi, dit-il.

Au Konsum on pouvait échanger des bons contre du lait. La vendeuse remplissait le bidon avec une grande louche. Autrefois, c'était toujours Madame Blumert qui faisait ça. Mais on avait arrêté Madame Blumert. Il savait aussi pourquoi : parce qu'elle avait vendu du lait sans demander de bons. C'était ce qu'avait dit Achim Schliepner. Il était absolument interdit de vendre du lait sans demander de bons. Alexander fut donc effrayé en entendant la nouvelle vendeuse dire :

— Ce n'est pas grave, madame Umnitzer. Vous m'apporterez vos bons demain.

Sa mère était toujours en train de chercher dans son porte-monnaie.

— Mais je ne veux pas de lait ! s'exclama Alexander.

— Comment ?

L'effroi s'était glissé dans sa voix. Il avait du mal à parler.

— Je ne veux pas de lait, répéta-t-il à mi-voix.

Sa mère prit le bidon que lui tendait la vendeuse.

— Tu ne veux pas de lait ?

Ils sortirent du magasin, ses jambes avaient du mal à avancer. Sa mère s'accroupit à côté de lui.

— Qu'est-ce qui se passe, Sachenka ?

Syllabe après syllabe, il parvint à lui dire ses craintes. Sa mère se mit à rire.

— Mais, Sachenka, on ne va pas me mettre en prison !

Il éclata en sanglots. Sa mère le souleva, le prit dans ses bras et lui donna un baiser.

Elle l'appelait Lapotchka : « Patounet ».

Chez le boulanger, il eut un morceau de gâteau au miel. Le sucré du miel se mêlait au sel des larmes sur ses lèvres. Le monde reprenait peu à peu son cours.

— Mais Madame Blumert a quand même bien été arrêtée, dit-il.

— Mais non ! (Sa mère leva les yeux au ciel.) Nous ne sommes pas en Union soviétique !

— Pourquoi ?

— Ah, je dis ça comme ça, répondit sa mère. Ne va pas raconter à ta grand-mère qu'on se fait mettre en prison en Union soviétique.

Ils vivaient dans le Steinweg. En bas, habitaient grand-mère Charlotte et Wilhelm. Eux, ils habitaient en haut : sa mère, son père et lui.

Papa était docteur. Pas un vrai docteur mais un docteur ès machines à écrire. Papa était très grand et très fort, et savait tout. Maman ne savait pas tout. Maman ne savait pas encore très bien parler allemand.

— Et comment tu dis *Kryssa* en allemand ?

C'était suffisant pour mettre maman hors course.

D'un autre côté, maman s'était battue pendant la guerre : contre les Allemands.

— Tu en as tué ?

— Non, Sachenka, je n'ai jamais tiré. J'étais infirmière.

Ça le remplissait de fierté malgré tout. Sa mère avait gagné la guerre. Les Allemands avaient perdu. Bizarrement, papa était aussi allemand.

— Tu t'es battu contre maman ?

— Non, quand la guerre a commencé, j'étais déjà en Union soviétique.

— Pourquoi ?

— Parce que j'avais fui l'Allemagne.

— Et après ?

— J'ai coupé du bois.

— Et après ?

— J'ai fait la connaissance de ta maman.

— Et après ?

— On a mis la graine et tu es né.

« Mis la graine », il imaginait ça comme on creuse un trou dans la terre. Un peu comme l'arrosage de grand-mère. Une grande perche avec un bout pointu que l'on plantait dans le gazon. Le reste était encore flou. C'était en rapport avec la terre.

Le dimanche, il se glissait dans le lit de ses parents. Il se fourrait un doigt dans le derrière et disait :

— Sens !

— Pouah ! disait son père en sautant hors du lit.

Stupéfiante découverte : même sa propre merde pouvait puer !

Ensuite, ils faisaient la gymnastique du matin avec du hula hoop.

— C'est à la mode, affirmait maman.

Maman était en effet moderne. Papa n'était pas aussi moderne. Il voulait toujours garder les vieilles choses.

— Ces chaussures sont encore bonnes, disait-il.

Mais maman disait :

— Elles ne sont plus modernes.

Pénétrant : l'odeur de brûlé quand maman passait le poulet au-dessus de la flamme de la gazinière.

Avantageux : que papa préfère la viande blanche.

Incompréhensible : que ses parents fassent une sieste sans y être obligés.

Plus tard dans la journée : échecs. Papa lui donnait deux tours d'avance, mais il gagnait toujours.

— À six ans, Morphy gagnait déjà contre son père, disait son père.

Mais ce n'était pas grave. Il n'avait que quatre ans. Il fallait d'abord qu'il ait cinq ans. Et puis après il aurait encore le temps. Beaucoup de temps pour battre son père aux échecs.

Les jours de la semaine : du lundi au vendredi. Et aussi une chose qu'il avait déjà bien repérée : il y avait le premier vendredi et le deuxième vendredi. Le deuxième vendredi, il allait chez sa grand-mère.

Mais d'abord prendre un bain. Se faire peigner. Et ensuite, il s'en doutait déjà, sa mère allait vite chercher une paire de ciseaux.

— Chaque fois que je vais chez grand-mère, il faut que tu me traficotes les cheveux.

— Arrête de bouger !

— Mais ça pique !

C'était tout à fait ça, cette préparation pour aller chez sa grand-mère : bien lavé, en peignoir, et dans le cou les cheveux coupés qui piquaient.

— Allez, c'est bon, Lapotchka, disait sa mère.

Maman était en haut de l'escalier et grand-mère en bas de l'escalier.

— Allez, viens, mon petit moineau, disait grand-mère.

Il se retournait et faisait un signe à sa maman. Ça voulait dire : *tu peux y aller maintenant*. Il ne voulait pas qu'elle entende quand sa grand-mère l'appelait « mon petit moineau ». Il ne voulait pas non plus que grand-mère entende quand sa maman l'appelait « Lapotchka ».

Mais maman ne comprenait pas ça. Elle restait là debout à lui faire des signes de la main.

Lentement, très lentement, il s'accrochait à la rampe jusqu'à ce que les marches tournent et que l'escalier débouche d'un coup dans le vestibule où, le soir, on voyait briller le gros coquillage rose dans lequel Wilhelm – personne ne savait comment – avait monté une ampoule électrique.

L'univers de grand-mère. Ici, tout était un peu différent. Et lui aussi parlait un peu différemment, de façon un peu *compliquée*.

— Grand-mère, on fait aujourd'hui notre secret ?

— Bien sûr, mon petit moineau.

D'abord, on mettait la table. Empressé, Alexander faisait des allées et venues entre la cuisine et le salon – c'est ainsi que sa grand-mère appelait la grande pièce.

Règles de la table (valables uniquement pour l'étage inférieur de la maison) : les serviettes passées dans des coulants en argent étaient le plus à l'extérieur. Puis venaient le couteau et la fourchette. Puis la planche pour les tartines. Chez grand-mère, on mangeait en effet sur une planche en bois. C'était très *pratique,* parce qu'il était ainsi plus facile de couper la croûte du pain. Wilhelm ne supportait pas la croûte du pain. La cuillère était posée en travers sur la planche. Cette cuillère, on en avait juste besoin pour la célèbre crème au citron de grand-mère.

La crème au citron était le dessert préféré d'Alexander. Il ne savait d'ailleurs pas comment ça se faisait. À vrai dire, il n'aimait pas la crème au citron. Et malgré tout, c'était devenu son dessert préféré – chez grand-mère.

Il buvait aussi chez sa grand-mère de la camomille et mangeait des tartines de fromage fondu et de pâté de foie. Cela faisait partie des visites chez sa grand-mère. Comme les cheveux coupés qui lui piquaient le cou.

Il fallait disposer le beurre de telle façon que Wilhelm puisse le prendre sans problème.

Voilà.

Entre-temps, ils « faisaient leur secret ».

Leur secret, c'était de manger à la cuisine des toasts grillés. Ils appelaient ça des « *craquounettes* ». Wilhelm ne supportait pas les *craquounettes*. Et ne supportait pas non plus de voir les autres manger des *craquounettes*. Ça lui donnait la chair de poule, disait grand-mère. Ils mangeaient donc leurs *craquounettes* en cachette dans la cuisine. Avec de la confiture.

Jusqu'à ce que Wilhelm arrive.

— Alors, *hombre* ?

Et Wilhelm prenait son visage à pleines mains.

Wilhelm avait une petite tête mais de grandes mains. Cela venait de ce que, autrefois, il avait été ouvrier. Aujourd'hui, Wilhelm était une sommité. Mais il avait gardé ses mains d'ouvrier. Une seule suffisait à couvrir tout le visage d'Alexander. Alexander faillit s'étouffer, il avait encore un toast dans la bouche.

— Alors, on va voir ce que vous avez préparé comme tambouille, disait Wilhelm en passant dans le salon d'un air important.

— Wilhelm plaisante, soufflait grand-mère à Alexander.

Si Wilhelm était si bizarre, c'était parce qu'il n'était pas son vrai grand-père, c'était ce que se disait Alexander. C'était aussi pour ça qu'il s'appelait simplement Wilhelm. Quand on lui disait par mégarde « grand-père », Wilhelm montrait les dents en faisant avancer son dentier. Et ça faisait peur à Alexander.

Pendant le dîner, on mettait de la musique : un disque. Le tourne-disque était un meuble sombre avec, sur le dessus, un abattant en demi-lune que l'on pouvait soulever.

Wilhelm était contre la musique.

— Toi et ton truc, disait-il.

Mais c'était le seul à savoir faire marcher le tourne-disque. Et grand-mère était obligée de quémander :

— Wilhelm chéri, mets-nous un disque, Alexander aime tant Jorge Negrete.

Wilhelm finissait par prendre un disque dans le meuble, le faisait glisser de sa pochette, prenait un petit pinceau qu'il passait sur les sillons du disque en exagérant ses mouvements circulaires, tout en le tenant de telle façon que ses doigts ne touchaient que le bord et le centre et en l'inclinant plusieurs fois vers la lumière. Puis il cherchait un certain temps le centreur qui devait passer dans le trou au milieu du disque mais que l'on ne pouvait pas voir tant que l'on tenait le disque, qui le masquait – moment difficile. Une fois la chose faite, Wilhelm choisissait la bonne vitesse, se penchait en tordant le cou, de sorte qu'Alexander pouvait voir son crâne dégarni ; puis il abaissait précautionneusement l'aiguille jusqu'à ce qu'on entende le crépitement mystérieux… Et enfin la musique arrivait.

« J'aurais regretté[1] ». Alexander ne savait pas ce qu'il y avait à regretter, au contraire, et il ne comprenait pas le rapport avec la musique. Comme il n'y avait pas de tourne-disque chez ses parents, « J'aurais regretté » était la seule musique qu'il connaissait. Mais elle en valait la peine :

> *Mexico lindo y querido*
> *si muero lejos de ti*
> *que digan que estoy dormido*
> *y que me traigan aquí*[2]

Même s'il ne comprenait pas les paroles, il était capable de chanter le refrain.

— Est-ce que tu sais pourquoi les Indiens s'appellent des Indiens ? demanda Wilhelm en plaquant une tranche de pain sur sa planche.

---

1. « J'aurais regretté » est la déformation enfantine par Sacha de « Jorge Negrete », l'auteur de cette chanson populaire mexicaine.
2. « Mexique beau et chéri / si je meurs loin de toi / je préfère qu'ils disent que je suis endormi / et qu'ils me ramènent ici. »

Alexander savait pourquoi les Indiens s'appelaient des Indiens ; Wilhelm le lui avait déjà expliqué deux fois. Il hésitait à répondre à cause de ça
justement.

— Ha ha, dit Wilhelm, il ne sait pas. Ils ne savent
rien, ces jeunes !

Il posa un morceau de beurre sur son pain et
l'étala d'un seul geste.

— Christophe Colomb, dit Wilhelm, a appelé les
Indiens Indiens, parce qu'il croyait qu'il était arrivé
en Inde. *Comprende ?* Et on continue à les appeler
ainsi. Ce n'est pas idiot, ça ?

Il se tartina ensuite une épaisse couche de pâté
de foie.

— Les Indiens, reprit-il, sont les premiers
habitants du continent américain. C'est à eux qu'ap-
partient l'Amérique. Mais au lieu de…

Il mit encore un cornichon sur sa tartine ou plutôt
le lança sur sa tartine, si bien que le cornichon roula
et atterrit sur la nappe.

— Au lieu de ça, ce sont aujourd'hui les plus
pauvres parmi les pauvres. Aliénés, exploités, opprimés.

Puis il coupa son cornichon en deux, enfonça
profondément les deux moitiés dans la couche de
pâté de foie et commença à mâcher à grand bruit.

— Ça, conclut Wilhelm, c'est le capitalisme.

Après le dîner, grand-mère et Alexander allaient
dans le jardin d'hiver. Il faisait chaud et humide
dans le jardin d'hiver. Odeur à la fois douceâtre et
salée, comme au zoo. La fontaine d'appartement
ronronnait doucement. Entre les cactus et les caout-
choucs, on trouvait des tas de choses que grand-
mère avait ramenées du Mexique : des coraux, des
coquillages, des objets en argent véritable, la peau

d'un serpent à sonnette que Wilhelm avait tué de ses propres mains avec une machette ; au mur était accrochée la scie d'un poisson-scie, près de deux mètres de long, aussi improbable que la corne d'une licorne ; mais ce qu'il y avait de mieux, c'était le bébé requin empaillé dont la peau rugueuse faisait frissonner Alexander.

Ils s'asseyaient sur le lit (le lit de grand-mère était dans le jardin d'hiver, parce qu'il n'y avait que là qu'elle arrivait à dormir), et grand-mère se mettait à raconter. Elle parlait de ses voyages, des chevauchées qui duraient des jours ; des descentes en canoë ; des piranhas qui mangeaient des vaches entières ; des scorpions dans les chaussures ; des gouttes de pluie aussi grosses que des noix de coco ; et de la forêt vierge qui était si dense qu'il fallait, à coups de machette, se frayer un chemin qui s'était de nouveau refermé quand on revenait.

Ce jour-là, grand-mère parla des Aztèques. La dernière fois, elle avait raconté comment les Aztèques avaient traversé le désert. Cette fois, ils trouvèrent la ville abandonnée ; et comme personne n'y habitait, les Aztèques se dirent que c'était la demeure des dieux et ils appelèrent la ville : Teotihuacán – *le lieu où l'on devient dieu.*

— Mais, grand-mère, en réalité, les dieux n'existent pas.

— En réalité, les dieux n'existent pas, dit grand-mère avant de raconter comment les dieux créèrent le cinquième monde. Le monde avait déjà sombré quatre fois, il faisait froid et obscur et il n'y avait plus de soleil dans le ciel, seule une flamme brûlait encore au sommet de la pyramide de Teotihuacán ; les dieux se réunirent pour tenir conseil et en arrivèrent à la conclusion qu'il fallait que l'un d'eux se sacrifie pour qu'apparaisse un nouveau soleil.

— Ça veut dire quoi, grand-mère : *se sacrifier* ?

— Ça veut dire que l'un d'eux devait se jeter dans le feu pour renaître dans le ciel sous forme de nouveau soleil.

— Pourquoi ?

— Il fallait que l'un d'eux se sacrifie pour que la vie des autres puisse continuer.

Stupéfiante découverte.

Maman le mit au lit.

— Tu restes un peu à côté de moi ?

— Pas aujourd'hui, dit maman, je viens juste de me faire une coiffure.

Bruissement de ses vêtements quand elle sortit de la chambre.

Aujourd'hui, il se sentait particulièrement mal. Des images rôdaient dans l'obscurité. Il pensait au dieu qui avait dû se jeter dans le feu. « Cipitalisme » – ce mot ressurgit. Ça faisait penser à une forte chaleur : *kipit* – en russe, ça veut dire : « ça bout ». Des piranhas nageaient dans une soupe en ébullition. « Ne trempe pas ton doigt dedans », lui disait son père. Des Aztèques dansaient, pieds nus dans le sable du désert, le visage déformé par la douleur. « Wilhelm, Wilhelm », criait grand-mère. Wilhelm arrivait et éteignait tout avec la saumure des cornichons. Maman, habillée de façon très élégante, distribuait des chaussures aux Aztèques. C'étaient des chaussures de femmes qui étaient passées de mode. Les Aztèques faisaient de grands yeux mais les enfilaient quand même. Puis ils reprenaient leur marche à travers le désert désormais imbibé de saumure de cornichons. Leurs talons s'enfonçaient dans la boue jaune.

Alexander se réveilla et vomit : goût de crème au citron. Il eut ensuite de la fièvre pendant trois jours.

Son anniversaire tombait en avril. Il reçut une trottinette avec de vrais pneus gonflables, une bouée et un bulldozer électrique.

Furent invités : Peter Hofmann, Matze Schöneberg, Katrin Mählich et Renate qui ne disait jamais rien. Peter Hofmann mangea trois parts de tarte. On joua à taper sur des casseroles avec une cuillère en bois.

Maintenant qu'il avait cinq ans, la question revint sur le tapis :

— Maman, quand est-ce qu'on va aller voir Baba Nadja ?

— Début septembre.

— C'est quand, septembre ?

— Là, on va bientôt être en mai, ensuite il y aura juin, juillet, août et ensuite septembre.

Alexander était furieux.

— Tu as dit que, quand on est grand, le temps passe plus vite.

— Quand tu seras grand, Sachenka. Vraiment grand.

— Et c'est quand que je serai vraiment grand ?

— Tu seras vraiment grand à dix-huit ans.

— Et je serai grand comment ? Comme papa ?

— Sûrement plus grand.

— Pourquoi ?

— C'est comme ça. Les enfants deviennent en général plus grands que leurs parents. Et les parents, en vieillissant, deviennent un peu plus petits.

Elle dit au marchand :

— Une livre de hachis, s'il vous plaît.

C'était le début de l'été.

Il fallait encore finasser pour avoir le droit de porter des culottes courtes. Mais, peu à peu, au bout de quelques jours, l'été s'installa, se répandant de partout insensiblement, prenant possession des derniers recoins de Neuendorf, chassant la froideur de la terre humide ; l'herbe était chaude à présent, l'air vibrait d'insectes, et plus personne ne se souvenait de la chair de poule ressentie le premier jour où l'on avait remis des culottes courtes ; personne ne pouvait imaginer que l'été prendrait fin un jour.

Faire du patin à roulettes. Les roues en acier étaient modernes. Cela faisait un sacré boucan. Wilhelm sortait :

— C'est intenable, ce cirque !

Confectionner des arcs. Faire des flèches avec les branches d'un arbuste inconnu. Entourer les pointes avec du fil de cuivre. Uwe Ewald tire dans l'œil de Frank Petzold. Hôpital, panique générale.

Faire des dessins à la craie sur le bitume de la rue. Peter Hofmann dessine une croix gammée. Qu'il transforme aussitôt en fenêtre – en ajoutant des traits.

Une chose qui était aussi strictement interdite : aller dans le bunker. Les grands y vont quand même. Les petits aussi. Au moment où Alexander pénètre dans le bunker, un fantôme apparaît dans les profondeurs : juste une tête avec des joues éclairées. Les cheveux d'Alexander se hérissent tant il est épouvanté. Il fonce sans un mot vers la sortie.

Une chose qui n'était pas interdite mais pas vraiment permise non plus : jouer au cheval et au cavalier avec Renate Klumb. Il faut qu'elle s'allonge dans l'herbe, sur le ventre, jupe retroussée. Lui s'assied dessus. Renate n'a pas besoin de bouger pour ce jeu. Il suffit que la peau de l'un et de l'autre se touche à certains endroits.

S'enfiler des pommes vertes avec Matze. Colique garantie.

Katrin Mählich se coince les doigts dans la chaise longue.

Dans le bac à sable des Hofmann, on construit des villes pour les punaises rouges. Il y en a à foison. Figées sur les pierres chauffées par le soleil.

Et c'est au moment où l'été s'immobilise, où les jours ne bougent plus, où le temps cesse de passer en dépit des promesses et où Alexander a presque oublié, que sa mère lui dit :

— La semaine prochaine, nous partons voir Baba Nadja.

— La semaine prochaine, je vais en Union soviétique, annonce Alexander.

Achim Schliepner ne se montre guère impressionné.

— L'Union soviétique est le plus grand pays du monde, précise Alexander.

Mais Achim Schliepner dit :

— L'Amérique est plus grande.

Le voyage : un wagon vert. Un wagon-lit aussi douillet qu'une maisonnette sur roues. On pouvait aussi commander du thé. Sur les verres à thé, on pouvait voir le Kremlin. Et autour du Kremlin, il y avait un Spoutnik qui tournait.

Changement de boggies à Brest-Litovsk. Écartement plus large en Union soviétique.

— Hein, c'est vrai, maman, que l'Union soviétique est le plus grand pays du monde !

— Oui, bien sûr.

Il ne se souvenait de rien. Mais il connaissait *tout*. Même l'odeur des taxis moscovites : mélange d'essence et de caoutchouc brûlé. Moscou tout entier semblait imprégné de l'odeur des taxis.

La place Rouge : file d'attente devant le mausolée.

— Non, Sachenka, nous n'avons pas assez de temps.

Pour compenser : un esquimau. Et un yaourt Prostokwascha avec du sucre.

Le métro : gigantesque. Il avait un peu peur des escaliers roulants. Et encore plus des portes.

Et puis encore trois jours de train. Changement à Sverdlovsk. Et puis encore une demi-journée de voyage. Et puis enfin Slava.

La gare était un peu à l'extérieur. Une Jeep vint les chercher, elle faisait de grands détours pour éviter les nids-de-poule sur le chemin. Non, pas des nids-de-poule : des cratères.

La bourgade. Des palissades. Des maisons en madriers. Et chacune aurait pu être celle de Baba Nadja.

Le chauffeur klaxonna, Baba Nadja sortit sur le pas de sa porte.

— Pourquoi elle pleure, Baba Nadja ?

— Parce qu'elle est contente, dit maman.

La maison était petite. Une cuisine, une chambre. Au milieu de la maison, un grand poêle. Baba Nadja dormait sur le poêle. Maman et Alexander dormaient dans le lit.

La cour : un sauna, une étable. Le chien blanc et noir attaché à une chaîne s'appelait Drushba. *Drushba* voulait dire « amitié ». Amitié aboyait.

La chaîne faisait du bruit. Baba Nadja se mettait en colère :

— Ta gueule, Amitié !

Dans l'étable vivaient la vache et le cochon. La vache était marron et s'appelait Marfa. Le cochon s'appelait simplement Cochon. Comme Wilhelm s'appelait simplement Wilhelm.

Alexander avait peur du cochon. Quand on le lâchait, il fonçait à travers la cour en poussant des couinements. Amitié aussi avait peur du cochon. En revanche, on n'avait pas à avoir peur d'Amitié.

Il avait même le droit d'aller se promener avec Amitié. En fait, il avait pratiquement le droit de tout faire. Il avait le droit de monter sur le toit. Il avait le droit de marcher dans les immenses flaques. Sauf d'aller dans la forêt.

— Ne mets pas un pied dans la forêt, disait Baba Nadja.

Car, dans la forêt, on se perdait. Et on se faisait manger par les loups.

— Et on ne retrouvera plus que tes os, disait Baba Nadja.

— Allez, arrête ! disait maman.

Il n'avait malgré tout pas le droit d'aller dans la forêt.

— Les moustiques aussi peuvent te dévorer, disait maman.

Mais il n'y croyait pas. Moins qu'aux loups.

Très intéressant : aller chercher de l'eau au puits. Baba Nadja avait une sorte de balancier qu'elle mettait sur ses épaules avec un seau à chaque extrémité, à droite et à gauche, et ils partaient tous les deux comme ça. Le puits le plus proche n'était pas très loin. On fixait le seau à un crochet. Il descendait tout seul. Alexander avait aussi le droit de tourner la manivelle pour le remonter.

Le pain arrivait une fois par semaine. Il y avait une longue queue devant le magasin. Chacun recevait trois miches. Même Alexander. À trois, ça faisait neuf miches. Chacune coûtait onze kopecks. Ils en mangeaient trois et les six autres étaient pour la vache. Trempées dans de l'eau. La vache faisait du bruit en mastiquant. Elle aimait.

Il y avait l'électricité chez Baba Nadja. Il n'y avait pas le gaz. Baba Nadja cuisait tout dans une niche du grand poêle. Pour le thé, on faisait chauffer le samovar. Il y avait du thé le matin, à midi et le soir. Le samovar bourdonnait. Baba Nadja jouait aux cartes avec lui : au *durak*.

Un soir il y eut de la visite : Pavel Augustovitch, en cravate et en costume. Un personnage étrange, très mince et à l'allure désuète. Il fit un baisemain à maman.

— C'est une honte, dit maman à Baba Nadja : Pavel Augustovitch a fait des études au conservatoire.

— Qu'est-ce qu'on peut y faire ? répondit Baba Nadja. Dieu en a décidé ainsi.

D'autres fois, c'étaient des femmes avec des fichus sur la tête qui venaient. Elles chantaient jusque tard dans la nuit. D'abord des chants joyeux. Elles frappaient dans leurs mains et dansaient même, parfois. Puis des chants tristes. Alors elles pleuraient. À la fin, elles s'enlaçaient et essuyaient les larmes de leur visage.

— C'est dommage que chez nous on n'habite pas tous dans une même pièce.

Retour à la maison. Deuxième vendredi chez grand-mère, il avait maintenant des choses à raconter.

— On a fait cinq jours de train !

— C'est très intéressant, disait grand-mère. Mais tu ne veux pas raconter tout ça pendant le repas, comme ça Wilhelm pourra aussi en profiter ? Pour lui aussi, tout ça est très intéressant.

Il ne savait pas bien comment s'y prendre. Grand-mère l'encouragea :

— On va faire comme ça : je te dis un mot-clef et, dès que tu l'entends, tu y vas !

Mot-clef ?

— Par exemple, « Union soviétique », lui dit grand-mère. Je dis par exemple : « J'aimerais bien passer des vacances en Union soviétique ! » C'est le mot-clef.

Wilhelm écrasait une grosse couche de beurre sur sa tartine.

— Aujourd'hui, les Indiens sont les plus pauvres parmi les pauvres, disait-il. Opprimés, exploités, spoliés de leurs terres.

Grand-mère disait :

— En Union soviétique, il n'y a ni exploitation ni oppression.

— C'est clair, dit Wilhelm.

Grand-mère jeta un regard à Alexander et répéta :

— En U-ni-on so-vi-é-tique, il n'y a ni exploitation ni oppression !

— Ah oui, dit Wilhelm, tu as été en Union soviétique. Raconte un peu !

Soudain la tête d'Alexander se retrouva vide.

— Alors, reprit Wilhelm, tu ne veux plus parler avec les gens simples ?

— Chez Baba Nadja, dit Alexander, l'eau vient du puits.

Wilhelm se racla la gorge.

— Très bien, dit-il, c'est possible. Quand on était en Union soviétique – Lotti, tu te rappelles –, il y avait encore des puits à Moscou. À Moscou, tu imagines ! Et maintenant ? Tu as bien été à Moscou ?

Alexander fit oui de la tête.

— Tu vois. Et quand tu seras grand, plus personne ne sera obligé d'aller chercher de l'eau au puits en Union soviétique. Quand tu auras l'âge de ton père, le communisme aura déjà commencé depuis longtemps en Union soviétique – et peut-être même partout dans le monde.

Ça ne plaisait pas trop à Alexander, d'imaginer que tous les puits allaient disparaître, mais il ne voulait pas décevoir Wilhelm une fois de plus. Il dit donc :

— L'Union soviétique est le plus grand pays du monde.

Wilhelm acquiesça d'un air satisfait. Le regarda comme s'il attendait la suite. Même grand-mère le regardait comme si elle s'attendait à une suite. Et Alexander ajouta :

— Mais Achim Schliepner est bête. Il dit que c'est l'Amérique, le plus grand pays du monde.

— Ha ha, intéressant, dit Wilhelm, puis en se tournant vers grand-mère : Et ils n'ont pas voté non plus, les Schliepner. Mais on finira bien par y arriver.

École maternelle. Il était maintenant dans la grande section. Achim Schliepner était parti. Alexander était désormais le plus malin. La preuve :

— Je suis déjà allé à Moscou.

Même Madame Remschel n'y était jamais allée.

— Et quand je serai grand, j'irai au Mexique.

Car, une fois grand, ce sera le règne du compo-nisme[1]. Les Indiens ne seront plus exploités ni opprimés. Plus personne ne devra se sacrifier. Seuls les serpents à sonnette existeront encore, évidemment. Et les scorpions dans les chaussures. Mais il sait comment faire : secouer ses chaussures le matin en les retournant – simple comme bonjour. C'est grand-mère qui le lui a expliqué.

C'est dimanche. Alexander remonte la rue avec ses parents. La Thälmannstraße. Les arbres ont des couleurs. Odeur de fumée. Les gens ramassent les feuilles mortes avec des râteaux et les brûlent en petits tas. On peut jeter des marrons dans la braise et les voir éclater au bout d'un moment.

Ils marchent au milieu de la chaussée, main dans la main : maman à gauche, papa à droite, et Alexander explique comment il voit les choses.

— Je vais grandir et vous, vous allez rapetisser. Et puis vous allez de nouveau grandir et, moi, je vais rapetisser. Et ainsi de suite.

— Non, dit son père, ce n'est pas tout à fait comme ça. Avec le temps on rapetisse, c'est vrai, mais on ne devient pas plus jeune. On devient plus vieux et à un moment donné on meurt.

— Tout le monde meurt ?

— Oui, Sacha.

— Moi aussi, je vais mourir ?

— Oui, toi aussi, tu vas mourir un jour, mais d'ici là tu as le temps, beaucoup de temps – un temps *infini* – et tu n'as pas besoin d'y penser.

Stupéfiante découverte.

---

1. Sacha, enfant, déforme « communisme » en « compo-nisme », comme, page 95, « capitalisme » en « cipitalisme ».

L'infini : là-bas, là où la fumée se perdait, là où les arbres étaient tout petits, ce devait être là-bas. C'est là-bas qu'ils allaient, lui et ses parents. L'air frais caressait ses joues. Ils marchaient et marchaient, légèreté inquiétante, sans presque bouger de place pour autant.

Il souriait, mais d'un air gêné : parce que ses idées sur grandir et rapetisser étaient des bêtises.

2001

Alexander

L'aéroport ressemblait à un asile de nuit. Sacs de couchage, files d'attente aux guichets. Les panneaux affichaient une multitude de vols annulés. Tout le monde semblait lire le même journal. Image à la une : un avion s'écrasant dans un gratte-ciel. Ou était-ce un missile de croisière ? Une fusée ?

Le vol pour Mexico avait aussi du retard.

Alexander acheta un guide de voyage (le célèbre *Backpacker*, tourisme doux), un dictionnaire allemand-espagnol, un coussin gonflable pour la nuque et – histoire de se mettre dans le bain – un journal espagnol. Un mot qu'il comprenait même sans dictionnaire : *terrorista*.

Et puis, enfin, quand même : l'embarquement. Pendant que l'avion allait se mettre en début de piste : le ballet des hôtesses de l'air expliquant les consignes de sécurité. Elles souriaient résolument, si on pouvait appeler ça sourire. Il essaya d'imaginer leur visage en cas de catastrophe.

Une pensée au moment du décollage : il y a encore beaucoup de possibilités de mourir. Apaisant, bizarrement.

Il se cala dans son siège du mieux qu'il put – entre un homme en surpoids avec une chaîne en or et une mère au teint pâle, qui essayait désespérément de calmer son enfant en train de boire du Coca à tire-larigot. Il ne lisait pas, n'essayait même pas de dormir. Suivait sur le petit écran face à lui le vol de l'avion, l'altitude qui augmentait, la température qui baissait.

Il prenait tout ce qu'on lui proposait : du café, des écouteurs, un masque pour dormir. Il mangeait tout ce qu'on lui servait, même le dessert mystérieux emballé dans une boîte en plastique.

Au bout de deux ou trois heures, le film commença. Un film d'action tout à fait ordinaire. Des gens se tapaient dessus, le tout accompagné de bruits qu'il pouvait même entendre à travers les écouteurs de son voisin. Rien de spécial donc, si ce n'était qu'arriva un moment où il ne put plus le supporter. Pourquoi passer ce genre de chose ? Montrer comment les gens se font mal ?

Il mit son masque de sommeil, enfonça ses écouteurs et passa les programmes en revue.

Haendel. Une de ses célèbres arias : retenue et d'une dangereuse mélancolie. Il écoutait avec prudence, prêt à tout moment à couper la musique si elle lui devenait trop proche.

Ce qui ne fut pas le cas. Il se cala bien contre le dossier, écoutant, stupéfait, la mélodie supraterrestre de cette aria – non, en fait, elle n'avait rien de supraterrestre, au contraire. Tout le contraire de Bach : terrestre, d'ici-bas. Tellement d'ici-bas que ça en faisait presque mal. Et soudain il sut : chagrin de l'adieu. Regard sur le monde avec la conscience de son caractère éphémère. Quel âge pouvait avoir Haendel quand il avait composé cette merveille ? Il était préférable de ne pas le savoir.

Comme il se donnait du temps, ce sacré bonhomme ! Et comme tout était simple, clair !

Il ne put s'empêcher de penser à sa dernière mise en scène à K. Certes, s'il voulait, il pouvait se rassurer en se disant que les critiques n'avaient pas été aussi cinglantes qu'il l'avait redouté. Il se rappelait comment il s'était assis sur les marches, lors de la première. Comment il avait regardé, la mort dans l'âme, les acteurs en train de gesticuler et de crier sur scène en faisant leur petit numéro… Le décor compliqué avec beaucoup de couleurs. Les lumières qui avaient coûté une fortune (on avait encore acheté en plus un projecteur imitant la lumière du jour)… Trop. Trop forcé. Trop compliqué.

C'était ça ? Ce côté forcé et compliqué. C'était *ça,* le cancer ?

Le lymphome non hodgkinien… Ensuite, le type lui avait expliqué sa maladie : en se balançant sans conviction sur son siège de bureau, une règle en plastique à la main – avait-il vraiment une règle à la main ? Avait-il vraiment décrit de petites bulles dans l'air en lui parlant de cellules T qui allaient lentement le tuer ?

Le plus absurde, c'était qu'il s'agissait d'anticorps. Des anticorps de son système immunitaire destinés au départ à combattre des corps étrangers mais qui se transformaient eux-mêmes, pour autant qu'il ait compris, en cellules géantes hostiles.

La nuit précédente, la nuit précédant le diagnostic, après être resté allongé dans son lit pendant des heures, excédé par le chuintement de l'appareil respiratoire du vieil homme, qui traversait impitoyablement ses boules Ohropax, à un moment donné, vers trois heures du matin, après s'être posé toutes les questions possibles, après avoir envisagé toutes les éventualités, après s'être finalement levé et glissé dans le couloir et avoir cherché en vain à localiser le problème sur la planche anatomique – après avoir fait tout ça –, il s'était finalement dit : peu importe ce que c'était, peu importe où il était, on le supprimerait et il lutterait pour cette vie, voilà ce qu'il s'était dit, et au mot « lutter » il s'était vu malgré lui en train de tourner dans le parc de Humboldthain, courir autour de sa vie, s'était-il dit, tourner pour extirper la maladie, tourner jusqu'à ce qu'il ne reste plus rien de lui que le noyau, l'essence, jusqu'à ce qu'il n'y ait plus aucune place pour n'importe quel tissu hostile entre la peau et les tendons…

Il n'y avait rien à supprimer, rien à localiser. Cela venait de lui, de son système immunitaire. *C'était* son système immunitaire. C'était lui. C'était lui la maladie.

La voix dans son oreille faisait de petites boucles. Sautillait, gloussait. Riait…

Il ôta son masque de sommeil. Vérifia si quelqu'un avait remarqué son léger rougissement… Mais personne ne faisait attention à lui. Le gros avec sa chaîne en or (qui avait quand même réussi à ne *pas* attraper de cancer) avait les yeux rivés sur son écran. La mère au visage blême essayait de dormir un peu. Seul l'enfant le regardait avec ses yeux brillants couleur de Coca.

Mexico, aéroport. Air chaud. Il constate au passage qu'en pénétrant dans la ville (le pays, le continent) ça ne sent pas l'engrais aux nitrates comme dans le jardin d'hiver de sa grand-mère.

Taxi. Le chauffeur conduit comme un sagouin, assis de travers sur son siège, à moitié appuyé contre sa vitre ouverte. Alexander se renfonce dans son siège. La voiture file sur des *avenidas* à plusieurs voies, le chauffeur donne de grands coups de volant, fait crisser ses pneus dans les virages, erreur de trajectoire, passe par des trous d'aiguille, dehors la circulation mugit, brusque tournant à droite, la rue devient étroite avec des gens sur les trottoirs à droite et à gauche, le chauffeur passe au rouge, maintenant, pour la première fois, il bouge la tête pour voir si la voie est libre.

Hôtel Borges : adresse recommandée par le *Backpacker*. Dans le *centro historico*, trente-cinq dollars la nuit. À la réception, un petit jeunot en costume bleu lui explique quelque chose qu'il ne comprend pas. *El quinto piso*, ça, il comprend : cinquième étage. La chambre est grande, tous les meubles ont été peints au pistolet en bordeaux, même pas kitsch. Alexander se laisse tomber sur le lit. Et maintenant ?

Alexander sort dans la rue. Se mêle à la foule. Il est vingt heures. Les rues sont bondées, il se laisse porter par le flot des passants, respire le souffle des autres. Des policiers de petite taille portent des gilets pare-balles en dépit de la chaleur et soufflent sans discontinuer dans leur sifflet. À un moment, il trébuche sur un trou gros comme une plaque d'égout et tombe dans les bras de ceux qui viennent en face. Les gens rient, le relèvent, ce grand Européen mal dégourdi. Puis il arrive dans un parc. Partout des choses à vendre. De la viande et des légumes cuisent ensemble dans de gigantesques poêles. Il y a là des couvertures et des bijoux, de vieux téléphones, des scies circulaires, des réveils, il y a de la peau de porc salée, il y a des choses qu'il ne connaît pas, il y a de tout en fait : des décorations en plumes, des pantins en squelette, des lampes, des crucifix, des chaînes stéréo, des chapeaux.

Alexander s'achète un chapeau. Il a toujours voulu s'acheter un chapeau. Maintenant il a une raison de le faire. Maintenant il pourrait dire : à Mexico, on a besoin d'un chapeau – à cause du soleil. Mais il ne le dit pas. Il s'achète un chapeau parce qu'il en a envie. Il s'achète un chapeau pour braver les principes d'éducation qui lui ont été inculqués. Il s'achète un chapeau pour braver son père. Il s'en achète un pour braver toute sa vie, celle où il ne portait pas de chapeau. Pourquoi pas ? C'est pourtant si simple ! Il a envie de rire. Il rit même. Non, bien sûr, il ne rit pas, mais il sourit. Il se laisse porter. Maintenant, il se sent vraiment à sa place. Maintenant, avec son chapeau, il fait partie de ces gens. Maintenant, il sait soudain parler espagnol : « Combien ça coûte... Je voudrais... Taco, Tortilla ?... *Gracias, Señor... Señor !* » Il fait une légère courbette comme on le fait quand on reçoit un titre honorifique. La vieille dame rit doucement. Elle n'a plus qu'une seule dent. Alexander continue à se laisser porter. Mange des tortillas en pagaille. Marcher, s'arrêter, circulation. De nouveau des grappes de minuscules policiers en train de siffler de façon absurde, mais soudain il comprend : ils sifflent, c'est tout. Comme les oiseaux. Ils sifflent parce qu'ils sont. Stupéfiante découverte. Ils battent des ailes, agitent les mains, sans qu'on sache pourquoi, sans aucune pertinence, tandis que la circulation, obéissant à quelque loi naturelle, se règle d'elle-même.

Puis il entend de la musique. Pas des coups de sifflet, de la vraie musique. De façon encore incertaine, on entend de temps à autre le son d'un violon ou d'une trompette : violon et trompette ! Le couple instrumental typique du Mexique, comme sur le 78 tours de grand-mère Charlotte. Son excitation augmente, il accélère le pas. À présent on a l'impression qu'un gigantesque orchestre accorde ses instruments. Les chanteurs ont l'air de faire leur voix. Que se passe-t-il là ? Alexander se retrouve sur une place très éclairée. La place est noire de monde et au milieu, il n'en croit pas ses yeux, des petits groupes facilement reconnaissables à leurs uniformes différents, des centaines de musiciens : des orchestres, grands et petits, dix ou douze personnes, avec d'énormes sombreros ou de simples chapeaux de paille, avec des listes de boutons dorés ou un passement argenté, avec des épaulettes et des franges, roses, blanches ou bleu marine, et tous font de la musique ! En même temps ! Inexplicable ! Comme l'apparition soudaine d'insectes mystérieux. Une procession ? Une grève ? Étaient-ils en train de chanter contre la fin du monde ? Était-ce la seule place d'où ils pouvaient être entendus par un dieu quelconque ?

Alexander déambule de-ci de-là, il écoute, comme en transe, passe d'un orchestre à l'autre, cherche sa musique. Là-bas derrière.... Non... Mais là... Ça y ressemble ! Il s'arrête soudain devant l'un des chanteurs. Costume bleu ciel, chemise d'un blanc rayonnant, cheveux de jais, et il porte un énorme nœud papillon.

— *Mexico lindo*, dit Alexander.

Le chanteur dit : *Sí !*

— Jorge Negrete, dit Alexander.

Le chanteur dit : *Sí !*

Les musiciens tirent encore une fois sur leur cigarette, posent leur bouteille, remontent leur pantalon, rajustent leur sombrero, et voilà que soudain résonne le vieux microsillon de grand-

mère : Rum-tata-rum… *Voz de la guitarra mía…
al despertar la mañana…*

Alexander fixe les musiciens d'un air incrédule.
Le nœud papillon fantaisiste, les cheveux noirs et
brillants, les dents blanches qui brillent sous la
moustache et les sons en exacte correspondance
avec ceux du 78 tours qui, il y a mille ans, a volé
en mille morceaux…

Bien sûr, tout cela ne peut être vrai. Sans doute
une hallucination. Un leurre.

> *Mexico lindo y querido
> si muero lejos de ti
> que digan que estoy dormido
> y que me traigan aquí*

La chanson est finie. Il se rend compte que des
larmes coulent le long de ses joues. Les musiciens
rient. Le chanteur lui demande :

— *Americano ?*

— *Alemán*, répond Alexander à voix basse.

— *Alemán*, répète le chanteur, d'une voix forte,
pour les autres.

— *Ah, Alemán*, disent-ils.

Ils cessent de rire. Ils acquiescent de façon
bienveillante, comme s'il avait fait le chemin à
pied depuis l'Allemagne. Le chanteur lui tape sur
l'épaule.

— *Hombre*, dit-il.

Alexander s'en va. Les musiciens lui font des
signes d'adieu.

Il marche lentement. Il chante. Il y a maintenant
moins de gens dans la rue. Il s'achète une bière.
Ses larmes sèchent sur ses joues. Il respire l'air du
soir, plus frais désormais. Peut-être qu'il manque
juste la chaleur physique de la foule ? Les sifflets à

roulettes se sont arrêtés. On ne voit aucune étoile. Il est au Mexique. Pendant combien d'années avait-il été sûr et certain qu'il ne mettrait *jamais, jamais de sa vie*, les pieds dans ce pays ? Maintenant, il y est. Maintenant, il se promène dans cette ville. Rien que des leurres. Le Mur. Le cancer. Qui dit que j'ai le cancer ? Soudain, en y repensant, tout cela lui paraît démentiel. Le diagnostic : une simple affirmation. L'hôpital : une machinerie complètement dingue juste bonne à produire des noms de maladie. Quel genre de maladie ? Des valeurs pH, rien que des conneries. Partir. S'arracher à ce monde malade et qui rend malade…

Je suis là. Je te salue, grande ville. Je salue le ciel, les arbres, les trous dans l'asphalte. Je salue les vendeuses de tortillas et les musiciens. Je vous salue, vous tous qui m'avez attendu. Je suis là. Je me suis acheté un chapeau. C'est le commencement.

Aurait-il dû donner de l'argent aux musiciens ?

Ce scrupule est la seule chose qui l'inquiète un peu au moment où il s'endort.

Le matin, il est réveillé par les chiens. Quels chiens ? Il regarde par la fenêtre. Effectivement, sur le toit de la maison voisine, il y a deux grands bâtards, l'un tout poilu et l'autre tout rasé. Qu'est-ce qu'ils surveillent ? La cheminée ? Le toit ?

Cinq heures et demie. Trop tôt pour se lever (même si, en Allemagne – il calcule – il doit être treize heures). Il remonte la couverture sur sa tête. Ça n'avance à rien. Les fenêtres ont un simple vitrage et laissent passer toutes les fréquences. D'abord un hurlement puis un aboiement. L'un est le hurleur et l'autre l'aboyeur. Le hurleur commence et l'aboyeur suit : Houhou – wouaf-wouaf.

Il se lève pour voir qui hurle et qui aboie. C'est le poilu qui hurle. Le rasé qui aboie.

Une pause. Maintenant il attend : Houhou – mais où est passé le wouaf-wouaf ?

Il pense à ses boules Ohropax. Il en a encore dans sa trousse de toilette, c'est Marion qui les lui a données quand il était encore à l'hôpital. Des bouchons d'oreilles en matière synthétique. C'est nouveau, mais c'est mieux que rien.

De retour dans son lit, il repense à elle : Marion ! Il a oublié de l'appeler. Pas oublié mais pas réussi… Les bouchons font du bruit dans ses oreilles, comme un air de reproche. En se dilatant, cette matière à moitié en plastique a tendance à ressortir de l'oreille… Il se dit qu'il va lui écrire. *Chère Marion*, va-t-il écrire, *tu vas sans doute te demander… Je suis au Mexique, parce que je…* Oui, quoi ? *Sur les traces de ma grand-mère…* Oui, splendide !… *Chère Marion…* Et comment lui expliquer qu'il n'a pas téléphoné ?

Chère Marion, pour l'instant je ne peux rien te dire. Je me retrouve à Mexico. C'est bien que j'aie des boules Ohropax, il y a des chiens sur le toit… Mais à vrai dire : ça fait du bruit dans mes oreilles. La prochaine fois, si ça ne te gêne pas… Ou bien un somnifère. Contre les chiens… Houhou… Lequel était lequel déjà ? L'un hurle et l'autre s'écrase. Tu entends ? Au fond. Derrière le bruit dans les oreilles… Houhou… Et où est le wouaf-wouaf ?

Il se réveille, soleil intense dans la chambre. Huit heures. Il se lève, se douche. Se regarde un moment dans la glace. Se demande s'il doit se raser. Met le nouveau chapeau sur sa tête. Que voit-il ?

Ma foi : un homme avec un chapeau. Quarante-sept ans. Teint pâle. Mal rasé.

Il fait plus vieux qu'il n'est en réalité.

Il fait plus dangereux aussi.

Pour l'instant, ça lui suffit.

L'endroit où l'on prend le petit déjeuner à l'hôtel lui paraît trop stérile. Trop européen. Il va prendre son petit déjeuner dans le café en face. Un vieil établissement qui rappelle les cafés viennois, hormis les néons qui aspergent tout de leur lumière crue. La serveuse indienne a un teint jaunâtre dans cette lumière. Il demande un petit déjeuner typiquement mexicain. On lui sert quelque chose de bizarre. Une mélasse hésitant entre le rouge et le vert. Mais le café servi dans une cafetière en métal est bon. Presque épais. Il faut y mettre du lait.

Et puis Mexico, le jour. Il s'était toujours imaginé une ville bariolée. Mais ce que l'on appelle le centre historique est gris. Guère de différence avec une métropole du sud de l'Espagne, si ce n'est que les maisons sont toutes de guingois. Il a lu dans le *Backpacker* que le sous-sol spongieux avait déjà donné du fil à retordre aux Aztèques.

Il lit aussi que les Mexicains ne disent pas Mexico mais DF – *Distrito Federal.*

Il lit aussi des choses sur les orchestres de maria- chis qui jouent une sérénade à la demande sur la *plaza Garibaldi.* Il est mentionné que la place est très « touristique ». Les prix sont à l'avenant.

Sur *El Zócalo,* on est en train de monter une gigantesque halle provisoire qui laisse craindre la venue d'Holiday on Ice. Il visite la *catedral metro- politana* que le *Backpacker* qualifie de chef-d'œuvre du baroque mexicain, il erre dans la gigantesque nef, s'arrête, désemparé, devant la pompe obscène d'un autel de vingt mètres de haut et croulant sous les ors.

À côté de la cathédrale : le *templo mayor,* le grand temple de la ville aztèque ou du moins le peu qu'il en reste. Détruit, vandalisé, rasé, témoignage de la lutte entre deux civilisations : la civilisation chrétienne pacifique et la civilisation aztèque avide de sang, qu'un Hernán Cortés, avec *à peine plus de deux cents soldats* (et bien sûr une habile politique d'alliances), a réduite à néant en l'espace de quelques mois. Depuis les ruines du temple, on peut voir le chevet de la cathédrale – et l'on voit qu'elle a été construite avec les pierres du temple.

En bordure de la place : un *Indio* habillé d'un splendide costume de plumes. Devant lui, dans un cercle de craie : deux autochtones sur qui il déverse de l'encens en murmurant des incantations. Une dizaine ou une vingtaine de personnes sont là debout à faire la queue : des vieux, des jeunes, des couples. L'homme est nu, mis à part un pagne. Il est nu, petit et gros, avec des lèvres bleues.

Dans une rue adjacente, quatre enfants. Ils font de la musique. Ou, plutôt, trois font de la musique : l'un souffle dans une clarinette, deux frappent maladroitement sur un tambourin, tandis qu'une fillette en pantalon trop court passe à la ronde en tendant un chapeau. La petite fille n'a guère plus de cinq ans. Regard méfiant et honteux. Alexander lui donne quelques pesos. Se demande s'il doit lui donner ce qu'il pense qu'il aurait dû donner aux musiciens de la *plaza Garibaldi*. Ne le fait pas. Redoute d'avoir honte – à cause de quoi ?

Il prend le métro jusqu'aux *Insurgentes*. Des marchands ambulants montent et descendent. Crient, vendent des CD et font passer une musique terrible sur des lecteurs à piles. Alexander s'en veut de ne pas avoir donné l'argent aux enfants.

Il sort du métro : *Avenida de los Insurgentes* – l'avenue des Insurgés. Une artère ordinaire, plus normale et plus sale qu'au centre-ville, mais ne correspondant pas non plus à ce qu'il avait imaginé de Mexico. Beaucoup de monde, tintamarre de la circulation. Au milieu de la chaussée, sur une bande qui ne fait pas plus d'un mètre de large, des arbustes mènent une vie improbable. Les maisons de part et d'autre : maladroites copies de styles différents, ayant sans doute appartenu autrefois à de fiers propriétaires, elles sont à présent en complète déliquescence, décrépies, avec des couleurs écaillées, couvertes d'affiches. Au-dessus des toits, des montants exhibent de gigantesques banderoles qui font la réclame pour des articles à quatre-vingt-dix-neuf pesos.

Il descend les *Insurgentes* en direction du sud. L'adresse est en dehors de la carte qui se trouve dans le *Backpacker*. Il a regardé le trajet sur le grand plan de la ville affiché à l'hôtel. Il ne marche pas lentement, pas vite non plus. Il passe devant des cafés, des boutiques qui rouvrent après la pause de midi. Des drogueries et des magasins de photos. Des flaques d'eaux usées et des chantiers, des motos cassées, des vélos cassés, des canalisations cassées : en fait, tout est cassé.

À un stand, il achète un taco ou une tortilla ou quelque chose dans le genre, même s'il a lu dans le *Backpacker* qu'il ne faut rien acheter à manger dans les stands installés sur les trottoirs. Il mange malgré tout, mais soudain le taco ou la tortilla ou la chose dans le genre lui semble avoir un goût suspect. Il jette tout sans en avoir mangé la moitié. Il a soif, il entre dans un petit restaurant de style McDonald's et commande un burger avec du Coca. Les tables sont en plastique, toutes cassées, défoncées, fendues. Un flipper débite sa rengaine. Deux adolescents entrent, capuche sur la tête et jeans pendouillants.

Étrange, pense-t-il tout en mastiquant son burger, que tous les jeunes du monde aient la même allure – du moins une certaine catégorie de jeunes. Les deux garçons s'achètent quelque chose puis repartent. Alexander les suit du regard ; ils traversent la rue d'un pas nonchalant, jouant les gros bras et les grandes gueules.

Trois kilomètres plus loin, Alexander bifurque à gauche, encore une fois à gauche puis à droite. Le voilà arrivé : la *Tapachula*. Rue étroite et sans arbre. À la place des arbres : des lampadaires et des poteaux entre lesquels est tendu tout un réseau de câbles. Numéro 56 A : une maison à deux étages, qui ne fait guère plus de quatre mètres de large ; il reconnaît la découpe qui entoure le jardin en terrasse, c'est là que sa grand-mère se tenait pour regarder en bas ; mais sur la photo, même si elle était en noir et blanc, tout avait une coloration un peu verte. À la fois tropicale et généreuse.

Prudemment, il regarde par la fenêtre du rez-de-chaussée protégée par des barreaux. Il y a des caisses, sans doute un entrepôt. Il sonne, personne n'ouvre. Il change de trottoir et observe la maison. Essaie de ressentir quelque chose. Comment ressent-on l'ancienne présence d'une grand-mère ?

La seule chose qu'il sent : ses pieds lui font mal. Son dos. Les muscles de ses jambes, qui ont fondu pendant son séjour à l'hôpital.

À l'angle de la rue, il fait signe à un taxi, même s'il a lu dans le *Backpacker* qu'il ne faut pas héler de taxi en pleine rue. Le chauffeur est aimable et porte une chemise blanche toute propre. Il y a aussi un taximètre.

Le chauffeur tourne à droite pour s'engager dans les *Insurgentes* en direction du nord – rien à redire.

La circulation est dense, le taximètre tourne en cliquetant. Puis brusquement le chauffeur oblique à gauche, alors que la direction du centre-ville est à droite. Alexander se dit que le chauffeur veut sans doute éviter la circulation des *Insurgentes*. Mais, au lieu de prendre la rue parallèle, il continue à zigzaguer selon un trajet qui semble l'éloigner de l'endroit où il veut aller.

— ¿ *Adónde vamos ?* demande Alexander.

Le chauffeur répond quelques mots, gesticule. Il sourit dans le rétroviseur.

— Stop ! dit Alexander.

— *No problem*, dit le chauffeur dans un pseudo-anglais. *No problem !*

Mais il ne s'arrête pas.

Il s'arrête trois minutes plus tard dans une rue déserte : des murs, des toits de tôle ondulée, décrépitude... Le chauffeur donne un bref coup de klaxon et fait comprendre à Alexander avec force gestes et paroles qu'il doit rester dans la voiture. Puis il disparaît.

Alexander attend quelques secondes avant de descendre. Mais il a à peine eu le temps de se redresser après s'être extirpé tant bien que mal de cette voiture à la portière basse qu'il se retrouve nez à nez avec deux individus. Au premier abord, avec leur capuche sur la tête et leurs jeans trop larges, ils ressemblent aux deux types du restaurant ; mais il se rend vite compte qu'ils sont plus jeunes. Guère plus de seize ans, dégingandés et maigres. Le plus grand a un duvet sur la lèvre supérieure et il tient dans la main un beau couteau ouvragé. L'autre, plus petit, avec des yeux intelligents sans cesse en mouvement, montre le taxi et demande quelque chose à Alexander.

Alexander comprend sans comprendre. Du genre : il n'aurait pas voulu payer le taxi. Embrouille facile. Il dit d'une voix forte :

— Je ne comprends rien.

— *Dinero, peso, dollar*, dit le plus petit.

Alexander sort son portefeuille, bien décidé à ne pas donner plus que ce qui est marqué sur le taximètre. Mais avant d'avoir pu dire « Ouf ! », l'autre lui a arraché son portefeuille des mains et il en vérifie le contenu, à une distance respectable. Alexander fait malgré lui un pas en direction du plus petit. Le type au duvet sur la lèvre brandit son couteau, gesticule dans tous les sens. Le plus petit sort l'argent – cent dollars et quelques pesos –, avant de jeter le portefeuille à Alexander. Quelques secondes plus tard, ils ont disparu.

Alexander ne réfléchit pas longtemps et s'éloigne. Il veut partir d'ici. Il entend quelqu'un qui appelle. Entend la vieille VW démarrer, se rapprocher. Pendant un moment, le chauffeur roule à sa hauteur tout en lui parlant. Alexander ne lui accorde aucune attention. Regarde droit devant lui, avance simplement. Comme dans un tunnel.

Il met un bon moment à trouver le mot : détrousser. Il s'est fait détrousser. Par deux types de seize ans. Deux gamins. Il se sent humilié. Plus que par le couteau, il se sent humilié par les yeux vifs et intelligents du petit, celui qui lui a dit ce qu'il était : un imbécile de Blanc, un lourdaud qu'il faut plumer. Et alors ? N'est-ce pas ce qu'il est ? Oui, c'est bien ce qu'il est. Il le sent. Il sent l'escroquerie.

Il continue à grandes enjambées dans la direction qui lui semble être celle des *Insurgentes*. La nuit commence à tomber. Le quartier devient peu à peu plus animé. Des lumières s'allument dans les maisons. Il y a des gens dans la rue, qui le regardent, lui, cet imbécile de Blanc, ce gros lourdaud : escroquerie. Il voit les boutiques, les cafés : escroquerie. Il voit les publicités au-dessus des toits, il voit les taxis qui filent par grappes entières sur les *Insurgentes*, les marchands ambulants qui veulent lui fourguer des bijoux ou des lunettes de soleil : escroquerie. Même en regardant les pauvres petits arbres sur la bande qui sépare les deux sens de la circulation, en regardant les pathétiques copies de style des maisons, les trottoirs défoncés, les câbles qui pendouillent de partout, en regardant les affiches arrachées, les bordures de trottoir peintes en jaune, les antennes de téléphone mobile, les fils électriques, en regardant le petit restaurant imité d'un McDonald's ou encore cet homme en chemise impeccablement blanche, avec de grosses bagues à chaque doigt, qui s'apprête à passer la porte de cet établissement surmonté d'une clinquante publicité lumineuse, il se dit que tout n'est qu'escroquerie et il s'étonne de ne pas s'en être rendu compte avant. Il s'est fait escroquer pendant toute sa vie. On l'a mené par le bout du nez (il ne peut réprimer un petit rire en s'en rendant compte). En réalité, tout est escroquerie, et la vérité, c'est qu'il est un imbécile de Blanc, un gros lourdaud qu'il faut plumer – rien d'autre !

Que s'était-il imaginé, grand Dieu ? A-t-il vraiment cru qu'on allait l'attendre ? A-t-il vraiment cru que le Mexique allait l'accueillir à bras ouverts comme une vieille connaissance ? A-t-il vraiment cru que ce pays – comment dire ? – allait le guérir ?... Oui, quelque chose dans le genre... Il laisse échapper un bruit détestable. Il rit, il râle. Il ne sait pas. Il met un pied devant l'autre, comme un automate. C'est la colère qui le pousse. Il a soif mais il continue d'avancer, un pied devant l'autre. Il sent que sa gorge est sèche. Enroué d'avoir trop parlé – même s'il a parlé pour lui-même. La plante de ses pieds lui fait mal maintenant. Mais la soif est pire. Il en a fait l'expérience dans les marathons : la douleur va passer mais la soif va empirer. Il fouille ses poches à la recherche de quelques pesos : ça ne suffit pas pour une bouteille d'eau. Il manque trois pesos. Mais trois pesos sont trois pesos. Ça ne sert à rien de demander. Personne ne lui fera cadeau de trois pesos : lui, l'imbécile de Blanc, le gros lourdaud. Même s'il a le cancer. Il s'assied sur un banc. Il se sent vaseux. Il se souvient d'un marathon à R. où on l'avait récupéré en cours de route, totalement déshydraté. À l'époque, il ne savait pas ce qu'il faisait. Il calcule : un café et un Coca, voilà tout ce qu'il a bu dans la journée. Il fait très chaud. Il a sûrement marché vingt kilomètres. Il ressent l'envie d'entrer dans un café et d'aller simplement boire au robinet. Mais il ne faut pas faire ça, c'est écrit dans le *Backpacker*. Il doit absolument continuer. Ne pas s'asseoir, ne pas s'allonger. S'il s'allonge, il est mort. Un imbécile de Blanc, lourdaud et mort. Il s'imagine le lendemain matin, mort, allongé sur un banc : on lui a volé son chapeau, on lui a volé son pantalon… Et à l'instant, quelqu'un est en train de lui voler ses chaussures de marche, des chaussures tchèques qu'il possède depuis des années et dont il n'a même pas eu besoin de changer les lacets.

— Qu'est-ce que tu fais là ?

Peu à peu, il se rend compte que l'homme agenouillé devant lui et qui s'affaire sur son soulier droit est un cireur de chaussures.

— *No*, dit Alexander. *No !*

Il retire son pied du petit tabouret et le repose par terre. L'homme continue à cirer sa chaussure, « *I make verry gutt price*, dit l'homme, tout en frottant et en souriant à Alexander, *verry gutt price* ». Alexander se lève mais l'homme ne lui lâche pas le pied, Alexander s'éloigne, l'homme se jette en travers de son chemin, une vraie mouche à viande, « *verry gutt quallitie* », insiste la mouche à viande. Difficile de savoir s'il parle de son travail ou de la chaussure. Alexander veut partir, se débarrasser de cette mouche à viande. Mais voilà que la mouche à viande se met en travers de son chemin. Deux têtes de moins que lui mais trapue.

— *You have to pay my work*, dit la mouche à viande.

Un petit cercle de badauds s'est déjà formé autour d'eux. Alexander se retourne, essaie de lui échapper en prenant la direction opposée.

— *You have to pay my work*, répète la mouche à viande.

La mouche à viande a déployé ses ailes et lui barre le passage, son tabouret dans une main et sa caisse à cirages dans l'autre. Alexander avance vers lui, prêt à frapper. Mais il ne frappe pas, il crie. Il crie de toutes ses forces, lui crie en pleine figure :

— *I have no money*, crie-t-il.

La mouche à viande recule, stupéfaite.

— *I have no money*, crie Alexander encore une fois. *I have no money !*

La phrase lui revient même en espagnol :

— *No tengo dinero*, crie-t-il.

Il lève les mains et crie.

— *No tengo dinero !*

Il crie à la face des gens :

— *No tengo dinero !*

Il se tourne dans toutes les directions :

— *No tengo dinero !*

Les gens s'en vont, il leur crie après. Ils se dispersent comme des poules. Quelques secondes plus tard, il n'y a plus personne autour de lui, seul le cireur de chaussures est encore là : son petit tabouret dans une main, sa boîte à cirages dans l'autre – il reste là debout, sans rien dire, et fixe cet imbécile de Blanc soudain devenu fou.

1961

Charlotte

Comme tous les vendredis, elle était la dernière.

Elle était debout depuis cinq heures. Avant d'aller vider une première fois la boîte aux lettres, elle avait encore relu l'article que le camarade Hager lui avait demandé de rédiger. Dans la matinée, elle avait donné deux fois deux heures de cours d'espagnol. En début d'après-midi, le séminaire sur le réalisme : la littérature progressiste en Amérique. Tout en parlant, elle s'était soudain rendu compte qu'elle confondait James Baldwin avec John Dos Passos.

Autodidacte. Ce mot lui revenait maintenant, à seize heures quinze, tandis qu'elle rangeait son bureau.

En tant qu'autodidacte, elle ne devait pas se mêler de disciplines qu'elle ne connaissait pas, avait dit Harry Zenk, six mois plus tôt, lors d'une réunion du comité, au moment où Charlotte avait déclaré qu'elle était prête à proposer un séminaire à l'occasion du cinquantième anniversaire de la Révolution mexicaine.

126

Elle prit les copies du devoir qu'elle avait donné le matin même en classe, chercha sans grande conviction son stylo (elle avait des centaines de stylos, mais c'était son stylo préféré), avant d'abandonner, énervée. Elle porta les tasses sales au secrétariat et se lava les mains – pour la cinquième fois –, sans avoir l'impression de pouvoir enlever la craie qu'elle avait entre les doigts à force d'écrire au tableau. Elle remonta la porte coulissante de l'armoire à rideau que Lissi, la secrétaire, avait oublié de fermer – même Lissi était partie depuis longtemps. Manque de chance, la porte coulissante se coinça. Charlotte tira de toutes ses forces sur la poignée, qui lui resta dans les mains. Elle passa au secrétariat et claqua la poignée sur le bureau en ajoutant un petit mot : CONCIERGE. Point d'exclamation.

Mais, au même moment, elle se rappela que le concierge avait filé à l'Ouest, quelques jours plus tôt. Elle froissa lentement le bout de papier et le jeta dans la corbeille. Elle se laissa tomber sur la chaise du bureau de Lissi et se prit la tête entre les mains. Elle regarda longuement le portrait de Walter Ulbricht toujours entouré d'une étroite ombre claire laissée sur le mur par un autre portrait, plus grand.

Harry Zenk allait devenir sous-directeur.

Le goût du poisson remonta dans sa gorge. Elle détestait le poisson et n'en mangeait que pour sa teneur en huile de poisson.

Gertrud Stiller avait dit à midi que, quand on était une femme, il fallait en faire deux fois plus pour s'imposer.

Deux ou trois fois plus.

Charlotte se leva, prit dans l'armoire qui ne fermait plus les documents où était écrit « réservés au service » – on ne savait jamais –, ainsi que quelques journaux de l'Ouest qui s'étaient entassés ici au fil du temps, fourra le tout dans sa serviette et partit.

Un néon défectueux clignotait dans le couloir.

Sur les portes, on voyait encore les marques que les Russes avaient faites après la guerre avec leurs cigarettes roulées de *machorka*.

Le journal mural annonçait les derniers triomphes de la technique et de la science russes : avant-hier un citoyen soviétique du nom de Youri Gagarine avait été le premier homme à effectuer un vol dans l'espace.

Dehors il faisait chaud. Le printemps était arrivé sans crier gare, Charlotte ne s'en était pas rendu compte. Elle décida de faire les deux kilomètres à pied, sur le chemin qui longeait le remblai à travers le petit bois – se détendre un peu, profiter du beau temps. Au bout de quelques centaines de mètres, elle se mit à transpirer. Sa serviette était lourde. Elle avait toujours sa veste en tricot sous son manteau. Des images de son enfance lui revinrent soudain en mémoire : chaleur d'une journée, sa robe de laine blanche – ça lui revenait maintenant – qu'elle devait porter quand sa mère l'emmenait avec elle au zoo pour présenter ses « hommages » à l'empereur, comme elle disait. Et Charlotte avait éternué juste devant l'empereur. Brusquement, toute la scène lui revenait : l'empereur en personne s'approchant d'un pas décidé, sur une même ligne avec ses fils et ses ordonnances ; la robe en laine beaucoup trop chaude qui ne cessait de la gratter ; et la main brutale de sa mère qui s'abattait sur elle avec violence, alors qu'elle avait encore les yeux fermés.

Elle avait passé le reste de la journée enfermée dans le cagibi où elle avait failli mourir d'une crise d'asthme, sans que sa mère se laisse fléchir

– soit elle prenait Charlotte pour une simulatrice, soit elle souhaitait effectivement sa mort en secret. « Je donnerais Lotte », avait dit une fois sa mère à la voisine, et Charlotte se souvenait de sa mine de martyre et de la croix autour de son col fermé – « Je donnerais Lotte si Carl-Gustav devenait "normal" ».

L'école de la vie. Si elle n'était pas passée par cette école, serait-elle aujourd'hui ce qu'elle était ? Madame Tactac : c'était son surnom parmi les étudiants. Ils croyaient que ça l'embêtait. Grossière erreur ! Charlotte prit sa serviette à deux mains… Non, se dit-elle, Madame Tactac n'abandonnerait pas. Madame Tactac se battrait. Harry Zenk, sous-directeur ! Ma foi, c'était encore à voir !

Une fois de plus, Wilhelm était à la cave, dans la « centrale », comme il appelait cette ancienne cave à vin transformée en une sorte de local de réunion. À l'intérieur de la maison il faisait sombre, surtout quand on rentrait après avoir été dans l'éblouissante lumière de cette fin d'après-midi. Seule la conque marine où Wilhelm avait oublié de mettre un interrupteur restait allumée nuit et jour – un gaspillage que Charlotte essayait de compenser en évitant d'allumer la lumière quand elle quittait ses chaussures et son manteau. Elle trouva ses chaussons à l'aveuglette et se dépêcha de monter l'escalier : Alexander allait venir à dix-huit heures pour son cours d'espagnol.

Elle prit du linge propre dans la chambre puis passa à la salle de bain, où elle se doucha abondamment. Depuis que le docteur Süß avait diagnostiqué que son asthme était la conséquence d'une allergie à la poussière, Charlotte considérait que se doucher était un traitement médical et elle n'avait plus aucune inhibition pour s'accorder ce luxe plusieurs fois par jour – à l'eau froide le matin, bien sûr, mais l'après-midi et le soir elle utilisait l'eau chaude, se lavait les cheveux, laissait couler l'eau longtemps sur son visage et ses yeux, se nettoyait le nez et la bouche avec un sentiment de bien-être. Le départ de Kurt et d'Irina avait au moins cet avantage : il n'y avait pas toujours quelqu'un en train de tirer de l'eau, ce qui faisait que, sans parler du manque de pression récurrent à Neuendorf, soit on se brûlait, soit on se retrouvait sous l'eau froide comme un œuf à la coque.

Après la douche, elle enfila les sous-vêtements en coton qu'elle avait préparés et, sentant qu'elle allait être bientôt saisie par le froid comme chaque fois qu'elle sortait de la salle de bain, elle mit son pull-over en cachemire bien chaud et douillet, même s'il n'était plus guère présentable, et elle eut soudain l'idée de prolonger encore un peu ce luxe en décommandant Alexander pour aujourd'hui et en allant s'allonger quelques instants jusqu'à ce que Wilhelm remonte de la cave. Ne l'avait-elle pas mérité après cette folle semaine ?

Elle descendit au salon et téléphona à Kurt.

— Bien, dit Kurt, alors à demain.

À demain ?

— Le tour en auto, compléta Kurt.

— Mon Dieu, oui, comme je suis contente ! dit Charlotte.

Il faisait bon dans le jardin d'hiver. La fontaine d'appartement ronronnait, il régnait là une humidité presque tropicale. Depuis que le docteur Süß lui avait dit qu'un fort taux d'humidité était bon contre son allergie, elle passait le plus clair de son temps dans le jardin d'hiver. Ou plus exactement : avant, déjà, elle passait le plus clair de son temps dans le jardin d'hiver, mais dorénavant elle avait une raison scientifique de le faire. Elle y dormait aussi, dès que la saison le permettait.

Elle s'allongea sur le lit, sans toutefois prendre de couverture pour ne pas s'endormir : elle ne voulait pas que Wilhelm la trouve en train de dormir. Comme sa tension baissait, elle commença à grelotter en dépit de la température quasi tropicale. Ça ne la gênait pas, elle savourait même cet état. Cela lui rappelait certaines sensations depuis longtemps jetées aux oubliettes, mais elle en resta à ce stade. Elle trouvait inconvenant à son âge de penser plus avant. Superflu. Totalement farfelu. Elle se demanda si Wilhelm y pensait encore. Pourquoi s'était-il plaint quand elle avait décidé de quitter la chambre ? De toute façon, cela faisait longtemps qu'ils ne dormaient plus ensemble : même dans la chambre à coucher commune, les lits étaient séparés par un espace de deux mètres. Alors que voulait-il ? En souffrait-il ? Devait-elle encore lui faire ça, par amour pour lui ? Déjà la simple idée du verre d'eau sur la table de nuit de Wilhelm la refroidissait : dès 1940, en France, au camp d'internement du Vernet, Wilhelm avait perdu toutes ses dents à cause du scorbut et, s'il ne les avait pas toutes perdues à ce moment-là, il avait perdu les dernières qui restaient pendant le trajet pour Casablanca. Mon Dieu, quelle époque, que de peurs, que de désordre !... Elle se sentit toute chose. Elle pensa encore une fois à Zenk, qui avait des dents vraiment magnifiques : Zenk n'avait évidemment pas été dans un camp d'internement, se dit Charlotte. Zenk n'avait été nulle part. Sauf sans doute dans la Jeunesse hitlérienne...

Quand elle rouvrit les yeux, il faisait sombre. Tout était calme dans la maison. Charlotte traversa la cuisine jusqu'à l'ancienne entrée de service (la porte séparant la cuisine des autres pièces avait été murée de façon idiote par Wilhelm, et maintenant il fallait faire tout le tour par le couloir, même pour mettre la table) et lança par l'escalier de la cave :

— Wilhelm ?

On entendait un brouhaha et des rires à travers la double porte de l'ancienne cave à vin. Vingt et une heures trente et ils étaient toujours là en bas. Charlotte descendit l'escalier, espérant que le groupe allait se disperser en la voyant arriver. Elle ouvrit la porte sans ménagement. Dans la fumée des cigarettes, elle fut aussitôt saluée de façon un peu trop joviale à son goût, car cela lui donnait d'autant plus l'impression d'être une intruse. C'était la clique habituelle : Horst Mählich et Schlinger, un jeune camarade dont le zèle et l'empressement exaspéraient Charlotte ; Weihe, qui n'était pas membre du parti, était là aussi ; sans compter quelques autres que Charlotte connaissait moins. Sur la grande table en chêne, entre des cendriers pleins, des blocs-notes ouverts de façon ostentatoire, des tasses à café et des bouteilles de Vita-Cola, se trouvait ce qui ressemblait à un projet d'affiche.

UNE LOCOMOTIVE POUR CUBA !

Et en dessous, dans un espagnol approximatif :
LA VIVA REVOLUTION !

— Désolée, je ne voulais pas déranger, dit Charlotte, soudain décidée à se retirer sans engager les hostilités.

Mais, avant qu'elle ait pu refermer la porte, Wilhelm lui lança :

— Ah, Lotti, tu ne pourrais pas nous faire en vitesse quelques sandwichs, les camarades ont faim.

— Je vais voir ce que j'ai, marmonna Charlotte, et elle remonta l'escalier à pas lents.

Elle resta un instant dans la cuisine, éberluée par tant d'impudence. Finalement, comme si elle avait été télécommandée, elle prit un pain frais dans le placard (heureusement que Lisbeth avait fait les courses) et commença à en couper des tranches. Pourquoi faisait-elle ça ? Était-elle la secrétaire de Wilhelm ? Elle était la directrice d'un institut !... Non, évidemment non, elle n'était pas la directrice d'un institut. À son grand regret, on avait rebaptisé les instituts « sections », si bien qu'elle n'était maintenant plus que « chef de section », ce qui était moins prestigieux mais ne changeait rien à l'affaire : elle était active, elle travaillait comme une mule, elle occupait un poste important dans cette académie où étaient formés les futurs diplomates de la RDA (la Guinée était le premier État non socialiste à avoir reconnu la RDA et elle n'était revenue sur cette reconnaissance que sous la pression de la République fédérale !). Elle était chef de section dans une académie – et qui était Wilhelm ? Rien. Un retraité, mis sur la touche de façon anticipée... Et il était vraisemblable, se dit Charlotte, tandis que, figée par la fureur, elle regardait dans le réfrigérateur à la recherche de quelque chose qu'elle pourrait tartiner sur les tranches de pain, il était vraisemblable que Wilhelm, après son échec comme directeur administratif de l'Académie, *aurait fini dans le ruisseau* si elle n'avait pas foncé à la direction du district et supplié les camarades de donner à son mari une tâche au moins honorifique, quelle qu'elle soit. Elle-même l'avait encouragé à prendre le poste de secrétaire régional du parti en charge de l'Habitat, elle l'avait convaincu que c'était une tâche importante au niveau social – le seul problème, c'était que Wilhelm s'était entre-temps mis à y croire. Et, pire que tout : les autres manifestement y croyaient aussi !

Elle se décida pour du fromage fondu et des cornichons, et commença à tartiner le pain posé sur le plateau... Secrétaire régional du parti en charge de l'Habitat : c'était le type qui encaissait les cotisations pour le parti des dix ou quinze vétérans habitant entre la Thälmannstraße et la place des Victimes du fascisme – rien d'autre. Mais que faisait Wilhelm ? Il organisait de petites réunions secrètes, en bas dans sa « centrale », et planifiait quelques « opérations ». Pour les dernières élections communales, il avait ainsi mis sur pied une « patrouille d'intervention motorisée » pour mettre la pression à ceux qui n'avaient toujours pas voté dans la matinée : et ces imbéciles avaient foutu en l'air tout le gazon ! Sa dernière idée en date : une locomotive pour Cuba. Neuendorf, qui ne comptait même pas dix mille âmes, devait fournir l'argent pour acheter une locomotive diesel aux usines Karl-Marx. Ils faisaient des collectes de partout, comme des dingues ; les jeunes pionniers organisaient des vide-greniers, et pour finir les gens étaient invités à participer à une grande tombola qui devait avoir lieu le week-end suivant au club de la Solidarité populaire, point d'orgue de toute cette action.

Incroyable comme il savait embobiner les gens, se dit Charlotte, tout en tartinant le fromage fondu sur les tranches de pain. Avec ses insinuations, ses grands airs. Avec son chapeau qu'il portait en toute saison. Il était presque devenu une sommité à Neuendorf, elle était bien forcée de le reconnaître. Il était toujours dans le journal, même si ce n'était que la presse locale. Les gens le connaissaient, ils lui disaient bonjour dans la rue. Ce n'était pas elle qu'on saluait, c'était *lui* ! Les gens se racontaient des histoires invraisemblables... Comment faisait-il ?

Non, on ne pouvait pas dire que c'était Wilhelm qui faisait circuler de telles histoires. Mais, d'une façon ou d'une autre, qui sait… Il accrochait son lasso au mur de sa « centrale » – et voilà que les jeunots du parti étaient convaincus que Wilhelm avait été un as du lasso. Il offrait une tournée de Cuba libre, et voilà que tout le monde croyait qu'il connaissait Fidel Castro en personne ! Et quand il buvait son Nescafé « à la mexicaine » (ce qui voulait simplement dire qu'il mélangeait d'abord la poudre avec la crème, si bien qu'un peu de mousse se formait ensuite à la surface) et fumait une *papirossa* russe, il était évident pour tout le monde que Wilhelm avait mis en place le réseau soviétique des services secrets au Mexique.

S'ils savaient, se dit Charlotte. Elle s'arrêta un moment (elle était en train de couper les tout petits cornichons en toutes petites tranches). Elle s'arrêta et repensa à Hambourg : à l'« activité de renseignement » de Wilhelm. Pendant trois ans, il était resté dans son bureau à fumer des cigarettes. Telle avait été l'« activité de renseignement » de Wilhelm. Trois ans sur une voie de garage. Plus rien n'allait. Les informations sur les arrestations arrivaient en masse, et Wilhelm restait là à attendre. Attendre quoi ? Ils avaient attendu quoi en fait ? Pourquoi avaient-ils risqué leur vie ? Elle ne savait pas. « Chacun en sait autant qu'il doit savoir », disait Wilhelm. Et elle, au lieu d'aller à Moscou avec les garçons, elle était restée en Allemagne et avait joué les épouses modèles : pour la façade. Elle avait presque été contente – mais on ne pouvait bien sûr raconter ça à personne – lorsque tout avait volé en éclats et qu'ils avaient dû partir précipitamment. Avec des passeports suisses. Alors que Wilhelm parlait le dialecte berlinois. Mon Dieu, quels services secrets !

Incapables même de fournir des passeports conve-
nables.

Quelle misère, ces sandwichs ! Le pain frais
n'avait pas résisté au tartinage. Furieuse, Charlotte
mit par-dessus des tranches de cornichons, même si
elle était de plus en plus certaine, à mesure qu'elle
finissait, qu'elle ne redescendrait *pas* à la cave.

Que faire ? Elle repensa à l'« appareil de l'Académie » : il y avait peu de temps encore, Wilhelm
avait fait raccorder son « appareil de l'Académie » avec un combiné à la cave – une sorte de
téléphone intérieur que Wilhelm continuait à utiliser
sans vergogne, même s'il n'était plus à l'Académie depuis six ans. Elle se dirigea vers *son propre*
« appareil de l'Académie » pour appeler *celui* de
Wilhelm en bas et lui dire que les tartines étaient
sur la table de la cuisine – et, bien qu'elle ait une
faim d'ogre, elle quitta la cuisine pour ne pas être
là quand Schlinger viendrait chercher les tartines.

Elle mangea beaucoup et dormit mal. Vers
deux heures et demie du matin, elle eut une envie
pressante, passa dans le couloir en titubant comme
une enfant, anxieuse et alarmée. Depuis toujours,
« à l'heure du loup », comme disait sa mère, elle
se sentait une proie facile. Même la conque marine
dans le couloir lui semblait inquiétante ; elle ne
regarda ni à droite ni à gauche et essaya de ne
penser à rien de désagréable. Mais, une fois assise
sur les toilettes, en attendant la dernière goutte, elle
se dit soudain que son article avait peut-être déplu
au camarade Hager ; elle avait peut-être fait fausse
route, et son article était peut-être vraiment mauvais,
mesquin, rétrograde…

Le matin, elle était toujours taraudée par cette
idée, même si la lumière du jour la tempérait. Malgré
tout, Charlotte résista à la tentation d'aller jusqu'à la

boîte aux lettres en robe de chambre pour voir si le *ND* était déjà arrivé. Elle se leva comme d'habitude, prit une douche froide, se prépara un *Muckefuck*, infâme jus de chaussettes caféiné, ainsi qu'un toast avec du beurre, et ce ne fut qu'ensuite qu'elle alla chercher le journal ; elle le rapporta dans son jardin d'hiver avec le *Muckefuck* et le toast, réussissant même à survoler d'abord la page de titre où l'on parlait de menées criminelles à la frontière entre les différents secteurs, avant de feuilleter sans précipitation le reste pour arriver enfin à la page culturelle – et il était là !

Plus qu'une question de bon goût. Le roman de Wolfgang Koppe Nuit mexicaine *paru au Mitteldeutscher Verlag. Par Charlotte Powileit.*

Ce n'était pas la première fois que quelque chose d'elle était publié, mais ce n'était pas chose courante non plus. Elle connaissait son article par cœur, elle le lut pourtant encore une fois en entier, le savourant en même temps que son toast et son *Muckefuck*. Une fois imprimé, il donnait l'impression d'être encore plus solide, plus convaincant qu'avant.

Il s'agissait en fait d'un compte rendu, mais comme elle avait aussi abordé des questions de fond, on avait accordé toute une demi-page à Charlotte : six colonnes entières. Le livre avait été écrit par un auteur ouest-allemand et il venait juste de paraître chez un éditeur de RDA. C'était un mauvais livre, un livre irritant qui avait profondément déplu à Charlotte dès la première page. Il parlait d'un émigrant juif qui revenait en Allemagne – l'Allemagne de l'Ouest – et constatait que l'idéologie fasciste y était toujours présente. Jusque-là, tout allait bien. Mais, au lieu d'aller en RDA

– alternative quand même tout à fait plausible –, il retournait au Mexique où il philosophait un peu sur la vie et la mort avant de se suicider. Il y avait certes du suspens, c'était très bien écrit, et l'auteur soutenait sans conteste des points de vue opposés au fascisme, mais c'était tout.

Sans parler du fait que l'image que l'auteur donnait du Mexique était totalement fausse, comme s'il n'y était jamais allé.

Charlotte n'était *a priori* pas opposée à ce que le personnage principal soit un homosexuel, même si – elle devait bien se l'avouer – elle ne pouvait s'empêcher de penser à contrecœur à son frère Carl-Gustav quand le narrateur faisait la description de ses aventures érotiques avec des garçons mexicains mineurs rencontrés dans la rue : ça n'en finissait plus, c'était épuisant et dégoûtant.

Toutefois, sa principale objection était d'ordre politique. Le livre était négatif. Défaitiste. Il tirait le lecteur vers le bas, l'entraînait vers des sphères sombres, le rendait passif et petit, le plaçait sans défense dans un univers cruel et mauvais, sans proposer la moindre issue – parce qu'il n'y avait pas d'issue, selon le narrateur. Et, bizarrement, cette certitude s'était emparée de lui au moment précis où il avait découvert la statue colossale de Coatlicue.

Au lieu de voir dans cette statue la dialectique de la vie et de la mort, au lieu d'y reconnaître l'expression d'une grande idée et l'émergence d'un peuple héroïque, le narrateur voyait en elle l'un des « monuments les plus hardis et les plus froids de la vanité du monde », une « pure allégeance à la laideur de l'existence », et il en tirait la conclusion que le mieux était d'aller se perdre dans la jungle – et d'y disparaître.

Non, ce livre – et Charlotte trouvait qu'elle avait raison à chaque mot, chaque syllabe – *ce livre n'est pas destiné à faire progresser la jeunesse vers une attitude ouverte au monde et humaniste. Il n'est pas destiné à mobiliser les gens contre l'enfer atomique qui nous menace. Il n'est pas destiné à encourager la foi dans le progrès de l'humanité et dans la victoire du socialisme, voilà pourquoi il n'a nullement sa place dans les librairies de notre République.*

Point.

Elle avait fini son *Muckefuck* et son toast. Il lui restait une drôle de sensation dans le ventre, comme un tiraillement : elle avait, quelque part dans ses archives, une image de Coatlicue découpée dans le *Siempre*. Ou était-ce Adrian qui la lui avait donnée ?

Tentation de vérifier l'effet que pouvait faire Coatlicue – presque dix ans après.

Ça commençait à bouger à l'étage : huit heures, Wilhelm se levait. Bruits d'eau dans la salle de bain. Wilhelm commençait en effet sa journée par un bain où il restait assis pendant un quart d'heure à se faire des UV. Charlotte alla remettre le journal dans la boîte aux lettres – c'était certes un peu niais mais elle avait du mal à assumer la fierté que son article lui procurait et elle voulait que Wilhelm trouve le journal comme il le faisait d'habitude et découvre lui-même l'article.

Huit heures et quart, les flocons d'avoine étaient prêts. Wilhelm descendit l'escalier de très bonne humeur ; elle s'en rendit compte à son pas ; et il était déjà en costume et cravate (il portait un costume même sous son bleu de travail). Il se dirigea tout droit vers la boîte aux lettres, prit le *ND*, survola comme d'habitude la première page pour la commenter pendant qu'il mangeait ses flocons d'avoine. Son commentaire du jour :

— Tout ce cirque avec Berlin-Ouest. On n'a qu'à fermer la frontière !

Une stupidité, évidemment, mais Charlotte n'avait aucune envie de se disputer. Elle mangeait ses flocons d'avoine sans un mot. Wilhelm ne comprenait rien à la politique étrangère. Le statut avec quatre occupants, l'accord de Potsdam : tout cela, c'était du chinois pour lui, pensa Charlotte. Elle dit à la place :

— Le concierge aussi est parti.

— Wollmann ?

— Oui, Wollmann, dit Charlotte.

— Qu'il aille au diable ce Wollmann, pesta Wilhelm. Mais les jeunes ! Tu comprends : ils font des études à nos frais et ensuite ils foutent le camp. Il faut tout verrouiller !

Charlotte fit un signe de tête et débarrassa les assiettes.

Après le petit déjeuner, Wilhelm prit le *ND* pour le lire à son bureau. Comme autrefois au Mexique, il lisait toujours *tous* les articles.

Charlotte s'occupa entre-temps des tâches ménagères, mais en réalité elle attendait que Wilhelm découvre son article. Elle commença à ranger la cuisine puis décida de laisser ça à Lisbeth ; elle traîna un peu dans la maison, se demanda ce qu'elle pourrait bien faire des pièces libérées par Kurt et Irina ; fut de nouveau vexée de voir les meubles qu'elle avait achetés pour Kurt et Irina à leur retour d'Union soviétique et qu'Irina avait ostensiblement laissés là au moment du déménagement – et se retrouva soudain en train de penser à Zenk. Plus exactement, elle se demandait comment elle pourrait présenter le problème Zenk à Hager, au cas où Hager téléphonerait ces prochains jours ou, plus exactement encore, elle se demandait comment elle pourrait lui faire comprendre, sans le dire de façon directe, qu'elle considérait, pour dire franchement les choses, qu'elle était la plus apte à occuper le poste à la sous-direction.

Quand elle redescendit, Wilhelm était lui aussi en train de circuler dans la maison.

— Tu as déjà terminé ta lecture du *ND* ? demanda Charlotte, l'air de rien.

— Oui, dit Wilhelm. Je peux prendre ça pour la tombola ?

Il tenait à bout de bras une nappe aux couleurs mexicaines, tissée à la main, avec des motifs représentant des serpents et des aigles.

— Non, Wilhelm, tu ne peux vraiment pas prendre ça pour la tombola.

N'avait-il pas lu l'article ? Ou n'avait-il simplement pas vu son nom ?

Lisbeth arriva à dix heures. Comme d'habitude, elle posa cinq fois les mêmes questions, même celles qui avaient déjà obtenu une réponse... Non, Lisbeth, on ne passe pas l'aspirateur quand je suis à la maison... Oui, aujourd'hui, c'est la lessive... Oui, on déjeune à treize heures.

— Tu lis le *ND*, Lisbeth ?

— J'ai déjà la *Märkische Volksstimme*.

— Non ? La *Märkische Volksstimme* !

Mais Lisbeth était de toute façon trop nunuche. Elle pouvait bien continuer à lire sa *Märkische Volksstimme*.

Retour de Wilhelm, avec cette fois un aigle en porcelaine dans la main, que le précédent propriétaire avait laissé là quand il avait fui.

Charlotte leva les yeux au ciel :

— Qui va acheter ça ?

— Personne n'achète ! Tu ne sais pas ce que c'est qu'une tombola ?

Lisbeth demanda :

— Madame Powileit, je fais plutôt une purée ou une mousse de pommes de terre ?

Charlotte compta jusqu'à cinq pour ne pas crier contre Lisbeth et dit :

— Je m'en moque dans les grandes largeurs, Lisbeth.

Kurt sonna à quinze heures, ponctuel comme à son habitude. Charlotte avait fait une sieste après le déjeuner, elle avait mis son tailleur gris et, pour fêter cette journée, un collier mexicain très discret.

Alexander attendait dans la voiture avec Irina – maquillée comme un perroquet, mais c'était son problème.

— Ma chérie, dit-elle à Irina. Mon petit moineau, dit-elle à Alexander.

À Kurt, elle disait « Kurt ».

L'auto était bleue, toute petite : une Trabant. On la regarda d'abord sous tous les angles. Même Wilhelm sortit pour la voir.

— Pas un mot à Wilhelm, murmura Charlotte à Kurt.

Wilhelm n'était évidemment au courant de rien et ne savait pas qu'elle avait prêté cinq mille marks à Kurt pour la voiture. Elle demanda à Wilhelm :

— Alors tu veux venir avec nous ?

— Bah, répondit-il, je n'ai pas de temps pour ces choses-là.

— De toute façon, la voiture n'a que quatre places, rétorqua Kurt.

Alexander dit :

— Mon costume me gratte.

Wilhelm tapota la carrosserie en plastique, avant de lancer :

— À l'avenir toutes les autos seront en plastique.

— Et comment on rentre là-dedans ? demanda Charlotte.

La voiture n'avait que deux portes.

— Tu peux t'asseoir devant, dit Kurt.

Mais Charlotte refusa (et pas seulement pour des raisons de sécurité, Kurt n'était au fond qu'un débutant) et Kurt rabattit le dossier, si bien que Charlotte – à quatre pattes – réussit à ramper jusque sur la banquette arrière. Drôle d'idée d'économiser sur les portières !

Ce qui la surprit le plus, ce fut de voir son fils s'asseoir du côté passager, tandis qu'Irina s'installait au volant.

— Mais qui est-ce qui conduit ?

Tous deux se tournèrent et la regardèrent, étonnés.

— C'est moi qui conduis, dit Irina.

Ou plutôt : *C'est moa qui condouis.* Car, même au bout de cinq ans, Irina continuait à parler en écorchant les mots. Comment avait-elle fait pour avoir son permis ?

— Mon costume me gratte, répéta Alexander.

C'était le costume que Charlotte lui avait offert pour Noël.

— Comment ton costume peut-il te gratter ? demanda Charlotte.

— Dans le cou, dit Alexander.

— Mais tu as une chemise sur le cou, répliqua Charlotte.

— Ça gratte quand même.

— Bon, trancha Irina, dans ce cas, on passe à la maison et tu mets autre chose.

Un peu agaçant de voir à quel point cet enfant était gâté. Un garçon ouvert et intelligent mais, vu son éducation, il courait droit à la catastrophe.

— Quand j'avais ton âge… commença Charlotte, qui voulait parler à Alexander de sa robe de laine blanche qu'elle avait été obligée de porter chaque fois que sa mère allait au jardin zoologique, mais à ce moment le moteur démarra et la petite troupe partit dans un bruit de moulin à café.

Irina s'arrêta dans le Fuchsbau. La maison était entourée d'échafaudages. Kurt avait aussi emprunté une assez grosse somme d'argent pour la rénovation de la maison.

— Alors, en fait, la voiture est plutôt pour Irina ? demanda Charlotte, après qu'Irina et Alexander étaient descendus de la voiture.

— Maman, je ne peux pas conduire, tu sais bien que je ne vois que d'un œil.

Charlotte ne souffla mot. Elle n'y avait effectivement pas pensé. Mais d'un autre côté : pourquoi Irina avait-elle besoin d'une auto ?

— En plus je te rembourse l'argent, dit Kurt. Je te donne deux cents marks tous les mois et trois cents si j'obtiens mon augmentation.

— Justement, dit Charlotte, et elle se retint, oui, elle se *retint* d'ajouter : Tu paies, et Irina roule.

Kurt poursuivit malgré tout :

— Maman, je ne sais pas pourquoi tu es aussi hostile.

— Je ne suis pas hostile.

— Je trouve, dit Kurt, que nous devrions mettre à profit le fait que nous habitons maintenant séparément pour ouvrir un nouveau chapitre dans nos relations.

— Je trouve aussi, dit Charlotte.

Elle n'avait pas envie de s'étendre sur le sujet. Ça lui faisait mal de voir à quel point Kurt était injuste dans cette affaire. Comme si c'était sa faute ! Depuis longtemps déjà, elle faisait des efforts pour améliorer leurs relations et elle était blessée que Kurt ne s'en rende pas compte. Jamais elle ne se permettait la moindre critique à l'encontre d'Irina : son allure, sa façon de toujours gaspiller ; au contraire : elle allait jusqu'à donner de l'argent pour le projet de rénovation voulu par Irina, même si, à franchement parler, elle trouvait ça complètement disproportionné. Et voilà qu'Irina avait besoin d'une auto... Alors qu'elle ne levait pas le petit doigt. Kurt n'arrêtait pas de travailler, il avait soutenu sa thèse, il avait écrit son premier livre – un livre splendide –, tandis qu'Irina n'avait toujours pas terminé sa formation de documentaliste. Comment le pourrait-elle d'ailleurs, si elle écorchait tous les mots ?

Mais Charlotte ne dit rien de tout ça. Elle se contenta de demander :

— Tu as déjà lu le *ND* ?

— Oui, dit Kurt. J'ai lu ton article.

À ce moment-là Irina et Alexander revinrent et remontèrent dans la voiture, Alexander en pull, et Charlotte essaya encore une fois :

— Quand j'avais ton âge...

Et le moulin à café repartit. Étrange cette voiture dans laquelle on ne pouvait même pas discuter. Sur la banquette arrière, on ne cessait d'être projeté d'un côté et de l'autre. Sans compter qu'Irina conduisait vite, ça faisait peur, elle passait les carrefours à toute allure, sans regarder ni à droite ni à gauche.

— On n'est pas obligé de respecter la priorité ? demanda Charlotte poliment.

Personne ne répondit, peut-être qu'ils ne savaient pas à qui était adressée la question ou bien ils ne l'avaient pas entendue à cause du bruit. Charlotte n'insista pas.

Ils allèrent jusqu'au parc de Sans-Souci, il fallait descendre.

Mais Alexander dit :

— Moi, j'ai encore envie de faire de la voiture !

— Mais on fera encore de la voiture pour le retour, dit Kurt.

Impossible pourtant de faire changer cet enfant d'avis : il voulait faire de la voiture !

Irina dit :

— Bon, alors on va à Cecilienhof.

— C'est trop court, dit Alexander. Vous avez dit qu'on ferait un tour en voiture !

C'était tout bonnement incroyable ce qui se passait ici. Et on envisagea effectivement la possibilité de rallonger le tour en allant jusqu'à Bornim ou Neufahrland. Finalement, on se mit d'accord sur Cecilienhof en faisant des détours pour y aller. Alexander était satisfait.

— Notre voiture a un réservoir de secours, dit-il.

Charlotte fit oui de la tête.

Enfin, Cecilienhof. Manœuvres pour se garer – comme s'il s'agissait d'un bateau. Kurt l'aida à s'extirper de là, une vraie équipée. Puis il demanda :

— Alors ? Comment tu trouves notre voiture ?

— Splendide, dit Charlotte.

Alexander essuya avec sa manche une fiente d'oiseau sur la carrosserie. Charlotte se retint de faire la moindre remarque. Alexander se retourna plusieurs fois vers la voiture, et Charlotte attendit qu'ils aient suffisamment avancé pour qu'on ne la voie plus.

— Quand j'avais ton âge, recommença-t-elle pour la troisième fois, j'étais obligée d'aller tous les dimanches au jardin zoologique avec ma mère, parce qu'elle s'était mis dans la tête d'aller présenter ses hommages à l'empereur qui venait parfois s'y promener.

Alexander ouvrit de grands yeux ronds.

— L'empereur ?

— Exactement, dit Charlotte, l'empereur Wilhelm. Et alors on attendait parfois des heures en se disant : Viendra ? Viendra pas ? Et il fallait chaque fois que je mette une robe de laine blanche qui me grattait de partout. Une vraie grattouille ambulante, dit Charlotte – et elle vérifia l'effet de ses mots en regardant le visage d'Alexander.

Aucun effet. À la place, le garçon demanda :

— Et l'empereur, il a fini par venir ?

— Arrête maintenant, lança Irina à Charlotte. Ce n'est pas parce qu'il t'est arrivé des choses désagréables dans la vie que tu dois souhaiter que ça arrive aussi à d'autres !

— Et l'empereur, il a fini par venir ? insista Alexander.

— Oui, dit Charlotte, l'empereur a fini par venir. Et je l'ai détesté.

À l'endroit où l'on peut se baigner dans le Heiliger See, Irina et Alexander allèrent donner à manger aux cygnes, tandis que Charlotte et Kurt s'asseyaient sur un banc. Il y avait une brise agréable. On entendait le bruissement des roseaux.

— Bon, alors, comment tu as trouvé mon article ? demanda Charlotte en ajoutant : Mais ne sois pas trop sévère avec moi !

Elle se rendit compte que Kurt tergiversait.

— Allez, parle ! Tu ne l'as donc pas trouvé bon ?

147

— Je ne te comprends pas, dit Kurt. Pourquoi tu te mêles de ce genre de chose ?

— Pourquoi « se mêler » ? Se mêler de quoi ?

Kurt la regarda. Soudain, elle remarqua qu'il ne la voyait que d'un œil et, un instant, elle ressentit quelque chose qui ressemblait à de la culpabilité – comme si c'était elle la responsable, parce qu'elle était sa mère.

— Maman, ici, il s'agit de campagne politique. Ici, les gens essaient d'imposer une orientation plus dure.

— Mais le livre est mauvais, objecta Charlotte.

— Alors ne le lis pas.

Kurt était soudain cassant et ce n'était pas dans son habitude.

— Non, Kurt, dit Charlotte, ce n'est pas comme ça que ça marche. Moi aussi, j'ai le droit de dire ce que je pense. Moi aussi, j'ai le droit de trouver qu'un livre est mauvais et néfaste, et je le trouve mauvais et néfaste, et je n'en démordrai pas.

— Ce n'est pas de ce livre qu'il s'agit.

— Pour moi, il s'agit de ce livre.

— Non, dit Kurt. Il s'agit des luttes pour définir une orientation. Il s'agit de réforme ou de point mort. De démocratisation ou de retour au stalinisme.

Charlotte se prit la tête entre les mains, à bout de nerfs.

— Stalinisme… Brusquement, tout le monde parle de stalinisme !

— Je ne te comprends pas, répéta Kurt, et bien qu'il ait parlé d'une voix étouffée, celle-ci avait des accents durs. Il appuya sur chaque mot quand il dit : Ton fils a été assassiné au camp de Vorkouta.

Charlotte bondit et fit signe à Kurt de se taire.

— Je n'ai pas envie que tu dises des choses pareilles, Kurt, je n'ai pas envie que tu dises des choses pareilles !

Alexander arriva en courant pour annoncer que les mouettes volaient la nourriture des cygnes. Puis il repartit.

Kurt se taisait, Charlotte se taisait aussi.

Sur la berge, on entendait le bruissement des roseaux.

La première chose qui la frappa, une fois rentrée chez elle, fut l'atmosphère confinée qui vint se poser sur ses poumons comme un vieux chiffon. Elle sut tout de suite d'où cela venait quand elle monta à la salle de bain : Mählich et Schlinger, chacun un pinceau à la main, étaient en train de confectionner une affiche dans le couloir du haut et ils avaient roulé le grand tapis – sans doute pour disposer d'une surface bien lisse. L'air était rempli de poussière.

— Mais qu'est-ce que vous faites ? lança Charlotte.

— Wilhelm a dit…. commença Mählich.

— Wilhelm a dit, Wilhelm a dit, éructa Charlotte.

Elle alla prendre un cachet de prednisolone dans la salle de bain. Après sa douche, elle se mit un tissu mouillé sur la bouche pour traverser le couloir. Entre-temps, les deux hommes étaient allés chercher Wilhelm en renfort.

— Qu'est-ce qui se passe ? demanda Wilhelm.

Charlotte ne répondit pas et se fraya un passage à travers l'étroit couloir, heurta sans faire exprès Schlinger qui perdit l'équilibre et vint marcher sur l'affiche encore toute fraîche : directement sur le mot – toujours aussi mal orthographié – *revolution*.

— Qu'est-ce qui te prend ?

Charlotte continua sans se retourner et descendit l'escalier, Wilhelm à ses trousses pour l'empêcher d'aller dans son jardin d'hiver.

— Tu peux m'expliquer ce qui se passe ?

— Wilhelm, dit Charlotte aussi calmement que possible, tu devrais quand même savoir que je souffre d'une allergie à la poussière.

— Comment ça ?

— Une al-ler-gie à la pous-si-ère.

— Toi et tes trucs, lâcha Wilhelm.

Charlotte referma les deux battants de la porte de son jardin d'hiver au nez de Wilhelm, et tira les rideaux.

Elle s'allongea sur son lit et entendit battre son cœur. Entendit le léger sifflement de sa respiration. Elle sentait encore sur sa langue le goût amer de la prednisolone.

Elle resta allongée ainsi pendant un moment.

La fontaine d'appartement ronronnait.

Elle repensa à la reine de la nuit. Celle qu'elle avait rapportée au fleuriste sans l'avoir jamais vue fleurir.

Au demeurant : jamais elle n'avait eu d'asthme au Mexique.

La nuit, elle fit encore de mauvais rêves dont elle ne put pourtant pas se souvenir au matin. Pas envie non plus.

Elle passa son dimanche à désherber.

Lundi, elle entendit aux informations qu'une armée américaine d'invasion avait débarqué à Cuba dans la baie des Cochons.

Mercredi, cette armée était décimée.

Le camarade Hager ne l'appela plus au téléphone.

La tombola de Wilhelm fut un grand succès. Le secrétaire du district fit un discours. Et le représentant du Front national de l'Allemagne démocratique remit à Wilhelm l'Insigne d'honneur en or.

1er octobre 1989

Nadejda Ivanovna

Elle ne savait plus combien de temps elle était restée assise là sur son lit où elle s'asseyait toujours, en tailleur, les mains posées sur les genoux, comme si ce n'étaient pas les siennes. Elle ne pleurait plus. Ses larmes avaient séché, et les petites traces salées qu'elles avaient laissées lui chatouillaient le visage.

Il faisait très clair dehors quand elle leva les yeux, tellement clair que c'en était douloureux. Les bouleaux avaient un éclat jaune, l'automne serait chaud cette année, bon pour les récoltes, se dit Nadejda Ivanovna. À Slava, on faisait en ce moment les pommes de terre, les premiers feux fumaient, les fanes de pomme de terre brûlaient, et quand les fanes de pomme de terre commençaient à brûler, c'était le signe qu'il était arrivé de façon inexorable : le temps où la lumière décline.

Nadejda Ivanovna se moucha et reprit le tricot qu'elle avait posé ce matin sur l'oreiller, des chaussettes pour Sacha, qui seraient pour Kurt ; une chaussette était déjà terminée et elle était en train de faire le talon de l'autre – elle s'y connaissait en chaussettes, elle en avait tellement tricoté, les premières n'étaient pas plus grosses que des chauffe-œufs. Cela remontait à plus de trente ans, mais elle se souvenait encore de l'odeur du duvet sur la nuque de Sacha juste en y repensant, sa façon de venir s'asseoir sur ses genoux, et ils avaient joué à *maltschik-paltschik* pendant des heures, et elle lui avait chanté des chansons, la chanson du chevreau qui ne voulait pas écouter sa grand-mère, il voulait toujours qu'on la lui raconte encore, encore et encore, il l'avait oubliée, ce gamin, même s'il la connaissait presque par cœur du haut de ses deux ans, mais toujours : pooourquoi, pooourquoi, juste des petites cornes et des petits sabots, le petit chevreau, il avait appelé en vain, juste des petites cornes et des petits sabots. Pas grave, peut-être que Sacha écrira une carte postale, même s'il a sans doute des choses plus importantes à faire là-bas, s'habituer à tout, à l'Amérique, elle la connaissait par la télévision, l'autre programme, appuyer deux fois, pour être honnête elle regardait la plupart du temps l'autre programme, jamais elle n'avait regardé Brejnev, l'Amérique, c'était quand même plus intéressant, même si parfois on n'osait pas regarder tout ce qu'ils montraient – pourvu qu'il ne sombre pas dans le péché, songea Nadejda Ivanovna –, ou bien est-ce que tout ce qu'ils montraient à la télévision n'était que de la télévision et qu'au bout du compte les choses n'étaient guère différentes d'ici, on pouvait presque voir de l'autre côté, ou bien c'était encore l'Allemagne ce qu'on voyait, de l'autre côté du lac, ou bien est-ce que l'Allemagne, c'était l'Amérique, une partie, la partie de l'Allemagne qui était une partie de l'Amérique, c'était à devenir fou tout ce méli-mélo, et à quoi bon si, au bout du compte, c'était la même chose partout comme le prétendait sa fille Irina ? Sauf que là-bas on pouvait tout acheter, avait dit Ira, dans l'autre Allemagne qui était l'Amérique, mais elle n'arrivait pas à comprendre : là où arrivait le trolleybus, là où Sacha était allé à l'école, là on pouvait tout acheter sans même être rationné, autant que tu pouvais porter, tu pouvais acheter du lait – en boîte, personne ne la croirait à Slava – mais, pour être honnête, savoir si ça venait des boîtes ou si ça venait qu'elles étaient étatisées, les vaches, et traites avec une machine, en tout cas il ne devenait jamais épais, le lait, quand on le laissait reposer, il tournait simplement, le lait des vaches étatisées, c'était quand même autre chose d'avoir sa propre vache dans son étable, du lait fermenté avec du sucre, elle aimait bien ça, on avait aussi du fromage blanc et on avait du beurre, tout ce dont on avait besoin, on l'avait.

Pour le talon il fallait diviser le nombre de mailles en trois – mais elle ne recomptait jamais, elle faisait toujours ça de façon automatique –, puis réduire les mailles et ensuite repartir tout droit en suivant l'aiguille, Kurt faisait la même taille, sauf qu'il ne portait jamais de chaussettes, il fallait dire les choses comme elles étaient, il remerciait toujours poliment quand elle lui offrait des chaussettes, ça, c'est vrai, mais que faire sinon, les mains ont envie de faire des choses, au printemps il y aurait de nouveau le jardin si elle vivait jusque-là, mais il fallait bien passer le temps jusque-là, regarder tout le temps la télévision, c'était à devenir stupide dans sa tête, parfois elle lisait le livre que Kurt lui avait donné, car elle savait lire, elle s'était alphabétisée quand ils étaient venus à Slava où il y avait les Soviétiques, sauf qu'il était trop gros, ce livre, *Guerre et Paix* : quand on était arrivé au milieu on avait oublié le début, il était question de faire les foins, ça, elle s'en souvenait, un travail difficile, elle avait suffisamment fait les foins dans sa vie, le soir après la journée de travail, quand elle rentrait de la scierie, c'était en août, les foins, et puis en septembre il y avait les pommes de terre, voilà comment c'était à Slava. Maintenant elle n'avait plus que les cornichons, mais ça se faisait pratiquement tout seul, il suffisait de les arroser de temps en temps, ouvrir le tuyau et voilà, aussi simple que ça, la vie en Allemagne, personne ne la croirait à Slava, c'était simple, mais d'un autre côté toujours pareil, et Ira ne faisait que râler, parfois c'était à se demander si ça n'avait pas été une erreur d'abandonner la maison à Slava, mais que faire, les vieux os, incapable de grimper à une échelle pour aller repeindre l'avant-toit, non, elle ne se plaignait pas, mais ça commençait à bien faire au bout d'un moment, elle avait quand même soixante-dix-huit ans, ses sœurs n'étaient même pas allées jusqu'à vingt ans, Liouba et Vera, elles étaient quelque part entre Gríschkin Nagár et Tartársk, et elle était toujours là, dans cette Allemagne, elle avait même une retraite, trois cent trente par mois, au début elle avait mis de l'argent de côté pour son enterrement, elle avait toujours eu peur de mourir avant d'avoir assez pour l'enterrement et, qui sait, peut-être qu'on l'incinérerait, on faisait ça ici, mais entre-temps elle avait économisé trois fois ce qu'il fallait et elle était toujours là, elle fourrait toujours l'argent de sa retraite dans son oreiller, elle avait toujours donné un billet de cent à Sacha, Ira ne lui demandait rien, elle n'en avait pas besoin, tu comprends, arrogante comme elle était devenue, ça énervait Nadejda Ivanovna.

Voilà que ça frappait à sa porte, c'était Kurt qui venait lui demander si elle avait envie de venir aussi à l'anniversaire de Wilhelm. Mon Dieu, elle y avait encore pensé ce matin et puis sa vieille tête avait oublié, mais elle ne voulait pas l'avouer.

— Bien sûr que je viens, dit-elle. Pas possible autrement.

Sauf que le fleuriste du cimetière était fermé depuis longtemps, *äch ty, rastjopa*, que faire ? Elle avait bien encore une boîte de chocolats, en espérant qu'ils ne venaient pas de Charlotte et Wilhelm, ils lui offraient toujours des chocolats, même si elle n'en mangeait pas, mais ce n'était pas grave, comme ça elle avait toujours quelque chose à offrir quand Sacha venait avec sa petite amie, Kalinka qu'elle s'appelait la nouvelle, si elle se rappelait bien, savoir si elle était allée avec lui en Amérique ou si elle était restée en Allemagne ? Elle n'était pas méchante, juste un peu trop maigre, la pauvre, elle ne valait rien pour le travail, mais de toute façon elle ne travaillait pas, elle était actrice, on a aussi besoin de maigres dans les films, ou alors elle offrirait des cornichons à Wilhelm, de bons cornichons préparés comme en Oural, avec de l'ail et de l'aneth, Sacha avait toujours adoré ses cornichons, mais savoir si c'était bien ce qu'il fallait pour un anniversaire, elle demanderait à Kurt, quatre-vingt-dix ans, c'était quand même un âge, et pourtant il avait toujours bonne mine, on lui en donnerait quatre-vingts et toujours en costume avec ça, il ressemblait à un ministre, d'ailleurs il parlait comme un ministre, avec emphase, on voyait tout de suite qu'il avait roulé sa bosse, ils avaient même pris le bateau pour traverser la mer, mon Dieu, une fois elle l'avait vue, la mer, rien que de l'eau jusqu'au ciel, personne ne la croirait à Slava et, tout en haut, tout au bord, il y avait de minuscules bateaux qui passaient lentement comme sur le faîte d'un toit, terrible, elle préférait nettement le train, on était au moins sur le plancher des vaches et, quand il roulait, ce n'était pas si terrible, une fois qu'on s'était habitué, elle arrivait même à dormir à la fin, et quand elle s'était réveillée elle était en Allemagne, tout à coup, et elle ne savait même pas si c'était loin, Sacha avait voulu lui montrer un jour sur une carte, comme si on pouvait voir sur une carte comme c'était loin, de Tartársk par exemple jusqu'à Gríschkin Nagár, ça faisait une distance de quatre doigts sur la carte, mais en réalité ça faisait quatre ans qu'elles étaient parties ou plus, elle ne savait plus, une éternité qu'elles étaient parties, aussi loin qu'elle se rappelait, rien que des départs. Pour être honnête, elle n'avait plus de souvenirs de Tartársk, là où elle était née, avec le père qui n'était pas revenu du flottage, c'est ce qu'avait dit la mère, Marfa, et plus tard on avait soudain dit qu'il était tombé à la guerre, on n'y voyait rien de là où on venait, le noir complet, et la première chose qu'elle voyait quand elle y repensait, c'était le chemin, une image faible et vacillante : le chemin sans fin et, quand elle baissait les yeux, elle voyait ses pieds à elle, tout sales, c'était la première chose dont elle se souvenait et aussi d'avoir toujours soif et la main rougie par le sang quand elle se frappait le front tellement il y avait de moustiques.

Elle enfila sa robe, la jolie, la mauve avec des fils d'or, ma foi, un peu osée à son âge, à Slava on ne pouvait pas mettre ce genre de chose, mais ici les gens portaient tout et n'importe quoi, même les vieilles personnes, quand elle allait danser au club de la *Solidari-thé-populaire* une fois par an, entrée libre, elle aimait bien y aller, quand ses pieds avançaient encore, même si elle ne connaissait pas les danses, celles qui étaient imposées, elle avait tout simplement dansé comme chez elle, en Oural, avec une petite liqueur par là-dessus, et puis ils avaient tous fini par danser à sa façon, comme en Oural, plus ou moins, maintenant elle n'avait plus qu'à rentrer dans ses chaussures, de bonnes chaussures, c'était Ira qui les lui avait achetées, mais c'était l'État qui avait payé, là aussi personne ne la croirait à Slava, des chaussures pareilles, de bonnes chaussures en cuir, quand elle était enfant elle avait toujours lorgné sur ce genre de chaussures, quand elles arrivaient dans un village et qu'elle restait assise devant l'église, elle avait détesté ça, les deux grandes avaient le droit de chercher du travail dans le village, mais elle, la plus petite, elle devait tendre la main, toute la journée, tête baissée, main tendue, mais quand il n'y avait pas de chaussures en vue, on pouvait aussi baisser la main, ça, elle l'avait vite compris, les chaussettes russes ne rapportaient rien, les chaussures en jonc tressé de temps en temps, mais dès que de vraies chaussures apparaissaient, il fallait faire attention, de vraies chaussures en cuir, comme celles qu'elle portait, « *autopédiques* » qu'elles s'appelaient, ils ne connaissaient pas ça à Slava, avec douze trous de chaque côté, dommage qu'elle ne puisse finalement pas aller à Slava, Nina l'avait invitée, même le visa était prêt, mais comment faire, elle était incapable d'aller seulement jusqu'à l'église avec les pieds qu'elle avait, et même ses *autopédiques* n'avançaient pas à grand-chose, ils étaient simplement foutus, ses pieds, ils avaient bien marché sur cette terre, jusqu'à Gríschkin Nagár, depuis Tartársk, pendant quatre ans ou plus, ils n'avaient fait que marcher, marcher, tous les étés, de la fonte des neiges jusqu'aux moissons, et puis après à la grâce de Dieu en espérant que le koulak les prenne en pitié, même simplement une petite place dans l'écurie où passer l'hiver.

Pour rentrer dans ses chaussures, elle devait toujours défaire presque entièrement les lacets, maintenant elle les repassait dans les trous, douze au total, avant de faire une boucle avec un nœud par-dessus, par sécurité. Et voilà ! Elle brossa ses cheveux sans aller pour autant à la salle de bain, pour sa tignasse l'écran de la télévision suffisait, se disait Nadejda Ivanovna, c'était même mieux de ne pas se regarder de trop près, puis elle enfila son manteau d'été, il faisait encore chaud, et à la place du sac à main qu'elle portait pour ce type d'occasion – pourquoi, en fait, la clef de la maison, elle l'avait autour du cou au bout d'une chaîne, et son porte-monnaie, elle le cachait dans une poche de sa robe qu'elle avait cousue exprès ? –, à la place du sac à main donc, elle prit le bocal de cornichons posé sur la table depuis le matin, s'assit de nouveau sur le lit et attendit que Kurt vienne la chercher. Ça ne lui faisait rien d'attendre quand elle savait pourquoi elle attendait, au contraire, elle aimait même bien attendre comme ça. Elle se rappela qu'elle n'avait encore rien mangé, la tartine avec du fromage qu'Ira lui avait flanquée sur une assiette était toujours posée sur la table, elle n'y avait pas touché et elle décida de ne pas y toucher, elle n'était pas un chien quand même, et elle attendit, le bocal de cornichons posé sur ses genoux, attendit, ne pensant à rien, en tout cas à rien de précis, sauf que c'était bizarre ce à quoi elle pensait aujourd'hui, elle pensait à quand elle était enfant, assise devant l'église, à regarder les chaussures, ça faisait longtemps qu'elle n'y avait pas repensé, mais où c'était, ça, elle ne s'en souvenait plus, aucune idée, l'endroit, les visages, plus rien, oublié, comme le début du livre qui s'appelait *Guerre et Paix*, seul le jour où ils avaient trouvé Liouba, ça, elle s'en rappelait bien sûr, allongée dans la neige qu'on aurait pu croire que c'étaient des chiffons gelés. Elle avait menacé un homme avec une hache, qu'ils disaient. Et il avait fallu partir, « causeuses d'ennuis », en plein hiver, le koulak leur avait quand même donné cinq kilos de pain, ça, elle s'en souvenait encore, et les gens qui regardaient derrière les fenêtres et puis après – elle ne savait plus. Aucune idée. Elles s'en étaient tirées d'une façon ou d'une autre. Elles avaient fini par trouver un abri. À un moment donné – c'était cet été-là ou le suivant ? – elles étaient arrivées à Gríschkin Nagár, à trois : maman Marfa, Vera, Nadejda.

Elle se souvenait encore bien de Vera. Lioubova était la plus belle, c'est ce qu'avait toujours dit maman Marfa, mais Vera était la plus douce, et c'était d'ailleurs le souvenir qu'en avait Nadejda Ivanovna, silencieuse, craignant Dieu, et aujourd'hui encore elle se demandait pourquoi Vera justement avait connu une fin aussi cruelle. Elle n'avait vécu qu'un seul hiver à Gríschkin Nagár. Première fois qu'elles avaient un chez-soi, le cousin leur avait laissé la cabane, il avait bien colmaté les fentes avec de la mousse, le poêle était juste assez grand pour dormir à trois, le soir on y brûlait des morceaux de pin, ça sentait la résine pendant qu'elles étaient toutes assises à la table en train de s'occuper, chacune à sa façon. Le samovar ronronnait. Dehors le vent hurlait, et quand c'était très calme, on entendait hurler les loups, au loin, c'est ce qu'on se disait, mais quand l'hiver durait trop longtemps, alors ils arrivaient, ils se glissaient entre les maisons de Gríschkin Nagár et, quand on se réveillait, le matin, on trouvait leurs traces dans la neige. En été ils étaient lâches, on était davantage bouffé par les moustiques que par les loups, il fallait déjà être à moitié mort pour qu'ils s'en prennent à vous, disaient les hommes, sans doute qu'elle devait déjà être à moitié folle de soif, qui sait combien de temps elle avait dû errer, quand on se perdait on tournait en rond, c'est ce qu'on disait, on l'avait trouvée à une distance de douze ou quinze verstes, deux ans plus tard, on avait rapporté le seau en métal avec lequel elle était partie chercher des airelles, et dans le seau, mieux vaut pas demander, aujourd'hui encore elle en avait la chair de poule quand elle repensait à ce qui était resté d'elle, des petites cornes et des petits sabots, maintenant tu sais pourquoi, tu te tournes deux fois, tu vas chercher deux fois des airelles et te voilà perdu, la taïga est grande et on se perd facilement, et n'oublie pas ce qui est resté du chevreau, rien que les petites cornes et les petits sabots, il a appelé en vain, le petit chevreau, juste les petites cornes... Peu importe, il l'aura oublié, le gamin, à quoi bon d'ailleurs s'en souvenir, en Allemagne il n'y avait pas de loups, tout était bien ordonné en Allemagne, même la forêt, et qui sait s'il y avait des forêts en Amérique.

Kurt frappa à la porte.

— Je vais lui offrir un bocal de cornichons, dit Nadejda Ivanovna. Ou ce n'est pas assez bien ?

— C'est très bien, Nadejda Ivanovna, oui, offrez-lui un bocal de cornichons.

Un homme gentil, ce Kurt, toujours poli, n'oubliant jamais le prénom et le patronyme « Nadejda Ivanovna » ; Ira pouvait s'estimer heureuse d'avoir trouvé un homme comme ça, se dit-elle en se redressant, il avait bien sûr fait aussi du camp, c'était un ancien, mais elle avait déjà remarqué à Slava que les anciens étaient très corrects, plus corrects parfois que ceux qui dirigeaient les camps, cette bande de soûlards, mais dire qu'il était allé aussi loin, il était *professour*, il allait tous les lundis à Berlin avec un attaché-case, il y faisait elle ne savait quoi mais c'était en rapport avec l'État, et il gagnait bien sa vie, il avait acheté une auto à Ira et, ça, personne ne le croirait à Slava : la femme roulait en voiture, et l'homme marchait à pied, à propos où était passée Ira ?

— Où est passée Ira ? demanda Nadejda Ivanovna.

Kurt secoua la tête.

— Elle ne vient pas, dit-il.

— Comment ça, elle ne vient pas ? À l'anniversaire de Wilhelm ?

Kurt fit un signe du doigt vers le haut. Nadejda Ivanovna remarqua alors la musique qui venait de la chambre d'Ira, elle connaissait cette musique, Ira l'écoutait souvent ces derniers temps, c'était de la musique russe, un chanteur russe qui braillait pour sa vie, mais ce n'était pas la musique qui inquiétait Nadejda Ivanovna.

— Elle ne va pas bien ? demanda-t-elle.

— Elle ne va pas bien, dit Kurt.

— À cause de Sacha ?

— À cause de Sacha.

Mais ce n'était quand même pas une raison pour boire, se dit Nadejda Ivanovna. Ça ne se faisait pas pour une femme, où est-ce qu'on avait vu une femme boire pendant que son mari restait sobre, il y avait vraiment de quoi avoir honte, et elle fumait aussi, tout ça n'était pas correct, se soûler le jour de l'anniversaire de Wilhelm, comme si ça allait faire revenir Sacha qu'elle se soûle.

— Accrochez-vous à moi, Nadejda Ivanovna, sinon vous allez encore tomber.

Elle s'accrocha à Kurt et descendit une à une les marches de l'escalier devant la maison. Il faudrait biner et enlever les mauvaises herbes entre les dalles du chemin, se dit-elle, tout en se dirigeant vers le portail du jardin, mais ce n'était pas son affaire.

— Le principal, c'est qu'il se porte bien là où il est, dit Nadejda Ivanovna.

— Oui, acquiesça Kurt, c'est le principal.

Charlotte et Wilhelm habitaient dans la même rue, pas très loin, mais pas tout près non plus pour des pieds abîmés. Heureusement que les trottoirs étaient pavés en Allemagne. Kurt avait pris le bocal de cornichons, et ils marchaient bras dessus bras dessous, à petits pas. Peut-être qu'il n'était pas assez strict avec Irina, se dit Nadejda Ivanovna. Pour sa part, elle ne se laissait plus faire, Ira savait toujours tout mieux que tout le monde, qu'il s'agisse des cornichons ou de la pâte pour les *pelmeni* où il ne fallait pas mettre d'œufs, et tu pouvais toujours essayer de lui dire de boire moins, c'était la crise assurée, de quoi tu te mêles, on n'est pas au fin fond de l'Oural ici, désolée, ils avaient été au fin fond de l'Oural, *plus qu'au fin fond de l'Oural*, alors tu fermes simplement ta porte et *basta*. Ça venait sans doute du fait qu'elle n'avait jamais eu de père ; grand-mère Marfa l'avait bien sûr choyée, au début elle disait : « C'est une honte, une honte, une enfant de ce moricaud », elle disait toujours le « moricaud », le « tzigane », alors qu'il n'avait jamais été tzigane, il était commerçant, elle allait acheter du pétrole chez lui, un brave homme, Piotr Ignatjevitch, pas un soûlard, pas comme les moujiks de Gríschkin Nagár, c'était un monsieur, ou presque, avec son manteau et ses bonnes manières, une voiture à trois chevaux, il n'y en avait pas d'autre dans tout le village, et même si ça avait été un péché, et elle en demandait pardon à Dieu, mais au fond d'elle-même elle se sentait innocente, car s'il n'y avait pas eu sa mère Marfa qui avait fait barrage, ils se seraient mariés devant Dieu à l'église, il lui avait promis, parole d'honneur.

— Il voulait m'épouser, dit Nadejda Ivanovna.

— Qui ça ? demanda Kurt.

— Piotr Ignatjevitch, dit Nadejda Ivanovna.

— Ah ! dit Kurt. Certainement.

Mais elle sentait qu'il ne la croyait pas vraiment.

— Il m'aurait épousée, répéta-t-elle, si Marfa n'avait pas fait barrage, et ensuite nous avons quitté Gríschkin Nagár, plus tard, quand Ira était déjà grande, et nous sommes allées à Slava.

— C'était en quelle année ? demanda Kurt.

— Quand les Soviétiques sont arrivés.

— Quand les Soviétiques sont arrivés, Nadejda Ivanovna, vous aviez juste dix ans.

— Non, non, corrigea Nadejda Ivanovna, je me souviens, c'était quand le cousin a abattu les vaches, car on disait que celui qui avait plus de trois vaches se ferait dékoulakiser, et ils l'ont quand même dékoulakisé parce que justement il avait abattu ses vaches.

— Vous voulez dire qu'ils l'ont fusillé ?

— Ils l'ont sans doute fusillé, ça remonte à loin.

— Et c'est là que vous êtes parties pour Slava ?

— Oui, mais au début, Marfa ne voulait pas aller à Slava, parce que les Soviétiques étaient là-bas.

— Mais à Gríschkin Nagár il y avait aussi les Soviétiques, vous venez de le dire.

— Oui, mais à Gríschkin Nagár, tu comprends, il n'y avait pas grand-chose à faire pour les Soviétiques, tout juste six maisons et même pas une église à raser. On disait qu'à Slava ils rasaient les églises. Ils faisaient du courant électrique. Mais ma mère, elle, ne voulait rien avoir à faire avec ça. Elle était contre le progrès. Moi, je n'étais pas contre le progrès. Raser les églises, c'est une honte.

163

Mais l'électricité, pourquoi pas ? Et on disait qu'ils faisaient des écoles dans la ville, alors on est allées à la ville, surtout à cause d'Irina.

— Quelle ville ? demanda Kurt.

— Comment ça, quelle ville ?

— Vous venez de dire que vous êtes allées à la ville.

— Oui, tu le sais bien, dit Nadejda Ivanovna.

— Vous voulez parler de Slava ?

— Oui, bien sûr, de Slava. Où, sinon ?

— Bien sûr, dit Kurt. Où, sinon ?

Ils changèrent de trottoir. Le soleil brillait à travers les feuillages dégarnis, il traversait les vêtements et réchauffait les os. Nadejda Ivanovna aimait bien marcher comme ça au bras de Kurt, elle se sentait presque flattée ; à force de parler, elle en avait même oublié ses pauvres pieds douloureux. Peut-être qu'elle pourrait encore aller jusqu'à l'église, l'orthodoxe, on pouvait faire un bout de trajet en tram, et elle brûlerait un cierge pour Sacha, même s'il n'était pas croyant, ça aiderait peut-être à ce qu'il trouve l'apaisement, ce gamin, ou bien elle donnerait quelque chose pour la collectivité si c'était ça l'important, elle avait de l'argent.

La maison de Charlotte et Wilhelm était une belle maison. La tourelle qui se dressait sur l'un des pans du toit lui donnait même une petite allure d'église – maman Marfa l'aurait prise pour une église, mais de toute façon elle prenait toutes les maisons en pierre pour des églises. L'entrée était presque au niveau du sol, et Nadejda Ivanovna trouvait ce détail particulièrement luxueux, il n'y avait qu'une seule marche à monter et on se retrouvait devant une porte à deux battants en bois massif avec des motifs sculptés et deux têtes de poisson dorées.

Un jeune homme en costume leur ouvrit, Nadejda Ivanovna le connaissait, elle l'avait déjà vu plusieurs fois chez Charlotte et Wilhelm, toujours de bonne humeur, toujours en train de rire ; il la salua avec exubérance. « Babouchka, babouchka », lui dit-il et Nadejda Ivanovna répondit : « Que Dieu soit avec toi, mon fils. »

— *Bogh s taboju, synok.*

On entrait d'abord dans un petit vestibule avec une porte vitrée qui ouvrait sur un large couloir, il y avait même un endroit pour mettre les vêtements avec une porte qui ressemblait beaucoup à celle de l'entrée, en bois sculpté, sauf que Wilhelm l'avait recouverte d'une couche de peinture, mais c'était fait avec goût, pas comme Ira qui peignait les meubles en blanc, si bien qu'on se croyait à l'hôpital.

Charlotte arriva comme un courant d'air, elle aussi était plus âgée que Nadejda Ivanovna, mais toujours fringante, avec une coiffure de jeune fille. Même si la conversation entre Kurt et Charlotte eut lieu en allemand, Nadejda Ivanovna comprit que Charlotte posait des questions sur Irina et Sacha, et elle put voir sur son visage qu'elle n'était pas contente des nouvelles que lui donnait Kurt, à savoir, c'était du moins ce que supposait Nadejda Ivanovna, que Sacha était en Amérique. Elle prit malgré tout sur elle, il ne fallait pas que Wilhelm se doute de quelque chose, « *ni slowa Wilgelmu* », répéta-t-elle cette fois exprès en russe.

— Vous comprenez, Nadejda Ivanovna, il est déjà à un tel point de…

Et là-dessus elle fit un geste de la main difficile à interpréter. Qu'avait donc Wilhelm ? Allait-il mal ?

Effectivement, Wilhelm avait maigri depuis la dernière fois que Nadejda Ivanovna l'avait vu, il disparaissait presque dans son immense fauteuil. Son regard était sombre et sa voix cassée au moment où il lui dit bonjour.

— Pour toi, petit père, dit Nadejda Ivanovna en lui tendant le bocal de cornichons.

Le regard de Wilhelm s'éclaira, il regarda Nadejda Ivanovna et déclara en fixant les cornichons :

— *Garoch !*

Mais ce n'étaient pas des petits pois.

— Ce sont des cornichons, corrigea Nadejda Ivanovna : *Ogurzy !*

— *Garoch*, insista Wilhelm.

— *Ogurzy*, répéta Nadejda Ivanovna.

Mais comme s'il voulait lui prouver que c'étaient bien des petits pois, Wilhelm fit ouvrir le bocal et en sortit un cornichon. Et même si c'était vraiment un cornichon et même s'il mordait maintenant dedans, il répéta :

— *Garoch !*

Nadejda Ivanovna fit un signe de tête – voilà donc où il en était. En train de partir, le vieux Wilhelm. Elle comprenait à présent ce qu'il y avait de sombre dans son regard, elle avait déjà vu ça chez les moribonds.

— *Bogh s taboju*, dit Nadejda Ivanovna.

Puis elle alla saluer les invités. Elle en connaissait beaucoup, même si elle ignorait parfois leur nom. Elle connaissait l'homme taciturne aux yeux tristes, qui avait ouvert le bocal de cornichons pour Wilhelm. Elle connaissait aussi sa femme, une blonde qui semblait toujours dépasser son mari d'une tête – sauf quand ils étaient côte à côte. Elle connaissait aussi la marchande de légumes du magasin à côté de la poste, une personne aimable à qui elle tendait sans problème son porte-monnaie pour qu'elle y prenne la somme demandée. Elle connaissait aussi le policier et le voisin dont la main était toujours moite et qui la saluait invariablement d'un « *Da sdrawstwujet !* Vive… ! » – mais il ne disait jamais ce qui devait vivre. Tous étaient très aimables, y compris ceux qu'elle ne connaissait pas, les hommes se levaient pour lui serrer la main et lui taper sur l'épaule que c'en était presque gênant ; seul l'aimable monsieur en complet gris clair qui, l'année précédente, avait parlé russe avec elle, la regarda comme s'il ne la reconnaissait pas ; sa main tremblait, son visage avait quelque chose de figé et il ressemblait tout à coup à Brejnev.

Elle prit place au bout de la longue table, on apporta spécialement pour elle un petit fauteuil qui était si bas que son visage dépassait à peine de la table. On lui servit du café et du gâteau, le café n'était pas trop fort, Dieu soit loué, et le gâteau était délicieux ; elle en mangea deux parts, son assiette en équilibre sur ses genoux, pendant que les autres invités retournaient à leurs conversations. Les Allemands parlaient beaucoup, rien de nouveau sous le soleil, que des gens qui avaient fait des études, ils avaient tant de choses à se raconter, pour Nadejda Ivanovna ce n'était que le flot habituel de bourdonnements gutturaux. Elle avait évidemment voulu apprendre l'allemand quand elle était arrivée en Allemagne ; chaque jour, elle s'était assise et avait bûché l'alphabet allemand, mais après avoir appris *par cœur toutes les lettres allemandes*, *tout l'alphabet allemand*, elle avait fait une découverte stupéfiante : elle ne savait toujours pas parler allemand. Et elle avait abandonné, ça n'avait aucun sens, une langue difficile, énigmatique, avec des mots qui grattaient dans la gorge comme du pain sec, *Chuttentak* – pour dire bonjour ou au revoir –

et *Affidersin*, ou l'inverse : *Affidersin*, *Chuttentak*, quelle plaie ! Simplement pour saluer quelqu'un !

L'homme aux yeux tristes poussa devant Nadejda Ivanovna un petit gobelet en métal de couleur verte et leva son verre.

— Nadejda Ivanovna, dit l'homme.

— *Da sdrwatwujet*, lança l'individu aux mains moites, qui leva aussi son verre.

— *Nu, satschjem*, dit Nadejda Ivanovna.

En fait elle n'avait pas envie, mais brusquement tout le monde se mit à porter un toast, l'invitant à boire ; peu importe, se dit Nadejda Ivanovna, elle pouvait bien s'en offrir un pour l'anniversaire de Wilhelm, et elle vida son verre d'un trait, mais au moment précis où elle le faisait, elle se rappela que ça ne se faisait pas en Allemagne ; en Allemagne on trempait d'abord ses lèvres, elle se sentait un peu mal à l'aise d'avoir commis un tel impair, surtout que ce truc avait un goût infect, elle n'avait plus l'habitude de boire, elle sentait l'alcool lui monter à la tête, et au bout d'un moment elle eut l'impression que les gens parlaient de plus en plus vite, les sonorités bourdonnantes de l'allemand bourdonnaient de façon encore plus violente à ses oreilles, elle avait presque le vertige d'entendre autant de mots à la fois, il ne pouvait quand même pas s'être passé autant de choses depuis l'année précédente, se dit Nadejda Ivanovna ; la seule chose nouvelle, c'était que Sacha était en Amérique.

— *Sacha w Amerike*, dit-elle à l'homme aux yeux tristes.

— Nadejda Ivanovna, dit l'homme.

Il saisit la bouteille de schnaps pour lui en servir encore une rasade, mais Nadejda Ivanovna refusa tout net. Elle était tellement grisée par ce qu'elle avait déjà bu qu'elle commençait même à entendre des mots russes parmi toutes les sonorités bourdonnantes de l'allemand, ou plus exactement un mot, et plus exactement encore un nom : Gorbatchev, elle l'avait déjà entendu à la télévision ou alors elle se faisait des idées, celui avec la tache sur le front, il y en avait bien un comme ça qui existait, mais elle ne savait pas très bien pourquoi ils le montraient toujours à la télévision américaine, il était quand même l'un des nôtres, non ?

Melitta arriva, l'ex de Sacha. Nadejda Ivanovna la reconnut tout de suite, même si elle s'était attifée comme une boyarde. Depuis qu'elle avait divorcé de Sacha, Nadejda Ivanovna se montrait nettement moins aimable, elle devait bien le reconnaître, c'était terrible comme il avait maigri à l'époque, et Markus, son arrière-petit-fils, ne venait plus que rarement la voir maintenant. Quand il était petit, il venait s'asseoir sur ses genoux, comme Sacha autrefois, et elle lui avait chanté la chanson du chevreau, même s'il ne comprenait rien de rien, il ne comprenait pas un mot de russe, Markus, personne ne lui apprenait. Pendant un moment, il était encore venu de temps en temps chez elle pour prendre un chocolat, mais elle n'avait pas le droit de lui en donner, Melitta était contre, comme si c'était du poison, et puis ensuite il n'était plus venu et elle ne pouvait même plus se rappeler quand elle avait vu Markus pour la dernière fois, il avait grandi mais il était maigre comme un clou et pâle comme Jésus sur sa croix – pas étonnant s'il n'avait jamais droit à une douceur.

Elle vit Markus donner un cadeau à son arrière-grand-père, ils se disaient des choses tous les deux, puis le gamin commença à faire le tour de la table pour dire bonjour à tout le monde et, tandis qu'il se rapprochait, Nadejda Ivanovna rameutait ses connaissances en allemand pour pouvoir au moins dire bonjour à son arrière-petit-fils, par précaution elle répéta plusieurs fois le mot jusqu'à ce qu'il arrive à sa hauteur. Il lui tendit gentiment la main, elle était délicate et fragile, la poignée de main était faible mais il avait le visage fin, son front était haut et ses boucles brunes rappelaient incontestablement Sacha.

— *Affidersin – Orwoir*, dit Nadejda Ivanovna.

Son arrière-petit-fils la regarda d'un air étonné, puis il lança un coup d'œil à sa mère et se mit à rire.

— *Auf Wiedersehn* – Au revoir, dit Markus.

Et déjà il était parti. Il avait retiré prudemment mais résolument sa main de la sienne et il avait disparu.

Nadejda Ivanovna regarda sa propre main, elle avait l'impression de lui avoir fait mal avec cette main usée par l'arrachage des pommes de terre, par la scierie ; elle regardait les veines qui ressortaient sur le dos de sa main à en faire peur, la peau plissée sur les phalanges, les ongles abîmés par les petites et les grosses blessures, les cicatrices, les pores de la peau, les rides et les paumes sabrées de centaines de petites lignes. Elle comprenait d'une certaine façon qu'il ne veuille pas être touché par tout ça.

Puis les sonorités bourdonnantes de l'allemand se dissipèrent. Nadejda Ivanovna leva les yeux, un homme tenant un porte-documents rouge apparut, elle sut tout de suite que c'était celui qui allait remettre sa décoration à Wilhelm, il recevait chaque année une nouvelle décoration, décernée par l'État, et il y avait un papier avec où était écrit pourquoi il recevait cette décoration. C'était ce papier que lisait maintenant l'homme au sous-main rouge, il l'avait ouvert et le tenait dans sa main, Nadejda Ivanovna écoutait avec respect même si elle ne comprenait pas grand-chose, mais elle comprenait malgré tout qu'il s'agissait de choses importantes, elle se renversa dans son fauteuil, son regard glissa vers la grande fenêtre pendant que l'orateur retraçait la vie de Wilhelm, la nuit commençait à tomber, la lumière n'éclairait plus que la cime des arbres, les feuilles badinaient sans bruit, et Nadejda Ivanovna crut sentir la brise du soir, cette fraîcheur sur le visage quand on avait rassemblé les braises des fanes de pomme de terre et que l'on rentrait enfin au village d'un pas lent... Quand la récolte était finie, à la mi-octobre, il y avait parfois déjà de la neige mais il ne faisait pas encore froid, et on se sentait bien, tout le monde avait rentré ses pommes de terre, c'était le bon moment pour faire un peu la fête, la veille ils avaient fait des *pelmeni* tous ensemble, et on chantait, on dansait, et quand on avait bien bu on chantait encore des chansons tristes, et tout le monde se mettait à pleurer et on s'embrassait, ma foi, et on se mettait à danser, c'était comme ça à Slava, se disait Nadejda Ivanovna, à tel point qu'elle en aurait presque oublié d'applaudir à la fin du discours, au moment où l'homme remettait sa décoration à Wilhelm.

Puis le bourdonnement de l'allemand reprit, ça n'en finissait pas de bourdonner à ses oreilles mais ça ne la gênait plus, l'effet du schnaps s'était estompé, elle avait chaud et son âme était légère, et elle se revoyait à Slava, elle se revoyait longer la Bolchaya Lesnaya, elle revoyait tout avec beaucoup de netteté : le rouge de la rue faite de ballast et qui, quand on regardait droit devant soi, allait se perdre au loin dans le jaune lumineux d'un bosquet de bouleaux ; les fossés le long de la route où se vautraient des cochons ; les puits et les trottoirs en bois ; les palissades en planches qui arrivaient à hauteur d'homme et derrière lesquelles se cachaient des maisons à un étage, et l'une de ces maisons avait autrefois été la sienne. Elle se rappela qu'il y avait très longtemps, quand ses mains étaient encore jeunes et délicates comme celles de son arrière-petit-fils, Markus, une voyante lui avait prédit son avenir en lisant dans ses mains délicates où presque rien n'était encore imprimé, et elle lui avait prédit la prospérité et le bonheur – et c'était bien ce qui était arrivé. Elle avait eu sa propre maison, sa propre petite exploitation et même une vache, une vache pie, marron et blanc, et elle l'avait appelée Marfa en l'honneur de sa mère qui ne vivait plus.

Oui. Tout était simple. Elle irait à Slava pour l'anniversaire de Nina, elle avait déjà le visa. Elle s'assiérait avec Nina dans la cuisine et mangerait à la cuillère du lait caillé. Elles prépareraient toutes les deux des *pelmeni* et puis elles feraient la fête avec tous ceux qui étaient encore là. Et puis elle mourrait, tout simplement. Elle mourrait chez elle, dans son pays, c'était là-bas qu'elle voulait être enterrée, comment pourrait-il en être autrement, une chance, se dit-elle, tandis que les sonorités de l'allemand venaient bourdonner à ses oreilles, une chance qu'elle ait encore eu cette idée, ici, pendant la fête d'anniversaire de Wilhelm, mais elle ne le dirait à personne, elle n'était pas si bête, et l'argent qu'elle gardait dans son oreiller, elle le changerait à la banque contre des roubles.

— *Nu dawai*, dit-elle à l'homme aux yeux tristes en lui tendant son petit gobelet en métal de couleur verte.

L'homme aux yeux tristes remplit le gobelet de Nadejda Ivanovna en riant.

— Nadejda Ivanovna, dit l'homme.

— *Da sdrawstwujet*, lança l'homme aux mains moites.

— *Bogh s toboju*, répondit Nadejda Ivanovna qui avala d'un trait son schnaps.

1966

Kurt

Cela faisait dix ans exactement, au mois près, qu'ils étaient revenus de Russie. Même ciel laiteux au-dessus des champs et, quand on regardait bien, on voyait surgir çà et là les premiers bourgeons ; mais vu de loin, le paysage était aussi morne qu'aujourd'hui, les villages étaient tout aussi désolés, et Kurt se rappelait comment il avait regardé par la fenêtre du minibus *ce qui était là-dehors* et qui était son pays.

Avec ce qui leur restait d'argent, ils s'étaient payé des dents en or, chacun une incisive, pour faire bonne figure en Allemagne. Ils avaient mis ce qu'ils avaient de mieux dans une petite valise pour pouvoir les enfiler juste avant leur arrivée, mais lorsque Kurt était descendu du train et avait vu Charlotte et Wilhelm sur le quai, il s'était tout de suite senti miteux avec sa veste soigneusement raccommodée et son pantalon trop large qu'il trouvait pourtant très convenable quelques heures auparavant. Wilhelm avait commandé un minibus, il s'attendait sans doute à une grande quantité de bagages ; mais ils avaient fait le tri de leurs affaires à Slava, avec Irina, peu de choses leur avaient paru convenir pour une vie en Allemagne, et tout leur viatique était réduit à deux petites valises et un sac à dos – finalement il revenait d'Union soviétique avec moins de choses encore qu'il n'en était parti, vingt ans plus tôt, quand il avait quinze ans.

Il avait trente-cinq ans quand il était rentré, et même s'il avait eu tout de suite un poste à l'Académie des sciences – comme une forme de réhabilitation – (la « vraie » Académie, comme le soulignait Kurt, pour bien montrer la différence avec l'Académie de Neuendorf), ce nouveau départ avait été tout sauf facile. Il était sans doute le doctorant le plus âgé que l'Institut ait jamais eu. Après vingt années passées en Russie, son allemand avait pris quelques inflexions. Il ignorait ce qui était permis ou non, si on avait le droit de rire ou non. Revenant d'un monde où l'on se saluait le matin avec des jurons grossiers, il ne savait pas comment se comporter vis-à-vis des sommités, et encore moins comment faire dans ce subtil réseau d'alliances et d'animosités au sein de cette communauté socialiste et scientifique. Pendant un an, un supérieur hiérarchique – bien intentionné – avait cru devoir le charger des traductions de textes russes. Et, trois ans plus tard, il était parti à Moscou avec son chef, principalement pour lui servir d'interprète.

Il était donc retourné à Moscou. Et même si la ville ne lui avait jamais semblé aussi sale, aussi épaisse, aussi épuisante que lors de ce voyage – les trajets à n'en plus finir, les gens ivres, les « agents » omniprésents avec leur visage renfrogné, et même le célèbre métro dont il avait toujours été un peu fier parce qu'il avait participé à sa construction dans le cadre des *subbotniki*, les « samedis communistes », quand il était encore jeune homme, tout cela lui avait tapé sur le système : ce côté engoncé, ce bruit, la fermeture brutale des portes automatiques comme une guillotine (pourquoi fallait-il d'ailleurs que ce métro soit construit à *cent mètres* sous terre, et pourquoi, chose encore plus étonnante, ne s'était-il jamais posé la question à l'époque ?) ; sur la place Rouge, son appareil photo lui avait glissé des mains et, au cimetière Novodievitchi où il était allé par esprit de devoir, parce qu'il s'y était rendu une fois avec Irina pour s'incliner devant la tombe de Tchekhov et de Maïakovski, il avait été surpris par une pluie froide, une pluie d'avril comme il n'y en avait qu'à Moscou, capable de tuer quelqu'un – bien que tout cela ait été désagréable et repoussant, il ne pouvait nier avoir éprouvé de la satisfaction en voyant l'estime qu'on lui portait soudain dans ce pays dix ans après : à lui, l'ancien forçat, lui qui avait été « banni à perpétuité ».

La dernière fois, il avait encore été obligé de partager sa chambre d'hôtel avec un collègue roumain. Mais cette fois, on était même allé le chercher en voiture à l'aéroport, il avait une chambre double pour lui tout seul à l'hôtel Peking, même si la chambre n'avait pas de salle de bain (typique de ces hôtels pompeux hérités de l'époque stalinienne). Le célèbre Jerusalimski s'était montré enthousiasmé par son nouveau livre au point de le présenter partout comme le grand expert dans son domaine, et à la fin il avait même fait avec lui une visite de la ville en voiture. Kurt avait éprouvé une joie maligne à ne pas montrer qu'il connaissait parfaitement tout ça : la place du Manège, l'hôtel Metropol et même... Regardez-moi ça !... la place Loubianka.

Il aurait simplement mieux fait de renoncer à sa petite aventure avec la jeune doctorante, se disait Kurt, pendant que la Trabi traversait dans un chuintement mélodieux une localité sans goût ni grâce (comme Kurt circulait en général avec le métro, il avait encore du mal à distinguer les localités à la périphérie sud de Berlin). Il se disait que c'était bête, ce genre de chose, dans le cercle des collègues. En plus, cette femme n'était pas particulièrement attirante, et – comparée à Irina – elle manquait honteusement d'attrait, mais en voyant ce regard, cette façon de battre des cils, il avait été subjugué ; impossible de faire autrement. Ce n'était pas la première fois que Kurt se demandait si sa faiblesse par rapport à la gent féminine pouvait s'expliquer – ce vers quoi il tendait en tant que marxiste – par les *circonstances* (le fait d'avoir passé une grande partie de sa jeunesse dans un camp) ou si elle était innée, s'il avait effectivement *hérité* ça de son père, que Charlotte présentait comme un incroyable bourreau des cœurs.

— Bon, allez ! Raconte ! demanda Irina. C'était comment ?

— Fatigant, dit Kurt.

Et ça correspondait bien à la vérité.

Tout comme il était vrai qu'il était allé tous les jours aux archives. Et qu'au cours du symposium il avait dû faire une conférence improvisée. Et que la maison d'édition lui avait payé une avance et que la rédaction de la revue lui avait demandé un article. Et que Jerusalimski l'avait invité à dîner et avait fait une visite de la ville avec lui – tout cela correspondait à la vérité –, et alors qu'il racontait, il eut presque la révélation qu'avec tout ce qu'il avait fait il n'avait pas eu de temps pour une aventure.

Même le fait qu'il ait ressenti du manque correspondait à la vérité. Et aussi le fait qu'il s'était senti seul parmi tous ses collègues bien intentionnés mais qu'il ne connaissait pas suffisamment pour simplement oser aborder les questions qui l'inquiétaient – la question par exemple de savoir dans quelle mesure, à leur avis, on pouvait craindre une restalinisation de l'Union soviétique après l'éviction de ce gros lourdaud de réfor-mateur, Nikita Khrouchtchev, qui était quand même d'une certaine façon sympathique (et sans qui Kurt serait toujours au fin fond de l'Oural et « banni à perpétuité »).

— Et j'ai été au cimetière Novodievitchi, dit Kurt.

Et Irina dit :

— Tu m'allumes une cigarette ?

À strictement parler, elle disait : *Tou m'alloumes zigarette ?*

Et Kurt dit :

— *Je t'alloume zigarette.*

Il alluma deux cigarettes, une pour Irina, une pour lui. Aspira la fumée et sentit alors l'épuisement qu'il avait évoqué en parlant de son séjour fatigant à Moscou. Il frissonna même un peu. Il contempla sa femme diablement attirante et pensa déjà avec une certaine excitation à la soirée qui l'attendait.

Sacha avait préféré rester à la maison. Autrefois, il n'aurait jamais manqué une occasion d'aller à l'aéroport, mais l'époque où il voulait devenir constructeur d'avions était depuis longtemps révolue. Maintenant, il enregistrait de la musique moderne sur la RIAS et traînait jusqu'au soir avec des amis douteux dont une fille précoce de la classe parallèle qui venait d'un milieu à moitié asocial et qui, à douze ans, arborait déjà une poitrine généreuse sous son pull d'un bleu crasseux.

Ce fut avec sa retenue habituelle que Sacha réagit au cadeau que Kurt lui avait rapporté de Moscou, le livre de Gagarine, *Moja doroga w kosmos*, « Le Chemin du cosmos ».

— Merci bien, lâcha Sacha, sans même regarder le livre.

Il n'allait plus s'occuper de ce garçon – Kurt l'avait décidé. Son russe devenait de plus en plus hésitant. Même ses résultats scolaires laissaient à désirer. Il avait dernièrement ramené un cinq : un cinq ! Kurt ne se rappelait pas avoir jamais eu un cinq. Kurt trouvait qu'avoir un cinq relevait déjà du domaine de l'inconvenant.

À Moscou, il avait en vain cherché un cadeau pour Irina. Que lui rapporter ? Elle était carrément allergique à toute forme de folklore russe ; il avait d'ailleurs pu constater que, dans le pays de la grande révolution d'Octobre, il n'y avait que des cochonneries ; il avait donc acheté au dernier moment une bouteille de *sovjetskoje champanskoje,* qu'il sortit dans un déluge d'excuses, une fois Sacha au lit. Puis il prit un bain très chaud, Irina déboucha le *champanskoje* et, prise d'une très légère ivresse, lui révéla la surprise : la chambre était terminée. Il s'en était douté et pourtant il fut étonné, il se sentait – une fois de plus – coupable face à Irina. C'était mystérieux : pendant cinq ans, il avait été convaincu qu'Irina exagérait avec ses projets de transformation ; pendant cinq ans, il avait essayé de réduire au minimum ces projets de transformation et, pour être honnête, il aurait préféré simplement tout faire repeindre, et *basta*. Oui, il était pressé ! Le temps filait à toute allure, avec sa vie qui avait eu tant de mal à démarrer. Il avait eu des accès de panique, la nuit. Il avait eu peur quand il avait vu Irina faire abattre des cloisons, quand il avait vu les tuyaux et les fils électriques pendouiller, toutes ces choses qu'il faudrait de nouveau encastrer. Il lui était aussi arrivé de quitter la maison en claquant la porte quand il se rendait compte qu'Irina dépensait des sommes folles parce qu'elle voulait absolument *cette* porte, *ce* bois, *ce* rouge ; mais pour finir, il devait bien l'avouer, c'était encore une fois Irina qui avait vu juste, même si – et c'était ça, la chose mystérieuse – elle avait toujours tort dans le détail.

C'était une chambre splendide, magnifique. Très simple au fond : avec uniquement un lit, un simple lit à deux places impossible à trouver dans toute la RDA, et la vieille armoire dont Kurt s'était moqué au début. La moquette était blanche, tout comme les murs, seul celui à la tête du lit était rouge carmin, et à ce mur était accroché un gigantesque miroir ovale flanqué de deux lampes, dans un large cadre doré et tarabiscoté dont l'inclinaison exagérée ne laissait aucun doute sur sa finalité.

— Je me demande ce qu'ont bien pu penser les ouvriers, murmura Kurt.

— Ils ont pensé ce qu'il fallait penser, dit Irina en glissant sous sa jupe la main de Kurt qui put sentir, entre la culotte et le bas, un morceau de peau nue renflée comme un doux coussinet...

— C'est fou, dit Kurt, lorsqu'ils se retrouvèrent plus tard tous les deux allongés côte à côte sur le lit.

Tout à l'heure, dans l'ivresse du mousseux, lorsqu'ils s'étaient retrouvés l'un sur l'autre, l'un dans l'autre, il avait eu pendant quelques instants l'impression qu'il se dédoublait – pas seulement son image mais *de façon effective*. Pendant quelques instants, expliqua-t-il à Irina, il avait eu l'impression d'avoir eu plus de deux bras et de deux jambes et aussi plus d'un seul « *chui* », dit-il – pour les choses crues, ils parlaient russe.

Et Irina, toujours en effervescence, enserra son corps avec ses jambes et lui murmura à l'oreille :

— Je crois que je devrais inviter une fois mon amie Vera...

Le lendemain matin, Kurt se leva tard : à huit heures. On était dimanche et au fil des années – mobilisant toute sa discipline de vie – il avait pris l'habitude de ne pas travailler le dimanche, il avait même appris à se réjouir de ce dimanche sans travail.

Il entra dans la cuisine en pyjama et peignoir et déclama debout, avec emphase, le quatrain qu'il composait chaque dimanche en se rasant pour faire sourire sa famille. Celui d'aujourd'hui disait :

> Je reviens de Moscou, hop là !
> Et je me sens plein de forces, tagada !
> Tout en me rasant je me disais déjà
> Que partout la bonne humeur est là !

Sacha fit la moue. Irina sourit sans rien dire, tout en lui versant sa camomille. Elle insistait pour qu'il en boive une tasse avant de prendre son café, pour ménager son estomac, et Kurt lui faisait ce plaisir.

Pendant le petit déjeuner, Irina lui apprit qu'elle devait encore s'absenter aujourd'hui : Gojkovic allait venir, l'acteur yougoslave qui jouait le rôle principal dans le film d'Indiens et de cow-boys que voulait tourner la DEFA.

Kurt avala sa salive. Des miettes de pain vinrent lui gratter la gorge. Depuis qu'Irina travaillait à la DEFA – il ne savait d'ailleurs pas en tant que quoi – il arrivait souvent qu'elle le déçoive de cette façon. C'était prétendument un mi-temps, mais en réalité elle travaillait souvent jusqu'à la tombée de la nuit ou même le week-end, et tout ça pour rien, car en fin de compte elle gaspillait malgré tout plus d'argent qu'elle n'en gagnait, se dit Kurt. Mais il se tut. Il avala une gorgée de café pour faire passer les miettes de pain. Évidemment, Irina avait bien le droit de travailler. Même si c'était un travail au plus haut point étrange, se retrouver avec des acteurs venus d'on ne savait où dans la maison d'hôtes de la DEFA, à boire de la vodka. Ou parcourir la campagne en voiture avec cet Indien. Kurt avait vu une photo : Monsieur Muscles ! Se faire ainsi photographier torse nu – incroyable.

— Le repas de midi est sur la cuisinière, dit Irina. Je serai rentrée à seize heures.

Une fois Irina partie, Kurt passa dans son bureau, toujours en peignoir et en pyjama. Il ouvrit le radiateur et s'assit dessus. Tandis qu'il sentait la chaleur sous ses fesses (oui, même le chauffage central au gaz était une bonne idée !), il posa son regard sur la bibliothèque qu'Irina lui avait trouvée par quelque combine obscure (qu'il n'espérait pas criminelle !). Pendant cinq ans, il avait trimbalé ses livres dans des caisses, d'une pièce à l'autre. Maintenant, ils étaient tous là, bien rangés et, chaque fois qu'il les voyait, Kurt trouvait que c'était vraiment bien – sauf qu'il ne comprenait soudain pas très bien pourquoi il avait rangé au milieu de ses propres œuvres le *Krichatzki*, ce petit manuel de latin tout abîmé qu'il avait gardé avec lui dans le camp pendant dix ans. Il prit le livre mais ne sut pas vraiment qu'en faire (pas un usuel, pas d'époque précise) et il le remit à sa place.

Puis il sortit les conférences et les revues de ses collègues de Moscou, les petits papiers avec des numéros de téléphone et des adresses, les trucs habituels que l'on ramenait de voyage, totalement inutiles ; il était évident qu'il n'appellerait jamais la plupart des numéros qu'il avait pourtant soigneusement reportés dans son agenda ; la plupart des manuscrits de conférence traîneraient un moment dans son bureau puis il les jetterait après un délai de convenance. Kurt mit de côté les copies qu'il s'était fait faire aux archives – et jeta tout le reste à la corbeille. Il ressortit les bouts de papier avec les adresses et les numéros de téléphone et commença à les trier. Tout à coup il se retrouva avec un numéro à la main qui n'était associé à aucun nom, et il lui fallut quelques secondes pour comprendre à qui correspondait ce numéro... et il fut tenté un instant de conserver ce numéro, pour se venger de Gojkovic – mais il ne pouvait s'empêcher de penser à la soirée de la veille, au miroir dans son cadre doré, à ce merveilleux dédoublement et à la promesse qu'Irina lui avait murmurée à l'oreille et qu'il avait aussitôt associée à une image qui apparaissait maintenant de nouveau devant ses yeux – lorsque soudain la sonnette retentit.

Il fourra le bout de papier dans la poche de son peignoir et se dirigea d'un pas décidé vers la porte d'entrée, avec toujours cette même image devant les yeux, c'était une image qui remontait à l'été dernier, vacances au bord de la mer Noire où ils avaient été ensemble avec Vera, par pure coïncidence d'ailleurs car, à leur grand étonnement, ils étaient tombés sur Vera dans la salle de transit de l'aéroport ; Kurt ne la connaissait que de loin, il savait que c'était une ancienne collègue d'Irina, du temps où elle travaillait aux archives de l'Académie de Neuendorf et qui, comme ils l'apprirent alors, faisait partie de leur groupe de voyage et qui, comme ils l'apprirent aussi, avait divorcé récemment et faisait donc seule le voyage à Nessebar, et c'était de là – de la plage de Nessebar – que provenait l'image, même furtive, que Kurt avait dans la tête durant les dix, douze ou quinze pas qui marquaient la distance entre son bureau et la porte d'entrée. Pour tous les trois, c'était la première fois qu'ils se trouvaient au bord de la mer dans le Sud et tous les trois avaient été surpris de sentir à quel point le sable était *brûlant* sur cette plage de Nessebar, et Kurt avait commencé à sautiller d'un pied sur l'autre et les deux femmes avaient fait de même et ils s'étaient ainsi retrouvés tous les trois en train de sautiller, exécutant une petite danse stupide à laquelle étaient venus se convier de façon étrange, ou sous l'effet d'une simple ceinture de peignoir qui se dénoue, les gros *machins* de Vera, c'était ce que s'était dit Kurt qui n'avait pas trouvé d'autre mot, c'étaient vraiment des *machins*, de gros *machins* lourds et blancs, parcourus par un rinceau de fines veines bleues, et ils dansaient encore devant les yeux de Kurt quand il ouvrit la porte d'entrée et découvrit un visage rond avec un sourire de travers qu'il identifia en quelques fractions de seconde comme étant celui de son secrétaire du parti, Günther Habesatt.

— Eh bien ! dit Kurt.

— Excuse-moi, dit Günther, en dansant d'une jambe sur l'autre comme s'il avait une terrible envie de faire pipi.

Mais Günther n'avait pas envie de faire pipi. Il resta un certain temps debout dans le bureau de Kurt, à danser d'une jambe sur l'autre, parlant avec admiration de la maison, du bureau et de la biblio-thèque, il refusa le café que Kurt lui proposait mais demanda un verre d'eau avant de se laisser tomber dans l'un des fauteuils-coques un peu avachis qui venaient de chez Charlotte et dans lequel la masse considérable de Günther se moula comme dans une baignoire. Sans le dire, Kurt détestait les gros. Günther était plutôt un type gentil, serviable, pas un intrigant, de santé délicate, c'est du moins ce que croyait pouvoir déduire Kurt du fait que Günther, en dépit de ses réticences (ou du moins de ce qui donnait l'impression d'être des réticences), s'était laissé convaincre de devenir secrétaire du parti. On avait aussi approché Kurt pour ce poste mais, bien entendu, il avait refusé.

Après avoir fait disparaître – car il ne donnait pas l'impression d'avaler – tout le verre d'eau dans son gros corps, Günther regarda encore une fois partout dans la pièce, comme si une autre personne qu'il n'aurait pas vue pouvait s'y trouver et il commença à expliquer le motif de sa visite à voix basse, en branlant du chef et en levant souvent les yeux au ciel. C'était aussi simple que stupide. Paul Rohde, collaborateur au sein du groupe de travail de Kurt, un individu toujours un peu excessif et pas toujours très discipliné, avait parlé dans la revue de science historique *ZfG* du livre d'un collègue ouest-allemand, où ce qu'on appelait la « politique de front unitaire » du parti communiste allemand à la fin des années vingt était présentée de façon critique (politique qui, comme chacun le savait, n'avait bien sûr été en réalité qu'une politique de division qui avait diffamé la social-démocratie et favorisé de façon terrible la montée du fascisme !), et Rohde avait ensuite envoyé son article à titre personnel à son collègue ouest-allemand en l'accompagnant d'un petit mot où il le priait de bien vouloir excuser la tonalité négative de son texte, ajoutant que l'ensemble de son groupe de travail trouvait son livre intelligent et intéressant, « *mais qu'en RDA on n'en était pas*

encore au stade où l'on pouvait discuter ouverte-
ment de la politique du front unitaire »...

Écrire des choses pareilles à un collègue ouest-
allemand était évidemment incroyablement stupide,
mais... il y avait quelque chose que Kurt ne comprenait pas. Il écoutait avec un malaise de plus en plus
marqué Günther raconter la suite de l'affaire qui,
pour dire les choses brièvement, se résumait à ce
que le département scientifique du Comité central
du parti unique, le SED, demandait que soit prise
une sanction exemplaire à l'encontre du camarade
Rohde, sanction qui devait être décidée le lendemain lundi, lors de la réunion du parti et, à cette
occasion – « tu sais comment sont les choses » –,
on demandait aux collègues de Rohde, surtout les
collègues de son groupe de travail et en premier
chef à Kurt, qui dirigeait ce groupe de travail, de
prendre position de façon « spontanée », et c'était
de cela que Günther avait voulu informer Kurt, en
toute discrétion, bien entendu...

— Et comment tu connais le contenu de cette
lettre ?

Günther parut ne pas comprendre.

— Par le Comité central, dit-il.

— Et le Comité central ?

Günther leva les yeux au ciel, souleva ses gros
bras et dit :

— Alors ça... !

Après le départ de Günther, Kurt mit ses habits
de travail et alla dans le jardin. Il faisait beau, et
quand il faisait beau il fallait en profiter. Il alla
chercher le râteau, mais il n'y avait presque pas
de feuilles à ramasser ; il se demanda alors s'il n'y
avait pas des choses à tailler. Mais il n'était pas
très sûr, il y avait déjà des bourgeons et c'était

sans doute trop tard pour se mettre à tailler. Et, bien qu'ayant abandonné aussi cette idée de taille, il chercha encore un moment le sécateur sans le trouver. Il trouva en revanche quelques bulbes de tulipe et décida de les planter. Il erra un certain temps dans le jardin à la recherche d'un endroit adéquat, sans pouvoir se décider. Son estomac se rappela à son bon souvenir : un gargouillis que Kurt prit pour un effet de la faim. Il remporta les oignons de tulipe dans l'appentis.

Quand il entra dans la maison, il fut accueilli par une forte musique venue de la chambre de Sacha : de la musique beat, celle qu'il écoutait depuis quelque temps. Kurt alla frapper à sa porte et entra. Sacha baissa un peu le son. Assis à son bureau, le magnétophone posé juste devant lui avec un manuel appuyé contre, il était en train d'écrire dans un cahier.

— Tu ne peux pas faire tes devoirs avec un tel bruit, dit Kurt.

— C'est juste de la biologie, rétorqua Sacha, tout en jouant avec une petite croix en argent qu'il portait accrochée à une chaîne autour du cou.

— Tiens donc ! Tu es chrétien maintenant ?

— Non, rectifia Sacha. C'est une croix de beatnik.

« Beatnik ». Kurt avait déjà entendu ce mot à la télévision – la télévision de l'Ouest. On y parlait souvent de beatniks, ces derniers temps : des types aux cheveux longs que Kurt associait plus ou moins à cette musique moderne et qui, la chose au moins était claire, refusaient de travailler.

— Ah ! dit Kurt. Tu veux devenir un beatnik.

Sacha eut un sourire.

Kurt fit demi-tour et il était déjà sur le point de quitter la chambre lorsqu'il se ravisa.

— Pendant toute ma vie, j'ai essayé de t'éduquer en vue du travail. Et toi... (Et tout à coup, il s'entendit crier.) Toi, tu deviens un beatnik ! Mon fils devient un beatnik !

Il renversa le magnétophone, qui expira dans un râle, avant de sortir d'un pas décidé. Ce n'est qu'une fois arrivé dans son bureau qu'il s'aperçut qu'il avait arraché le câble.

Pendant qu'il se douchait – il ne s'était pas sali avec ce qu'il avait fait dans le jardin, mais après le jardin on se douchait –, la scène lui revint en mémoire. Il était surtout en colère contre lui-même, essayant alors d'autant plus de justifier son accès de rage. Le danger n'était certainement pas immédiat et ce n'était pas demain la veille que Sacha deviendrait un beatnik. Mais cette façon de se laisser aller, sa paresse, son désintérêt pour tout ce que Kurt considérait comme important et utile... Comment faire comprendre à ce garçon l'importance des choses ? Ce garçon était intelligent, cela ne faisait aucun doute, mais il lui manquait quelque chose, d'après Kurt. *Quelque chose là-dedans.*

Il repensa au *Krichatzki*, deuxième fois déjà dans la journée : ce manuel de latin qu'il avait toujours avec lui dans le camp, et un instant il se demanda comment en tirer un profit pédagogique : *même dans ce camp de travail*, il s'était préparé à son diplôme de latin – c'était à peu près ce qu'il se disait, mais il dut bien s'avouer que c'était une stupidité. Il ne s'était pas préparé à son diplôme de latin dans le camp. Il avait crevé de faim. Et la faim l'avait rendu tellement idiot qu'il s'était demandé si les dégâts n'étaient pas irréversibles. Il s'en était fallu de peu, se dit Kurt et, pendant qu'il commençait à se frotter les jambes avec une brosse, il se souvint de façon plus ou moins nette d'états étranges et à moitié fous qui l'avaient saisi, il se souvint de la voix qui avait peu à peu pris le dessus, impassible, indifférente et toujours – étrangement – à la troisième personne. *Maintenant il a froid... Maintenant il a mal... Maintenant il doit se lever...*

Stop. Erreur de programme. Se frictionner avec une brosse après la douche froide faisait partie du rituel du matin, il se fourvoyait. Kurt posa la brosse et se regarda dans le miroir. Il avait parfois du mal à croire qu'il existait vraiment. Et le passé lui revint comme un grand trou dans lequel il pouvait retomber s'il n'y prenait pas garde. Un jour, se dit-il, il écrirait tout ça. Quand le temps sera venu.

Il s'habilla et commença à réchauffer le déjeuner. Il y avait du goulasch avec du chou rouge. Sacha arriva – sans croix de beatnik. Il s'assit à table, le dos voûté, son regard fixant obstinément l'assiette. Il pignochait dans le chou rouge avec sa fourchette et mettait les morceaux un à un dans sa bouche. Il avait gardé l'habitude, même à douze ans, de tout manger séparément : la viande et l'accompagnement. Mais Kurt décida de passer outre. Il essaya au contraire de faire dans le « raisonnable » :

— Je t'ai toujours permis, dit Kurt, d'écouter ta musique, je me trompe ?

Sacha pignochait dans son chou rouge.

— Je me trompe ? répéta Kurt.

— Non, dit Sacha.

— Mais si ton engouement pour la musique beat fait que tu veux devenir un beatnik, alors je suis forcé de te dire que tes professeurs ont raison quand ils interdisent ce genre de chose. Tu portes aussi ce truc à l'école ?

Sacha pignochait dans son chou rouge.

— Je te pose une question : est-ce que tu portes aussi ce truc à l'école ?

— Oui, dit Sacha.

Kurt sentait la colère revenir en lui.

— Tu es vraiment stupide à ce point ?

Kurt mâcha trente-deux fois, comme le médecin le lui avait conseillé, puis il posa sa fourchette et son couteau pour regarder son fils qui pignochait toujours dans son chou rouge. Regarda les poignets étroits (plus exactement le poignet droit ; le gauche était caché sous la table), les grands cils recourbés qu'il avait hérités d'Irina (et que Sacha n'aimait pas, parce qu'il disait que ça faisait « fille »), les boucles rebelles qui venaient de lui, de Kurt (et qui lui valaient toujours des ennuis à l'école parce que le directeur, fidèle jusqu'au bout des ongles à la ligne du parti, voyait dans chaque millimètre de cheveu qui dépassait derrière les oreilles l'influence d'une jeunesse occidentale décadente). Et il sentit soudain un besoin irrépressible et presque douloureux de protéger cet enfant de tout ce qui l'attendait et qu'il ignorait encore.

La nuit, son estomac se mit à gargouiller. Le matin, Irina lui conseilla des pansements gastriques. Durant la matinée, Kurt, un coussin chauffant glissé sous son pull-over, essaya de travailler un peu à son nouveau livre sur Hindenburg. Puis il se mit en route, en n'ayant avalé qu'un bouillon de poule.

Le trajet jusqu'à l'Institut était devenu plus long – depuis la construction du Mur. Avant, le S-Bahn traversait directement Berlin-Ouest, et pour ceux qui n'avaient pas le droit de pénétrer dans les secteurs occidentaux, il y avait des trains spéciaux qui ne s'arrêtaient pas entre la Friedrichstraße et le Grieb-nitzsee. Maintenant il y avait le « Sputnik » qui contournait tout Berlin. Pour pouvoir le prendre, Kurt devait d'abord aller à la gare de Drewitz avec une navette et faire une station jusqu'à Bergholz, situé sur la ligne du Sputnik. Si tout allait bien, le Sputnik l'amenait jusqu'à l'Ostbahnhof, où il prenait encore le S-Bahn qui l'amenait en quinze minutes jusqu'à la Friedrichstraße. Par chance, il n'était obligé de faire tout ce trajet que quelques jours par semaine, car, parmi les bons côtés de la pénurie notoire qui sévissait en RDA, il y avait aussi pénurie de bureaux et on avait expressément demandé aux collaborateurs de l'Institut des sciences historiques d'utiliser leur « poste domestique de travail », comme on disait. Kurt faisait donc généralement coïncider les réunions de son groupe de travail avec la réunion du lundi, qui était de toute façon obligatoire. Pour le reste, il se défilait chaque fois qu'il le pouvait, il se faisait excuser pour les réunions sans grande importance vu qu'il habitait Neuendorf et était donc celui qui avait le plus long trajet à faire, il séchait même carrément, invoquant des retards de bus difficiles à vérifier et mettant en avant ses problèmes de santé, notamment ses problèmes d'estomac qu'il faisait passer, sans le dire expressément, pour une conséquence de son séjour dans le camp, ce qui lui valait de la part de ses supérieurs une compréhension teintée de honte, même s'ils devinaient plus qu'ils ne savaient ce qu'il avait vécu dans ce camp – et tout cela sans la moindre mauvaise conscience. Au contraire, il considérait toute réunion manquée comme un gain de temps pour son travail. Ce qui comptait pour Kurt, c'était le nombre de pages rédigées et, de ce point de vue – le nombre d'articles scientifiques publiés –, il battait tous les records.

À partir de la station Friedrichstraße, il n'y avait plus que cinq minutes à pied. L'Institut se trouvait presque juste en face de l'université, dans la Clara-Zetkin-Straße, une ancienne école de filles datant de l'époque wilhelminienne, avec une façade en grès noircie au fil des ans par la suie et toujours marquée, vingt ans après, par les impacts de balle datant des derniers jours de la guerre. Après être passé devant la loge du concierge, on se trouvait devant un escalier pompeux qui menait au premier niveau, où s'était installée la direction de l'Institut. Le département de Kurt se trouvait au dernier étage. La modeste salle de réunion était déjà bien pleine lorsque Kurt arriva, il fallut encore aller chercher des chaises au secrétariat ; les chaises apportées encombraient le fond de la pièce, tandis que le devant, où la présidence était représentée par quelques membres, se clairsemait de plus en plus.

La présidence était assurée par Günther Habesatt, le directeur de l'Institut et une personne invitée venue du département scientifique du comité central du SED et que Günther présenta comme le camarade Ernst. L'homme avait à peu près l'âge de Kurt. Il n'était pas très grand, nettement plus petit que Günther, quant au directeur il avait des cheveux gris coupés court et un visage qui donnait l'impression de sourire continuellement.

Günther – raide comme la justice et sans lever les yeux au ciel – ouvrit la séance et lut le seul et unique point à l'ordre du jour ; le camarade Ernst prit alors la parole, tandis que Günther affichait un visage d'enterrement et que le directeur de l'Institut opinait ostensiblement du chef, et il se mit à parler de « la situation internationale qui devenait plus complexe » et de « la lutte des classes qui se renforçait ». À la différence de Günther, le camarade Ernst parlait avec aisance, presque avec éloquence, d'une voix ténue mais pénétrante qui baissait de façon doucereuse quand il voulait insister sur un point – et soudain sa façon de parler ne sembla pas inconnue à Kurt, ou était-ce sa façon de feuilleter son carnet sans le regarder pendant qu'il parlait des « forces révisionnistes et opportunistes », où il fallait justement chercher le « principal ennemi », disait le camarade Ernst et, en prononçant l'expression « principal ennemi », il baissa la voix, et Kurt aperçut alors Paul Rohde qui était manifestement assis depuis le début juste à côté de la table occupée par la présidence, tout gris, tout ratatiné, le regard dans le vide, fini, se dit Kurt. Paul était fini, exclu du parti, mis dehors sur-le-champ, la chose était soudain évidente. Il ne s'agissait même plus de Paul Rohde ici. Il ne s'agissait plus d'une quelconque lettre. Ce dont il s'agissait ici, c'était ce que Kurt avait redouté depuis longtemps ou pour être précis depuis la mise à l'écart de Khrouchtchev (mais en fait avant même la mise à l'écart de Khrouchtchev), il y avait eu suffisamment de signes avant-coureurs, sauf que ces signes n'avaient pas été des signes, Kurt le comprenait maintenant, mais la chose elle-même : le dernier plénum où l'on avait anéanti les écrivains critiques envers le régime, la mise à pied du ministre de la Culture, la rupture avec Havemann, c'était *ça*, c'était *là*, c'était maintenant au sein de l'Institut sous les traits de cet homme dont le visage semblait continuellement sourire, dont la voix se faisait plus doucereuse, cet homme qui tournait les pages de son carnet sans même les regarder pendant qu'il éclairait l'assemblée sur le « rôle de la science de l'histoire à notre époque » et le « rapport entre l'existence du parti et la vérité historique ».

Le silence s'était installé dans la salle, un silence qui ne se mua pas en toussotements ni en raclements de gorge, une fois que l'orateur eut terminé. C'était maintenant au tour de Rohde : autocritique. Kurt entendit Rohde sortir à grand-peine et par saccades son texte appris par cœur, chaque mot avait été convenu d'avance, c'était évident, Kurt l'entendait déglutir, les pauses devenaient insupportables jusqu'à ce que les mots tels que « de façon hostile… irresponsable… agi… » s'assemblent lentement en structures de phrase.

Günther demanda ensuite qui voulait prendre position. Le directeur du département demanda « spontanément » la parole, condamna le collègue Rohde qui l'avait profondément déçu et s'excusa pour son « manque de vigilance », sous les hochements de tête approbateurs du camarade Ernst.

Puis ce fut au tour de Kurt. Il sentit l'attention se concentrer sur lui. Sa gorge était sèche. Sa tête était vide. Il fut lui-même étonné de la phrase qu'il prononça :

— Je ne suis pas sûr de bien avoir compris ce dont il s'agit.

Le camarade Ernst plissa les yeux comme s'il avait du mal à reconnaître Kurt. On pouvait encore croire qu'il souriait, mais son visage avait pris une expression vulgaire, porcine.

L'espace d'un instant on aurait entendu une mouche voler, puis Günther se pencha vers le visage porcin. La salle était tellement silencieuse que Kurt put entendre ce que Günther murmurait.

— Le camarade Umnitzer était à Moscou la semaine dernière.

Le visage porcin regarda Kurt et acquiesça.

— Camarade Umnitzer, personne ici ne t'oblige à prendre position.

Puis, s'adressant à tout le monde, il ajouta :

— Il ne s'agit pas ici d'instruire un faux procès, n'est-ce pas, camarades ?

Il se mit à rire. Quelqu'un rit aussi. Ce ne fut que lorsque le collègue suivant prit la parole que Kurt s'aperçut que ses mains tremblaient.

Sa main tremblait encore quand il la leva pour approuver l'exclusion de Rohde.

Ensuite, il eut soif. Après la réunion, il descendit pour éviter la prise d'assaut des toilettes à l'étage et, lorsqu'il ouvrit la porte des toilettes pour hommes à l'étage du dessous, il se retrouva face à face avec Rohde. Ce dernier le regarda, lui tendit la main.

— Merci, dit-il.

— Pour quoi ? demanda Kurt.

Il hésitait à prendre cette main. Quand il la prit enfin, elle était froide et moite. Mais j'espère déjà lavée, se dit Kurt.

Kurt arriva à l'Ostbahnhof peu avant dix-huit heures, plus tôt que d'habitude donc. Son train partit à l'heure mais s'arrêta à une station avant Bergholz : problème technique. Le contrôleur demanda un peu de patience.

Les problèmes techniques n'étaient pas rares sur cette ligne. Mais les conversations étouffées des autres passagers devinrent soudain insupportables à Kurt. Il voulait réfléchir, cependant, dans le train à l'arrêt, ses pensées étaient bloquées. Il descendit, traversa les voies en dépit de l'interdiction et partit à pied. Il commençait à faire nuit, mais Neuendorf n'était qu'à dix kilomètres à peine. Il connaissait bien la région, ils étaient venus y ramasser des champignons, une fois, en automne. Toutefois, au lieu de suivre la route qui faisait un grand détour par un village voisin, Kurt prit un chemin qui partait de Schenkenhorst et devait le ramener sur la route un peu plus au nord-ouest – il pouvait se fier à son sens de l'orientation.

Il marchait d'un bon pas, même si ses genoux flageolaient un peu sous l'effet de la faim. Il s'était demandé à l'Ostbahnhof s'il n'allait pas acheter une saucisse au curry mais, redoutant des maux d'estomac, il avait laissé tomber. La sensation de faim s'insinua lentement jusque dans le creux de ses genoux, on appelait ça « hypoglycémie ». Aucune raison de s'inquiéter. Kurt savait combien de temps le corps était encore capable de fonctionner en dépit de la faim : longtemps. Le ciel se couvrit. Kurt accéléra le pas malgré lui. Peu à peu les images de la réunion lui revenaient... Le visage porcin. Les yeux. La voix fluette, cette voix de crécelle. « Il ne s'agit pas ici d'instruire un faux procès... » Mais qui donc, nom d'un chien, lui rappelait cet individu ?

Le chemin conduisait désormais droit dans la forêt. Ici il faisait nettement plus sombre qu'en rase campagne, et Kurt hésita. N'était-il pas préférable de contourner la forêt ? Mais c'était quoi, cette forêt ? Juste une toute petite forêt. Combien de fois avait-il marché à travers la taïga ! Combien de fois avait-il passé la nuit dans la taïga ! Et pourtant il avançait en pressant le pas à présent. Mais le chemin obliquait de plus en plus vers l'est. Pour ne pas perdre la bonne direction, Kurt prit carrément à gauche et avança tout droit sur le sol mousseux, dans l'obscurité... Et soudain il sut :

Loubianka, Moscou, 1943.

Il le voyait maintenant comme s'il était là. Ressemblance frappante : ces yeux étroits, cette coupe en brosse et cette même façon d'ouvrir le classeur et de le feuilleter sans regarder.

— Vous avez critiqué la politique étrangère du camarade Staline.

L'affaire : à l'occasion du « traité d'amitié » entre Staline et Hitler, Kurt avait écrit à son frère, Werner, que seul l'avenir dirait s'il était avantageux de conclure un traité d'amitié avec un criminel.

Dix ans de camp.

Pour propagande antisoviétique et formation d'une organisation de conspirateurs. L'organisation en question : lui et son frère.

Le sol un peu spongieux sous ses pieds lui parut soudain désagréable. Il crut entendre au loin l'aboiement des scies passe-partout, le hurlement inquiétant des gigantesques arbres au moment où ils tournent lentement sur leur axe et s'abattent sur le sol. Et quelques instants plus tard arrivèrent aussi des images fugaces sans aucun rapport les unes avec les autres : l'appel à moins trente degrés ; le toit gelé du baraquement au petit matin ; visions liées à l'activité fébrile et obscure des deux cents hommes du baraquement se préparant pour la journée, leur odeur, leur haleine corrompue par la faim, la puanteur de leurs bandes pour les pieds, leur sueur de la nuit, leur pisse… Difficile de croire qu'il avait vécu tout ça, qu'il y avait *survécu*. Il repensa une fois de plus au *Krichatzki* qu'il gardait toujours sur lui, dans sa poche de poitrine – l'ultime chose qu'il possédait avec sa cuillère. L'ultime preuve qu'il existait un autre monde au-dehors. C'était la raison pour laquelle il n'avait pas échangé son *Krichatzki* (papier à cigarettes !) contre du pain, il l'avait gardé avec lui jusqu'au cœur de l'hiver, celui de 1942-1943, au moment où il n'y avait plus rien à troquer, surtout pas de pain, dont chacun bouffait sa ration jusqu'au bout, 600 grammes quand on faisait sa norme de travail, ce qui voulait dire, en intégrant tous les coefficients de mauvais temps, huit stères de bois à deux, quatorze arbres par jour, tout ça à la main, des billes de un mètre de long, sans branches ; à 90 % de la norme on avait encore 500 grammes d'un mauvais pain gluant ; au-dessous, c'était la mort par la faim : avec 400 grammes tu n'arrives même plus à respecter la norme des 400 grammes, et c'est la dégringolade, à un moment donné tu as ce regard, ce regard qu'ils ont avant de rester allongés tout raides sur leur châlit, alors ils t'emportent comme tu as emporté les autres, ils passent devant la sentinelle où ils font une courte halte, et le garde éteint sa *machorka*, prend le marteau – la consigne, c'est la consigne –, et il te fracasse le crâne d'un coup, toi qui es mort…

Kurt s'était appuyé contre un arbre – c'était un pin, il le reconnaissait à son odeur. Il avait fermé les yeux, son front touchait l'écorce. Quelques images isolées jaillissaient encore, mais peu à peu le calme revint dans sa tête. Remplacé par un nouveau bruit. Une sorte de gémissement. Une bête, une grosse bête ? Kurt savait comment se comporter dans des cas pareils : faire le mort. S'allonger sur le ventre et faire le mort et, au moment où elle tourne autour de toi (c'est ce que font en général les ours), retenir sa respiration. Cesser de respirer.

Kurt arrêta de respirer, tourna la tête légèrement de côté et vit une petite clairière où, à une distance de dix ou quinze mètres, se trouvait une Trabi bleue qui oscillait sur ses suspensions dans un mouvement rapide et régulier.

Trachajutsja, se dit Kurt : ils sont en train de baiser.

Il sortit ses lunettes et vérifia le numéro – ce n'était pas Irina. Pas l'Indien. Il prit une forte inspiration. L'air lui chatouilla la gorge et quand il expulsa l'air de ses poumons il se mit à rire et à glousser sans bruit. Puis il fit un large détour autour du véhicule qui continuait à osciller sur ses suspensions et s'éloigna.

Quelques gouttes tombaient, mais ce n'était pas une vraie pluie. De toute évidence, l'orage était resté au-dessus de la Havel. Kurt avait retrouvé son chemin et marchait maintenant d'un pas régulier. Non, ici, il n'était pas dans la taïga. Ici, il n'y avait ni camp de travail, ni ours bruns mais des Trabi dans les forêts avec des couples en train de baiser. Si ce n'est pas un progrès ! se dit Kurt. Et n'était-ce pas aussi un progrès d'exclure les gens du parti – plutôt que de les fusiller ? Qu'attendait-il ? Avait-il oublié avec quelle difficulté l'histoire avançait ? Même la Révolution française avait connu des errements sans fin. Des têtes avaient roulé. Un général révolutionnaire qui s'était autoproclamé empereur avait porté la guerre dans toute l'Europe. Cette révolution – bourgeoise – avait mis des dizaines d'années avant de parvenir à ses fins. Pourquoi en serait-il autrement avec la révolution socialiste ? On avait remplacé Khrouchtchev. Viendrait un nouveau Khrouchtchev. Viendrait un socialisme qui mériterait son nom – ce ne serait peut-être plus de son vivant, au cours de cette minuscule période de l'histoire universelle dont il était par hasard le témoin et qu'il comptait bien mettre à profit, nom d'un chien ! ou du moins ce qu'il en restait après dix années de goulag et cinq années de bannissement.

Un bruit de pétarade derrière lui : la Trabi approchait. Kurt se serra sur le bas-côté et, une fois n'est pas coutume, leva la main pour saluer, aveuglé par les phares ; et, même s'il ne voyait pas les occupants, il éprouva un bienheureux sentiment de complicité avec ces inconnus dans la voiture qui, très vraisemblablement, venaient de tromper quelqu'un.

Il pleuvait vraiment à présent. Ça sentait la pluie et la forêt, et un peu les gaz d'échappement du moteur à deux temps. Kurt respira profondément, il respirait tout, il humait la trace de la Trabi, et l'odeur douceâtre des gaz d'échappement lui apparut soudain comme l'odeur du péché. Qu'il était merveilleux d'être en vie ! Merveilleux – et étrange. Et, comme souvent dans les moments où il avait du mal à croire qu'il était bien en vie, il pensa à Werner qui ne vivait plus, lui : son grand petit frère, le plus fort, toujours, le plus beau des deux... Mais alors que, d'habitude, quand il pensait à Werner, il ressentait un peu de mauvaise conscience, Kurt éprouva cette fois quelque chose de différent, de nouveau : ce n'était pas comme la mauvaise conscience qui faisait une boule dans le ventre, c'était situé plus haut, dans la poitrine, dans la gorge. C'était quelque chose qui serrait la gorge et élargissait la poitrine, et que Kurt identifia au bout d'un moment comme une forme de deuil. C'était moins dur que ce qu'il avait imaginé. Et, en même temps, chose bizarre, c'était inséparable du bonheur qu'il éprouvait, ça se mêlait au contraire à ce bonheur, sensation immense qui englobait le monde. Ce qui lui faisait mal, c'était moins la mort de Werner que la vie qu'il n'avait pu vivre. Mais en même temps il se sentait soudain rasséréné par le fait qu'il pouvait penser à Werner, se souvenir de lui, que son frère n'avait pas complètement disparu tant que lui, Kurt, vivait, qu'il gardait son frère – à la différence de sa mère qui se bouchait les oreilles chaque fois qu'il était question de Werner ! – à l'intérieur de lui, le protégeait de la destruction définitive ; et pendant que la pluie ruisselait sur son visage, il se prit à penser (de façon totalement non scientifique, il fallait bien l'avouer) qu'il pouvait vivre, respirer, sentir pour son frère et même – il se rappela l'étrange dédoublement de son corps – baiser pour son frère, voilà ce que se disait Kurt, et les gros *machins* de Vera apparurent alors dans une lumière nouvelle : la baiser en même temps qu'Irina au nom de son frère assassiné.

1er octobre 1989

Wilhelm

Parfois il oubliait ce qu'il avait à faire.

Il avait l'impression d'avoir été figé au cours de la nuit.

Il bougea les yeux. Ceux-ci bougeaient.

Sa main gauche tremblait.

Il tourna la tête à droite puis à gauche.

Il vit dans la pénombre comme un rictus.

Wilhelm prit son dentier dans le verre et se leva.

Il alla à la salle de bain. Il se fit couler un bain, alluma l'appareil à UV du type « Sonja » et s'assit dans la baignoire après avoir mis des lunettes de protection.

Sa tête était vide. Dans sa tête il n'y avait que le bruit de l'eau qui remplissait la baignoire. Dans le bruit de cette eau il y avait une mélodie. C'était une mélodie qu'il connaissait. Une sorte de chant de combat qui le rendait triste en même temps. Combat triste. Malheureusement, les paroles ne lui revenaient pas.

Gâchis ! Telle fut la première chose à laquelle Wilhelm pensa ce jour-là.

Il approuva de la tête : gâchis, c'était bien ça. Il serra ses dents qui étaient la « propriété du peuple », comme il disait, pour s'opposer à cet accès de mélancolie. Il resta assis dans la baignoire jusqu'à ce que l'eau atteigne son nombril.

Le fait que, dans cette position, son dos restait toujours blanc, hors de portée des UV, ne le gênait pas du tout. Personne ne regardait son dos.

Après le bain il se rasa en posant deux doigts sur sa lèvre supérieure. Il souffrait de plus en plus de la cataracte. Il s'était déjà souvent coupé un morceau de moustache sans faire exprès et il en était finalement venu à la méthode des deux doigts pour au moins sauver ce qui lui restait de moustache.

Il enfila un caleçon long par-dessus le court et glissa dedans une épaisseur de papier toilette plié plusieurs fois. Il enfila ses chaussettes et les accrocha aux fixe-chaussettes. Malheureusement, le diamètre de ses mollets était plus petit que celui du fixe-chaussette, si bien que Wilhelm n'eut d'autre solution que de fourrer les fixe-chaussettes dans ses chaussettes pour qu'ils ne glissent pas.

Il descendit au rez-de-chaussée. Il y avait de nouveau dans sa tête cette mélodie : combat triste. Il serra les dents. Ses genoux lui faisaient mal quand il descendait les marches. Ses pieds n'étaient plus en rythme.

En voyant tous ces vases vides dans le vestibule, il se rappela que c'était aujourd'hui son anniversaire. Au lieu d'aller voir la boîte aux lettres comme à son habitude, il se dirigea vers la cuisine – avant d'oublier sa question :

— Les vases sont étiquetés ?

— Bon anniversaire, dit Charlotte.

Elle le regardait, mains sur les hanches, la tête légèrement inclinée sur le côté comme elle le faisait souvent.

On aurait dit un oiseau.

— Je sais que c'est mon anniversaire, dit Wilhelm.

Il s'assit et commença à manger ses flocons d'avoine avec une cuillère. Ils n'avaient le goût de rien. Il repoussa son assiette et saisit son café.

— N'oublie pas de prendre tes médicaments, dit Charlotte.

— Je ne prends pas de médicaments, rétorqua Wilhelm.

— Mais il faut que tu prennes tes médicaments, insista Charlotte.

— Foutaise, dit Wilhelm et il se leva.

Il alla jusqu'à la boîte aux lettres mais la boîte aux lettres était vide. On était dimanche. Le dimanche, il n'y avait pas de *ND*. Autrefois, on recevait le *ND* même le dimanche, mais ils avaient supprimé ça. Gâchis.

Il monta dans son bureau et ferma la porte. Brusquement, il ne sut que faire – encore un de ces moments ! Ça venait sans doute des médicaments. Ça faisait un moment qu'il s'en doutait. Rigidité dans les articulations. Vide dans la tête. Quelle cochonnerie y avait-il là-dedans ? Les médicaments le rendaient bête. Il perdait la mémoire. Il perdait tellement la mémoire que, le matin, il oubliait qu'il avait décidé la veille de ne pas prendre de médicaments.

Peur de perdre la mémoire. Wilhelm essaya de se souvenir de quelque chose, pour voir : mais se souvenir de quoi ?

Il se dirigea vers l'armoire et en sortit un carton dans lequel, outre des décorations et des médailles, il conservait différents documents relatifs à sa vie. Il prit dans le carton un article de journal tout abîmé tellement il avait été plié et déplié. Il prit le papier et lut :

Une vie au service de la classe ouvrière.

Dessous : une photo où l'on voyait un homme, le crâne dégarni, avec de grandes oreilles, regarder l'avenir avec confiance.

Wilhelm déplaça sa loupe jusqu'au milieu du texte. Les mots glissèrent et se bombèrent sous le verre :

... adhéra en janvier 1919 au parti communiste allemand...

Wilhelm réfléchit. Il savait bien sûr qu'il était entré au parti en 1919. Il l'avait écrit des dizaines de fois dans des CV. Il l'avait raconté des centaines de fois : aux camarades, aux ouvriers de l'usine Karl-Marx, aux jeunes pionniers, mais quand il y repensait, quand il cherchait vraiment à se souvenir de ce jour, il se rappelait simplement comment Karl Liebknecht lui avait dit :

— Gamin, mouche ton nez !

Ou n'était-ce pas Liebknecht ? Ou n'était-ce pas au moment de son adhésion au parti ?

Charlotte arriva avec un verre d'eau et des médicaments.

— J'ai du travail, dit Wilhelm en marquant l'article au stylo rouge pour donner plus de poids à ses mots – comme il avait l'habitude de le faire avec tous les articles qu'il avait lus, afin de ne pas les lire deux fois.

Par chance il remarqua tout de suite son erreur et retourna le papier avant que Charlotte ait atteint le bureau.

— Si tu ne prends pas tes médicaments, dit Charlotte, j'appelle le docteur Süß.

— Si tu appelles le docteur Süß, je lui dis que tu m'empoisonnes.

— Tu es complètement toqué.

Charlotte sortit – avec le verre d'eau et les médicaments.

Wilhelm resta assis à regarder sa vie marquée par mégarde d'un coup de stylo. Que faire maintenant ? Éliminer, lui dit son instinct de conspirateur. Il déchira l'article et le jeta à la corbeille… Au diable ! De toute façon le plus important n'était pas dedans. Le plus important n'était dans aucun de ses CV. Le plus important était de toute façon *ailleurs*.

Son autre vie. Lüddecke Import-Export. La période de Hambourg. Étrange, il s'en souvenait sans la moindre difficulté.

Son bureau dans le port.

Le vent, la nuit.

La cachette pour son Korovin de calibre 6,35 – il saurait encore le retrouver aujourd'hui.

La mélodie était revenue dans sa tête. Il regarda par la fenêtre. Le soleil brillait. Le ciel était bleu et entre les feuilles jaunissantes du sorbier on voyait les grappes rouges des baies. Une belle journée. Une splendide, une magnifique journée, se dit Wilhelm en serrant les dents. Essayant d'éloigner cette pensée en serrant les dents.

Pour quoi ?

Pour quoi avait-il risqué sa peau ? Pour quoi les gens avaient-ils crevé ? Pour qu'un arriviste foute maintenant tout en l'air ?

Tchev, se dit Wilhelm : comme Khrouchtchev autrefois. Étrange que les deux finissent par « tchev ».

Il prit le carton à chaussures et se dirigea vers l'armoire. Les décorations se mirent à cliqueter quand il le rangea.

Il sortit dans le vestibule. Pendant un instant, il se demanda ce qu'il allait bien pouvoir faire. Il eut une idée en voyant les vases. Il retourna dans son bureau prendre sa loupe. Puis il saisit un vase. Il y avait une étiquette dessus. Et sur l'étiquette il y avait... rien du tout. Il prit un autre vase : rien. Il vérifia le troisième...

Wilhelm se dirigea vers le salon d'un pas décidé.

— Il n'y a rien dessus, dit-il.

— Où est-ce qu'il n'y a rien ?

— Sur les vases.

— Dis donc, j'ai autre chose à faire pour le moment, dit Charlotte.

— Nom d'un chien, j'ai dit qu'il fallait étiqueter les vases !

— Tu n'as qu'à le faire toi-même, dit Charlotte en allant chercher une nappe dans l'armoire, sans plus se soucier de Wilhelm.

Il aurait bien aimé expliquer à Charlotte que c'était stupide : il était impossible d'étiqueter les vases maintenant. Il aurait fallu le faire *avant*, pour qu'*après* chacun puisse retrouver son vase. Mais il était inutile de se disputer avec Charlotte. Sa langue était trop lourde et sa tête avait besoin de trop de temps pour formuler des phrases à partir de ce qu'il pensait.

Il retourna dans le vestibule. Que faire à présent ? Il s'arrêta, contempla d'un air désemparé les vases bien rangés dans le coin où l'on mettait les manteaux.

Ils avaient soudain des allures mortuaires.

La porte d'entrée s'ouvrit, et Lisbeth arriva. Froufrou de ses vêtements. Elle faisait entrer avec elle l'odeur de l'automne. Elle tenait un bouquet de fleurs à la main.

— Bon anniversaire, dit-elle.

— Lisbeth, il est inutile de dépenser de l'argent pour moi.

Lisbeth lui tendit le bouquet, rayonnante. Ses dents étaient un peu de travers. Mais son postérieur était ferme, et ses seins ondulaient à fleur de décolleté comme les vagues dans une piscine.

— Mais après, tu les remportes, déclara Wilhelm. Et maintenant fais-moi un café.

— Mais Charlotte a défendu que je te fasse un café, murmura Lisbeth : à cause de ta tension.

— Foutaise, tout ça, dit Wilhelm. Tu me fais un café !

Il passa dans son bureau et s'assit à la table. Que faire ? Il ne savait pas, mais comme il ne voulait pas avouer devant Lisbeth qu'il ne savait pas, il prit sa loupe et commença à chercher un livre sur ses étagères. Fit comme s'il cherchait un livre sur les étagères. Mais il trouva l'iguane. C'était un petit iguane. Il l'avait tué, il y avait très longtemps, d'un coup de machette, et l'avait fait empailler. Très bien empaillé, ce petit iguane, il faisait presque vivant. Mais il était mort. Mort et couvert de poussière sur cette étagère, et soudain Wilhelm eut de la peine de l'avoir tué d'un coup de machette. Qui sait ? Peut-être vivrait-il encore aujourd'hui. Combien de temps vivaient les iguanes ?

Il prit le Meyers Lexikon, volume de « Ia » à « Iu », et feuilleta jusqu'à « Ignorer ».

Puis Lisbeth arriva et posa le café sur son bureau.

— Psst, fit-elle.

— Approche ! dit Wilhelm.

Il prit un billet de cent marks dans une enveloppe.

— C'est trop, dit Lisbeth.

Mais elle approcha quand même. Wilhelm la serra tout contre lui et glissa le billet de cent marks dans son décolleté.

— Fripouille, dit Lisbeth.

Ses joues rosirent, gonflèrent. Elle se défit doucement de son étreinte, prit le petit plateau sur lequel
elle avait apporté le café et sortit.

— Lisbeth ?

— Oui ?

Elle s'arrêta.

— Si je meurs, c'est qu'elle m'aura empoisonné.

— Mais, Wilhelm, comment peux-tu dire une
chose pareille ?

— Je dis ce que je dis. Et je veux que tu le
saches.

Un court instant, il crut encore sentir contre
son corps la pression de ses seins aux ondulations
aquatiques.

Coup de sonnette. Wilhelm entendit que quelqu'un
arrivait. Puis plus rien. Brouhaha. Puis Schlinger
apparut. Un bouquet d'œillets à la main.

— Je ne reste pas, dit Schlinger, je voulais être
le premier.

Wilhelm était plongé dans son encyclopédie. Il
avait déjà trouvé que les iguanes pouvaient atteindre
deux mètres de long. Mais il n'arrivait pas à trouver
combien de temps ils vivaient.

— Bon anniversaire, dit Schlinger. Je te souhaite,
mon cher Wilhelm, encore beaucoup d'énergie
créatrice…

— Va porter ces légumes au cimetière, dit
Wilhelm.

Schlinger se mit à rire.

— Toujours de bonne humeur, dit-il. Toujours
prêt à plaisanter.

— Et elle a dit quoi ? demanda Wilhelm.

— Qui ça ?

— Charlotte.

Schlinger prit un air bête. Baissa les commissures de ses lèvres et haussa les sourcils. De gros plis boudinés se dessinèrent sur son front.

— Je sais, dit Wilhelm. Il est toqué, le vieux schnock. Marteau.

— Mais, Wilhelm, tu es encore parfaitement...

— Quoi ?

— Je veux dire, pour ton âge, tu es parfaitement...

— Toqué, dit Wilhelm.

— Mais non, dans ta tête tu es parfaitement...

Schlinger agitait en tous sens son bouquet d'œillets.

— Je suis *un peu* toqué, dit Wilhelm. Mais pas *complètement* toqué.

— Non, bien sûr que non, dit Schlinger.

— Je sais encore comment vont les choses.

— Bien sûr, dit Schlinger.

— Et elles filent sur la mauvaise pente.

Schlinger prit une inspiration mais finalement ne dit rien. Il dodelinait de la tête, on ne savait pas s'il disait non ou s'il acquiesçait. Et puis, soudain sérieux, les yeux plissés :

— Pour être franc, il y a des problèmes. Mais on va les résoudre.

— Foutaise, dit Wilhelm.

Il aurait bien aimé expliquer à Schlinger que ces problèmes – ce genre de problèmes – ne pouvaient être réglés par le district de Potsdam. Il aurait bien aimé lui expliquer que ces problèmes – ce genre de problèmes – devaient être réglés à Moscou et que le problème venait justement de ce que Moscou était en soi le problème. Mais sa langue était lourde et sa tête trop cotonneuse pour formuler avec des mots une pensée aussi complexe. Il se contenta donc de dire :

— Tchev.

Le front de Schlinger se barra de plis épais. Sa tête arrêta de bouger. Ses yeux regardaient en oblique vers le haut, en évitant Wilhelm.

Il ressemblait soudain à un iguane.

— Ça vit combien de temps un iguane ?

— Comment ?

— Les iguanes, dit Wilhelm. Tu ne connais pas les iguanes ?

— C'est une sorte de reptile.

— Oui, un reptile.

— J'imagine que ça vit vieux, dit Schlinger.

Il recommença à branler du chef et prit une expression inspirée comme s'il venait de dire quelque chose d'intelligent.

Une fois Schlinger parti, Wilhelm sut soudain quoi faire. Il se dirigea vers le salon.

— Je vais mettre les rallonges de la table, annonça Wilhelm.

Mais Charlotte dit :

— C'est Alexander qui le fera.

— Je vais le faire tout seul.

— Tu ne peux pas. C'est Alexander qui le fera.

— Alexander ! Depuis quand il sait faire *quelque chose*, Alexander ?

— Il n'y a qu'Alexander qui sait comment on met les rallonges de cette table, on a déjà essayé cent fois.

— Foutaise, dit Wilhelm.

Bien sûr qu'il pouvait mettre les rallonges de cette table. Il avait quand même une formation de métallo. Qu'est-ce qu'il avait appris, Alexander ? *Il était quoi au juste ?* Rien. En tout cas, Wilhelm ne trouvait pas ce qu'il pouvait bien être. Sauf inconstant et arrogant. Il n'était même pas inscrit au parti. Mais il avait la langue trop lourde et la tête trop cotonneuse pour se disputer avec Charlotte.

Qui sait ce qu'elle lui donnait comme cochonnerie. Même Staline, on l'avait empoisonné.

Wilhelm passa dans le vestibule, où les vases mortuaires étaient sagement alignés. Faible éclat blanc des étiquettes vierges dans la lumière un peu rose. Pour quoi ? se dit Wilhelm. Prendre le stylo rouge et écrire dessus – mais il se retint. De toute façon, il ne connaissait souvent que leur pseudonyme. Eux au moins, il les connaissait. Clara Chemnitzer. Willi Barthel. Sepp Fischer, originaire d'Autriche… Il les connaissait encore *tous*. Jamais il ne les oublierait. Il les emporterait dans sa tombe, bientôt.

Coup de sonnette. C'était le chœur des pionniers. La cheftaine des pionniers dit : « Trois, quatre » et le chœur entonna *Le Chant du petit trompette*. Un beau chant, mais pas celui auquel il pensait. Pas celui qui lui avait trotté dans la tête pendant tout ce temps.

Il le fredonna aux pionniers qui ne le connaissaient pas non plus.

— Ça ne fait rien, dit Wilhelm.

La cheftaine était presque aussi jeune que les pionniers. Wilhelm sortit un billet de cent marks de son portefeuille.

— Mais, camarade Powileit, je ne peux accepter.

— Foutaise, dit Wilhelm. Achète une glace aux gamins, c'est mon dernier anniversaire.

Il fourra le billet de cent marks dans le décolleté de la cheftaine.

— Alors on le prend pour la cagnotte de la classe, dit la cheftaine.

Son visage s'était couvert de plaques rouges. Elle fit sortir le groupe d'enfants du jardin.

Arrivée au portail, elle se retourna encore une fois. Wilhelm serra les dents et lui adressa un signe.

Il se dirigea d'un pas décidé vers le salon. D'un pas décidé parce qu'il avait toujours cet air dans la tête. Charlotte était justement au téléphone. Quand il arriva, elle reposa le combiné.

— Personne ne décroche, dit-elle.

Wilhelm se rendit compte que Charlotte était nerveuse. Instinctivement, il en rajouta.

— Et... où est Alexander ?

— Personne ne répond, répéta Charlotte. Kurt ne décroche pas.

— Voilà, dit Wilhelm. Ça recommence.

— Ça recommence quoi ?

— Le gâchis, dit Wilhelm.

— Il s'est passé quelque chose, dit Charlotte.

— Je vais mettre les rallonges, dit Wilhelm.

— Tu ne mets rien du tout et tu me laisses d'abord réfléchir.

— Foutaise, dit Wilhelm. Qui va mettre les rallonges, sinon ?

— En tout cas, tu ne touches pas aux rallonges, gronda Charlotte. Tu as suffisamment cassé de choses comme ça dans la maison.

Affirmation éhontée que Wilhelm aurait pu neutraliser en faisant le compte de tout ce qu'il avait fait comme travaux ici au cours de presque quarante années, combien d'appareils électroménagers il avait réparés, à combien de rénovations et de changements il avait procédé, quelles améliorations domestiques il avait apportées – beaucoup de mots difficiles, trop difficiles, trop compliqués, trop longs, et Wilhelm se contenta d'avancer d'un pas vers Charlotte, de se planter devant elle en jouant sur sa plus grande taille et de dire :

— Je suis métallo. Depuis soixante-dix ans au parti. Depuis quand tu es au parti, toi ?

Charlotte se tut. Elle se taisait ?

Wilhelm fit demi-tour et quitta la pièce pour ne pas gâcher sa petite victoire.

Il y avait deux hommes dans le vestibule.

— La délégation, annonça Lisbeth.

— Ha ha !

Wilhelm leur serra la main à tous les deux.

— Votre... votre... dit l'un des hommes en montrant Lisbeth.

— Aide-ménagère, dit Lisbeth.

— Votre aide-mégère nous a fait entrer, dit l'homme.

— Joli poisson, dit l'autre, en montrant la conque marine dans laquelle Wilhelm avait installé une lampe.

Ils se tenaient l'un à côté de l'autre, tout près l'un de l'autre, un peu tassés, presque voûtés ; tous deux portaient des manteaux trop clairs et trop propres. L'homme qui avait parlé d'« aide-mégère » tenait une assiette à la main.

Il se racla la gorge et commença à parler. Il parlait doucement, en faisant bien attention, les mots arrivaient lentement, tellement lentement que Wilhelm avait déjà oublié le dernier mot prononcé quand arrivait le suivant.

— Au fait, camarade ! l'exhorta Wilhelm. J'ai du travail.

— Bref, dit l'homme, tu te souviens, camarade Powileit, à propos de Cuba, à l'époque, notre action donatrice, et nous nous sommes dit que cela irait dans ton sens si nous représentions ici le sujet, représenté donc sous forme de véhicule, comme ceux que l'on fabrique dans notre usine, si nous le représentions de façon euh ! thématique.

Il mit l'assiette sous le nez de Wilhelm. Ha ha, se dit Wilhelm. Il sortit un billet de cent marks de son portefeuille et le claqua dans l'assiette.

Ils ouvrirent de grands yeux ronds. Mais Wilhelm ne voulait quand même pas se montrer pingre le jour de son anniversaire.

Puis Mählich arriva : à onze heures pétantes.

— Wilhelm, dit Mählich en lui serrant la main.

Ce qui lui plaisait chez Mählich, c'est qu'il ne faisait pas de grandes phrases.

— Va porter ces légumes au cimetière. On va installer les rallonges de la table.

Ils passèrent au salon et poussèrent la table près de la fenêtre.

— Mais Alexander va arriver d'un moment à l'autre, protesta Charlotte.

— Foutaise, dit Wilhelm. Foutaise !

Charlotte quitta la pièce.

Ils firent coulisser les deux parties de la table jusqu'à ce qu'elles se bloquent. Mählich demanda :

— Wilhelm, comment tu vois la situation politique ?

Il regardait Wilhelm. Le regardait par-dessous ses énormes sourcils, comme un regard sorti d'une caverne. C'est ce qui lui plaisait chez Mählich. C'était un homme sérieux. Wilhelm se sentit encouragé à faire une analyse.

— Le problème, dit-il, c'est que le problème est le problème.

Il fit basculer une rallonge. Mählich fit la même chose de son côté. Bizarrement, les rallonges ne tenaient pas mais se repliaient et basculaient à l'intérieur du cadre.

— Je ne comprends pas, dit Mählich.

214

— Un marteau et des clous, proposa Wilhelm. Tu sais où ils sont.

Mählich descendit à la cave et revint avec un marteau et des clous. Wilhelm remonta la rallonge, mesura avec son pouce et son index l'espace qui la séparait du cadre. Et il posa le clou juste à cet endroit. Il l'enleva encore une fois, car il sentait que Mählich n'était pas convaincu à cent pour cent par son analyse, et reprit :

— Le problème, ce sont les Tchev, tu comprends : Tchev-Tchev.

Mählich approuva d'un mouvement très lent de la tête. Wilhelm renchérit :

— Ce sont des arrivistes, dit-il.

Il renchérit :

— Des défaitistes.

Il fit une petite pause puis dit :

— Avant on savait comment faire avec eux.

Clou suivant. Charlotte arriva :

— Mais qu'est-ce que vous faites, grand Dieu ?

— On installe les rallonges.

— Mais vous ne pouvez quand même pas mettre des clous !

— Pourquoi on ne pourrait pas ? demanda Wilhelm.

Et d'un coup il enfonça le clou dans le plateau de la table.

— Nom de Dieu ! s'exclama Mählich.

Et Wilhelm dit :

— Ce qu'on a appris, on l'a appris.

À quinze heures trente, on ouvrit la grande porte coulissante qui séparait les deux pièces, et la fête commença. Entre-temps Wilhelm avait déjeuné et s'était un peu reposé ; Lisbeth lui avait encore fait un café ; elle lui avait coupé les poils du nez et des oreilles tout en pressant de temps en temps contre son épaule ses seins aux ondulations aquatiques.

Le buffet froid était arrivé et se trouvait sur la table. En revanche, Alexander n'était toujours pas là – ce qui réjouissait Wilhelm. Il demanda plusieurs fois à Charlotte où était son petit-fils, qu'il considérait surtout comme son petit-fils à elle, de la même façon qu'il considérait toute la famille comme sa famille à elle : une famille de défaitistes. Sauf Irina. Elle avait quand même fait la guerre. À la différence de Kurt qui était resté dans un camp de travail – et jouait maintenant les victimes. Il pouvait s'estimer heureux d'avoir été dans un camp. Sur le front il n'aurait pas survécu – à moitié aveugle.

Ça n'arrêtait pas de sonner, Charlotte courait dans tous les sens comme une poule, tandis que Wilhelm restait assis dans son fauteuil à oreilles, trempait de temps en temps les lèvres dans son gobelet en aluminium aux reflets verts et rempli de cognac, éprouvant un furieux plaisir à mettre dans l'embarras tous ceux qui venaient lui souhaiter un bon anniversaire :

— Va porter ces légumes au cimetière.

Les Weihe arrivèrent, s'approchèrent ensemble à petits pas et se mirent à lui parler d'une voix cérémonieuse.

Mählich revint avec sa femme, une gourde teinte en blond qui n'arrêtait pas de se plaindre de ses rhumatismes, alors qu'elle n'avait même pas soixante ans.

Puis Steffi, toujours pimpante depuis que son mari mangeait les pissenlits par la racine.

— Va porter ces légumes au cimetière.

Bunke entra, aussi plumé que son bouquet de fleurs, la cravate en berne, un morceau du col de sa chemise par-dessus le revers de sa veste. Il essuyait déjà la sueur de son visage en entrant dans le salon. Et dire qu'un type comme ça était devenu colonel à la Sécurité d'État – alors qu'on ne l'avait pas pris, lui, Wilhelm, à l'époque : « émigrant de l'Ouest » ! Il en était toujours blessé. Lui aussi aurait préféré rester à Moscou. Mais le parti l'avait envoyé en Allemagne et il avait fait ce que le parti exigeait de lui. Pendant toute sa vie il avait fait ce que le parti avait exigé et au final : « émigrant de l'Ouest » !

— Va porter ces légumes au cimetière.

Bunke tamponna son visage pour essuyer la sueur et dit :

— Tant qu'à faire, je peux aussi y rester.

…

Des visages apparurent que Wilhelm ne connaissait pas.

— Tu es qui, toi ?

Madame Bäcker, la marchande de légumes.

Harry Zenk, directeur de l'Académie : il n'était encore jamais venu à son anniversaire.

Till Ewerts – après son infarctus.

— Va porter ces légumes au cimetière.

…

Ha ha, le camarade Krüger. L'îlotier.

— En uniforme, je t'aurais reconnu, camarade. Va porter ces légumes au cimetière.

…

Les Sondermann. Ceux dont le fils était en prison : pour avoir tenté de fuir la République.

— Vous, je ne vous connais pas, dit Wilhelm.

— Mais ce sont les Sondermann, dit Charlotte.

— Vous, je ne vous connais pas !

Le brouhaha dans la pièce baissa d'un cran.

— Bien, dit Sondermann.

Il mit son bouquet de fleurs dans les mains de Charlotte et disparut, accompagné de son épouse.

...

Kurt arriva avec Nadejda Ivanovna, mais sans Irina.

— Irina est malade, dit Kurt.

— Et Alexander ?

— Alexander aussi est malade, glissa Charlotte.

Une famille de défaitistes. À l'exception d'Irina. Et à l'exception bien sûr de Nadejda Ivanovna.

Nadejda Ivanovna lui tendit un bocal de cornichons.

Wilhelm fouilla dans sa mémoire. Ça faisait trop longtemps qu'il avait quitté Moscou, à l'époque où il avait suivi une formation pour l'OMS, le service de liaison du Komintern, et le seul mot de russe qu'il trouva dans les décombres de sa mémoire fut *garosch* : « bien », « splendide ».

— *Garosch, garosch*, dit-il.

Nadejda Ivanovna répondit :

— *Ogurzy.*

Wilhelm approuva d'un mouvement de tête.

— *Garosch !*

Il fit ouvrir le bocal (par Mählich – Kurt n'y serait de toute façon pas arrivé avec ses mains d'intellectuel) et il croqua avec ostentation un cornichon russe. Autrefois il avait fumé des *papirossi* russes. Maintenant il mangeait au moins un cornichon russe.

— *Garosch*, dit Wilhelm.

— Tu fais des taches, dit Charlotte.

— Foutaise.

...

Où était passé le secrétaire du district ?

...

Un enfant arriva soudain. L'enfant tenait une image à la main.

— Markus, ton arrière-petit-fils, annonça Charlotte.

Depuis quand avait-il un arrière-petit-fils ? Mais Wilhelm décida de ne pas poser la question. Il regarda l'image comme on regarde des images offertes par des enfants et fut surpris en reconnaissant soudain ce qu'elle représentait :

— Un iguane !

— Une tortue d'eau, corrigea l'enfant.

— Markus s'intéresse aux animaux, précisa la femme qui se tenait debout à côté de l'enfant, sans doute sa mère.

Wilhelm décida de ne pas poser la question. Il dit simplement :

— Quand je serai mort, Markus, c'est toi qui hériteras de l'iguane qui est là-bas dans la bibliothèque.

— Cool, dit l'enfant.

— Ou plutôt, va le prendre tout de suite, dit Wilhelm.

— Là, tout de suite ? demanda l'enfant.

— Oui, prends-le, dit Wilhelm, je n'en ai de toute façon plus pour très longtemps.

Il suivit des yeux l'enfant qui passait d'un invité à l'autre, serrait poliment les mains pour se diriger ensuite d'un pas assuré vers la bibliothèque et observer l'iguane sans le prendre dans sa main, longtemps, de tous les côtés... Wilhelm serrait les dents.

...

Un homme en costume brun avec des lunettes à monture dorée. Pourquoi ne s'approchait-il pas ? Pourquoi restait-il debout là-bas ?

— Qui es-tu ? Je ne te connais pas.

Il s'avéra que c'était le sous-secrétaire, le sous-secrétaire du district. Pourquoi le sous-secrétaire ?

— Le camarade Jühn a malheureusement eu un empêchement d'ordre personnel, dit le sous-secrétaire.

— Ha ha, dit Wilhelm. Moi aussi, j'ai un empêchement d'ordre personnel.

Tout le monde se mit à rire. Wilhelm était agacé.

L'homme ouvrit un porte-documents rouge. Il commença à parler. Ses yeux étaient bleus. Sa voix avait à peu près la fréquence de celle d'un combiné téléphonique. Wilhelm ne comprenait pas ce que l'homme disait. Wilhelm était agacé. L'homme parlait. Ses mots clapotaient. Ils clapotaient dans la tête de Wilhelm sans révéler leur sens. Du bruit. Foutaise, se dit Wilhelm. Apprentissage de métallurgiste. Entrée au parti… Emigration à Paris… Soudain, il comprit. C'était sa vie. Ce qui sortait de la bouche du sous-secrétaire, ce qui clapotait de façon absurde dans sa tête, c'était sa vie. Cette vie qu'il avait déjà couchée sur le papier une bonne dizaine de fois, qu'il avait racontée x fois aux gardes-frontières, aux ouvriers de l'usine Karl-Marx, aux jeunes pionniers – et où, comme toujours, il manquait l'essentiel.

Tout le monde applaudit. Le sous-secrétaire s'approcha de Wilhelm. Il tenait dans sa main une décoration comme il en avait déjà des dizaines dans sa boîte à chaussures.

— J'ai déjà assez de quincaillerie comme ça dans ma boîte, lança Wilhelm.

Tout le monde éclata de rire.

Le sous-secrétaire se pencha et lui accrocha sa décoration.

Tout le monde applaudit, même le sous-secrétaire qui n'avait maintenant plus rien dans les mains.

On déclara le buffet ouvert. Les gens commencèrent à aller et venir en un flot irrégulier entre les deux pièces avant de s'attabler avec leurs assiettes. Wilhelm était assis un peu à l'écart dans son fauteuil à oreilles et portait de temps en temps à sa bouche son gobelet en aluminium aux reflets verts. Il pensait au plus important. À ce qui manquait. À Hambourg et à son bureau dans le port. Aux nuits, au vent. À son Korovin de calibre 6,35. Il n'y *pensait* pas, il se souvenait. Il le sentait encore dans sa main. Il sentait son poids. Il se souvenait de l'odeur, une fois qu'on avait appuyé sur la détente… Pour quoi ? se dit Wilhelm. Il ferma les yeux. Ça bourdonnait dans sa tête. Absurde. Foutaise. De temps en temps seulement – ou bien était-ce un effet de son imagination ? –, de temps en temps il entendait maintenant au milieu de toutes ces sornettes un aboiement éraillé : « Tchev ! »… Et encore : « Tchev – Tchev »…

Wilhelm ouvrit brièvement les yeux : Kurt, qui d'autre ? Tchev toi-même, se dit Wilhelm. Défaitiste. Toute la famille ! Irina mise à part, elle au moins avait fait la guerre. Mais Kurt ? Il était dans un camp pendant tout ce temps. Il avait dû travailler, terrible, avec ses petites mains qui ne pouvaient même pas ouvrir un bocal de cornichons ! D'autres avaient risqué leur peau. D'autres avaient crevé en se battant pour la bonne cause, et il aurait bien aimé se lever et parler de tous ceux qui avaient crevé en se battant pour la bonne cause. Il aurait parlé de Clara qui lui avait sauvé la vie. De Willi qui avait fait dans son pantalon tellement il avait eu la trouille. De Sepp qui avait été torturé à mort dans une cave de la Gestapo, parce qu'un traître était passé *entre les mailles du filet*. Voilà comment étaient les choses, monsieur le professeur Je-sais-tout qui n'arrivait même pas à ouvrir un bocal de cornichons. Voilà comment c'était à l'époque – et voilà comment c'est maintenant. Voilà ce qu'il aurait aimé dire. Et il y avait encore une chose qu'il aurait aimé dire : à propos d'autrefois et de

maintenant. Et à propos des traîtres. Il aurait bien
aimé dire ce qu'il fallait faire maintenant. Et il aurait
dit où se trouvait le problème, mais sa langue était
trop lourde et sa tête trop vieille pour former des
mots avec ce qu'il savait. Il ferma les yeux et se
renversa dans son fauteuil à oreilles. Il n'entendait
plus les voix. Juste un bourdonnement dans sa tête,
comme l'eau remplissant la baignoire, ce matin.
Et de ce brouhaha sortit une mélodie. Et de cette
mélodie sortirent – des mots. C'étaient les mots qu'il
avait cherchés : simples et tristes et limpides, et
si évidents qu'il oublia au même instant qu'il les
avait oubliés.

Il chantait doucement, pour lui, en accentuant
chaque syllabe. Sur un rythme un peu traînant, il
s'en rendait compte. Avec un trémolo dans la voix,
qu'il n'avait pas voulu :

> *Le parti, le parti a toujours raison*
> *Camarades, telle est la leçon*
> *Car qui se bat pour le droit*
> *L'emporte chaque fois*
> *Contre le mensonge et l'exploitation*
> *Celui qui offense la vie*
> *N'est que bêtise et envie*
> *Qui prend la défense de l'homme*
> *A toujours raison en somme*
> *C'est ainsi que, de l'esprit de Lénine,*
> *Grandit sous la poigne de Staline*
> *Le parti – le parti – le parti.*

1973

Alexander

Le camion s'arrêta et le hayon s'ouvrit.

Une tête apparut. La tête portait une casquette d'uniforme. La tête commença à crier. De petites bulles de salive se formèrent sur les dents et luisirent à la lueur blanche des lampadaires avant d'éclater.

Au demeurant, il n'était pas possible de comprendre ce que la tête criait : langue étrange qui ne semblait être faite que de voyelles.

Une deuxième tête surgit, puis une autre, et bientôt il y eut quatre ou cinq hommes en uniforme debout devant le hayon à vociférer à tort et à travers des ordres contradictoires.

Mouvements sous la bâche. Les gens prenaient leurs sacs et leurs sacoches pour sauter du camion les uns après les autres. Ils titubaient dans le noir, s'arrêtaient sans savoir où ils étaient. Alexander aussi sauta. Sa main toucha la surface de la place, rugueuse comme une cendrée.

Le deuxième jour, il commença à comprendre les vociférations. *Hanavan mache !* voulait dire : « En avant, marche ! » Et *Come panie po !* voulait dire : « Compagnie, repos ! » Avec des variantes selon les individus.

Dès le troisième jour, il comprenait presque toutes les phrases contenant le mot « cul » : « Bougez votre cul, bande de lopettes » ou « Je vais vous faire bouillir l'eau dans le cul » ou, tout aussi instructif : « Quand vous courez, c'est le cul qui dépasse tout. »

Le quatrième jour, ils eurent leur premier cours d'instruction politique : *Néofascisme et militarisme en RFA*. Ceux qui s'endormaient devaient passer le reste du temps debout.

Le cinquième jour, il reçut la première lettre de Christina. Il l'ouvrit tout de suite en déchirant l'enveloppe et la lut en se dirigeant vers le dortoir. La lut encore une fois comme il faut, la mit dans sa poche de poitrine. La lut, le soir, dans son lit.

Le sixième jour était un dimanche. Le dimanche, on avait le droit d'aller au foyer culturel de la compagnie, si on mettait son uniforme de sortie. On pouvait même se faire du café si on en avait apporté.

Alexander n'avait pas apporté de café. Il resta dans le dortoir. Allongé sur son lit, il lut pour la cinquième ou dixième ou même quinzième fois la lettre de Christina. Il lut avec soulagement qu'après son départ elle avait été « triste toute la journée ». Lut avec un certain malaise que ce week-end elle irait au bord du lac Scharmützel avec une collègue de la bibliothèque : pour « se changer un peu les idées ». Il lui fit quelques petits reproches à ce sujet – dans sa réponse. Puis il barra les reproches. Recommença depuis le début. Décrivit ce qu'il voyait de la fenêtre : un bâtiment tout neuf avec une clôture derrière. Il aurait pu aussi écrire : derrière, un terrain de manœuvre pour les blindés. Mais il n'était pas sûr – est-ce que ça faisait déjà partie du complexe militaire dont il ne devait dire mot ? Est-ce qu'on contrôlait son courrier ?

Le septième jour, ils étaient sur le terrain de manœuvre, *alignement d'un seul tenant* (ce qui voulait dire : sur trois rangs), et attendaient quelque chose (Alexander avait vite compris que rester debout à attendre était l'une des occupations principales d'un soldat). Il avait toujours un peu mal à la tête, manque de café, son casque lui comprimait les tempes, paquetages un et deux sur le dos, l'étui à masque à gaz autour du cou, la kalachnikov à l'épaule. Les oreilles inhabituellement dégagées commençaient à pincer dans le vent froid qui sifflait et s'engouffrait sous le casque en acier au bord largement évasé, mais ils restaient debout, ils n'avaient pas le droit de bouger. Alexander regarda la nuque de l'homme devant lui, ses oreilles qui étaient exactement comme il sentait les siennes : écarlates – et tout à coup il ne put s'empêcher de penser à Mick Jagger ; il se demanda ce que venait faire un type comme Mick Jagger ici, sur ce terrain d'entraînement qui s'appelait *Katzenkopf* et où il attendait debout, les yeux rivés sur les oreilles écarlates de l'homme qui se tenait devant lui. Il se rappela vaguement une photo d'un magazine de l'Ouest : Mick Jagger dans sa chambre, habillé d'un pull-over pelucheux, en leggings, un peu féminin, encore endormi, il venait manifestement juste de se réveiller, peut-être que l'instant d'après il se lèverait pour aller dans une cuisine vaste et ensoleillée, c'est du moins ce qu'imaginait Alexander, il se ferait un café si on ne lui en avait pas déjà préparé un, il mangerait une tartine avec du fromage et du raisin (ou autre chose, il ne savait pas ce qu'ils mangeaient là-bas) et, pendant qu'Alexander ramperait sur le terrain de manœuvre ou ferait des exercices de tir avec des balles à blanc ou se déplacerait en sautant, il gratterait un peu sa guitare et noterait quelques trouvailles, ou il se ferait conduire dans une étrange limousine jusqu'au studio et enregistrerait une nouvelle chanson qu'il présenterait ensuite au public au cours de sa prochaine tournée mondiale, tournée à laquelle Alexander ne pourrait pas assister, comme il n'avait d'ailleurs pu assister à aucune des tournées des Rolling Stones et comme il n'assisterait d'ailleurs à aucune tournée des Rolling Stones, jamais, se dit Alexander, pendant qu'il était là debout à attendre avec son casque sur la tête et son paquetage un et son paquetage deux sur le dos, au milieu de ce terrain d'exercice où il fixait les oreilles toutes rouges de l'homme qui était devant lui, jamais il ne vivrait un concert des Rolling Stones en *live*, jamais il ne verrait Paris, Rome ou Mexico, ni Woodstock, pas même Berlin-Ouest avec ses manifestations où les gens défilaient tout nus, avec ses révoltes d'étudiants, l'amour libre, l'opposition extraparlementaire – il ne verrait rien de tout ça, se dit Alexander pendant qu'un sous-lieutenant se mettait à expliquer, un papier à la main, quelle position réglementaire il fallait prendre quand on devait tirer à plat ventre, « bien droit mais en oblique par rapport à la cible », rien de tout ça parce qu'entre ici et là-bas, entre ce monde et l'autre, entre le petit monde étriqué où il serait contraint de passer sa vie et l'autre monde, grand et vaste où se trouvait la vraie vie ; parce qu'entre ces deux mondes il y avait une frontière que lui, Alexander Umnitzer, allait bientôt devoir *surveiller*.

C'était le septième jour.

Le vingt-cinquième jour était celui du serment au drapeau. La cérémonie avait lieu quelque part en dehors de la caserne. Discours et drapeaux. Timbales et trompettes. Puis ils prêtèrent serment dans les termes qu'ils avaient dû apprendre par cœur en cours d'instruction politique. Les supérieurs passaient dans les rangs pour s'assurer que chacun prononçait bien le serment.

Après le serment, ils eurent leur première permission. Christina était venue avec ses parents à lui. Sa mère se mit à pleurer en le voyant en uniforme. Alexander se dépêcha de la rassurer en lui disant qu'il allait bien, que ce n'était pas la guerre et que même la nourriture était acceptable.

Il était étrange de prendre Christina dans ses bras après presque un mois de séparation. Elle était plus petite et plus fine que dans son souvenir, entourée d'une bouleversante aura de féminité. Alexander aspirait l'air qu'elle remuait à chacun de ses mouvements, il se sentait maladroit et ridicule dans son uniforme grossier et mal coupé, avec sa coupe au bol et sa casquette imbécile. L'espace d'une seconde, il crut déceler dans les yeux de Christina tout l'effroi qu'elle ressentait à le voir ainsi, puis elle se laissa aller à une gaieté déplacée.

Ils déambulèrent dans une ville inconnue qui s'appelait Halberstadt et qui grouillait de soldats avec leur famille. Les restaurants étaient bondés. Christina eut l'idée d'aller chercher un restaurant un peu à l'extérieur, mais la permission d'Alexander était, évidemment, limitée à Halberstadt. Ils mangèrent donc dans un restaurant bondé où ils ne servaient plus que des côtes de porc à la sauce letcho. Irina ne mangea rien, elle fumait. En attendant d'être servis, on parla de choses et d'autres ;

Kurt s'était remis à son livre sur Lénine et son exil en Suisse, il espérait le voir publié, maintenant qu'Honecker était arrivé au pouvoir ; Wilhelm était de nouveau très malade – Alexander se surprit à penser qu'il aurait sûrement une permission spéciale pour assister à l'enterrement de Wilhelm ; Baba Nadja avait décidé de venir s'installer en RDA et, comme la bureaucratie et la paperasserie allaient prendre des mois si ce n'étaient des années, on se demandait si la vieille femme allait pouvoir tenir tout ce temps à Slava. Puis Kurt et Irina prirent congé pour que les *enfants* aient encore un peu de temps seuls.

Ils avaient quatre heures devant eux. Alexander décida de montrer la caserne à Christina. Ils passèrent la colline, s'engagèrent dans la rue faite de plaques de béton qui menait directement au terrain de manœuvre des blindés. Alexander commença à raconter. Il parla des marches forcées avec tout l'attirail d'assaut. Parla des ampoules aux pieds, des poignées des caisses de munitions qui coupaient les doigts, des dangereuses grenades d'exercice, de la radioactivité et même, avec une certaine fierté, de la mort d'une recrue dans la compagnie voisine, qui, sans que ses supérieurs l'aient remarqué, avait vomi dans son masque à gaz ; et pendant que Christina commentait ce qu'il racontait par un « Ha ha » de reconnaissance et un « mon Dieu » de compassion, Alexander sentait que tout ce qu'il disait était faux d'une certaine manière, non pas à cause des exagérations qui lui échappaient, non pas à cause des effets qu'il y mettait malgré lui, non, tout était simplement faux, ce n'était pas ça, l'important.

À gauche, derrière la haute palissade, on voyait dépasser la caserne russe qui, en comparaison, faisait très bariolée et orientale (la palissade était verte, le bâtiment jaune, les pierres d'angle étaient blanchies à la chaux et l'étoile rouge sur le portail venait d'être repeinte), tandis qu'à droite on voyait très bien à travers la clôture de barbelés le bâtiment de formation des gardes-frontières (parallélépipède plat et gris). Alexander compta les fenêtres en silence pour montrer à Christina « sa chambre », mais il se ravisa. À quoi bon montrer une fenêtre ? Que pouvait révéler la vue d'un bâtiment neuf de l'idiotie omniprésente ici, l'impression d'enfermement, les petites mesquineries qui remplissaient et constituaient le quotidien : la continuelle promiscuité des camarades de chambrée, leurs obscénités débitées avant de s'endormir, leurs chaussettes qu'ils posaient sur leurs bottes pour qu'elles sèchent, ou l'attente devant les urinoirs, le matin, avec une centaine d'autres types, obligés d'assister malgré eux à ces gestes qui secouaient, tapotaient, tiraient la dernière goutte ?

Christina trouva quand même que la caserne n'avait « rien de vraiment réjouissant » mais elle ajouta que ce genre de « bâtiment neuf » devait quand même avoir quelques avantages, ne serait-ce que du point de vue de la propreté et de l'hygiène.

Alexander ne dit rien. Il ne dit rien pendant tout le trajet du retour, il garda un silence crispé, sans que Christina semblât le remarquer, avec la ferme intention de ne plus dire un seul mot – ne recommençant à parler que dans le bar où ils prirent encore un café sans en avoir vraiment envie. Il parla, agacé de ne pouvoir tenir sa langue et de se remettre à parler de chaussettes et d'urinoirs, se méprisant pour cela tout en en voulant en même temps à Christina, qui commençait à regarder sa montre pendant qu'il racontait et qui, mi-énervée mi-bienveillante, le fit se taire définitivement en disant :

— Pense à ton père, il a vécu bien pire.

Il accompagna Christina à la gare. Le temps était écoulé. Christina marchait à côté de lui avec son aura de femme et ses cheveux d'ange, sa main était froide et ses pas étaient brefs – et soudain Alexander la détesta. Et en même temps la désira. Mais elle s'estompait, elle le quittait, lui le geignard avec sa coupe au bol et son uniforme, il fallait qu'il la retienne, il la poussa sous un porche, croyant qu'elle ne pouvait faire autrement que de se laisser contaminer par son désir, croyant devoir recourir à la force quand elle se débattit, cherchant à la retourner, tirant sur ses collants, mais Christina se défendait avec une force stupéfiante, couinant de façon étrange et finalement ils se retrouvèrent face à face, hors d'haleine tous les deux, et Alexander fit volte-face et partit.

Il n'était pas encore vingt et une heures. Alexander retourna au bar et commanda une bière, puis un schnaps, puis une autre bière, reluquant la serveuse, le haut de ses cuisses à peine caché par une petite jupe noire, l'intérieur dodu de ses cuisses qui frottaient l'une contre l'autre quand elle marchait (à la différence des cuisses de Christina, qui laissaient entre elles l'espace d'un doigt), et Alexander aurait donné sans réfléchir toute sa solde mensuelle – qui s'élevait à quatre-vingts marks, plus les quarante marks de supplément frontière, moins le prix des consommations déjà prises – pour avoir le droit de mettre sa main entre le haut des cuisses dodues de la serveuse du restaurant Harzfeuer à Halberstadt. Il commanda encore une bière avant d'avoir terminé la précédente, demanda comment s'appelait la serveuse, elle s'appelait Bärbel, il lui dit avec un espoir nébuleux qu'il avait une permission jusqu'à minuit. Elle sourit, rejeta d'un mouvement de tête sa coiffure brune qui tombait sur son visage, rangea les cendriers, ramassa les verres vides, en apporta des pleins, évoluant avec une agilité de poisson entre les tables principalement occupées par des soldats, disparaissant, revenant, lui jetant de brefs regards qui semblaient prometteurs, découvrant quand elle souriait de petites dents de rongeur, avant de lui apporter enfin, à la place d'un autre schnaps, l'addition, refusant son pourboire généreux et lui rappelant sur un ton sévère qu'il devait maintenant partir s'il voulait être à l'heure à la caserne.

Il remonta la rue faite de plaques de béton avec, au-dessus de lui, un grand ciel étoilé qui semblait vouloir s'effondrer à tout moment et, à l'intérieur de lui, une côte de porc à la sauce letcho qui semblait vouloir se faire la belle à tout moment ; à part ça tout lui était égal, il s'étonnait seulement de marcher effectivement en direction de la caserne, d'y retourner de son plein gré, à moins de se faire écraser par une voiture, ce qui n'arriva pas pour des raisons incompréhensibles. Quand il fut allongé dans son lit, tout se mit à tourner, même s'il ne voyait rien dans l'obscurité ; impossible de retenir plus longtemps la côte de porc à la sauce letcho qui, au lieu d'atterrir dans les toilettes, finit dans l'un des vingt lavabos de la salle de bain. À ce moment-là le sergent fit son apparition et ordonna à Alexander de mettre son treillis (exercice hautement difficile) puis ils sortirent, traversèrent la grande cour de la caserne, Alexander expliqua au sergent qu'il aimait Christina et qu'ils se donnaient l'un l'autre le petit nom de « Bonny », non pas « Pony » mais Bonny, comme dans la chanson, puis ils arrivèrent au poste de garde, on prit le ceinturon d'Alexander, que l'on conduisit dans une toute petite pièce où il n'y avait qu'un sommier métallique, sans même un matelas dessus ;

et lorsque Alexander se réveilla le lendemain à six heures et qu'on le fit sortir du mitard pour qu'il aille nettoyer, avant le réveil de la compagnie, le lavabo où il avait vomi, il vit, dans l'un des vingt miroirs de la salle de bain, la marque du sommier métallique imprimée sur le côté droit de son visage.

Ce dimanche, il écrivit une lettre de repentir à Christina. Mais Christina, qui jusque-là lui avait écrit tous les jours, ne lui répondit pas, en tout cas il n'y eut pas de lettre d'elle au courrier de mardi ni à celui de mercredi. Jeudi, Alexander écrivit qu'il allait demander le divorce et il aurait retiré sa menace le vendredi si l'alarme de combat n'avait pas retenti.

Pour la première fois on ne lui donna pas seulement une arme mais aussi deux chargeurs de trente cartouches. Ensuite, au moment de l'appel, le chef de la compagnie, un type court sur pattes avec une voix forte, leur expliqua qu'ils allaient être engagés dans le secteur Trucmuche près de la frontière pour sécuriser les arrières, étant donné que la situation était la suivante : un soldat de l'armée soviétique avait pris un bus de modèle Ikarus, une kalachnikov et soixante cartouches et il se dirigeait selon toute vraisemblance vers la frontière entre Stapelburg et le Brocken.

Ils roulèrent pendant plus d'une heure et demie, avant d'être débarqués au fur et à mesure par groupe de trois en pleine forêt ; Alexander était avec Kalle Schmidt dont les mains tremblaient, et Behringer, qui avait déjà dit plusieurs fois dans le café, à haute voix : « Quand ces trous du cul me lâcheront près de la frontière, je me ferai la malle ! »

Ils se retrouvèrent à un moment donné allongés à l'embranchement d'un chemin dans la forêt. Ils ne savaient pas très bien où se trouvait la frontière. On entendait des aboiements au loin. Bientôt l'obscurité fut telle qu'ils ne se voyaient même pas les uns les autres. Il y avait partout des craquements et des chuintements dans cette forêt, ils ne cessaient d'entendre des pas, Kalle chargea son arme et demanda à des ombres invisibles de dire le mot de passe, Alexander lui aussi chargea son arme, il voyait des ombres à force de regarder le chemin que l'on discernait à peine, il guettait chaque parole, chaque bruit qui venait du côté de Behringer.

Ils furent relayés l'après-midi à seize heures. Vers midi ils avaient entendu le bruit typique du moteur d'un Robur LO tournant à plein régime et qui amenait les hommes chargés de les remplacer : huit heures, le temps normal d'un engagement à la frontière – c'était ce qui les attendait quand ils auraient fini leur formation et qu'ils seraient affectés dans une compagnie de gardes-frontières, huit heures par jour, par rotation, pendant un an. Alexander ne savait pas comment il allait tenir, il ne savait même pas comment il allait tenir *jusqu'à Noël*, tenir jusqu'au moment où il reverrait Christina.

L'idée lui vint en voyant que l'élève officier avait oublié de vérifier la sécurité de son arme. Pour les deux autres, Kalle Schmidt et Behringer, il avait bien vérifié, conformément au règlement, mais le camion avait alors fait une marche arrière, manquant de renverser l'élève officier et, pendant que ce dernier invectivait le chauffeur, Alexander avait discrètement grimpé dans le camion et s'était assis sans rien dire au milieu des autres : son arme déverrouillée debout entre ses genoux. Il se disait qu'après l'incident on en déduirait sans problème que l'erreur du chauffeur avait fait qu'on avait oublié de vérifier la sécurité ; il était tout à fait possible que lui, Alexander, n'ait pas vu que l'arme ne se trouvait pas en mode sécurité mais toujours en mode *coup par coup* ; et il était également tout à fait pensable qu'une partie de son équipement étant restée coincée sur la détente, le coup soit parti et ait transpercé un endroit qu'il avait encore tout le temps de choisir, son bras gauche, par exemple, qu'il aurait posé « tout à fait par hasard » sur le canon de sa kalachnikov. Seuls quelques millimètres le séparaient du moment où il serait réformé à vie, son pouce était maintenant posé sur la détente, il suffisait d'une inégalité de la route, il suffisait de passer l'entrée de la caserne, sauf qu'Alexander ne savait plus avec certitude si la sécurité était mise sur *coup par coup* ou sur *rafale*, si bien qu'il pouvait déclencher deux ou trois coups en même temps – et la question était de savoir ce qui resterait alors de son bras.

Ce n'est qu'au moment de rendre l'arme que l'on s'aperçut que le chargeur plein était dans le fusil, déverrouillé de surcroît, et lorsque Alexander fut convoqué chez le chef de compagnie, il s'attendait à se faire remonter les bretelles et même à passer le reste de la nuit au mitard, le visage appuyé contre le treillis métallique du sommier. Mais, à sa grande surprise, le chef de compagnie le fit s'asseoir et son ton jovial faillit pousser Alexander à le reprendre : grand-père « d'adoption » – il n'avait jamais appelé Wilhelm « grand-père » mais jamais non plus « grand-père d'adoption », et c'est peut-être pour ça qu'il s'abstint de reprendre le chef de compagnie, et bien lui en prit : l'information délivrée par le chef de compagnie révélait que son grand-père, le camarade Wilhelm Powileit, était à l'hôpital, qu'il souffrait d'une grave pneumonie et que son état était si préoccupant qu'Alexander devait s'attendre au « pire ».

Alexander fit un mouvement de tête et prit un visage de circonstance pendant qu'il jubilait intérieurement en s'emparant du bon de permission.

— J'espère que vous arriverez encore à temps.

Le lendemain, Alexander était dans le train. Il frissonnait de fatigue, mais il n'avait pas envie de dormir. Il regardait par la fenêtre et, malgré son dénuement de fin d'automne, le paysage lui paraissait coloré et généreux avec partout des choses à voir : des villages, des vaches, des arbres, des gens marchant tranquillement le long des routes. Il fut touché par l'amabilité du contrôleur, par le fait qu'on ne lui passe pas tout de suite une avoinée mais qu'on lui demande simplement son titre de transport, par l'amabilité des autres voyageurs qui l'avaient laissé monter le premier – même si ce n'était pas exprès – et qui parlaient avec lui comme s'il était un individu tout à fait normal.

Le trajet, avec deux changements, dura longtemps. À partir de la gare de Potsdam il fallait encore vingt minutes de tram pour arriver jusqu'au cœur baroque de la vieille ville dont l'axe principal (qui portait le nom de l'assassin de Slánský, Klement Gottwald) avait fait l'objet d'une rénovation qui avait duré des années. Mais il suffisait de s'écarter de quelques pas de cet axe principal pour se retrouver dans une ville tout à fait normale, c'est-à-dire à moitié en ruine, avec des maisons à deux étages qui avaient été jolies et dont les façades étaient maintenant toutes gris et noir, maculées par l'eau de pluie qui dégoulinait des gouttières percées. Et de temps en temps on pouvait même voir dans le crépi – pour autant qu'il y en ait encore – des impacts de balle remontant aux derniers jours de la guerre.

Le 16 de la Gutenbergstraße. La sonnette ne fonctionnait pas. La porte d'en bas était fermée, comme c'était souvent le cas : Madame Pavlovski avait peur pour ses chats. Par chance, elle fit juste à ce moment une apparition à la fenêtre avec ses chats, reconnut Alexander après l'avoir brièvement dévisagé et, bien qu'elle l'ait toujours considéré comme un importun à qui il fallait faire la guerre, elle eut pitié de lui en le voyant attendre devant la porte en uniforme, fit un geste vers le haut pour montrer le dernier étage et forma avec ses lèvres une phrase qu'il était facile de deviner :

— Je vais lui dire !

Quelques instants plus tard, la clef tournait dans la serrure, Christina apparut, un peu ébouriffée, les manches retroussées et un tablier noué autour du cou.

— Ah ! dit-elle.

Simplement : « Ah ! » Et d'un mouvement de la tête, elle lui fit signe d'entrer.

Il la suivit dans l'allée où il reconnut l'odeur familière (mélange de moisi et de pisse de chat), il regarda avec dévotion l'évier émaillé en forme de demi-lune dans le couloir du haut, là où ils venaient chercher l'eau, il suivit Christina dans l'escalier dont les marches grinçaient et qui menait aux combles sur lesquelles on avait pu gagner quelques mètres carrés, grâce à deux murs en torchis, pour en faire une pièce mansardée : la mansarde de Christina. Mais aussi *sa* mansarde, son adresse de cœur depuis qu'il avait emménagé ici, il y avait presque un an (il était encore lycéen, et ses parents n'étaient pas du tout d'accord), et qui était redevenue l'adresse de Christina : dès le premier regard il se sentit comme un visiteur. Au lieu de se dépêcher d'enlever son uniforme, comme il l'avait imaginé, et de le jeter dans un coin, il s'assit dans l'un des deux fauteuils pivotants, les seules possibilités de s'asseoir dans cette chambre, et regarda Christina qui, manches retroussées et tablier bien serré à la taille, se tenait debout près du réfrigérateur et faisait la vaisselle ; il essayait de deviner dans quel état d'esprit elle était, il était fasciné par sa façon de mettre les assiettes à égoutter, d'empiler les tasses, de faire chauffer de l'eau pour le rinçage en mettant le thermoplongeur dans une grande casserole en aluminium, et chacun de ses gestes lui paraissait d'une sensualité à peine soutenable.

— Tu veux un café ? demanda Christina.

Alexander ne voulait pas de café.

Il se changea (il considérait que c'était de bon augure que ses vêtements soient encore là, dans cette mansarde de la Gutenbergstraße) puis ils prirent le train pour Neuendorf afin de rendre une visite aux parents d'Alexander. Irina fut un peu dépitée d'apprendre qu'ils n'allaient pas rester pour la soirée (Christina voulait en effet aller au Berg ; Alexander aurait préféré passer une soirée tranquille avec Christina mais, une fois encore, il considéra que c'était de bon augure qu'elle veuille absolument aller danser : elle lui avait dit que ça faisait deux mois qu'elle restait toute seule dans sa chambre sans sortir) – Irina improvisa donc un petit dîner. Tout le monde se mit à table, mais en fait seul Alexander mangea : Irina, qui se plaignait toujours d'être lésée et qu'on ne lui laissait rien, disparut bien vite dans la cuisine pour ensuite revenir faire quelques brèves apparitions, une cigarette à la main, et lâcher des commentaires sibyllins ; pour Kurt, c'était encore trop tôt pour manger (« Tu sais bien, avec mon estomac ! ») ; quant à Christina, elle goûta un peu à la soupe à l'oignon qu'Irina avait servie comme par un tour de passe-passe – seul Alexander qui, à part un sandwich à la mortadelle, n'avait rien dans l'estomac, mangea, engouffrant des filets de porc fumés et du fromage bulgare, finissant même la soupe à l'oignon de Christina, tout en écoutant la conversation à table, qui ondoyait entre différents sujets et, partant de la pénurie généralisée en RDA et dans le cas présent de la pénurie d'oignons, arrivait à la crise du pétrole à l'Ouest (où, Dieu soit loué, tout ne marchait pas non plus comme sur des roulettes), repartait sur la guerre du Kippour et les anciens nazis dans l'armée de Nasser pour sauter à la *Guerre des sexes* (un documentaire qui venait juste d'être diffusé à la télévision à l'Ouest) et revenir ensuite au monde réellement existant, à savoir la bibliothèque où travaillait Christina (où l'on avait embauché un exilé chilien présent lors de l'assassinat de Victor Jara) avant d'évoquer enfin, après les inévitables remarques sur la bêtise des lecteurs, un manuel politique qui fit se gausser Christina et Kurt parce que, dans la nouvelle édition, le nom du prédécesseur de Honecker était « totalement passé à la trappe », alors qu'auparavant on le trouvait à presque toutes les pages. « Comme chez Orwell », dit Christina qui était en train de lire George Orwell, et en prononçant ces mots sa bouche fit un rictus ou plus exactement un côté de sa bouche où la commissure des lèvres (et uniquement la commissure) s'ouvrit pour découvrir presque ses deux rangées de dents, ce qui donna à son expression quelque chose d'ironique et de froid – comme toujours chaque fois qu'elle parlait de livres qu'Alexander ne connaissait pas. À ce moment-là, on se rendit compte qu'on avait gaspillé son temps à bavarder ; Irina commanda, *exceptionnellement*, un taxi, et ce n'est que lorsque le taxi arriva, au moment où ils descendaient l'escalier de pierre, tandis qu'Irina et Kurt, serrés l'un contre l'autre, debout sur le perron devant la porte d'entrée, leur disaient adieu avec leur bras libre – ce n'est qu'à ce moment qu'ils se souvinrent de Wilhelm, et on se mit d'accord pour que les parents aillent les chercher le lendemain vers onze heures, avec grand-mère Charlotte, pour aller ensuite ensemble à l'hôpital.

— Et mets aussi ton uniforme, lança Kurt à Alexander.

Alexander s'arrêta.

— Mon uniforme ?

— Eh bien, oui, Wilhelm aimerait le voir.

— Tu ne parles pas sérieusement ? dit Alexander.

Il regarda Kurt. Puis Irina. Puis Christina. Pendant quelques secondes tout le monde se tut. Et Alexander finit par dire :

— Vous ne croyez quand même pas sérieusement que je vais mettre mon uniforme demain ?

— Allez, viens, dit Christina, ce n'est pas si grave.

— C'est peut-être la dernière fois, dit Irina.

— Je te comprends, dit Kurt.

Mais il lui dit aussi qu'il devrait y réfléchir, et que sinon (sans la mort de Wilhelm) il n'aurait pas eu de permission. Et il pouvait se changer dans la voiture. Et grand-mère avait téléphoné personnellement au commandant du régiment. Et, grand Dieu, c'est idiot, mais tu sais comment il est, Wilhelm.

— On y va maintenant ou on fait un pique-nique ? demanda le chauffeur de taxi.

Ils montèrent dans la voiture.

Devant le Berg, il y avait tout un tas de gens sans billet d'entrée. Une bouteille de vodka circulait. On se balançait lentement au son de la musique légèrement stridente qui traversait les murs et les fenêtres et, juste au moment où Alexander et Christina arrivèrent, résonnèrent les accords de guitare et les chœurs de *No One to Depend On*, musique triste, tranchante, belle, un morceau de Santana que Les Dauphins reprenaient exactement comme l'attendaient leurs fans, mesure pour mesure, ton pour ton, soupir pour soupir, comme si Carlos Santana était lui-même sur scène, et c'est avec la même fidélité à l'original que vinrent ensuite *Fools* de Deep Purple et même *Hey, Joe* dans la version de Jimi Hendrix. Pendant la première pause, la porte s'ouvrit et le videur se mit sur la pointe des pieds pour, le visage impassible, accomplir le rituel qui consistait à faire tourner son index au-dessus de la foule et à désigner d'un bref « Toi, toi et toi » trois ou quatre chanceux – processus de sélection que tout client du Berg connaissait et acceptait, même si, ou justement parce que, les critères restaient flous.

Christina n'avait jamais eu de problème avec cette façon de procéder. Elle remplissait manifestement toutes les conditions pour attirer sur elle l'index du videur : ses cheveux très blonds, ses yeux bleu clair, son élégant manteau en cuir bleu hérité de sa sœur qui vivait à l'Ouest, tout comme la robe en acrylique qui lui arrivait en haut des cuisses et qu'elle portait sous son manteau laissé ouvert exprès (deux choses qui étaient la conséquence immédiate du Traité fondamental entre la RDA et la RFA) – Christina fut tout de suite retenue et entraîna derrière elle Alexander qui traversa ainsi la foule de façon tout à fait normale.

Mais cette fois le videur abaissa son bras entre Christina et lui en disant :

— Stop !

— Il est avec moi, dit Christina.

Mais, sans attendre la décision – peut-être bienveillante – du videur, Alexander avait déjà tourné les talons et s'éloignait.

Bon, maintenant qu'il avait « une fois de plus tout foutu en l'air », Christina insista pour aller au moins au café Hertz boire un verre de vin. Ils purent avoir une place, même si c'était la plus mauvaise, juste dans l'allée en face du présentoir à gâteaux, où ils burent une bouteille de Rosenthaler Kadarka dans une lumière crue, pendant que Christina saluait de loin quelques vieilles connaissances, certaines venaient même jusqu'à leur table, se moquaient de la coupe de cheveux d'Alexander ou lui demandaient d'un ton poli ou perfide ou compatissant comment il allait, jusqu'à ce qu'il se fasse remballer par un serveur énervé qui lui demanda de dégager l'allée – Alexander s'efforçait de faire bonne figure, de ne pas perdre contenance, de ne pas se plaindre, de ne pas se mettre en colère, de ne pas être jaloux (ou du moins de ne pas le montrer) et surtout de ne pas évoquer la question de l'uniforme – car maintenant il n'avait qu'une seule chose en tête et il ne voulait sous aucun prétexte la faire capoter.

Sur le chemin du retour, il réussit même à simuler une sorte de bonne humeur, il rappela à Christina comment ils avaient dansé la toute première fois – chez Kellermann –, comment il l'avait ensuite raccompagnée jusque chez elle et elle jusqu'au tram et lui de nouveau chez elle et elle de nouveau jusqu'au tram, et Christina le laissa faire quand il posa sa main sur sa hanche, comme autrefois ;

il sentait le mouvement de ses hanches, il croyait même sentir la texture grossière et excitante de sa robe en acrylique sous son manteau et, pendant que l'air qu'il respirait devenait de plus en plus vif, il imaginait toutes sortes de scènes possibles : contre le réfrigérateur, robe juste retroussée ou bien, avec moins de précipitation, dans une lumière tamisée avec un disque – mais lorsqu'ils arrivèrent chez eux, le poêle s'était arrêté depuis des heures et la température à l'intérieur de la pièce était à peu près celle de la température extérieure ; Christina se dépêcha de se déshabiller sans faire de manières et alla se glisser sous la couette ; Alexander vint s'allonger contre elle et eut l'impression d'être aussi gauche que la première fois, il essaya de réchauffer Christina avec des gestes mécaniques et un désespoir grandissant, il parvint finalement à la pénétrer, mais à peine l'avait-il pénétrée qu'il eut une éjaculation aussi abondante que sans vigueur.

Le lendemain, il fit une seconde tentative, encore tout ensommeillé, avec un arrière-goût d'alcool et de cigarette dans la bouche ; ils se frottèrent l'un contre l'autre, sans se regarder et y arrivèrent tant bien que mal.

Alexander rechargea le poêle à feu continu, descendit les deux étages jusqu'aux toilettes, remonta avec de l'eau et repartit chercher des petits pains chez Braune, le boulanger, pendant que Christina préparait le petit déjeuner. Ils mangèrent leur œuf à la coque, burent leur café dans leurs tasses marquées « Bonny », même s'ils ne s'étaient toujours pas appelés par leur petit nom, et Alexander demanda à Christina si elle l'aimait encore.

Au lieu de répondre, elle lui demanda si *lui* l'aimait encore. Et elle eut ce rictus qu'elle prenait quand elle parlait de livres qu'il n'avait pas lus, et

Alexander se dit soudain que Christina n'était peut-être pas aussi belle qu'il l'avait toujours cru. Il se dit ça – et n'en fut même pas effrayé.

À onze heures, il enfila son uniforme sans dire un seul mot, et ils allèrent se poster devant la porte de l'immeuble. Kurt et Irina arrivèrent dans leur nouvelle Lada, avec grand-mère Charlotte assise à l'arrière.

— Mon garçon, dit grand-mère.

— Alors, tu vois ! dit Kurt.

— Il ressemble à *oun soldate allemande*, dit Irina en essuyant une larme, avant de démarrer.

Ça sentait le faux cuir neuf.

La montre de la Lada 1300 indiquait dix heures cinquante-six.

C'était le 2 décembre 1973.

Alexander avait encore cinq cent treize jours à faire avant d'être libéré.

2001

Alexander

Il a bien dormi. Il veut le dire à Marion – une fois de plus elle a eu raison, pense-t-il, sans savoir exactement en quoi elle a eu raison ; sans doute dort-elle encore, il ne veut pas la réveiller. Il se tourne sur le côté, vers Marion, content qu'elle soit là. Mais quand il ouvre les yeux, il s'aperçoit que l'autre côté du grand lit double est vide.

Il tire à lui l'oreiller bien lisse et le pétrit.

Quoi qu'il en soit, il n'a pas transpiré cette nuit ; il n'a pas de fièvre, il n'a ni douleurs ni nausées ; dans un café Internet il a entre-temps étudié les symptômes ; il n'y a rien de très clair, tout est « non spécifique », comme ils disent, mais une chose est sûre : les ganglions lymphatiques que sa main droite cherche maintenant à tâtons sont toujours aussi gonflés.

Il enlève ses boules Ohropax des oreilles. Les glisse d'un geste stupide sous l'oreiller où personne n'a dormi mais qui est maintenant tout chiffonné. Se lève.

Vérifie si les chiens sont encore là (affirmatif).

Se brosse les dents – avec de l'eau minérale depuis qu'il a lu sur Internet que les lymphomes non hodgkiniens sont très sensibles aux infections. Puis, comme une prière du matin, le texte trouvé sur Internet traverse sa conscience en demi-sommeil, presque mot à mot :

En ce qui concerne les lymphomes non hodgkiniens, la durée de vie évaluée à cinq ans est pour l'instant de 62 % pour les hommes et de 66 % pour les femmes. Mais il ne s'agit là que de valeurs moyennes. Il y a en effet beaucoup de patients qui ont survécu pendant dix ans ou plus. Il est donc absurde de vouloir tirer des conclusions à caractère personnel de ces valeurs moyennes. Ce qui est indéniable, c'est que les chances de vivre plus longtemps augmentent quand on observe une très bonne hygiène de vie.

Alexander emprunte l'ascenseur pour descendre les cinq étages. Il a maintenant l'habitude de prendre son petit déjeuner à l'hôtel. La bouillie indéfinissable du café d'en face est ici remplacée par un vrai muesli, il y a aussi des yaourts, des fruits et plusieurs sortes de céréales, même si tout est grillé ou confit. Il y a également du *Vollkornbrot*, presque comme dans un hôtel en Europe. Alexander prend de tout, bien décidé à ne pas tolérer le moindre manque d'appétit.

Il s'assied près de la grande baie vitrée. Au bout d'un moment, les deux Suissesses arrivent – il a fait leur connaissance à l'hôtel. Il ne sait pas trop s'il a envie qu'elles viennent s'asseoir à sa table, mais la question est réglée avant même qu'il ait pu y trouver une réponse. Les trois fois où ils se sont rencontrés de manière furtive et sans la moindre intention suffisent, de toute évidence, à engendrer des obligations.

Au demeurant, il n'a rien à leur reprocher. Elles s'appellent Kati et Nadja. Elles n'ont pas encore trente ans. Elles portent des tongs. Et font le tour du monde. Elles ont déjà passé deux mois en Afrique, elles ont été ensuite au Brésil, en Argentine jusqu'à la Terre de Feu, au Chili, au Pérou, en Équateur et encore ailleurs. Maintenant elles passent une semaine à Mexico, dans le « De Effe », comme elles disent pour montrer qu'elles savent que Mexico est appelé « District fédéral » ; elles ont d'ailleurs pris des cours d'espagnol quelque part pendant leur périple. De DF, elles prendront le bus pour Oaxaca puis pour San Cristóbal de Las Casas ou Palenque (il ne sait plus exactement dans quel ordre), quoi qu'il en soit : quand elles auront fini le Mexique, elles prendront un avion pour Sydney pour « vadrouiller », comme elles disent, à bord d'un van dans le sud-est – ou est-ce le nord-ouest ? – de l'Australie ; ensuite, ce sera la Nouvelle-Zélande à la découverte des kiwis et enfin Bangkok, d'où elles repartiront pour l'Europe, si elles ne font pas – comme le recommande leur guide de voyage – un crochet par le delta du Mékong.

Elles ont le guide *Around-the-World-Backpacker* où il y a tout. Elles s'en servent pour organiser chaque matin leur journée. Hier, elles ont visité le parc de Chapultepec et le musée d'Anthropologie, et Alexander s'est laissé convaincre de les accompagner parce que, comme le dit le *Backpacker*, le musée d'Anthropologie de Mexico est l'un des plus importants au monde, mais peut-être aussi parce qu'il se sent attiré par ces femmes – et irrité : les deux en même temps.

Il n'a absolument rien à reprocher à ces deux filles. Kati, la première à rejoindre sa table, est une personne gentille et intelligente ; tout le monde à l'hôtel dirait certainement qu'elle est belle, et il ne serait pas convaincant d'évoquer, pour prétendre le contraire, son étincelant sourire qui révèle un peu trop de gencive ou ses mollets que laisse voir sa robe en cloche, brillants d'huile et soigneusement épilés mais, ma foi, un petit peu arqués.

— Hello, dit Kati, en venant s'asseoir à sa gauche.

Elle parle fort et ouvre grands les yeux au moment de saluer Alexander. Elle porte sur ses cheveux noirs et bouclés qu'elle vient de laver un bandeau blanc enserrant son front – comme un article d'hygiène destiné à éviter le contact des cheveux avec le petit déjeuner. La crème solaire dont elle s'est soigneusement tartinée n'a pas encore pénétré dans la peau, et la très fine croûte que l'on voit à la racine de son nez montre qu'elle a oublié d'en mettre entre ses sourcils épilés.

— Alors, c'est quoi le programme d'aujourd'hui ? demande Alexander qui brusquement redoute que sa question laisse supposer qu'il a envie de les accompagner.

— On va sans doute aller voir Frida Kahlo. Tu y es déjà allé ?

— Non, dit Alexander, en essayant de ne pas se montrer intéressé.

— Et il y a aussi Trotski dans le même coin, dit Kati.

Nadja arrive à la table. Nadja est un peu moins grande que son amie, d'une façon générale elle est « un peu moins » sur tous les plans : des dents un peu moins blanches mais sans doute vraies, et une couleur de cheveux un peu moins marquée. Elle porte en revanche un top rose profondément échancré avec tout un système de bretelles qui rappelle le bondage. Mais, en dépit de ces détails qui attirent l'œil, elle a quelque chose d'évanescent, ses mouvements sont souples, elle se glisse sans bruit entre la chaise et la table, le bonjour qu'elle prononce n'est guère plus appuyé qu'un souffle, et son regard effleure Alexander – sans que l'on sache si elle l'ignore ou veut être discrète. Quoi qu'il en soit, Alexander trouve étonnant qu'elle fasse justement des études de sciences de la communication. Elle poursuit en plus des études de germanistique, de psychologie, d'indianisme et prend quelques cours de chant (il n'a pas bien compris comment ça se combinait), alors que Kati ne fait « que » des études de droit, de politologie et de tourisme en rapport avec l'approvisionnement économique, ou plus exactement : elle n'a fait que.

— Qu'est-ce que tu en penses ? On fait Frida Kahlo, ce matin ? demande Kati en se tournant vers Nadja.

Nadja rajuste ses bretelles qui ne cessent de glisser et esquisse comme un haussement d'épaules.

— Trotski est aussi dans le même coin, dit Kati.

— Trotski ?

Nadja retrousse sa lèvre supérieure jusque sous son nez.

Kati a soudain une idée :

— Trotski était bien communiste aussi. Comme ta grand-mère.

Alexander a eu le malheur de parler de Charlotte aux deux filles. Kati avait accueilli le fait que ses grands-parents aient été communistes avec un « Oh » soufflé, comme si elle venait d'ouvrir par mégarde la porte de toilettes occupées. Mais, aujourd'hui, elle trouve cela intéressant :

248

— Peut-être qu'ils se connaissaient ?

— Ça m'étonnerait, dit Alexander.

Il pourrait parler de Wilhelm maintenant. Des bruits qui couraient sur son activité d'agent secret que Wilhelm a toujours démentis tout en sachant les entretenir et en faisant une tête, chaque fois qu'il était question de Trotski, comme s'il avait quelque chose à cacher, même si, selon toute vraisemblance, il n'était arrivé au Mexique que peu de temps avant son assassinat, si ce n'est après. Mais sur ce point aussi il se gardait de donner des renseignements précis. Il pourrait aussi dire que lui, Alexander, avait rencontré un vrai assassin de Trotski chez ses grands-parents – et bizarrement c'était exact, même si, vingt ans après la venue en RDA de ce peintre mexicain, Alfaro Siqueiros, il avait appris que celui-ci n'avait pas seulement fait de la prison pour son « art engagé » et son « dévouement à la cause de la classe ouvrière » mais parce qu'il avait essayé de tuer Trotski avec un pistolet-mitrailleur, manquant sa cible de façon incompréhensible, alors qu'il était en plein milieu de sa chambre.

Il pourrait dire tout ça mais il n'en fait rien. Il va se chercher encore quelques toasts et du café, et aussi un œuf. Quand il revient, il devine que les deux filles ont décidé de ce qu'elles allaient faire de leur journée – mais il ne pose pas de questions. Il n'en pose pas et on ne lui en pose pas. Il est un peu vexé. Et s'en veut de l'être.

Une heure plus tard, le voilà dans le métro. S'il a bien compté, c'est aujourd'hui dimanche mais on ne remarque nulle part le calme dominical : le métro semble encore plus bondé que d'habitude, les gens plus énervés, certains portent des costumes de toutes les couleurs et des drapeaux mexicains. Est-ce une chose ordinaire, le dimanche au Mexique ? Il est obligé de changer pour Indios Verdes. Un bus branlant est stationné en bordure de la gigantesque gare routière, il y a un drôle de drapeau national placé, pour des raisons techniques de sécurité, derrière le pare-brise en raison de sa taille, avec un panneau écrit à la main : *Teotihuacán.*

Le chauffeur attend que le bus soit plein. Puis un jeune homme passe dans l'allée entre les sièges, avant même que le bus ait démarré, et encaisse chaque fois trente pesos sans délivrer de ticket.

Le bus traverse des banlieues ou des faubourgs à côté desquels le quartier où il s'est fait détrousser avait quelque chose de cossu ; fourmilières, boîtes grises alignées les unes à côté des autres. Entre les habitations et la route : des barbelés. Il ne sait pas si c'est pour empêcher les gens de rentrer ou de sortir.

C'est plus loin que ce qu'il s'imaginait. Qu'est-ce qu'il s'imaginait ? Le bus traverse à présent un paysage de steppe. Dépotoir de la civilisation avec des cactus où sont venus s'accrocher des sacs en plastique de toutes les couleurs.

Il se souvient d'une photo, minuscule, en noir et blanc : sa grand-mère devant la pyramide du soleil de Teotihuacán. En fait, on ne voyait presque rien. Il croit se rappeler qu'il y avait un cactus sur la photo, et sa grand-mère était debout à côté, vêtue de clair, avec une jupe ample, le chemisier boutonné jusqu'en haut, très sage, très civilisée, un peu comme la femme blanche dans *King Kong* et, derrière elle, silhouette sombre : la pyramide. À l'époque, lorsque sa grand-mère lui parlait de cette ville abandonnée avec sa pyramide au milieu, il croit se souvenir qu'il se représentait cette ville comme le trajet qu'il empruntait le matin pour aller à la crèche : rues vides, obscurité, les lampadaires étaient encore allumés, et l'homme malingre qui traversait matin et soir tout Neuendorf sur sa bicyclette, armé d'une grande perche avec un crochet pour allumer et éteindre les lanternes, se retrouvait étrangement associé au fameux petit dieu hideux qui, du haut de la pyramide, se précipite dans le feu pour ressusciter et éclairer la Terre comme un nouveau soleil.

Il est content d'être seul. Il s'est senti à l'étroit dans le musée, hier. Il se dit que, de toute évidence, il ne supporte pas les musées, pas même les plus beaux musées du monde : il est peut-être temps de se l'avouer ? La foule l'oppresse, le nombre, la masse. Il ne sait pas s'il doit admirer la patience des deux Suissesses. Suivant leur exemple, il s'était aussi procuré un audio-guide, avait essayé pendant un moment d'écouter les informations et de suivre les indications, avant d'éteindre l'appareil, à bout de nerfs, et d'errer pendant deux heures dans un état de totale instabilité entre des masses d'objets exposés et des cohortes de visiteurs. Même la Pierre du Soleil, le calendrier aztèque qu'il connaissait déjà, parce qu'il était reproduit sur les boutons de manchettes de Wilhelm, et qu'il découvrit soudain, gigantesque et massif, ne put le sortir de l'état dans lequel il se trouvait.

Ils avaient passé ensuite une heure dans le parc de Chapultepec. Alexander s'était assis sur un banc, et les deux femmes qui, dans le musée, n'avaient cessé de chuchoter entre elles et de rire à propos de tout et de n'importe quoi, ce qui l'avait profondément agacé, s'étaient allongées sur la pelouse et endormies aussitôt. Un peu plus tard, dans un café, Alexander avait cherché une occasion d'orienter encore une fois la conversation sur le musée pour prouver aux deux filles mais surtout à lui-même qu'elles n'avaient absolument rien retenu de tout ce qu'elles

avaient vu et entendu là-bas et qu'elles avaient tout
évacué comme une ivresse, il en était convaincu,
en l'espace de vingt minutes – mais les deux filles
surent trouver une réponse plus ou moins convenable
à la question qui lui vint à l'esprit, celle de savoir
si les Aztèques croyaient à une sorte de paradis :
l'audio-guide avait dit que les Aztèques croyaient
bien à un paradis et que ce paradis s'ouvrait à ceux
qui étaient tombés au combat ou qui avaient été
sacrifiés sur l'autel et aussi aux femmes mortes en
couches comme le croyait Nadja – ou bien étaient-ce
les enfants, comme le pensait Kati ?

Cette question sur le paradis avait entraîné une
discussion sur les ressemblances et les différences
entre les diverses représentations de l'au-delà et pour
finir entre les religions, et il s'avéra que Kati et
Nadja non seulement savaient un certain nombre de
choses sur presque toutes les religions du monde,
mais qu'elles en pratiquaient ou en avaient pratiqué
elles-mêmes plusieurs : Kati avait vécu quelques
semaines dans un ashram, elle fréquentait régulièrement une école bouddhiste en Suisse, mais elle
gardait aussi dans son sac de voyage une petite
image de la Vierge ; Nadja vénérait, comme Kati,
le dalaï-lama, s'était intéressée aux rituels vaudous à
Haïti, suivait des cours de tantra, croyait au pouvoir
des cristaux de roche et considérait, comme Kati,
qu'il n'était pas absolument impossible qu'elle soit
en réalité la messagère d'une civilisation extra-
terrestre.

Étonnant de voir avec quelle facilité elles
évoquaient tout ça, avec quelle aisance et quelle
évidence elles en parlaient, et comme ces nouvelles
religions étaient aériennes et légères – aquarelle
jetée sur une feuille de papier, se dit Alexander ;
et, pendant qu'il est assis dans le bus qui le mène

à Teotihuacán, il se souvient de sa propre rencontre, difficile, folle, violente, avec *ça* justement, autrefois, au cours de ce fameux hiver, l'hiver du siècle, lorsque tout s'effondrait et que les oiseaux tombaient – littéralement – du ciel. Il essaie de se souvenir : le moment où *ça* – quoi en fait ? – l'avait touché ou s'était adressé à lui ou s'était révélé à lui. Il ne sait plus. Ce moment se soustrait au souvenir, il ne se souvient plus que de l'avant et de l'après, il se souvient comment il est resté des jours entiers (des jours entiers ?) sur le sol en bois d'un squat et comment il a suivi, impuissant, la progression de la douleur qui le bouffait de l'intérieur ; il se souvient de l'obscurité ; des os de ses hanches meurtris à force d'être allongé – et il se souvient de l'après, de ce sentiment de rédemption, de compréhension, il se souvient comment, un matin, il a pénétré dans la cour intérieure, la boîte de cendres chaudes à la main, comment il est resté là, debout, comment il a levé les yeux et comment il l'a vu, là-bas, en haut : dans les branches noires d'un peuplier de la cour.

Chimie du corps ? Folie pure ? Ou moment d'illumination ? Il avait ensuite arpenté les rues pendant des jours avec un sourire extatique aux lèvres, le moindre lampadaire rouillé lui apparaissait comme un miracle, la simple vision des wagons jaunes qui passaient en brinquebalant au-dessus de la Schönhauser déclenchait chez lui une impression de félicité et il l'avait vue plus d'une fois dans les yeux des enfants qui le regardaient bien en face avec son sourire béat : cette chose pour laquelle lui qui avait eu une éducation athéiste ne disposait d'aucun mot.

Son péché est-il celui de l'arrogance ? Est-ce d'avoir effectivement cru être définitivement immunisé contre tout ? Ou bien est-ce d'avoir refoulé et nié tout cela à un moment donné ? Est-ce du repentir qu'on cherche à lui soutirer ? Doit-il apprendre à reconnaître enfin le message ? Dire ce nom que les deux Suissesses avaient tant de facilité à prononcer ?

Sur le parking, devant la ville de Teotihuacán, il y a plus d'autos et de bus qu'Alexander ne croyait, plus qu'il ne le craignait. Les nouveaux arrivants passent par paquets devant les boutiques de souvenirs et se pressent en direction de l'entrée. On achète les tickets. Chaleur et poussière. Lentement, la cohorte des touristes longe la chaussée des Morts – axe principal de cette ancienne cité. Une rue avec des marches : les Aztèques ne connaissaient pas la roue. Ce qui fait que rien de ce qui roule n'emprunte aujourd'hui encore cette large avenue bien pavée. Même les marchands de souvenirs, qui se tiennent des deux côtés en plein soleil, transportent à pied jusqu'ici leurs quelques marchandises, les présentant sur de fragiles tables à tréteaux ou de petits éventaires pendus à leur cou.

L'un des marchands adresse la parole à Alexander et l'accompagne pendant quelques pas. L'homme est petit et a déjà un certain âge. Ses ongles sont noirs comme l'obsidienne des petites tortues qu'il vend. L'obsidienne : la pierre dont étaient faits autrefois les couteaux des prêtres qui arrachaient le cœur de leurs victimes encore vivantes. Alexander prend une tortue dans sa main, non pas pour mieux la voir mais plutôt pour sentir le contact de l'obsidienne. L'homme ne cesse de lui parler, l'assurant qu'il a sculpté la tortue de ses propres mains, il baisse le prix – de cinquante à quarante pesos : quatre dollars. Alexander achète la tortue.

Puis il se retrouve devant la pyramide du Soleil, à peu près à l'endroit où a dû se tenir sa grand-mère, soixante ans auparavant, et il se demande ce qu'il a attendu, en fait. A-t-il vraiment été bête au point d'espérer que le sommet, là-bas tout en haut, serait vide ? Serait-il possible d'être seul là-haut avec les pierres, ne serait-ce qu'un instant ? Il ne se souvient pas. Il est là debout à regarder la pyramide. Sa main enserre la carapace de la tortue comme le pommeau d'un poignard. Puis il se précipite, avant d'être submergé par le désespoir. Il voit tour à tour devant ses yeux des chaussures de marche, tantôt poussiéreuses, tantôt brillantes... deux cent quarante-huit marches se souvient-il d'avoir lu dans le *Backpacker*, la troisième plus haute pyramide du monde. Il ne compte que les chaussures qui brillent. Il doit le faire sans s'arrêter, au moins ça. Mais les marches construites par ce peuple indien vont à l'encontre de toutes les normes de l'industrie allemande. Il sent qu'il va trop vite. Il sait ce qui se passe dans son corps : à un certain stade, la concentration d'acide lactique passe dans ses muscles. La douleur en haut de ses cuisses augmente au fur et à mesure de la fatigue. Pendant un moment, il lutte comme s'il pouvait tromper la chimie du corps. Il ralentit. Son cœur vient gronder jusque dans sa tête. Le volume de ses poumons semble devenu insuffisant. Il a compté quatre-vingt-seize chaussures brillantes. Quand il commence à tousser, il abandonne, obligé de s'asseoir.

La tête appuyée dans ses mains, il observe les blocs gris de pierre poreuse dans lesquels les marches sont taillées. Les gens continuent de monter à sa gauche et à sa droite, ceux qu'il a dépassés tout à l'heure. Des femmes en tongs. Une femme en chaussures compensées et même une autre en talons rouges. Et puis de nouveau des tongs, deux

paires qui se dirigent vers lui de façon menaçante :
une paire noire et une paire rose…

Ce sont d'abord les noires qui s'arrêtent, des
tibias soigneusement épilés, brillant d'huile solaire,
un peu arqués.

— Tu as une sacrée condition physique, dit Kati.

— Je croyais que vous vouliez aller voir Trotski,
s'étonne Alexander.

— Il y a trop de monde en ville, répond Kati.
Aujourd'hui, c'est la fête nationale.

Toutes deux, même Nadja, semblent heureuses
de ces retrouvailles impromptues. Elles s'attendent
manifestement à ce qu'Alexander les accompagne
jusqu'en haut et elles sont stupéfaites, presque
vexées et ensuite un peu inquiètes, de voir qu'il
ne veut pas.

— Tu ne vas pas bien ? Tu as un problème ?

— Non, dit Alexander. J'attends ici.

Il reste assis sur les marches et regarde. Regarde
les gens passer à côté de lui : des gens avec des
casquettes, des gens avec des sombreros qu'ils
viennent juste d'acheter, des gens en pantalon court.
Des gens avec un sac à dos et un appareil photo,
des gens gros avec des tee-shirts criards, des gens à
quatre pattes, des gens qui transpirent, des gens avec
des enfants qui portent de petits drapeaux mexicains
(fête nationale), des hommes avec une petite chaîne
en or, un monsieur d'un certain âge avec une canne,
des gens qui parlent américain très fort, des gens sur
qui il n'y a rien à dire, des jeunes au visage blême
avec une barbe de trois jours, des hommes au teint
mat avec des chemises à fleurs, une femme avec
une écharpe, un jeune homme avec des dreadlocks
et un ananas, un groupe de Japonais en costume, des
filles minces en tee-shirt court qui laisse voir leur
ventre, des filles grosses en tee-shirt court qui laisse

voir leur ventre, tout cela monte, oscille, rampe, escalade, marche, trottine, grimpe vers l'endroit où l'*on devient dieu*, Teotihuacán, puis ils redescendent : apparemment inchangés.

— Alors, c'était comment ? demande Alexander.
— Génial, dit Kati. La vue.

Ils redescendent ensemble. Ils prennent la chaussée des Morts jusqu'au bout. Nadja lit dans son *Backpacker* (le résumé en anglais de l'histoire du dieu qui se sacrifie pour renaître en soleil du cinquième monde) et s'achète dans l'une des grandes boutiques de souvenirs à la sortie un masque noir en obsidienne au rictus effrayant et qui lui rappelle les masques vaudous haïtiens.

Kati s'achète un collier d'obsidienne qui va bien avec ses cheveux sombres.

Il y a même des tortues en obsidienne. Discrètement, sans que les filles le voient, Alexander pose sa petite tortue au milieu des autres : les centaines d'autres qui sont posées là sur les présentoirs.

Elles coûtent vingt-cinq pesos.

1976

Irina

Si Irina avait dû dire d'où venaient les abricots qu'elle coupait en petits cubes au cours de cette matinée de Noël pour les mélanger à d'autres fruits destinés à farcir son oie à la bourguignonne, elle aurait dû commencer par l'histoire du pied.

Kurt avait déjà souvent raconté cette histoire – Irina ne savait plus exactement quand elle l'avait entendue pour la première fois –, cette histoire d'arbre abattu dont une branche avait fracassé le pied de Kurt au cours de l'automne 1943 ; et le jeune lieutenant Sobakin lui avait sauvé la vie en faisant en sorte que Kurt, à bout de forces, ne soit pas transporté à l'infirmerie (où les rations de pain étaient encore plus maigres qu'ailleurs) mais puisse travailler pendant un certain temps comme veilleur de nuit près des gros poêles rustiques qui chauffaient sans arrêt – occupation qui se révélait également lucrative dans la mesure où un champ de pommes de terre se trouvait juste à côté. Plus tard, une fois la peine de Kurt commuée en « bannissement à perpétuité », lui et Sobakin, devenu entre-temps capitaine, jouaient souvent aux échecs dans un bureau de l'administration du camp et, toujours selon Kurt, ils conversaient de façon inhabituelle-ment libre, parlant de justice et de socialisme ; ils se lièrent d'amitié – ne prenant leurs distances qu'au moment où ils tombèrent tous les deux amoureux de la même femme, à savoir d'elle : Irina Petrovna.

Après être passés en RDA, ils perdirent Sobakin de vue. Il devint une sorte de figure anecdotique, personnage d'un monde lointain, coupé de la réalité et devenu irréel – jusqu'à ce qu'un beau jour de cette année Kurt reçoive vers quinze heures trente un coup de fil du ministère de la Sécurité d'État et s'entende demander par un individu à la voix excitée s'il était bien le Kurt Umnitzer qui avait vécu à Slava, dans le nord de l'Oural, de 1941 à 1956 : un général soviétique désirait lui parler.

Sobakin avait grossi d'environ cent kilos, il faillit étouffer Irina tant il se réjouissait de ces retrouvailles, il fut heureux comme un enfant d'apprendre que Kurt avait fait carrière dans le monde de la science (n'avait-il pas toujours appelé Kurt « *umniza* » – ce qui voulait dire en russe quelque chose comme « futé » ?), il vida toute une bouteille de vodka, assis évidemment dans le mauvais fauteuil, celui de Kurt, raconta toute une série de choses étranges sur la prochaine guerre mondiale qu'il considérait comme inévitable et, en partant, il fit par mégarde une bosse de la taille d'une assiette dans le toit de la Lada presque neuve.

Était-ce à cause de la bosse dans le toit de la Lada presque neuve, était-ce à cause de la question de la justice et du socialisme ou pour une autre raison – toujours est-il que deux mois plus tard le facteur apporta un gros paquet au Fuchsbau, lourd comme une brique, et entièrement rempli de caviar noir russe.

Kurt et Irina mangèrent une toute petite partie de ce caviar (leur goût pour le caviar ne dépassait pas certaines limites car, même s'il n'y avait jamais eu beaucoup à manger à Slava, un jour un wagon entier rempli de caviar noir était arrivé, juste après la mort de Staline, comme par hasard, « pour être distribué », comme disait la consigne, et Kurt et Irina avaient alors tellement ingurgité de caviar qu'Irina avait eu une sorte de choc anaphylactique et pendant des mois elle avait vécu dans la peur d'avoir fait du mal à l'enfant qu'elle avait conçu juste après la mort de Staline pour cause de consommation exagérée de caviar) – ils en mangèrent donc une toute petite partie, en offrirent une bonne partie à des amis comme accompagnement pour le mousseux du matin – après des débordements festifs ; mais la plus grande partie du caviar de Sobakin servit de bakchich et de monnaie d'échange dans les milieux interlopes et les arrière-boutiques où circulaient des marchandises frauduleuses.

À la galerie Stern, Irina obtint, grâce à ce supplément en caviar, plusieurs pièces très convoitées en céramique de Waldenburg, un four avec des restes de cendres brunes qu'elle utilisa aussi comme bakchich afin d'acquérir des lucarnes pour le toit ; le reste des fenêtres dont elle n'avait pas eu besoin fut transporté dans la remorque de la voiture jusqu'à Finsterwalde, où elle les échangea contre des fenêtres un peu plus grandes (100 cm) qu'Eberling, pêcheur à Groß Zicker, sur l'île de Rügen, vint chercher contre une caisse d'anguilles qu'il avait – illégalement bien sûr – fumées dans un cagibi caché derrière son garage.

Nadejda Ivanovna, qui venait juste d'arriver en RDA et voulait prouver son sens de la frugalité (« Mangez le bon pain, moi, je me contenterai des serpents »), mangea deux de ces anguilles ; Irina en garda deux pour Sacha qui ne voulut pas les manger « par respect pour le désir de vivre de ces animaux », comme il disait (alors qu'il avait toujours mangé des anguilles jusque-là !) ; trois anguilles revinrent au boucher qui faisait pour Irina ces fameux « paquets surprises » dont le contenu (rumsteck, filet de porc fumé ou jambon cuit) ne devait pas être révélé aux autres clients ; le garagiste en eut trois, le libraire une et elle en donna deux à une ancienne collègue dont le père avait un jardin où poussaient des abricotiers qui donnaient ensuite ces fameux abricots secs, mais le jardin donnait aussi des coings et des poires d'hiver à la peau épaisse, qu'Irina épluchait et découpait en petits cubes qu'elle mélangeait ensuite avec les abricots qu'elle avait fait ramollir, avec des figues coupées en deux qui venaient du magasin russe, des raisins secs (qui remplaçaient les grains de raisin), des châtaignes (qu'elle allait ramasser elle-même dans les collines près de Caputh) et des oranges de Cuba (qu'elle avait tout simplement achetées dans un magasin !) un peu sèches et qu'il fallait donc couper très fin ; elle mettait ensuite tout ça dans une poêle où elle faisait revenir ce mélange dans du beurre avant de le déglacer avec du cognac arménien et de farcir son oie de Noël, qu'elle préparait selon une recette vieille de trois siècles appelée *Oie du couvent à la bourguignonne* parce que la recette provenait disait-on de moines bourguignons.

Bien que l'oie pesât cinq bons kilos, Irina se demanda non sans frayeur, au moment d'enfourner l'animal vidé, lavé, salé, piqué et farci, si ça allait suffire pour le nombre de personnes prévues. Elle compta, ils étaient sept : en plus de Charlotte et de Wilhelm, il y avait sa mère, cette année ; et Sacha venait avec sa nouvelle.

Irina décida de cuire aussi les abats : le cœur, le gésier, le foie. En général, elle ne faisait rôtir les abats que le lendemain et les mangeait avec les restes de l'oie réchauffés durant les jours qui suivaient Noël – un régal ! Irina aimait la chair très ferme du gésier et le goût un peu douceâtre du foie, alors que Kurt détestait les abats tout comme il détestait ronger les os ; il n'aimait pas non plus les plats réchauffés, même s'il ne voulait pas l'admettre. Mais elle le connaissait : il n'aimait pas manger la même chose deux jours de suite.

Irina découpa les abats en petites portions, les assaisonna avec beaucoup de poivre, les mit dans une poêle avec de la graisse de noix de coco et les fit revenir à feu doux pendant qu'elle préparait le fond de sauce, la chose la plus importante quand on préparait une oie de Noël : mélange de cognac, de miel et de porto, qui faisait sur l'oie une croûte sombre et un peu sucrée, entre miel et fruit. Ils savaient vivre, ces moines de Bourgogne. C'était où, d'ailleurs, la Bourgogne ?

L'oie à la bourguignonne mise à part, tout le reste du repas de Noël était allemand. Outre du chou rouge et du chou vert, il y avait des *Klöße* à la mode de Thuringe (des boulettes à base de pommes de terre, les plus difficiles à faire). Des pommes de terre pour Kurt qui ne mangeait pas de *Klöße*, une grosse salade de radis blancs en entrée, de la *rote Grütze* en dessert et un *Stollen* pour accompagner le café – et tout cela en abondance, car il n'y avait rien qu'elle détestait plus que de se demander *si ça allait suffire*. Toute son enfance, elle s'était posé cette question. Toute son enfance, elle avait fait la queue pour avoir du pain ; toute son enfance, elle avait mangé des pommes de terre à moitié pourries (car il fallait toujours manger *d'abord* les pommes de terre à moitié pourries, si bien que l'on mangeait *toujours* des pommes de terre à moitié pourries) ; toute son enfance, elle avait attendu dès le début de l'hiver les premiers grands froids parce que le maigre cochon que grand-mère Marfa nourrissait toute l'année avec des épluchures était tué à ce moment-là – et sans tarder – quand la température extérieure de moins cinquante degrés lui gelait littéralement les pattes dans son abri fait de simples planches clouées.

Pauvre bête, se dit Irina.

Elle enleva les feuilles extérieures du chou rouge, prit le grand couteau, coupa le chou en deux en appuyant fort sur le dos du couteau et éprouva encore une fois, tout en poussant un profond soupir, la satisfaction d'avoir enfin échappé à tout ça : elle, Irina Petrovna, cette enfant aux boucles noires qui avait été la risée des autres parce que ces boucles révélaient *de quelle façon* elle avait été engendrée.

La porte de la chambre de Nadejda Ivanovna s'ouvrit dans un long grincement. Sa mère arriva dans la cuisine.

— *Pomotsch tebje ?*

Si elle pouvait aider ? Mais Irina n'avait pas besoin d'aide, au contraire, ça la dérangeait que sa mère vienne mettre son nez dans les casseroles.

— Laisse-moi les abats, dit Nadejda Ivanovna sur un ton qui ressemblait à un ordre.

— Maman, dit Irina, ici, chez nous, tu n'as pas besoin de manger les restes. Il faut que tu comprennes ça une fois pour toutes.

Nadejda Ivanovna s'éloigna, sa porte grinça – il faudrait dire au menuiser de venir, pensa Irina, car il ne s'agissait pas seulement de graisser les gonds, c'était la charnière qui frottait contre le chambranle de la porte.

Elle arrêta de faire frire les abats, les assaisonna encore avec du paprika (toujours mettre le paprika en dernier, sinon il perdait tout son arôme !), fit suer le chou rouge coupé en fines lamelles, y ajouta de la pomme râpée, un peu de sel et une pincée de sucre, mit les oignons piqués de clous de girofle dans la casserole, déglaça le tout avec du vin rouge avant d'ajouter un filet d'eau. Puis elle se servit une bière – quand elle faisait la cuisine, elle préférait la bière – et grignota quelques abats un peu trop chauds mais délicieux… Non, il n'était pas question pour elle de priver sa mère des abats. Le problème, c'était que sa mère considérait comme un sacrifice de manger les abats – et Irina n'était pas disposée à accepter ce genre de sacrifice. Toi aussi, tu vas manger de l'oie de Noël, se dit-elle – et elle se vit brusquement en train de fourrer sans ménagement un morceau d'oie dans la bouche de sa mère…

Kurt fit son apparition, en habits de travail – comme si décorer le sapin de Noël était un *travail*. Il fallait qu'elle vienne voir.

C'était la troisième année que Kurt décorait le sapin de Noël. En fait, il aurait bien aimé ne plus le faire, une fois Sacha parti de la maison, mais Irina avait tenu à maintenir les traditions. Ce serait le pompon ! À quoi ressemblerait Noël sans sapin de Noël ? Le sapin et l'oie faisaient tout simplement partie de Noël, et même si Irina redoutait un peu la venue de ses beaux-parents à cette date, même si elle sentait déjà cette atmosphère d'entente forcée qui revenait chaque année au moment des fêtes : les discussions collet monté, la façon d'ouvrir précautionneusement les cadeaux, cette joie de façade affichée par tout le monde (sauf Wilhelm qui, chaque année, protestait parce qu'on lui offrait quelque chose et recevait malgré tout chaque année une bouteille de Stolichnaya et une boîte de saucisses d'Eberswalde, qu'il finissait par emporter mi-à contrecœur mi-condescendant ou plutôt qu'il demandait à Charlotte d'emporter) – même si tout cela était au fond pénible et épuisant, voire idiot jusqu'à un certain point, Irina insistait pour maintenir ce rituel, elle aimait ça d'une certaine façon, même si c'était juste pour le soulagement qu'elle éprouvait après le départ de ses beaux-parents, pour ce moment où Kurt allait ouvrir la fenêtre et où l'on se laissait choir sur la banquette, échauffés, épuisés et rassasiés, avant de fumer une cigarette, de prendre un cognac et de se moquer ensemble de Charlotte et de Wilhelm.

— Tu ne le trouves pas trop kitsch ? demanda Kurt.

— Un peu de travers, dit Irina.

— Oui mais tu ne trouves pas qu'il est un peu trop chargé ?

— Mais non, le rassura Irina en penchant la tête pour regarder le sapin penché dont les branches étaient chargées de guirlandes et de boules de toutes les couleurs, comme c'était l'usage, bien que le sapin que Kurt avait choisi ressemblât plutôt à un épouvantail : mais dès qu'il ferait sombre et que les bougies électriques seraient éclairées, ça ne se verrait presque plus.

— Il faudrait que tu espaces un peu plus les guirlandes, que ça fasse moins paquet, dit Irina.

— D'accord, dit Kurt, les guirlandes moins paquet.

— J'ai encore dit quelque chose de travers ?

— Non, rien, dit Kurt avec un sourire, ce qui lui donnait un air filou et même fripouille, parce que son œil, celui qui ne voyait pas, déviait un peu.

Pour rien au monde, à l'époque, elle ne se serait doutée, la première fois qu'elle l'avait vu, avec son pantalon élimé et sa veste en coton, que cette fripouille serait un jour son mari.

Irina lava le chou vert et l'ébouillanta rapidement pour qu'il reste vert. Il faudrait qu'elle soit plus patiente avec sa mère, songea-t-elle, en grignotant encore quelques abats. Ça ne menait à rien de se mettre en colère à cause de sa mère, la vie à Slava l'avait rendue têtue comme une mule et au fond c'était un miracle qu'elle vive encore. Irina repensa à son dernier voyage là-bas, à Slava, il y avait juste quelques semaines, quand elle était allée chercher Nadejda Ivanovna : *Slava* – la « gloire » – quel drôle de nom pour un endroit où il y avait surtout des bannis et des criminels ayant purgé leur peine ! Rien n'avait changé là-bas. Toujours les mêmes rues faites de cailloux, les mêmes nids-de-poule qui pouvaient faire se renverser une voiture : la même grossièreté, la même routine ; les mêmes poivrots assis sur le trottoir en bois devant le magasin et qui s'en prenaient à Irina à cause des vêtements qu'elle portait.

En mars on avait détroussé Petia Chichkine, son dernier parent éloigné : en pleine nuit, alors qu'il faisait moins quarante-six, on l'avait entièrement déshabillé, ne lui laissant que son caleçon, et Petia, complètement ivre bien sûr, avait frappé aux portes des maisons environnantes, en vain, et il était mort de froid en rentrant chez lui.

C'était Slava. C'était son pays.

Et pendant qu'elle faisait égoutter le chou vert au-dessus de l'évier, elle eut l'impression d'avoir fait un mauvais rêve en repensant à quel point elle avait été aveuglée pour vouloir mourir aussi vite que possible : *Pour la patrie, pour Staline ! Hourra !*

Irina monta la moulinette et commençait à râper le chou vert lorsque Kurt annonça l'arrivée des enfants.

Elle s'essuya les mains à son tablier et passa dans le couloir. Kurt avait déjà ouvert la porte de la maison. Sacha arriva le premier. Dans son manteau en peau d'agneau, il ressemblait à un prince russe, se dit Irina, avec son visage à la pâleur distinguée, ses boucles noires qui avaient eu le temps de repousser après l'armée – ces fameuses boucles de tzigane qu'Irina avaient si longtemps considérées chez elle comme une tare et qui lui apparaissaient maintenant comme un avantage, maintenant qu'il était trop tard et qu'elle commençait à grisonner. Sacha s'arrêta dans l'embrasure de la porte, attendit un instant avant de faire passer devant lui pour la faire entrer la première : *la nouvelle.*

Irina ne savait pas grand-chose jusqu'à présent sur elle : juste qu'elle s'appelait Melitta (comme les filtres à café dont la publicité passait à la télévision de l'Ouest) et qu'elle faisait ses études à l'université Humboldt, comme Sacha. Et aussi qu'elle était *la femme de sa vie*, comme Sacha s'en était convaincu au bout de trois mois seulement. C'était peut-être à cause de ça, mais peut-être aussi à cause de la publicité pour les filtres à café, qu'elle s'était fait une idée sur elle (elle s'en rendit compte en découvrant la nouvelle), mais bien que l'idée qu'elle s'en était faite fût floue, ce n'était pas du tout ce qu'elle avait imaginé.

La femme qui tendait à Irina une main pas particulièrement soignée était petite et falote, ses cheveux étaient d'un blond sale, ses lèvres pâles et la seule chose d'un peu marquant chez cette personne, c'étaient ses yeux verts et attentifs.

— Il faut se déchausser ? demanda la nouvelle.

— Chez nous, on ne se déchausse pas, répondit Irina sans cacher sa désapprobation, car elle trouvait insupportable qu'on oblige les gens à se déchausser.

C'était mesquin et provincial, et quand quelqu'un demandait à Irina de quitter ses chaussures, qu'elle avait soigneusement choisies en accord avec les vêtements qu'elle portait et qu'elle était obligée de traverser un appartement étranger en bas ou dans des pantoufles qu'on lui prêtait, elle en tirait aussitôt les conséquences et ne remettait plus jamais les pieds dans cet endroit.

Cela dit, les chaussures plates en forme de cornichons que portait la nouvelle ne se distinguaient guère de pantoufles.

— Chez nous, on ne se déchausse pas, répéta Irina.

Mais, dans sa précipitation, la nouvelle se déchaussa quand même, disant que le temps était exécrable dehors. Et voilà que Sacha se demandait s'il n'allait pas lui aussi se déchausser.

— *Nu eschtschjo by*, fulmina Irina, il manquerait plus que ça !

Sacha regarda la nouvelle, regarda Irina. Haussa les épaules. Garda ses chaussures.

La nouvelle avait apporté des fleurs pour Irina, quelques chrysanthèmes tout secs qui faisaient pitié, mais c'était déjà ça. Irina la remercia gentiment, et pendant que les autres étaient encore occupés dans le vestibule, elle enleva les opulents asters posés sur la table à manger et alla chercher un autre vase. Quand elle revint dans la pièce avec les chrysanthèmes, Kurt discourait sur son sapin de Noël. Alors qu'il ne parlait pratiquement jamais de son travail, le voilà qui faisait un laïus sur chaque clou qu'il plantait dans le mur.

Sacha dit que le sapin était « absolument O.K. », tandis que la nouvelle regardait l'arbre d'un air incrédule.

Kurt proposa de trinquer puisque l'on venait juste de faire connaissance et demanda aux enfants ce qu'ils voulaient boire, mais la nouvelle ne voulait « qu'un verre d'eau ». Kurt dit :

— On ne trinque pas avec de l'eau.

Les jeunes gens échangèrent alors un regard avant de dire presqu'en chœur qu'ils prendraient « un peu de vin rouge ».

— À Noël, trinqua Kurt.

— Au Saint-Esprit, dit Sacha.

— Merci pour cette invitation, madame, dit la nouvelle.

Et Irina :

— Santé ! Je m'appelle Irina et dans cette maison on se tutoie.

Irina laissait toujours la porte ouverte quand elle était dans la cuisine. S'il n'y avait pas de la graisse en train de grésiller ou un appareil en marche, elle entendait les voix dans la pièce à côté, en général celles des hommes, deux Umnitzer – difficile pour les autres d'en placer une ; ces deux-là avaient toujours quelque chose à se dire, essayant de se convaincre l'un l'autre, pressés d'échanger des nouvelles et parlant aujourd'hui, impossible de faire autrement, du concert de Wolf Biermann à Cologne, tandis qu'Irina, qui commençait à en avoir par-dessus la tête de tout ce foin autour de Biermann, passait le chou vert à la moulinette et repensait à la façon dont la nouvelle était habillée : une jupe longue en velours marron, des collants épais et marron – et, en haut, elle portait quoi déjà ? Quelque chose d'informe et d'une couleur indéfinissable. Et si elle était courte sur pattes, pourquoi ne mettait-elle pas des souliers à talons ? Ça plaisait à Sacha tout ça ? C'était ça, le goût de la nouvelle génération ? Irina fit cuire à la vapeur quelques oignons, ajouta le chou vert, remplit une casserole d'eau et se mit à faire ses *Klöße*.

Pendant qu'Irina râpait des pommes de terre crues – pour faire de vraies *Klöße* de Thuringe, on avait besoin d'autant de pommes de terre crues que de pommes de terre cuites (moitié-moitié ou plus précisément : un tout petit peu plus de pommes de terre crues) –, pendant qu'elle râpait, elle se dit qu'elle n'avait encore jamais rencontré d'homme qui appréciait les collants en laine et les couleurs terreuses. Les hommes appréciaient de toutes autres couleurs ! Les hommes adoraient les dessous sophistiqués, pas les collants en laine ! Ou Sacha était-il à ce point différent ? Différent de Kurt ? Lui qui, à cinquante-cinq ans, ne s'était toujours pas assagi et reluquait toujours les autres femmes…

Elle but une gorgée de bière, mais la bière lui parut soudain fade. Irina versa le reste dans l'évier et alla se chercher un verre de vin rouge dans la pièce d'à côté. On parlait maintenant de Christa Wolf, « un livre splendide », commenta Irina, même si elle n'avait pas encore fini de le lire, mais elle en avait tellement entendu parler qu'elle commençait à oublier à quel point ce style alambiqué l'avait épuisée. Pourquoi cette femme écrivait-elle ainsi ? s'était demandé Irina en lisant son livre. De quoi souffrait-elle, alors qu'elle avait tout, même un mari qui – elle l'avait entendu dire – s'occupait aussi du ménage ?

— Un livre splendide, dit Irina qui tira deux bouffées de la cigarette de Sacha avant de repasser à la cuisine et de reprendre son travail.

Elle pressa les pommes de terre râpées pour enlever leur eau, les mit dans un saladier et versa dessus du lait bouillant. Elle prit ensuite des morceaux de pain blanc coupés en dés et les fit revenir à la poêle. Pendant ce temps elle commença à couper le radis blanc en tranches assez épaisses – elle avait les doigts gourds à force de râper. De toute façon, elle s'était abîmé les mains pendant les travaux de rénovation de la maison, à traîner des pierres, à décharger du ciment – incroyable tout ce qu'une maison pouvait engloutir comme ciment ! Elle but une gorgée de vin, secoua ses mains et, au moment où elle reprenait la râpe, la nouvelle apparut dans la cuisine. Demandant si elle pouvait l'aider.

Mais Irina avait presque fini, il ne restait plus qu'à râper les pommes de terre cuites pour en faire une sorte de purée – c'était facile à faire et de toute façon elle n'avait qu'une seule râpe.

— Oh, il y a des *Klöße* !
— Des *Klöße* de Thuringe, précisa Irina.
— J'adore les *Klöße*, dit la nouvelle en adressant un large sourire à Irina.

Non, finalement, elle n'était pas si moche que ça. Son visage était assez joli au fond. Et, quand on regardait bien, on apercevait même quelque chose qui ressemblait à une poitrine sous le vêtement informe à la couleur indéfinissable. Il suffirait de parler avec elle : se fagoter comme ça !

Ce ne fut qu'une fois la nouvelle partie qu'Irina ajouta une cuillère à soupe de vinaigre dans le chou rouge et le chou vert – et aussi une cuillère de moutarde dans le chou vert : le secret d'un bon chou vert. Pas obligé de tout divulguer.

À quatorze heures précises, on sonna : Charlotte et Wilhelm étaient debout devant la porte – avec leurs sacs en Perlon. Qu'allait-il y avoir dedans, cette fois ? Une nappe lavable ? Un calendrier avec des images de Cuba ?

Wilhelm entra, raide et mutique comme d'habitude ; Charlotte toujours aussi bavarde et excitée, ne tarissant pas d'éloges sur ce que faisait Irina. Vraiment étrange : plus elle vieillissait, plus elle complimentait Irina, de façon exagérée, voire ridicule ; à peine entrée, elle fit des compliments sur les bonnes odeurs qui venaient de la cuisine, jura, un bras encore dans la manche de son manteau en raton laveur que Kurt l'aidait à enlever, qu'elle n'avait rien mangé de toute la matinée, sauf un œuf (comme si elle faisait une faveur à Irina en disant qu'elle mourait de faim), demanda (pour la deuxième ou la troisième fois) si l'armoire à vêtements Art nouveau – fausse en réalité – qu'Irina avait peinte en blanc était nouvelle et s'extasia sur la maison claire même en plein hiver, avant de retomber dans ses sempiternelles jérémiades, disant que chez eux tout était sombre – sous-entendu : Vous habitez dans un palais et moi, je dois me contenter d'un trou !

Tournant dramatique quand elle salua la nouvelle. Théâtrale, prenant un air pénétré, elle déclara :

— Nous avons déjà beaucoup entendu parler de vous !

— Pas moi, dit Wilhelm.

Charlotte se mit à rire, de la même façon qu'elle riait chaque fois que Wilhelm faisait une plaisanterie, ou plus exactement chaque fois qu'il se montrait rustre : comme s'il s'agissait d'une galéjade. Mais

Wilhelm disait sans doute simplement la vérité : qu'est-ce que Charlotte avait bien pu entendre à propos de la nouvelle ?

Même Nadejda Ivanovna sortait maintenant de sa chambre. Charlotte ouvrit les bras : Nadejda Ivanovna ! Alors que toutes deux ne s'étaient vues qu'une seule fois dans leur vie, lorsque Nadejda Ivanovna était venue en visite, il y avait quatre ans. Mais Nadejda Ivanovna ouvrait à son tour les bras et saisissait Charlotte de ses mains noueuses qui avaient scié tant de bois et ramassé tant de pommes de terre, l'embrassa une fois à gauche, une fois à droite et encore une fois à gauche, une méprise évidemment, on voyait bien à quel point l'odeur de naphtaline qui imprégnait les vêtements de Nadejda Ivanovna coupait littéralement la respiration à Charlotte qui se défit de cette étreinte, avala sa salive, se ressaisit et parvint à sortir dans un russe non dépourvu d'accent mais plus ou moins correct quelques formules de politesse – tandis que Wilhelm arrivait tout juste à sortir un *Dobry djenj* mais ne comprenait déjà plus ce que Nadejda Ivanovna répondait :

— *Posdrawljaju roshdestwom* – Joyeux Noël !

Et Wilhelm de rétorquer :

— *Garosch, garosch !*

Ce que Nadejda Ivanovna à son tour ne comprit pas : de toute évidence, Wilhelm avait voulu dire : « Bien, bien ! » Mais ce qu'il disait ressemblait à : « Petit pois, petit pois ! »

Le « Joyeux Noël » de Nadejda Ivanovna ne manquait pas de piquant dans la mesure où Wilhelm détestait Noël. Pour lui, Noël était une fête religieuse, et la religion venait de l'ennemi de classe, elle servait à embrumer les cerveaux de la classe ouvrière, et tout un tas de choses de ce genre, voilà pourquoi Wilhelm ne pouvait pas mettre tout ce tintouin de Noël en accord avec sa conscience ; et comme chaque année, il s'assit, dos tourné au sapin.

Charlotte en revanche était *ravie* de voir le sapin et, postée derrière Wilhelm, elle leva les yeux au ciel pour bien montrer qu'elle n'était pas d'accord avec lui ; elle était *ravie* de la façon dont la table était décorée, *ravie* des belles fleurs (il s'agissait des chrysanthèmes), tout la *ravissait* et, à la surprise de tous, elle s'accorda une petite liqueur : « Je l'ai bien mérité aussi. » Elle avait tellement *trimé* ces derniers temps, elle était complètement *épuisée par le travail*, au bord de l'*effondrement*…

Irina se retrancha dans la cuisine.

Elle entendait à nouveau, entre les voix des Umnitzer, la voix flûtée de Charlotte. Grand Dieu, elle avait aussi survécu à ça, se dit Irina tout en épluchant les pommes de terre destinées à Kurt, elle avait aussi échappé à ce fléau, et c'était peut-être ce qu'elle aimait au fond à Noël : pouvoir fermer la porte derrière Charlotte, sa porte à elle, la porte de sa maison. Comment avait-elle pu admirer la maison de Charlotte quand elle était arrivée de Russie ? C'était désormais Charlotte qui admirait sa maison. Et parfois, quand elle traversait les pièces et admirait son œuvre, Irina était elle-même étonnée, à dire vrai, de voir comme elle avait bien fait les choses, de voir que presque toutes les décisions qu'il avait fallu prendre au cours de la rénovation, ces milliers de décisions – qu'elle prenait seule parce que Kurt plaidait toujours pour la solution la plus simple, la moins onéreuse, la moins compliquée – avaient finalement été de bonnes décisions : les cloisons qu'elle avait abattues et celles qu'elle avait montées, l'agrandissement coûteux du jardin d'hiver, la création de l'annexe où habitait dorénavant Nadejda Ivanovna, l'emplacement des arrivées d'eau ou des radiateurs, des prises, des interrupteurs, la place de la cuisinière – tout, tout s'était finalement révélé raisonnable et juste ; elle aurait simplement dû enlever le poêle inutile, dont ils ne se servaient jamais, sans écouter les conseils de Kurt (lui et ses lubies de déclin du monde : qui sait, peut-être que des temps difficiles vont arriver et que l'on aura alors de nouveau besoin de ce poêle). Et elle aurait aussi dû tout de suite aménager les combles, au lieu de faire une pause comme l'avait demandé Kurt : c'était tellement difficile de s'y remettre.

Irina rinça les pommes de terre épluchées mais entières (elle insistait sur les pommes de terre entières !), vida l'eau, les sala et les remua dans une casserole fermée par un couvercle pour bien répartir le sel. Puis elle ajouta doucement une tasse d'eau en tenant la casserole un peu en oblique pour ne pas rincer le sel. Juste une tasse ! Les pommes de terre devaient être cuites à la vapeur et pas à l'eau pour garder leur vrai goût de pomme de terre.

Elle mit l'eau à bouillir pour les *Klöße* et commença à râper les autres pommes de terre, celles qui étaient déjà cuites et refroidies pour faire la pâte des *Klöße*, lorsque les enfants arrivèrent.

— On va mettre la table, dit la nouvelle.

— On va mettre la table, dit Sacha.

— Mais vous ne savez pas où est la vaisselle.

— Si, je sais, dit Sacha.

— Alexander va mettre la table et moi, je peux rouler les *Klöße*.

— Je le ferai moi-même, dit Irina.

Mais Sacha farfouillait déjà parmi les couverts, prenant bien entendu ceux qu'il ne fallait pas ; et, au moment où Irina lui mettait les bons couverts dans les mains, la nouvelle commençait déjà à rouler les *Klöße* – avec ses ongles pas particulièrement soignés.

— Mais il faut mettre les croûtons à l'intérieur, dit Irina.

— Je sais, dit la nouvelle. Ma grand-mère est originaire de Thuringe !

Faisant contre mauvaise fortune bon cœur, Irina se consacra à sa salade de radis blancs, cassa quelques noisettes, mélangea le tout avec de la crème sucrée, goûta.

— Il y a déjà du sel dans l'eau des *Klöße* ? demanda la nouvelle.

Mon Dieu, elle avait failli oublier. Et arroser l'oie avec son jus, nom d'un chien, elle n'était plus du tout dans le rythme !

Vite, elle prit un torchon, sortit l'oie du four et inclina le plat pour prendre du jus en ébullition.

— Mais c'est tout noir, dit la nouvelle.

— C'est une oie à la bourguignonne, rétorqua Irina.

L'oie fut découpée sur la table, la répartition se fit au fur et à mesure des morceaux découpés : d'abord, les cuisses – l'une était pour Sacha, la chose était entendue depuis longtemps. Elle proposa l'autre à la nouvelle. Kurt et les deux parents préféraient de toute façon du blanc.

La nouvelle regarda Sacha : il n'avait encore rien dit.

— Ah, oui, dit Sacha, Melitta est végétarienne.

— Quoi, végétarienne ?

— Maman, elle ne mange pas de viande.

— Mais c'est de la volaille, dit Irina.

— Je vais en prendre un tout petit morceau pour goûter, dit la nouvelle. Mais pas une cuisse entière d'un coup.

276

Irina regarda à la ronde – et son œil s'arrêta sur Nadejda Ivanovna : Toi aussi, tu vas manger de l'oie de Noël aujourd'hui.

— Amène ton assiette, dit-elle.

Nadejda Ivanovna tendit son assiette. Irina piqua la cuisse avec sa fourchette mais seul un morceau de grillé resta accroché. Elle déposa la peau grillée dans l'assiette de Nadejda Ivanovna avant de faire une seconde tentative pour prendre la cuisse – mais à cet instant Nadejda Ivanovna retira son assiette.

— Ça me suffit !

La cuisse tomba sur la nappe.

— *Nu tschjort poberi !*

Irina savait toujours jurer en russe.

Nadejda Ivanovna se signa. Irina flanqua la cuisse sur son assiette.

Pendant quelques instants on aurait entendu une mouche voler, jusqu'à ce que Charlotte, à qui cet incident semblait de toute évidence rappeler l'existence de Nadejda Ivanovna, commence à parler sur un ton d'une neutralité si affectée qu'Irina en fut presque blessée :

— Nadejda Ivanovna, *kak nrawitsja wam u nas* – vous vous plaisez chez nous ?

— Mais je suis déjà venue une fois, dit Nadejda Ivanovna.

— Oui, bien sûr, dit Charlotte, mais maintenant, vous habitez ici, maintenant, vous avez votre chambre à vous.

— Une belle chambre, dit Nadejda Ivanovna, très bien. Il n'y a que la télévision que l'on aurait mieux fait d'acheter à Moscou.

— Mais, maman, intervint Irina, je t'ai bien acheté une télévision ! Tu as bien une télévision !

— Oui, dit Nadejda Ivanovna. Mais ça aurait été mieux de l'acheter à Moscou.

— C'est absurde, dit Irina. Comme si on n'était déjà pas assez chargés comme ça ! Et puis le téléviseur que je t'ai acheté est bien mieux que tout ce qu'on aurait pu avoir à Moscou.

— Oui, mais si on l'avait acheté à Moscou, dit Nadejda Ivanovna, il aurait parlé russe.

Tout le monde éclata de rire, et Wilhelm rit même deux fois : une première fois quand tout le monde s'esclaffa et une autre fois quand Sacha lui eut traduit. Puis il dit :

— Mais en fait, il y a aussi de très bons postes de télévision en Union soviétique.

Nouveau silence.

Puis la nouvelle dit :

— Bon, je dois dire que c'est drôlement bon. Je n'ai jamais mangé de chou aussi bien préparé !

— Succulent, renchérit Charlotte, qui, à l'en croire, n'avait rien mangé de toute la matinée, mais n'acceptait malgré tout que des portions minuscules.

— Bon, moi, je ne peux pas mâcher cette viande, grommela Wilhelm.

Et Kurt dit :

— La viande est succulente. Il n'y a que les pommes de terre qui, pour être franc, ne sont pas vraiment cuites.

Tu n'as qu'à bouffer des *Klöße*, pensa Irina – qui ne dit rien. Elle ravala sa mauvaise humeur. Voilà : si elle avait mis la table elle-même, tout aurait été parfait. Mais quand d'autres venaient s'en mêler dans sa cuisine…

Elle goûta un morceau d'oie (elle ne s'était pas servie jusque-là à cause de tous les abats qu'elle avait mangés) – et effectivement : l'oie aurait mérité d'être un peu plus cuite.

Personne ne toucha à la salade de radis blancs.

La *rote Grütze* eut quand même du succès.

On débarrassa la table.

— Faites passer les assiettes et restez assis, lança Irina d'une voix si autoritaire que même la nouvelle n'osa pas se lever.

Nadejda Ivanovna était toujours occupée à coupailler sa cuisse d'oie qui ne diminuait pas pour autant. Wilhelm avait remis le disque : Lorsque-nous-étions-à-Moscou-à-l'époque.

Irina remporta les restes de son oie à la cuisine.

Elle enleva aussi le chou rouge et le chou vert.

Il restait aussi plus de la moitié des *Klöße*.

Elle s'assit sur l'unique chaise de la cuisine et alluma une cigarette.

Une image lui revint en mémoire : grand-mère Marfa, sa mère Nadejda et elle – trois silhouettes muettes penchées au-dessus d'une bassine où nageaient des lambeaux gris de viande de porc au milieu des herbes.

Pourquoi était-on végétarien ? Cette femme était-elle malade ? Ou avait-elle pitié des animaux ?

Sacha arriva dans la cuisine :

— Viens, rentre, nous allons en fumer une ensemble.

Il prit une Club dans le paquet d'Irina qui lui tendit un briquet allumé.

— Tu es triste, maman ?

— Non, pourquoi ?

Ils fumaient en silence, tirant quelques bouffées. Irina se demanda si c'était la nouvelle qui l'avait envoyé en éclaireur.

— Pourquoi elle est végétarienne ?

— Elle n'est pas vraiment végétarienne. Il lui arrive de manger de la viande.

— Mais on a besoin de viande ! s'exclama Irina. L'être humain a besoin de viande !

— Maman, tu ne peux quand même pas refuser quelqu'un pour ça.

— Mais je ne la refuse pas, je pose simplement la question !

Ils fumaient.

— Une gentille fille, dit Irina.

— Oui, elle est gentille.

Ils fumaient.

— Pour moi, l'important, c'est que tu sois heureux, dit Irina.

Dehors quelques flocons tombaient. Ils tombaient dans le jardin déjà assombri par le crépuscule, disparaissaient.

Sacha écrasa sa cigarette.

— Je peux t'aider à faire quelque chose ?

— Ah, Sacha, retourne au salon, je vais faire le café maintenant.

Il prit sa mère par les épaules, la fit se lever et la serra contre lui.

— Ah, Sacha, dit Irina.

C'était bien d'avoir un grand fils comme ça – qui sentait toujours comme un petit enfant.

Irina mit de l'eau à bouillir pour le café, répartit les restes dans de petits récipients, laissa les *Klöße* dans le grand saladier, vu qu'elle n'en trouvait pas de mieux. Mit au garde-manger le plat fermé par un couvercle et qui contenait les restes de l'oie un peu trop ferme. Empila à côté de l'évier la vaisselle sale.

Peut-être Sacha était-il vraiment différent !

Tout en versant du beurre fondu sur le *Stollen* et en le saupoudrant ensuite de sucre glace, Irina songeait que ça commençait à devenir fatigant de répondre aux désirs de Kurt. Toujours devoir supporter ses regards inquisiteurs. Toujours être exposée à la comparaison avec des femmes plus jeunes : oui, elle vieillissait, sacré nom d'un chien, elle allait sur ses cinquante ans – et officiellement elle les avait même dépassés. À l'époque, elle avait filouté les autorités de deux ans. Elle avait transformé le sept en cinq dans son année de naissance pour avoir le droit de partir à la guerre. Et même si elle fêtait toujours son vrai anniversaire et disait à tous ses amis son vrai âge, son « âge de carte d'identité » l'accompagnait comme une perpétuelle menace qui se rapprochait de plus en plus vite – c'était le plus désastreux dans l'affaire ! Dès qu'il était question de son âge de carte d'identité, son vrai âge était entraîné à la suite, c'était une machine à détruire le temps, se disait Irina, c'était comme si elle devait vieillir plus vite que les autres : *Pour la patrie, pour Staline ! Hourra !*

Au moment de prendre le café, on eut encore droit à une surprise : la nouvelle faisait des études de psychologie. Pas des études d'histoire comme Sacha.

— Ça existe cette chose-là chez nous ? s'étonna Charlotte.

— La psychologie, pérora Wilhelm, n'est qu'une pseudoscience.

— Une science anale, corrigea Kurt. À en croire le camarade Staline, c'est une science anale.

— C'est quoi, une science anale ? demanda la nouvelle.

— Ma foi, une science de l'anus, dit Sacha.

— Moi, je trouve ça très intéressant, pépia Charlotte. Non, sérieusement, les enfants, très intéressant. Je suis convaincue qu'il existe un rapport entre le corps et, comment on dit déjà ?…

— La psyché, dit la nouvelle.

Elle souriait, mais son regard restait perçant.

Puis Kurt se leva et déclara :

— Bon, les enfants, maintenant je vais mettre une musique de Noël.

C'était le signal. Les cadeaux avaient déjà été disposés à la place de chacun, seule Charlotte gardait les siens dans son sac en Perlon et les distribuait directement – une entorse à la règle qui agaçait chaque fois Irina. Tout le monde commença à défaire ses cadeaux dans un bruit de papier, dénouant méticuleusement les rubans, ouvrant, lissant – et Irina se demanda alors si la nouvelle n'allait pas tirer des conclusions sur sa psyché à partir du papier qu'elle avait utilisé pour faire les cadeaux. Qui sait ? La psychologie – comment Sacha ressentait-il ça ? Ne devait-il pas se sentir constamment observé d'une certaine façon ?

Wilhelm était le seul à rester assis sans bouger, sans se préoccuper de ses cadeaux. Nadejda Ivanovna bondit de sa chaise et alla vite chercher les chaussettes qu'elle avait tricotées pour Sacha et pour Kurt. Charlotte était *ravie* du nécessaire de voyage qu'elle avait demandé – pour faire quoi ? La nouvelle examinait son parfum comme si c'était une bombe (la prochaine fois – s'il y avait une prochaine fois –, elle aurait un collant en laine) ; Kurt reçut une pipe et montra sa joie de façon démonstrative (il se comporta tout à coup comme un gamin de six ans, se fourra la pipe dans la bouche, enfila ses chaussettes comme des gants et, sans faire cas de la musique de Noël, inventa un chant où le mot « pipe » rimait avec « même pas froid aux tripes ») ; Alexander essaya son rasoir électrique (Irina lui avait déjà donné son vrai cadeau, le manteau mongol en peau d'agneau retourné, quelques jours auparavant, pour que ça ne fasse pas disproportionné) ; et Nadejda Ivanovna, qui avait eu une couverture en laine avec des motifs à fleurs et – elle avait toujours froid la nuit, car elle avait l'habitude de dormir sur le grand poêle en faïence – un coussin chauffant, demanda dix fois si tout ça n'était pas trop cher, avant qu'Irina la sermonne à mi-voix.

Irina aussi avait déjà eu son cadeau. Kurt lui avait offert une robe et une paire de chaussures assorties, bien sûr pas en vrai, mais sous forme d'une enveloppe avec des billets – Kurt avait déjà du mal à acheter tout seul un paquet de pain grillé, alors des vêtements de dame… –, malgré tout, Irina était contente. Elle n'en attendait pas plus. Elle ne voulait pas que Sacha, qui recevait tout juste deux cents marks de bourse (et qui vivait en fait grâce à ce que lui donnait Kurt et ce qu'elle lui donnait aussi), lui achète quelque chose et elle le lui avait même interdit ; sa mère ne lui avait encore jamais rien offert à Noël ; seule sa grand-mère Marfa lui avait fait un jour cadeau d'une poupée qu'elle avait faite elle-même avec des chiffons et de la paille et dont les autres enfants se moquaient parce qu'elle avait des yeux dessinés au crayon – elle s'appelait Katia et chaque fois qu'Irina y pensait, encore aujourd'hui, les larmes lui montaient aux yeux. Quant aux nappes de Charlotte, elle les jetait de toute façon à la poubelle – après un petit délai de convenance.

Pourtant, ce que Charlotte tira cette fois de son sac en Perlon n'était pas une nappe. Pas un calendrier non plus. Mais : LE LIVRE. Cela faisait six mois que Charlotte ne parlait pas d'autre chose que de *son livre*, qui n'était pas « son » livre en fait ; elle avait simplement écrit un *avant-propos*, mais elle faisait comme si cet *avant-propos* était ce qu'il y avait de plus important dans le livre, comme si l'on ne pouvait pas lire le livre sans son *avant-propos* ! Bref, cet *avant-propos* était enfin paru, avec le livre, et Charlotte offrit à chacun un exemplaire – dédicacé naturellement ! Alexander en eut un, la nouvelle en eut un (dédicacé après coup parce que Charlotte ne connaissait pas le nom de la nouvelle), quant à Kurt et Irina, ils en eurent un pour deux. Mais Charlotte leur en avait déjà offert un, la semaine précédente.

Irina jeta un coup d'œil à Kurt. Il répondit par un regard – fripouille.

Et puis enfin, après que Charlotte eut rempli son sac en Perlon avec les cadeaux qu'elle avait reçus, après que Wilhelm eut trouvé son chapeau et Charlotte son sac à main, après que Charlotte eut encore répété que tout avait été *ravissant*, après qu'on les eut accompagnés jusqu'au perron, qu'on leur eut dit « au revoir » en faisant des signes de la main et qu'on leur eut apporté le parapluie qu'ils avaient oublié – alors enfin la porte se referma, et Irina, malgré elle ou non, partit d'un rire hystérique qui ne faisait pas de bruit mais qui était libérateur. Elle ne put même pas s'arrêter de rire lorsque Kurt la prit dans ses bras pour la réconforter et elle dut même se dégager de cette étreinte tant son corps était courbé par le rire. Elle s'arrêta brusquement de rire quand elle sentit une odeur de brûlé et entendit Sacha jurer dans le salon. Elle vit Sacha casser une tasse en essayant d'éteindre la décoration de Noël – et elle se remit à rire lorsque Sacha lui mit sous le nez un lapin en peluche à l'oreille brûlée : « Tu n'as même pas ouvert ton cadeau, maman. » Elle pleurait tant elle riait, et il lui fallut du temps pour se calmer.

— Bon, maintenant, j'ai besoin d'un cognac.

Kurt ouvrit la fenêtre, la fumée se dissipa. Tous avaient très chaud et le visage rouge. On se laissa tomber sur le banc en angle de la cuisine et on prit ses aises. Irina était toujours secouée par des accès de rire.

— Ma foi, c'était encore quelque chose, lança Sacha.

— Ils vieillissent, dit Kurt.

Il se leva encore une fois, alla chercher le cognac dans son grand coffret à alcools intégré dans sa bibliothèque, servit Irina, se servit ensuite. Sacha aussi voulait un cognac.

— Allez, viens, Melitta. Bois un cognac avec nous, dit Irina.

Mais Melitta ne voulait pas de cognac. Plutôt de l'eau. Et maintenant qu'Irina avait commencé à prendre un peu la nouvelle sous son aile, elle se sentit offensée. C'était quoi, cette attitude ! Faisait-elle partie en plus de la ligue anti-alcoolique ? Végétarienne et anti-alcoolique !

— Bon, eh bien, dans ce cas nous allons boire tout seuls, dit Irina.

Les deux jeunes gens échangèrent un regard – et soudain Irina comprit.

Elle comprit que cette femme, cette femme à l'apparence anodine, avec ses jambes courtes et ses yeux perçants, avec ses ongles qui n'étaient pas particulièrement bien soignés et sa coiffure qui ne ressemblait à rien – que cette femme était en train de faire d'elle, Irina Petrovna, à peine cinquante ans de son vrai âge, une grand-mère.

— C'est pas vrai, lâcha Irina.

— Maman, dit Sacha, tu fais comme si c'était une catastrophe.

— Qu'est-ce qui se passe ? demanda Kurt.

1er octobre 1989

Markus

Ça ne lui plaisait pas : Meli devant le miroir de la salle de bain en train de s'épiler les sourcils. Il observait déjà depuis un certain temps comment elle se pomponnait ; d'habitude, elle était tout le temps en chemise à carreaux (de préférence celles de Jürgen – tant qu'il y avait eu Jürgen), et maintenant : brusquement des souliers à talons, il ne savait même pas qu'elle avait ce genre de chose, des souliers à talons, elle s'était aussi épilé les jambes avec ce truc à la cire (une vraie torture), et la voilà qui se faisait les sourcils, penchée au-dessus du lavabo, on voyait sous sa jupe la marque de sa culotte, terrible, on voyait vraiment *tout*, et c'était comme ça qu'elle voulait sortir, pour l'anniversaire, où il savait – et elle aussi bien sûr – qu'il y aurait son père. Sauf qu'il y avait aussi quelque chose qu'elle ignorait.

Aurait-il dû le lui dire ? Elle ne lui avait pas posé la question, sauf de façon indirecte, mais il savait bien où elle voulait en venir : « Il a fait la cuisine pour vous deux ? » Ce genre de question. « Vous êtes allés au cinéma ? » Oui, nous sommes allés au cinéma – mais *à trois*. Il ne l'avait pas dit. *Avec sa nouvelle*. Il ne l'avait pas dit. *Avec sa Tussi*.

— Va te changer, dit Meli.

Markus ne bougeait pas, il regardait comment elle se maquillait les paupières, comment elle tournait les yeux jusqu'à ce qu'on ne voie plus que le blanc, comment elle cillait des paupières quand des larmes perlaient jusqu'à ce qu'elle voie à nouveau, et il s'étonnait de la facilité avec laquelle elle arrivait à faire tout ça, comment elle se mettait du rouge à lèvres, comment ensuite – avec exactement la même grimace que Tussi – elle pressait les lèvres et faisait la même moue, comment elle se mettait du gel sur le bout des doigts avant de les passer ensuite dans ses cheveux qu'elle venait de laver et de les ébouriffer un peu à la fin, comment elle s'observait dans le miroir avec ce regard en dessous, exactement comme Tussi – et même s'il était étonné de voir que Meli savait faire tout ça, même si ça l'impressionnait un peu, il n'avait pas envie de penser au moment où elles allaient se retrouver ensemble à la fête d'anniversaire : Tussi et Meli.

— Va donc mettre ta chemise, dit Meli. On va rater le bus.

— Je ne mettrai pas de chemise, dit Markus.

— Bon, d'accord, dit Meli, dans ce cas, j'irai toute seule.

Elle tamponnait les endroits épilés avec un morceau de coton. Markus partit s'enfermer dans sa chambre.

Le plus rapide était de passer par la cour intérieure où s'accumulaient des œuvres de Meli posées au milieu des roses trémières. La chambre de Markus se trouvait à l'étage intermédiaire de la cour carrée, qui n'avait en fait que trois côtés, juste au-dessus de l'atelier, et parfois la nuit il entendait encore le bruit du tour de potier. Il grimpa les douze marches en cinq enjambées et se laissa tomber sur le lit : le lit d'en bas ; c'étaient des lits gigognes, Jürgen les avait faits pour que Markus et Frickel puissent dormir dans la même chambre, mais Frickel était parti, Frickel était passé à l'Ouest avec ses parents, et depuis que Frickel était parti, c'était devenu triste à mourir, à Großkrienitz. Les filles les plus intéressantes de sa classe habitaient à Schulzendorf et pour y aller il fallait un cyclomoteur. Il en aurait peut-être un quand il aurait quatorze ans s'ils avaient l'argent, disait Meli, mais pour l'instant ils étaient obligés de mettre de l'argent de côté pour acheter un four, ensuite ils gagneraient vraiment de l'argent. Elle disait souvent ça, Meli, gagner vraiment de l'argent, et voilà que Jürgen était parti avec la voiture et ça le dégoûtait aussi : ces éternelles tergiversations. Großkrienitz était au bout du monde et pour aller à Neuendorf il fallait changer deux fois.

Il tendit l'oreille pour savoir si Meli était déjà dans l'escalier. Que faire si elle partait vraiment en le laissant ici ?

Ce qui le faisait réfléchir, c'était de penser à toutes ces choses qu'il y avait à voir dans la maison de ses arrière-grands-parents. Il se rappelait très bien la grande coquille dans l'entrée, la peau de cobra dans le jardin d'hiver (que son arrière-grand-père prenait pour une peau de serpent à sonnette), la scie d'un poisson-scie (en fait, il s'agissait d'une raie), le bébé requin empaillé et bien sûr l'iguane noir posé sur l'une des étagères de la bibliothèque de Wilhelm – c'était un peu comme au musée d'Histoire naturelle de Berlin : on n'avait pas le droit de toucher.

À part ça, ses arrière-grands-parents étaient de drôles de personnages. À un moment donné, il y avait longtemps, ils avaient combattu Hitler, de façon illégale, c'était l'époque des nazis – ils avaient vu ça à l'école –, Wilhelm était même venu en classe raconter son histoire avec Karl Liebknecht, comment ils avaient été tous les deux sur le même balcon et comment ils avaient fondé la RDA ou quelque chose dans ce genre ; personne n'avait compris grand-chose, mais ils avaient quand même tous ouvert de grands yeux en voyant qu'il avait un arrière-grand-père aussi célèbre, même Frickel. Pour le reste, il était plutôt bizarre. *Ombre*, disait-il toujours, *ombre*, c'était quoi, ce truc ? Et son arrière-grand-mère qui disait *aller au petit coin* au lieu de simplement *faire pipi*, qui le traitait comme un enfant de trois ans mais s'étonnait qu'il ne sache pas quelle était la capitale du *Honduras*. Hé, mon pote, c'est quoi, *Honduras* ? Une marque de moto ?

Il entendit des pas, il savait bien que sa menace n'était que des paroles en l'air.

— Markus, ce sont ses quatre-vingt-dix ans. C'est peut-être son dernier anniversaire.

— M'en fiche, dit Markus en soufflant sur le piège à rêves accroché aux lattes du lit d'en haut.

— Ça me fait de la peine que tu parles comme ça, dit Meli.

— D'abord, je n'ai pas de cadeau, lança Markus.

— Mais ça ne fait rien, dit Meli.

— Ça ne fait pas rien du tout.

Meli réfléchit un instant et trouva aussitôt une solution, comme d'habitude :

— Tu n'as qu'à lui offrir l'une de tes images de tortue !

Großkrienitz centre, c'était le nom de l'arrêt de bus. Leur maison était à la limite du village, un peu à l'extérieur même. Il marchait trois mètres derrière elle : distance de sécurité pour qu'elle n'ait pas l'idée de lui prendre le bras.

Ils traversèrent les voies désaffectées, longèrent l'ancien garage des pompiers où étaient maintenant entreposées des choses appartenant à la Coopérative de production agricole, passèrent devant le chantier où tournait toujours la centrale à béton, y compris le week-end, sans pourtant que l'on puisse voir le moindre avancement dans la construction, passèrent devant l'étang aux eaux souillées par les oies, devant le Konsum, où Markus et Frickel s'achetaient parfois une glace après l'école, devant les vieilles maisons basses de Großkrienitz que l'on aurait pu croire inhabitées si, de temps en temps, on n'avait pas vu un rideau bouger. Il se moquait bien sûr de ce que pensaient les idiots du coin mais il était quand même content que Meli porte au moins une parka par-dessus ses vêtements, même si la parka ne descendait pas jusqu'à la limite de la jupe. Plus bas on voyait ses mollets avec ses bas à motifs bouger en rythme et on entendait le claquement de ses talons sur le trottoir défoncé de Großkrienitz.

Markus se dit que, s'il arrivait à ne pas marcher sur un seul joint du trottoir jusqu'à l'arrêt du bus, le bus ne viendrait pas. Il arrivait souvent que le bus ne passe pas ici, la ligne était desservie par de vieux Ikarus avec moteur à l'arrière et, quand le bus tombait en carafe, la chose était entendue, car, le dimanche, le bus ne passait que toutes les deux heures. Il ne fallait pas marcher non plus sur une plaque cassée ; la cassure comptant comme un joint, ce n'était pas chose facile. Meli accélérait le pas et Markus devait se concentrer.

Il entendait déjà de loin les sons de l'orgue, qui venaient du temple où l'harmoniste répétait, et il n'avait pas besoin de lever les yeux pour savoir à qui Meli disait bonjour.

— Oh, là, là ! lança Klaus. Vous allez où comme ça ?

Klaus était le pasteur.

— On doit prendre le bus, répondit Meli. C'est l'anniversaire de ma mère aujourd'hui !

Markus leva un instant les yeux, juste une seconde, mais trop tard !...

— Bordel ! dit Markus.

— Mais vous serez quand même là ce soir pour la prière pour la paix, dit Klaus.

— On verra si on y arrive, répondit Meli.

— Mais c'est dommage, lança Klaus. Surtout aujourd'hui !

Le bus arriva au moment où ils atteignaient l'arrêt.

Le moteur cliqueta au démarrage. Le vieil Ikarus n'avait pas beaucoup de reprise. Dehors, les images qu'il voyait chaque matin : le champ en friche, les pins, les silos au fond (Frickel disait toujours qu'en réalité c'étaient des rampes de lancement pour des fusées atomiques russes).

Il avait plus ou moins l'impression qu'il devait protéger sa mère sur ses arrières.

— Je n'irai plus chez mon père, annonça-t-il.

— Qu'est-ce qui se passe encore ? l'interrogea Meli.

Il passa rapidement en revue les effets collatéraux de cette variante : fini Berlin, fini le cinéma, fini le musée d'Histoire naturelle – mais ça arrivait si rarement qu'il ne lui parut soudain pas impossible (surtout s'il considérait qu'il grandissait et qu'il pourrait bientôt aller tout seul à Berlin) de renoncer au privilège de son-père-vient-le-chercher-de-temps-en-temps.

— Quel con ! lâcha Markus.

— Markus, je t'en prie !

— Quel con ! répéta Markus.

— Markus, je ne veux pas que tu parles comme ça de ton père.

Le bus s'arrêta un court instant, une grand-mère monta et s'assit tout devant. Lorsque le bus redémarra, Meli reprit :

— J'ai été mariée avec ton père et nous t'avons eu ensemble, parce que nous nous aimions. Et si nous nous sommes séparés, ça n'a rien à voir avec toi. C'est *moi* qu'il a quittée, pas *toi*. D'accord ?

— Bordel de merde, dit Markus.

Ça le rendait chaque fois furieux de voir que Meli prenait la défense de son père. Il les avait abandonnés tous les deux – lui aussi ! Il avait fait du tort à sa mère. Bien sûr, il était trop petit pour s'en souvenir, comme disait Meli, mais il s'en souvenait quand même un peu : de l'abandon. L'horreur. Cette torture. Il se souvenait de Meli qui gémissait douce-ment pour qu'il n'entende pas ce que son père lui faisait dans la pièce à côté, ça avait quelque chose à voir avec des tirages-de-cheveux, avec des traînages-par-terre, « traîner des femmes », avait dit une fois Meli, même si entre-temps il avait compris que ça voulait dire autre chose – mais il se souvenait très bien des gémissements dans la pièce à côté, pendant qu'il restait allongé dans son lit, figé par la peur ; il avait toujours été malade quand il était petit, tout ça venait de ce qu'il avait été abandonné, Meli devait bien le savoir, en tant que psychologue, même chose pour ses rêves de têtes de poisson, parfois en pleine journée, avant que Meli lui offre un piège à rêves.

La Coopérative agricole n'était pas loin, terrain dévasté avec des machines rouillées de toutes parts, abandonnées dans les hautes herbes. Et puis le camp de concentration à cochons, une bâtisse faite de plaques de béton brut à laquelle il pensait chaque fois qu'il devait chanter à l'école :

Notre patrie, ce ne sont pas seulement des villes et des villages...

— Pourquoi tu as dit que c'était l'anniversaire de ta mère ?

— Bah, juste comme ça, dit Meli.

Mais il savait que ce n'était pas juste comme ça. Elle était gênée de dire devant Klaus qu'elle allait à l'anniversaire de Wilhelm ; elle ne supportait pas ça d'une certaine façon : Klaus, l'église et Wilhelm, le parti. Sauf que Klaus ne connaissait absolument pas Wilhelm (et sa mère non plus), si bien que l'excuse était totalement superflue. Mais, au lieu d'en faire la remarque à Meli, il demanda :

— En fait, Klaus est contre la RDA ?

— Klaus n'est pas contre la RDA, dit Meli. Klaus est pour une RDA meilleure, avec plus de démocratie.

— Et pourquoi il est pasteur ?

— Pourquoi pas ? dit Meli. Tout le monde peut s'engager pour plus de démocratie. Comme pasteur, il peut organiser par exemple des prières pour la paix.

Markus n'avait aucune envie de poursuivre cette conversation, il sentait déjà comment Meli voulait le convaincre, alors qu'il trouvait ces soirées de prière pour la paix absolument abominables, ces on-se-tient-tous-par-la-main-et-on-chante-tous-ensemble, toutes ces manières, et ensuite ils venaient tous dormir chez eux, sur le terrain, ils s'en descendaient une et allaient pisser sur les tomates : pour une RDA meilleure. Comment ça marchait ? Mystère et boule de gomme !

On commençait à apercevoir Berlin-Ouest au loin : les immeubles blancs et cubiques qui ressemblaient à l'avenir. C'est là qu'habitait Frickel à présent.

— Pourquoi ne pas faire une demande de sortie du territoire ? dit-il.

— Si on faisait une demande maintenant, dit Meli, on n'aurait l'autorisation – si jamais on l'avait – que lorsque tu aurais dix-huit ans. Ou vingt.

— On peut aussi foutre le camp, dit Markus.

— Pas si fort, gronda Meli.

La solution lui parut soudain géniale. Il serait débarrassé de tout : Großkrienitz, la poterie. Il en ferait alors une tête, son père.

— Et tu veux faire ça comment ? demanda Meli.

— Comme tout le monde, pardi : en passant par la Hongrie.

— Ce n'est pas si simple. (Meli parlait à voix basse, comme si la grand-mère assise à l'avant du bus était de la Stasi.) Tu as besoin d'un visa pour aller en Hongrie, mais on n'en donne plus. Et puis réfléchis un peu : si nous passons de l'autre côté, tu ne verras plus tes copains.

— Si, Frickel.

— D'accord, Frickel. Et les autres ?

— Lars est déjà passé de l'autre côté, lui aussi.

— Et grand-mère et grand-père ? Et ton père ?

— Quel con, dit Markus.

— Markus, dit Meli, il y a quelque chose qui s'est passé entre vous ? Tu as envie de m'en parler ?

— Bordel de merde, dit Markus en regardant défiler lentement au loin les immeubles blancs.

Lorsqu'il se retrouva une bonne heure plus tard devant la maison de ses arrière-grands-parents, il se souvint aussi des battants en laiton fixés à la porte d'entrée. Ils avaient la forme de dragons chinois, mais leurs gueules ouvertes lui parurent soudain ressembler aux têtes de poisson de ses rêves. Par chance – comme pour conjurer le mal – un petit bout de papier était fixé sous les têtes de poisson : *Ne pas frapper !* et Markus se souvenait maintenant qu'il y avait partout dans la maison des petits papiers comme ça : *Réservé aux invités* ou *Interrupteur en panne* ou *Ne pas enlever la clef de la serrure* et même *Attention, cave !* collé sur l'une des portes, comme si l'on pouvait oublier dans cette grande maison où se trouvait la cave.

Avant qu'il ait pu appuyer sur la sonnette, la porte s'ouvrit et un homme en costume bleu, le front barré de grosses rides, apparut.

— Camarade… euh… dit l'homme.

Il n'avait manifestement aucune idée de qui se trouvait en face de lui, mais il faisait comme si le nom venait de lui échapper.

— Umnitzer, annonça Meli en montrant Markus : l'arrière-petit-fils.

— L'arrière-petit-fils ! s'exclama l'homme.

Il saisit la main de Markus et la secoua.

— Sacré nom d'un chien, dit l'homme, sacré nom d'un chien !

Le plus étrange, c'était que les gros plis sur son front ne disparaissaient pas, même quand il riait. Il dit à Meli :

— Camarade, on m'a donné pour mission de prendre le papier qui enveloppe vos fleurs.

Meli lui donna le papier qui enveloppait les fleurs sans corriger la façon qu'il avait eue de s'adresser à elle.

Le gros coquillage était éclairé dans le couloir, exactement comme dans son souvenir, sauf que l'endroit lui paraissait plus sombre que la première fois. Ils restèrent un moment un peu perdus dans cet endroit, puis soudain l'arrière-grand-mère se retrouva devant eux, comme par enchantement. Elle leur adressa un regard interrogateur et Markus redoutait déjà qu'elle ne les reconnaisse pas, mais elle dit :

— C'est magnifique que vous soyez venus. Je suis tellement heureuse !

Une femme arriva sans faire de bruit et prit le manteau de Meli.

— S'il n'y a plus de place dans l'entrée du fond, tu n'as qu'à mettre le manteau à la cave, lança l'arrière-grand-mère d'une voix forte à la femme qui s'éloignait déjà.

Puis elle se tourna de nouveau vers eux.

— C'est terrible, dit-elle.

Markus n'avait aucune idée de quoi elle parlait.

— Je suis à bout, expliqua l'arrière-grand-mère, je suis vraiment à bout.

Elle plaqua ses mains sur son visage et resta un moment ainsi. Markus commençait à se sentir mal à l'aise. Soudain elle dit :

— Pas un mot ! C'est clair ?

Sa voix était de nouveau forte et tranchante.

— Pas un mot sur la Hongrie ! Pas un mot sur quoi que ce soit ! Il faut que ça marche à cent pour cent ! C'est clair ?

— Très clair, dit Meli.

L'arrière-grand-mère se pencha et dit presque dans un murmure :

— Il ne supporte plus ça.

— C'est d'accord, dit Meli.

— Parfait, dit l'arrière-grand-mère de sa voix flûtée tout en caressant les cheveux de Markus. Comme tu as grandi !

— Il a maintenant douze ans, dit Meli.

L'arrière-grand-mère fit un signe de tête.

— Melitta, n'est-ce pas, tu es Melitta ?

— Oui, dit Meli. C'est exact.

L'arrière-grand-mère caressa encore une fois les cheveux de Markus, le regarda en souriant puis, de nouveau sur un ton abrupt, presque un peu fou :

— *¡ Vamos !* dit-elle. C'est convenu. À cent pour cent.

À peine entré dans la pièce, il ne put s'empêcher de repenser au musée d'Histoire naturelle, tellement tout ça ressemblait à une exposition, un peu préhistorique, et l'odeur était à l'avenant : ça sentait la poussière, le sérieux, la gravité ; la pièce était tapissée d'étagères noires fermées par des vitrines et, en léger décalage par rapport à l'ouverture de la grande porte coulissante qui reliait les deux pièces afin de pouvoir en faire une grande salle, on voyait le jardin d'hiver où se trouvait la plus grande partie des trésors, il s'en souvenait maintenant.

Au milieu de cet espace trônait un grand plateau fait de différentes tables (de différentes hauteurs) rapprochées les unes des autres, où plusieurs personnes étaient déjà assises. Son père n'était pas parmi elles. Il n'aperçut pas non plus grand-mère Irina ; c'étaient pour la plupart de vieilles, de très vieilles personnes qui étaient assises à cette table en train de discuter, une réunion de sauriens avec café et gâteaux, se dit Markus, mais piaillant à tort et à travers comme si on venait juste de les réveiller de leur torpeur préhistorique pour qu'elles rattrapent aujourd'hui ce qu'elles n'avaient pu se dire pendant des millions d'années.

Une seule personne était assise à l'écart, tout à gauche dans le coin, à l'abri de la lumière qui entrait par la porte de la terrasse : un saurien qui n'avait pas entièrement réussi sa résurrection – cette carcasse avec ses genoux repliés montant jusqu'à hauteur de ses oreilles, ses abattis dépassant des accoudoirs et son gigantesque nez rappelait en effet l'empreinte fossilisée de ce fameux reptile à présent disparu et qui avait toujours fasciné Markus : le ptérodactyle, le saurien volant.

— Markus, dit l'arrière-grand-mère au ptérodactyle. Ton arrière-petit-fils.

— Bon anniversaire, murmura Markus en tendant l'image à son arrière-grand-père.

Le ptérodactyle tenait sa tête inclinée pendant que son nez décrivait des cercles.

— Il n'entend plus rien, souffla l'arrière-grand-mère.

— Un iguane, croassa le ptérodactyle.

— Une tortue d'eau, corrigea Markus d'une voix forte – renonçant à ajouter toute précision (à savoir qu'il s'agissait de la reproduction d'une vraie tortue d'eau).

— Il ne voit plus rien non plus, murmura l'arrière-grand-mère.

— Markus s'intéresse aux animaux, précisa Meli.

Le ptérodactyle resta un moment sans réaction. Puis il déclara :

— Quand je serai mort, Markus, c'est toi qui hériteras de l'iguane qui est là-bas sur l'étagère.

— Cool, dit Markus.

Jamais personne encore ne lui avait légué quoi que ce soit et il ne savait pas s'il fallait dire merci et même montrer qu'il se réjouissait. Ça aurait voulu dire en effet qu'il se réjouissait de la mort de Wilhelm. Mais Wilhelm dit soudain :

— Ou plutôt va le prendre tout de suite !

— Là, tout de suite ?

— Oui, prends-le, dit Wilhelm, je n'en ai de toute façon plus pour très longtemps.

— Mais d'abord tu vas dire bonjour à tout le monde, ajouta Meli d'un ton ferme.

Markus fit gentiment le tour des invités et supporta sans rechigner ce qu'on ne cessait de répéter : « C'est l'arrière-petit-fils, l'arrière-petit-fils ! » – la situation était certes pénible mais en même temps il se sentait flatté.

— La jeunesse ! dit une vieille dame blonde d'une voix flûtée.

— *Da sdrawstwujet*, beugla un gros bonhomme en sueur, dont le visage était déjà tout rouge tant il avait parlé.

Tout le monde leva son verre et but à la jeunesse.

Grand-père Kurt le serra même dans ses bras – chose peu habituelle ; normalement grand-père Kurt faisait partie de ces gens qui évitent les contacts physiques inutiles, ce que Markus appréciait beaucoup ; de toute façon, il aimait bien son grand-père et ça lui faisait toujours un peu de peine, lors de ses visites à ses grands-parents, que son grand-père s'efforce de l'initier à des jeux *qui permettaient d'apprendre des choses utiles pour la vie*.

Grand-père était comme ça : gentil mais fatigant.

— Où est grand-mère Ira ? demanda Markus.

— Grand-mère ne va pas très bien, dit grand-père Kurt.

— Elle est malade ?

— Oui, dit grand-père Kurt. On peut dire ça comme ça.

Baba Nadja arriva en dernier. Markus avait un peu peur de lui serrer la main. Baba Nadja habitait chez grand-mère Irina et, quand on venait leur rendre visite, il fallait toujours passer dans sa chambre pour lui dire bonjour, et ça sentait terriblement mauvais, une odeur très particulière et légèrement douceâtre qui vous prenait littéralement à la gorge, si bien qu'on n'avait qu'une seule envie : repartir dès qu'on avait fait ce qu'il fallait faire ; mais le piège s'était déjà refermé – elle avait des mains comme des pinces, la vieille et, quand elle vous tenait, elle ne vous lâchait plus et vous braillait du russe aux oreilles, vous forçant à vous asseoir sur le lit, alors que vous étiez déjà à bout de souffle, et les pinces ne s'ouvraient pas tant que vous n'aviez pas goûté l'un de ses infects chocolats.

Elle ne pensait pas à mal, et Markus ne laissa rien paraître quand elle lui tendit la main ; malgré lui, il respira par la bouche et afficha un sourire aimable, décidé à supporter le flot de sons incompréhensibles qui allaient le submerger – mais à son grand étonnement Baba Nadja ne prononça qu'un seul mot, incorrect mais néanmoins compréhensible :

— *Affidersin* – Orwoir, dit-elle.

— *Auf Wiedersehn* – Au revoir, dit Markus, en riant, soulagé, avant de s'éloigner.

Il alla d'abord voir l'iguane qui lui appartenait désormais : un exemplaire superbe, pas du tout abîmé, à part une griffe qui manquait. La crête dorsale était un peu poussiéreuse et il se réjouissait déjà à l'idée de pouvoir la nettoyer avec un pinceau fin, une fois rentré à la maison. Il se demandait s'il devait mettre tout de suite son iguane en sécurité ; qui sait, peut-être que dans un moment Wilhelm aurait déjà oublié – mais où ? Il y avait eu des témoins de ce cadeau. Il décida de poursuivre sa visite, ignorant la muette injonction de Meli de venir s'asseoir à table avec les autres.

Le bureau de Wilhelm était moins intéressant que le jardin d'hiver, mis à part l'iguane et peut-être aussi le grand sombrero, le lasso et la ceinture en cuir brodé (avec l'étui à revolver !) accrochés à l'emplacement d'une porte maintenant condamnée. Markus prit pourtant le temps de tout bien regarder : les objets en argent, les coupes et les cendriers, mais aussi ceux en or ou en cristal bleu, tous très précieux sans doute, qui étaient disposés à part, entre les rangées de livres, sur des morceaux d'étoffe. Il y avait aussi un coin russe avec l'une de ces poupées gigognes en bois, des cuillères en bois peint et un truc en verre qui faisait de la neige quand on le secouait avec, tout petit au milieu : le Kremlin. Et aussi la tête en plâtre de Lénine avec une oreille cassée.

Les photos étaient plus intéressantes ; elles étaient disposées à mi-hauteur dans une vitrine, dans de petits cadres verticaux : Wilhelm sur une moto préhistorique, en uniforme (?), avec un casque d'aviateur en cuir et des lunettes (on ne le reconnaissait qu'à cause de son nez), à côté, dans le side-car, un homme en costume : peut-être Karl Liebknecht. Mais la photo était de mauvaise qualité et à l'époque tout le monde portait une barbe.

La photo d'un bateau : celui avec lequel ses arrière-grands-parents étaient revenus du Mexique ou celui avec lequel ils y étaient allés ? Comment avaient-ils d'ailleurs quitté l'Allemagne à l'époque ?

Il y avait aussi la photo d'une jeune femme très belle avec des yeux noirs et brillants, et seule la façon qu'elle avait conservée de se coiffer permettait de reconnaître qu'il s'agissait bien de la personne qui arrivait maintenant d'un pas alerte et semonçait ses invités.

— Je vous en prie, les enfants, je vous en prie !

Et puis un nouveau coup de sonnette. L'arrière-grand-mère disparut dans le vestibule, les palabres des sauriens, qui avaient un peu diminué d'intensité après le coup de semonce, reprirent de plus belle ; on parlait de la situation politique, en dépit de l'interdiction qui en avait été faite, de la Hongrie et de toutes ces choses ; et Markus se rendit compte avec étonnement que tous ces sauriens partageaient l'opinion de Klaus, le pasteur de Großkrienitz.

— *Plous de démogradie*, braillait le gros bonhomme au visage rubicond, *pien sour que nous avons besoin de plous de démogradie.*

Mais l'arrière-grand-mère était déjà de retour et elle frappa dans ses mains :

— Camarades, lança l'arrière-grand-mère, camarades, je vous demande un peu de silence !

Un homme en costume brun était entré. Il ressemblait à Brietzke, le directeur d'école, et il tenait un sous-main ; quelqu'un fit tinter un verre, de toute évidence on allait avoir droit à un discours, la partie officielle. Mais où était passé son père ?

— Chers camarades, très cher et vénéré camarade Powileit, dit en introduction le directeur d'école, et dès les premiers mots le ton était si épuisant à écouter, si typique d'un discours, que Markus se demanda s'il n'allait pas essayer de mettre à profit les derniers instants de pagaille pour s'éclipser dans le jardin d'hiver ; mais il était trop tard et il n'eut d'autre choix que d'attendre.

Il était debout près de la fenêtre, devant le bureau de Wilhelm – lui aussi bon pour le musée avec tous les vieux objets qui se trouvaient dessus : coupe-papier (plusieurs), des crayons (rouges), une grosse loupe –, et pendant que le directeur d'école faisait défiler la carrière de son aïeul, Markus se souvint que Wilhelm à l'époque, quand il était venu dans sa classe, avait aussi parlé du « putsch de Kapp » et qu'il avait été blessé, et même s'il ne savait pas à quoi ça ressemblait là-bas, Markus avait imaginé son arrière-grand-père au *cap Hoorn*, avec un sombrero et un revolver à la main fonçant à l'attaque sur son cheval et – pan ! – tombant de son cheval. Ça n'avait sûrement pas été comme ça, se dit Markus, c'était peut-être seulement leur chef qui s'appelait « Kapp ». C'était peut-être le type dans le side-car. Ils allaient peut-être *au putsch* ! Ou bien la photo datait de l'époque nazie, au moment où Wilhelm, comme le racontait maintenant le directeur d'école, avait eu une *activité illégale* et s'était déguisé en SA. Plus tard, disait le directeur d'école, Wilhelm avait dû fuir l'Allemagne – sauf que le directeur d'école ne dit pas comment il avait fui, et Markus se demanda encore une fois s'il n'y avait pas de frontières en Allemagne à l'époque. Ou elles n'étaient pas gardées ? Et où était Charlotte pendant tout ce temps ?

— … de te remettre, cher camarade Powileit, l'Ordre national du mérite en or, entendit Markus.

Ça avait de la gueule : Ordre national du mérite. Ça faisait un peu empereur, la guerre et tout ça. Et en plus en or ! Tout le monde applaudit, le directeur d'école s'avança vers Wilhelm, l'Ordre national du mérite à la main, mais Wilhelm ne se leva même pas et fit un signe de la main en disant :

— J'ai déjà assez de quincaillerie comme ça dans ma boîte.

Tout le monde rit et l'arrière-grand-mère secoua la tête, puis le directeur d'école lui épingla sa médaille et tout le monde applaudit encore une fois, se leva, sans savoir comment arrêter d'applaudir, et on applaudissait encore quand l'arrière-grand-mère annonça enfin d'une voix stridente :

— Le buffet est ouvert !

Le buffet était installé dans la pièce d'à côté. Markus prit une saucisse en vitesse et fila dans le jardin d'hiver. Il sentait déjà l'odeur typique de l'endroit, il éprouvait déjà sous ses doigts la légère rugosité du bébé requin dont la peau, comme la peau de tous les requins, était composée de minuscules denticules qui ne cessaient de se renouveler, il avait même fait attention à bien garder sa saucisse dans une main, la droite, afin que sa main gauche reste propre et puisse toucher la peau du requin – lorsqu'il s'aperçut que le jardin d'hiver était fermé à clef. Sur la double porte coulissante était apposé un petit papier qui faisait le joint entre les deux éléments : *Ne pas entrer !* Markus regarda à travers la vitre. Tout était comme dans son souvenir : là-bas la peau de cobra et la scie du poisson-scie, le bébé requin entre les feuilles du caoutchouc ; seule la fontaine d'appartement ne marchait pas et quand on regardait tout près on voyait que le parquet près de la porte donnant sur la terrasse était tout gonflé et même que certaines lames manquaient. Dommage, se dit Markus, non pas à cause du parquet mais à cause de toutes ces belles choses qui lui apparurent soudain un peu à l'abandon, comme orphelines – et il se demanda, poursuivant sa pensée, s'il ne pourrait pas aussi *hériter* de la peau de cobra et de la scie de la raie ainsi que du bébé requin, mais quand son arrière-grand-mère mourrait, cela reviendrait d'abord à Kurt et quand Kurt mourrait, ce serait à son père – longue succession, beaucoup trop longue, et le seul espoir était de se faire offrir certaines choses en cadeau : il pourrait peut-être négocier avec son père.

Où était-il passé d'ailleurs ? Markus regarda autour de lui, mais son père n'était bien entendu pas là. Chaque fois qu'on avait besoin de lui, il n'était pas là – comme maintenant, par exemple –, pour aller demander à l'arrière-grand-père complètement azimuté si on pouvait entrer dans le jardin d'hiver. C'était à gerber d'avoir un père qui n'était jamais là. Les autres pères étaient là, seul lui, Markus Umnitzer, avait un père à la con qui n'était jamais là. Quel con !

Il retourna au buffet et prit une nouvelle saucisse. Meli était assise dans l'autre pièce, à côté de grand-père Kurt, et comme elle n'aimait pas beaucoup le voir manger des saucisses, il resta encore un peu caché dans la pièce qui faisait office de buffet, regardant d'un air ennuyé les objets d'art indiens qu'adorait son arrière-grand-mère et qui étaient disposés partout, sur toutes les étagères et tous les murs, et, quand la sonnette retentit, il leva les yeux, mine de rien, pour voir si c'était son père qui arrivait enfin. Et quand il eut fini sa saucisse, comme le vieux con n'était pas encore arrivé, il décida d'aller lui-même demander à son arrière-grand-mère si, exceptionnellement, il n'était pas possible d'aller jeter un œil dans le jardin d'hiver – mais à peine s'était-il essuyé les mains à son pantalon et avait-il cherché des yeux son arrière-grand-mère que le silence se fit dans l'autre pièce, et un instant plus tard on entendit une voix haut perchée, presque trop haute pour un homme et presque trop pure pour un spécimen en voie d'extinction, mais la voix était bel et bien celle de Wilhelm qui, assis dans son coin sombre, les yeux fermés, *chantait* ; il chantait pour lui tout seul des paroles idiotes qu'on aurait pu croire inventées mais qui ne l'étaient pas, c'était un truc avec Lénine et Staline, quelqu'un essaya même de chanter avec lui, mais il ne savait pas bien le texte, et Wilhelm continua à chanter seul, solo, le ptérodactyle, juste un sac d'os avec une médaille sur la poitrine comme un champion olympique.

Tout le monde applaudit à nouveau. Wilhelm leva la main en signe de refus, mais rien n'y fit, les gens continuaient d'applaudir comme si cela avait été splendide. Seule l'arrière-grand-mère n'appréciait guère, ça se voyait sur son visage, et Markus se dit que ce n'était peut-être pas vraiment le moment de lui parler du jardin d'hiver lorsque – chose à peine croyable – le suivant se mit à chanter. Ou plutôt *la suivante*. C'était Baba Nadja qui, tout en se balançant en mesure, émettait des sonorités russes d'une voix profonde et rauque, qui attirèrent aussitôt l'attention générale, chuuttt, chuuttt, même l'arrière-grand-mère fut priée de se taire, on adressait des regards d'encouragement à Baba Nadja, et les premières têtes commencèrent à osciller en rythme, et après que Baba Nadja eut chanté deux ou trois fois ce qui devait être une sorte de refrain où apparaissait le seul mot que sans doute tout le monde comprenait, *vodka, vodka*, les premiers commencèrent à chanter aussi, chaque fois qu'ils entendaient *vodka, vodka*, pendant que Baba Nadja, sérieuse et obstinée, continuait à débiter les strophes les unes après les autres, jusqu'à ce que finalement tout le monde – et le gros type avec sa tête en cul de babouin le premier – se mette à beugler : *vodka, vodka* et même à frapper dans ses mains à chaque *vodka, vodka*. Incroyable ce qui se passait ici. Une surprise-partie chez les sauriens. Son père était en train de rater quelque chose, songea Markus, en regardant autour de lui pour voir s'il n'était pas arrivé entre-temps, mais au lieu de découvrir le visage de son père, il aperçut au milieu de cette liesse extravagante, parmi toutes ces figures ivres qui jacassaient en retroussant leurs babines, un visage sérieux, absent, totalement imperméable à tout ce qui se passait ici, visage à la fois étroit et un peu de travers, marqué par de petites traces d'inflammation sur la peau, juste sous les sourcils.

Au même instant, il y eut comme un bruit de vaisselle dans la pièce à côté et l'on entendit un cri – Markus eut du mal à rejoindre sa mère à contre-courant du flot de tous ces gens qui passaient soudain par la porte coulissante.

— Qu'est-ce qui se passe ? demanda-t-il.

— On s'en va, dit Meli.

— Pourquoi ?

— Je t'expliquerai dehors, dit Melitta.

Ils partirent sans même dire au revoir à l'arrière-grand-mère.

Markus prit l'iguane.

Cette nuit, il rêva de nouveau de têtes de poisson coupées.

1979

Kurt

Même la neige que, depuis des jours, les gens n'arrivaient plus à déblayer, ne parvenait pas à donner un visage plus aimable à cet endroit. Les grands immeubles à gauche et à droite avaient un aspect misérable. Les façades ornées de stuc étaient noircies par la fumée des poêles à charbon, quand on ne voyait pas le béton brut. Quant aux balcons, on aurait dit qu'ils allaient s'effondrer d'un instant à l'autre.

« Faire des ruines sans recourir aux armes », cette plaisanterie lui revint : slogan du service communal du logement.

De l'autre côté, à Wedding, on pouvait voir de nouveaux immeubles chic. Que pensaient les Berlinois de l'Ouest quand ils regardaient par-dessus le Mur et voyaient toute cette misère ?

Le numéro 6 semblait inhabité. Fausse adresse ? La porte était entrebâillée. Kurt traversa un couloir totalement décrépi. Au plafond, des frises représentant des fleurs. Sommeil de la Belle au bois dormant.

Des plaques archivieilles : Colportage interdit. Interdiction de jouer au ballon. Interdiction d'entreposer des bicyclettes.

Le bâtiment à droite. Boîtes aux lettres arrachées, éventrées. La porte était grande ouverte, impossible de la fermer parce qu'une épaisse couche de glace sur le sol bloquait le seuil : rupture de canalisation, pensa Kurt. C'était l'expression en vogue, cet hiver. Partout la chute des températures en début d'année avait fait éclater les tuyaux.

Kurt avança prudemment sur le sol gelé, monta deux étages et frappa à une porte à droite. Il espérait que personne n'ouvrirait. Il pourrait ainsi dire qu'il avait essayé. Pour quel résultat ? Irina appellerait la police ou, pire encore : elle viendrait – il ne valait mieux pas. Si Irina voyait *ça*, c'était la fin.

Des bruits. Des pas. La porte s'ouvrit. Sacha apparut. Il portait un horrible pull-over bleu tout raccommodé. Ses cheveux étaient coupés court comme ceux d'un détenu. Il avait maigri, son visage avait un éclat cireux et son regard était… comme fou.

— Viens, entre, dit Sacha en faisant un geste comme s'il l'invitait à pénétrer dans un palais.

Kurt pénétra dans un appartement vide. Il ne distinguait guère les détails – il n'y avait guère de détails. Un couloir d'une froideur brutale. Une cuisine sans un seul meuble, tous les ustensiles étaient posés sur un vieux réchaud. La pièce principale : un plancher en bois brut peint en rouge. Une ampoule nue au plafond. Une armoire. Un matelas. Un banc d'école peint en bleu sur lequel était posée une machine à écrire.

Sacha lui indiqua la seule chaise de la pièce.

— Assieds-toi, dit-il. Tu veux un thé ?

Kurt s'arrêta, regarda autour de lui.

Un cendrier plein était posé sur le rebord de la fenêtre. Des livres à terre.

— Je ne suis pas encore complètement installé, dit Sacha.

— Ha ha, dit Kurt.

À travers la vitre couverte de givre, il regarda le peuplier dans la cour, qui tendait ses branches noires vers le ciel.

— Tu as un papier prouvant qu'on te l'a attribué ou bien ?…

Sacha éclata de rire, en secouant la tête.

— Et comment tu es entré ici ? Comment tu as eu la clef ?

— J'ai mis une nouvelle serrure.

— Tu veux dire que tu es entré ici par effraction ?

— Père, la piaule est vide. Tout le monde s'en fout.

Kurt regarda le grand poêle en faïence de couleur brune. Derrière la porte en fonte légèrement ouverte, une petite flamme brûlait. À côté du poêle se trouvait un carton avec du charbon dedans. Contraire au règlement, pensa Kurt. Il dit à voix haute :

— Bon, on va aller manger.

La nuit était tombée. Seule la moitié des lampadaires, qui dataient de la dernière guerre, fonctionnait encore. Une benne à ordures fumait.

— C'est joli ici, commenta Kurt.

— Oui, dit Sacha. Le plus beau quartier de Berlin.

Ils marchaient l'un derrière l'autre, car seul un étroit chemin était praticable dans la neige. Sacha marchait devant. Il portait une veste militaire élimée et beaucoup trop fine. On appelait ça une « parka ».

— Où est passé ton manteau en peau d'agneau ? demanda Kurt.

— Il est encore chez Melitta.

— Encore chez Melitta, marmonna Kurt.

— Comment ? demanda Sacha.

— Rien.

Ils arrivèrent enfin dans la Schönhauser Allee. Ils marchaient maintenant côte à côte.

— Ta mère se fait du souci, dit Kurt.

Sacha haussa les épaules :

— Je vais bien.

— Ça me fait plaisir de l'entendre. Tu peux alors peut-être m'expliquer ce qui se passe.

— Qu'est-ce qui devrait se passer ? Je suis là, j'existe. La vie est merveilleuse.

— Melitta dit que tu veux divorcer.

— Vous êtes allés chez Melitta ?

— Melitta est venue chez nous.

— Bien, dit Sacha.

— Melitta n'a plus le droit de venir nous voir ?

— Mais bien sûr que si ! Je suis content de constater que vous vous entendez soudain aussi bien.

— Melitta est la mère de notre petit-fils, dit Kurt. Et ce n'est pas nous qui avons choisi. C'était ta décision. Tu voulais te marier. Tu voulais un enfant. À l'époque, nous t'avons déconseillé…

— C'est exact, dit Sacha, vous nous avez conseillé de tuer l'enfant.

— Nous t'avons déconseillé de te marier dans la précipitation, d'épouser une femme que tu connaissais à peine. Nous t'avons déconseillé de faire un enfant à vingt-deux ans…

— O.K., dit Sacha, tu avais raison, si c'est ça que tu veux entendre. Félicitations, tu avais raison. Tu es content, maintenant ?

À l'angle de la Gleimstraße se trouvait le Vineta. À la porte du restaurant était accroché un écriteau écrit à la main : « Fermé pour cause de problèmes techniques ».

Le restaurant en face aussi était fermé : « Fermeture le lundi ».

Ils continuèrent en direction du centre. La circulation arrivait par vagues. Kurt attendit que ça passe pour ne pas être obligé de crier. Puis il fit une autre tentative :

— Il ne s'agit pas de savoir qui a raison ou pas. Je ne te fais aucun reproche. Mais tu t'es marié, tu as eu un fils et maintenant tu as certaines responsabilités. Tu ne peux pas tout envoyer promener et partir simplement parce qu'il y a un problème. C'est comme ça dans les couples, il y a parfois des problèmes.

— Il ne s'agit pas d'un problème de couple, dit Sacha.

— Ha ha. Et il s'agit de quoi, alors ?

Sacha se taisait.

— Je suis désolé, mais nous sommes tes parents et je trouve que nous avons, dans une certaine mesure, le droit de savoir ce qui se passe. Tu disparais brusquement pendant des semaines, tu ne donnes plus aucun signe de vie... Tu imagines un peu ce qui se passe chez nous à la maison. Baba Nadja pleure toute la journée. Ta mère est au bout du rouleau. Je ne sais pas combien d'années elle a pris en quelques semaines...

— Je t'en prie, ne me rends pas encore responsable de l'âge de ma mère.

Kurt voulut faire une objection, mais Sacha ne le laissa pas parler et haussa soudain le ton :

— Je ne peux pas régler ma vie sur la paix de l'âme de ma mère, même si je le regrette. J'ai le droit d'avoir une vie à moi, j'ai le droit d'avoir mes problèmes de couple, j'ai le droit d'avoir mes propres souffrances...

— Je croyais que tu n'avais pas de problème de couple ?

Sacha se tut.

— Il y a une autre femme ?

— Je pense que Melitta vous a tout raconté.

— Melitta ne nous a rien raconté.

— Non, il n'y a pas d'autre femme, dit Sacha.

— Quoi donc, alors ?

Sacha se mit à rire.

— Peut-être que Melitta a un autre homme ? C'est aussi une possibilité ! Ici y a du poulet grillé.

Ils étaient devant le restaurant Goldbroiler, à l'angle de la Milastraße. Kurt n'avait pas plus envie de poulet grillé que de néons et de tables en stratifié, mais surtout il n'avait pas envie de rester debout dans le froid : la queue allait jusque devant la porte.

— Il y a quoi d'autre dans le coin ?

— Là-bas, il y a le Wiener Café, dit Sacha.

— On peut y manger ?

— Des gâteaux.

— Il doit quand même bien y avoir un endroit où on peut manger, dit Kurt.

— Le Balkan-grill, dit Sacha en montrant la direction de l'Alexanderplatz.

Ils poursuivirent leur chemin.

Le vent soufflait fort. Un métro passa en faisant du bruit – ici, le métro était aérien, alors que le S-Bahn était souterrain : le monde à l'envers, se dit Kurt.

Il essaya d'intégrer à ses propres conceptions de la vie l'idée que Melitta trompait Sacha. Si Sacha avait trompé Melitta, cela ne l'aurait guère surpris. Mais l'inverse ! C'était étonnant, et à dire vrai, Kurt éprouva une once de satisfaction : le couple moderne ! Égalité des droits ! Lui, Kurt, avait dépassé tout ça dans son couple traditionnel.

Il reprit à voix haute :

— Je comprends évidemment que cela te fasse souffrir.

— Bien, dit Sacha.

— Je comprends, dit Kurt, même si tu ne le crois pas, j'ai aussi un peu vécu. Ce que je ne comprends pas, c'est pourquoi tu habites dans ce taudis ?

— Tu veux que j'aille habiter au zoo ?

— J'aimerais bien savoir pourquoi tu n'habites pas dans ton appartement.

— Je viens de te le dire. Parce que Melitta y habite avec son...

Sacha brassa l'air de sa main.

— Quoi, il *habite* là-bas ?

Sacha se tut.

— Mais tu ne peux pas lui laisser l'appartement comme ça !

— Père, c'est de toute façon à Melitta que va revenir cet appartement.

— Mais tu perds ton droit de l'avoir aussi.

— C'est quoi, l'enjeu, maintenant ? L'appartement ?

— Désolé, dit Kurt. Mais il y va quand même un peu de l'appartement. Ta mère vous a procuré cet appartement, elle l'a retapissé avec toi parce que Melitta était enceinte. Et tu bazardes tout, et ta mère peut aller t'en dénicher un autre !

— Voilà ! C'est exactement ça ! (Sacha s'était arrêté et criait presque maintenant.) C'est exactement ça !

— Oui, dit Kurt. C'est exactement ça.

Sacha fit un signe de dénégation et reprit sa marche.

— Tu es vraiment bien peu raisonnable, lui lança Kurt.

Sacha continuait à marcher.

— Et je te dis simplement une chose : si on apprend que tu es entré là-bas par effraction... C'est criminel, tu comprends ça ? Et c'en est fini de tes études.

— Pour mes études, c'est fini de toute façon, dit Sacha en entrant dans le Balkan-grill.

Kurt le suivit – il ne pouvait faire autrement.

Dans le restaurant, juste derrière la porte, il y avait déjà plusieurs personnes qui attendaient une table. Kurt et Sacha prirent leur place dans la file et attendirent aussi. Le restaurant était effectivement bondé. Un serveur adipeux aux cheveux sombres, que Kurt était tenté de prendre pour un Bulgare, courait à droite et à gauche, propageant l'excitation. Il portait un costume noir et une chemise qui n'était plus toute fraîche. Son ventre débordait par-dessus sa ceinture. Sa tête semblait gonflée par l'effort.

— *Zwee ma Schoppskaa, zwee ma Keebap/Reis*, lança-t-il vers la cuisine avec un fort accent berlinois.

C'était le seul à se permettre de faire du bruit. Les clients parlaient à voix basse et se signalaient timidement quand ils voulaient commander quelque chose en plus. Kurt ne put s'empêcher de penser à la réunion annuelle de formation qui avait eu lieu cet après-midi, stupide réunion obligatoire qui, même si elle s'appelait réunion *annuelle* de formation se tenait tous les mois. Le sujet du jour : *Théorie et pratique dans la poursuite du développement de la société socialiste.*

— Ça fait combien de temps que vous attendez ? demanda Sacha au couple juste devant eux.

Ils étaient entre deux âges. Ils échangèrent un regard avant de se mettre d'accord – apparemment par télépathie – sur une réponse prononcée par l'homme mais accompagnée par les mouvements totalement synchrones des lèvres de la femme :

— Trente minutes.

Et d'opiner du chef pour confirmer leurs dires.

— Tout est fermé, ajouta un autre homme. À cause de la crise d'énergie ! C'est même étonnant qu'il y ait encore des choses d'ouvertes.

Le couple approuva d'un mouvement de tête.

— Vous la connaissez, celle-là ? murmura l'autre homme – visiblement encouragé par autant d'approbation. Quels sont les quatre principaux ennemis du socialisme ?

Le couple échangea un regard.

— Le printemps, l'été, l'automne et l'hiver, dit l'homme en réprimant un petit rire.

Le couple échangea un regard.

Sacha rit.

Kurt connaissait la blague : Günther la lui avait racontée avant la réunion du parti.

Ils quittèrent le restaurant au bout de quinze minutes. Ils s'étaient au moins réchauffés un peu.

— En face il y a le Stockinger, dit Sacha. Mais il est cher.

— Et alors ? dit Kurt.

Ils traversèrent la Schönhauser Allee. Le Stockinger était effectivement ouvert. Et en plus il y avait des tables libres. Toutefois, un écriteau indiquait :

VEUILLEZ ATTENDRE QU'ON VOUS PLACE.

Au bout d'un certain temps, un garçon avec nœud papillon arriva.

— Deux personnes, annonça Sacha.

Le serveur l'inspecta des pieds à la tête : sa veste rapiécée, son jean délavé, ses grosses chaussures éraflées et sales.

— Hélas ! tout est réservé, répondit le garçon.

— Mais là il n'y a rien de marqué sur la table, rétorqua Sacha.

— Je vous ai dit que tout était réservé, hélas ! Essayez le kebab en face.

Sacha passa devant le garçon et s'avança dans le restaurant d'un pas décidé.

— Sacha, laisse tomber, dit Kurt.

Le garçon suivit Sacha et essaya de le retenir par le bras.

— Je vous prie de ne pas me toucher, dit Sacha.

— Je vous prie de quitter le restaurant, répliqua le garçon.

Sacha s'assit à une table libre et fit signe à Kurt :

— Viens !

Un deuxième serveur arriva et aussitôt après un troisième. Kurt quitta le restaurant et attendit dehors. Au bout d'un moment, Sacha sortit à son tour.

— C'est quoi, ça ? Pourquoi tu n'es pas venu avec moi ?

— Je n'ai aucune envie de faire un scandale, dit Kurt. On va chercher autre chose.

— Il n'y a plus rien dans le coin. Le Peking est un truc à homos. Et le stand du métro aura tout au plus des saucisses.

Ils continuèrent en direction de l'Alexanderplatz, marchant à présent sur le côté gauche de la Schönhauser Allee. Kurt attendit avant de poser la question qui le turlupinait depuis vingt-cinq minutes :

— Ça veut dire quoi, que tes études sont déjà finies ?

— Ça veut dire que je ne fais plus d'études.

— Tu as fini ta thèse ?

— Je ne finirai pas ma thèse.

— Dis-moi, tu perds complètement la tête !

Sacha se tut.

— Tu ne peux pas tout envoyer promener, au moment où tu vas finir. Tu veux faire quoi sans diplôme ? Travailler sur un chantier ou quelque chose dans le genre ?

— Je ne sais pas, dit Sacha. Mais je sais ce que je ne veux *pas* : je ne veux pas être obligé de mentir toute ma vie.

— Foutaise ! Tu veux dire que moi, j'ai menti toute ma vie ?

Sacha se tut.

— Tu as fait tout seul le choix de tes études, enchaîna Kurt. Personne ne t'a jamais obligé à faire des études d'histoire. Au contraire…

— Tu me l'as déconseillé, je sais. Tu m'as toujours tout déconseillé ! Je peux m'estimer heureux que tu ne m'aies pas déconseillé d'exister.

— Ne commence pas à raconter des bêtises, dit Kurt.

Mais l'idée semblait amuser Sacha.

— Pourtant, j'existe, lança-t-il. J'existe !

Kurt s'arrêta. Il essaya de donner à sa voix un ton aussi posé que possible.

— Je te demande de m'écouter au moins une fois dans ta vie. Tu te trouves en ce moment dans une situation un peu confuse. Et tu ne devrais pas prendre de décision tant que tu es dans cette situation.

— J'ai les idées parfaitement claires, dit Sacha. Je n'ai jamais eu les idées aussi claires.

Son souffle faisait de la buée. Il regarda Kurt : de nouveau ce regard fou.

— Bien, dit Kurt. Fais ce que tu veux. Mais ensuite…

— Quoi ensuite ? dit Sacha.

Kurt ne trouva rien d'autre à dire que :

— Ensuite, ce sera fini.

— Oh, oh ! dit Sacha. Oh, oh !

— Tu es complètement fou, dit Kurt.

Ses mots se perdirent dans le bruit de la circulation et il les répéta, cette fois en criant :

— Tu es tout simplement fou !

— C'est toi, lança Sacha en pointant le doigt sur Kurt, qui me déconseilles de faire des études d'histoire, alors que tu es toi-même historien ! Qui est fou ici ?

— Ah ! cria Kurt. Maintenant, tu me dis comment je dois vivre ? C'est vraiment le comble. Si tu avais vécu ce que j'ai vécu, tu serais mort !

— Ah, voilà que ça recommence, dit Sacha soudain parfaitement calme.

— Oui, ça recommence. (Et bien que le bruit de la circulation ait diminué, Kurt continuait à crier.) Tu vis comme un asticot dans du lard ! Ta mère t'a procuré cet appartement ! Ton père paie l'assurance de ta voiture…

Sacha enleva une clef à son porte-clefs et la mit sous le nez de Kurt.

— Tiens, la voilà ta clef de voiture !

— Nom d'un chien, en Afrique, les gens crèvent de faim.

Sacha jeta la clef, se retourna et partit.

— Oui, cria Kurt, en Afrique, les gens crèvent de faim.

Le vent sifflait.

Une femme arriva et fit un large crochet pour éviter Kurt.

Un autre métro passa, cette fois en direction de l'Alexanderplatz. Les gens à l'intérieur étaient assis sans bouger – comme des personnages en carton. La rame descendit peu à peu pour quitter la voie aérienne et disparaître sous terre. Avec ses personnages en carton. En enfer, songea Kurt, sans savoir ce qu'il voulait dire exactement par là.

La clef de voiture que Sacha avait jetée devant Kurt avait disparu dans la neige. Kurt mit ses lunettes. La neige était sale et un peu jaunâtre ; il n'avait guère envie de chercher à main nue. Il gratta avec son pied mais ne trouva rien. Finalement il y alla quand même avec les mains – mais la clef avait disparu : en enfer.

Kurt reprit sa marche. En suivant son fils. Il marchait d'un bon pas mais sans courir. À partir de l'endroit où les métros s'enfonçaient sous terre, la Schönhauser Allee se transformait en un espace désert. Plus aucun café. Plus aucun magasin. Personne. Excepté devant lui, à cinquante ou soixante mètres, une silhouette mince au crâne rasé : son fils.

Sacha ne se retournait pas, continuant simplement à avancer.

Sur la gauche apparut le cimetière juif : un grand mur protégeait ce cimetière où Kurt n'avait jamais mis les pieds et n'avait d'ailleurs jamais voulu mettre les pieds. Pour être franc, il détestait les cimetières. Étrange que l'on ne voie jamais personne entrer ou sortir ici. Étrange aussi que le métro passe si près du cimetière, emmenant ses passagers sous terre comme pour une répétition – au même niveau que les morts pour ainsi dire.

Kurt repensait maintenant à ce qu'avait dit Melitta : Sacha s'était mis à lire la Bible. Melitta prétendait même qu'il croyait d'une certaine façon en Dieu…

C'était ça, ce regard fou ?

En face, Kurt reconnut les étranges arcades en ruine dont il ignorait l'origine et le sens, il savait seulement que derrière, quelque part au-delà de la cour, se trouvait l'imprimerie du *Neues Deutschland*, et le fait que, de temps en temps, certaines de ses idées passent ici dans la rotative le réjouissait d'une certaine façon, même si ses articles dans le *ND* qu'on lui demandait en général à l'occasion de telle ou telle commémoration ne faisaient certainement pas partie de ce qu'il avait fait de mieux.

Commence par lire autant que j'ai écrit.

Quoique, stupide. Deuxième tentative :

Commence à lire ce que j'ai écrit avant de porter un jugement.

S'en imprégner. L'utiliser, le cas échéant.

Le feu à l'angle de la Wilhelm-Pieck-Straße passa au rouge – Sacha attendit. Étonnant qu'il respecte encore les règles de la circulation.

Kurt l'avait rejoint au feu. Ils traversèrent la rue ensemble. Un instant, Kurt se demanda s'il devait aborder le sujet « Dieu » – mais à quoi bon ? Et comment ? Demander à Sacha de façon très sérieuse s'il croyait en Dieu ? Le mot en soi avait quelque chose de fou quand on pensait vraiment qu'il s'agissait de Dieu.

Ils passèrent devant la Volksbühne. On y jouait *L'Idiot*.

Ils continuèrent en silence. Les travaux se poursuivaient sur l'Alexanderplatz. Le vent sifflait au milieu des échafaudages. Les branches des lunettes de Kurt étaient si froides que ses tempes lui faisaient mal. Il ôta ses lunettes, remonta son foulard sur son nez et se demanda comment il avait supporté ça à l'époque : trente-cinq degrés au-dessous de zéro – telle était la température jusqu'à laquelle on était encore envoyé au travail dans la taïga.

Quand il y avait du vent, jusqu'à moins trente seulement.

Ils passèrent dans l'étroit goulet entre le grand hôtel et le supermarché et, sans que Kurt ait pu dire ni pourquoi ni où, ils s'engagèrent sur cette vaste esplanade où le vent les assaillit de ses tourbillons et de ses bourrasques, leur tirant les larmes des yeux. Kurt essayait de se protéger avec sa main, s'arc-boutait contre les rafales, avançait à l'aveuglette sur un sol gelé et inégal, et il aurait été incapable de dire si son fils était toujours à côté de lui, il ne se retournait pas, n'entendait rien, il sentait la douleur sourde qui gagnait peu à peu ses doigts en dépit de ses gants en peau d'agneau, et il s'imaginait devoir avouer, une fois rentré à la maison, qu'il avait perdu Alexander sur l'Alexanderplatz justement, comme s'il avait été prévisible que cette place l'englou-tirait, que Sacha se dissoudrait dans l'air ou dans le sol – divagations, se dit Kurt. Étonnant, tout ce qui peut vous passer par la tête quand on ne fait pas attention.

— On va où, en fait ? demanda Sacha.

Ils étaient arrivés devant l'horloge universelle. À New York, il était minuit et demi, à Rio, quatre heures. Autour d'eux, quelques silhouettes frigo-rifiées qui avaient eu l'insouciance de se donner rendez-vous ici : c'était un lieu de rencontre appré-cié, cette horloge universelle, comme si on sentait là quelque chose du grand monde, du monde lointain.

— En enfer, répondit Kurt.

— Là-bas, c'est ouvert, lança Sacha. Allons-y. Je me pèle le cul.

Sacha parlait du libre-service au rez-de-chaussée de l'Alexanderhaus. Kurt n'y était allé qu'une seule fois. Il y avait dix ans, lorsque ce restaurant avait ouvert, c'était du dernier cri. Entre-temps une odeur de rance avait tout imprégné. Les gens que le soir avait chalutés jusqu'ici affichaient des visages grossiers et épais, et Kurt eut l'impression que tous ici étaient handicapés.

Il y avait une rangée d'automates où l'on pouvait prendre des plats froids. Sur un comptoir en métal se trouvait une marmite de goulasch, quatre-vingt-cinq centimes la portion. Kurt ne réfléchit pas longtemps et prit un bol. Depuis qu'on lui avait enlevé un morceau d'estomac, il avait perdu l'habitude de juger les plats d'après leur teneur en épices ou en oignons : il mangeait de tout – et tout lui profitait. Sacha aussi prit un bol de goulasch. Ils se dirigèrent vers l'une des tables hautes et mangèrent leur soupe. Elle n'était même pas mauvaise. L'humeur de Kurt s'arrangea aussitôt, et il était sur le point d'aller chercher une deuxième portion quand il se ravisa et prit en compte le conseil de son médecin. Manger peu à la fois mais plus souvent.

Une fois le goulasch terminé, ils restèrent un moment debout devant leur table. Kurt regardait à travers la grande vitre la circulation qui passait de l'autre côté de la place et il caressa l'idée de rentrer en taxi : au moins jusqu'à Karlshorst. Puis il se rappela qu'il avait toujours l'argent dans la poche de son manteau. Il sortit les billets, deux cents marks, qu'il voulut faire passer à Sacha sous la table.

— Tiens, c'est pour toi, dit-il.

— Ce n'est pas nécessaire, dit Sacha.

— Ne fais pas d'histoires.

— J'ai tout ce qu'il me faut pour vivre, répondit Sacha.

Kurt se demanda s'il devait glisser simplement les billets sous le bol de goulasch et s'en aller. Il finit par les remettre dans sa poche.

Ils se séparèrent devant le restaurant, se serrèrent dans les bras comme ils le faisaient toujours et échangèrent un signe de tête. Puis Sacha reprit le chemin par où ils étaient venus, tandis que Kurt se dirigeait vers la gare. Dans l'escalier qui menait à la station de métro il s'arrêta : Je ne vais quand même pas m'emmerder, se dit Kurt, je vais prendre un taxi ! Il fit demi-tour et descendit l'escalier.

Un taxi libre était garé à la station près de la gare. Kurt s'installa sur la banquette arrière. C'était une Volga, un véhicule spacieux avec des sièges moelleux qui sentait la voiture russe, comme toutes les voitures russes – une odeur qui lui rappelait toujours un peu Moscou : les anciens taxis Pobeda sentaient déjà comme ça.

— À Neuendorf, 7 Fuchsbau, dit Kurt en s'attendant à ce que l'autre lui demande où c'était : Neuendorf ? Fuchsbau ?

Mais le chauffeur replia son journal et démarra sans rien demander.

Il faisait chaud dans la voiture. Kurt quitta son manteau, prit dans la poche les deux cents marks (dont il avait maintenant l'impression qu'il les avait trouvés dans la rue) – et les remit dans son porte-feuille… Qu'est-ce qu'il allait raconter à Irina ?

La Volga ronronnait en filant sur l'Adlergestell un peu plus vite que la limite autorisée. Kurt repensa à tout ce qui s'était passé au cours de ce déplaisant après-midi. Il vérifia s'il pouvait atténuer ou taire les détails particulièrement déplaisants, sans faire pour autant un récit faussé qui aurait pu se remarquer. Il s'entendait raconter à Irina, d'une voix contrefaite, apaisante…

Il voyait son visage. Voyait le rouge à lèvres qui marquait le filtre de sa cigarette. Sa lèvre supérieure qui, depuis quelque temps, n'était pas toujours impeccablement épilée et se mettait à trembler quand elle allait se lancer dans une nouvelle diatribe contre Melitta…

Kurt fit un rapide calcul : le taxi lui faisait gagner une heure. Difficile de vérifier combien de temps il avait passé avec Sacha. Il était maintenant dix-neuf heures… Je ne vais pas m'emmerder, se dit Kurt. Putain de bordel, je ne vais pas m'emmerder.

— Vous savez où est la Gartenstraße à Potsdam ? demanda-t-il au chauffeur.

— Celle qui part de la Leninallee ? s'enquit l'homme.

— Exactement, dit Kurt. Conduisez-moi jusqu'à la Gartenstraße.

— Et pas au Fuchsbau ? demanda l'homme.

— Non, dit Kurt. Au 27 de la Gartenstraße.

2001

Alexander

Idée terrible qui traverse son esprit peu avant le départ du bus : que cet homme justement puisse venir s'asseoir à côté de lui – un métis trapu à l'allure rustique qui n'arrête pas de se curer les dents, du moins celles qui lui restent, en faisant des bruits de succion et de mastication. Et effectivement, alors qu'Alexander est déjà assis à sa place, l'autre s'approche de plus en plus, comparant méticuleusement chaque numéro de place avec le numéro de son billet jusqu'à ce qu'un autre voyageur vienne l'aider et constate qu'il a depuis longtemps dépassé la rangée où il est.

La place à côté d'Alexander reste vide. Mais une autre torture l'attend. À peine le bus a-t-il démarré que le chauffeur met le système vidéo en marche et, après quelques minutes de publicité pour la compagnie de bus, commence un film mettant en scène un énorme lapin rose, avec une voix artificielle et obsédante.

Le trajet doit durer six heures. Au bout d'une heure déjà la mauvaise humeur d'Alexander s'est transformée en une véritable haine : surtout dirigée contre le chauffeur du bus qu'il tient pour responsable mais aussi contre les autres voyageurs qui ignorent totalement le film et continuent leur conversation deux fois plus fort, s'ils ne gardent pas les yeux rivés sur l'écran, branlant du chef, dans un mélange d'approbation attentive et de somnolence, à moins que, chose incroyable, ils ne dorment carrément.

Alexander n'a pas beaucoup dormi. Ses bouchons d'oreilles, qu'il avait glissés sous son oreiller intact avant qu'il ne le froisse, avaient disparu quand il était revenu de Teotihuacán. La femme de chambre avait dû les jeter au moment où elle avait changé les draps. C'était en vain qu'il avait cherché ces petits cylindres en mousse de couleur jaune sur la table de nuit, dans la salle de bain et finalement dans la poubelle – mais impossible de mettre la main dessus. Excédé par les aboiements et les pleurs des deux chiens enfermés sur la terrasse, il s'est levé de bonne heure et le jeune Mexicain au visage lisse qui se trouvait à la réception lui ayant affirmé qu'il n'y avait pas d'autre chambre disponible, il a décidé de partir sur-le-champ. Il a pris son petit déjeuner avant l'arrivée des deux Suissesses, son sac à dos et, accompagné par la musique tonitruante des vendeurs de CD à la sauvette, il a pris le métro jusqu'à la gare routière centrale appelée TAPO, où il a acheté un billet pour le prochain bus à destination de Veracruz.

Veracruz : il ne sait rien de cette ville si ce n'est que sa grand-mère a dû arriver ici en bateau. Il connaît l'histoire de l'homme qui a sauté dans le bassin du port. Et il croit se souvenir que c'est là qu'à un moment donné le fameux Hernán Cortés a débarqué avec un peu plus de deux cents hommes pour s'emparer du pays des *Mexicas*. À part ça, il ne sait rien.

Il pourrait regarder dans le *Backpacker* – s'il l'avait encore. Mais il ne l'a plus. Il l'a laissé sur la table de nuit dans sa chambre d'hôtel, exprès.

Au bout de deux heures de route, le film avec le lapin rose est terminé – et un nouveau film commence. Alexander renonce à ne regarder *aucun* des quatre écrans orientés vers lui, et pendant qu'il rassemble mentalement les quelques phrases nécessaires pour demander à la société de transport à Veracruz le remboursement d'une partie de son billet (au moins le supplément correspondant à la première classe – ou la première classe correspond-elle justement à ce continuel et bruyant arrosage, est-ce justement cet « agrément » qui fait la différence de prix ?) –, pendant qu'il négocie donc mentalement, conscient déjà de l'inanité de ses efforts, avec un individu en uniforme assis derrière le petit fenestron ovale d'un guichet, les quatre écrans orientés vers lui sont envahis par une intrigue bien particulière. Un jeune soldat fait la connaissance d'une jeune fille dans un train et quelques minutes plus tard il lui passe au doigt une alliance qu'il gardait à toutes fins utiles dans une boîte de chocolats. Presque au même moment un homme surgit de derrière les vignes et tire sur les deux jeunes gens ; il s'avère que c'est le père de la jeune fille. La suite du film se passe dans un domaine viticole avec tout un imbroglio d'affaires familiales : le soldat aime la jeune fille, le père joue les empêcheurs de tourner en rond, de temps en temps on distribue des chocolats à une ribambelle d'oncles et de tantes ; on montre la liesse des vendanges et, quand la dramaturgie l'exige, on voit apparaître un paysage puissant ou bien on entend une musique censée indiquer ce qu'éprouvent les protagonistes à ce moment-là. Puis le père met par mégarde le feu au vignoble qui, bizarrement, brûle comme du napalm… Puis le chauffeur éteint la vidéo et annonce une pause-pipi.

À la gare routière de Veracruz, il prend un taxi. Il n'indique pas l'adresse d'un hôtel au chauffeur mais, par sécurité, donne un nom de rue qu'il a vu à la gare routière sur la publicité pour un hôtel dans le *centro histórico* :

— Miguel Lerdo.

— Hôtel Imperial ? demande le chauffeur de taxi.

— *No*, dit Alexander.

Il joue celui qui est en rogne, prêt à tout. La voiture s'engage sur un large boulevard bordé de palmiers jusqu'à ce que la circulation soit bloquée ; le chauffeur tente alors de prendre par la vieille ville avec force zigzags. Maisons simples à deux étages généralement de couleurs pastel, blanchies par le soleil. Ça grouille de piétons. Il fait très chaud et très lourd et, tandis qu'ils roulent dans les rues étroites, les odeurs les plus diverses pénètrent par la fenêtre ouverte : huile de friture, eaux usées, parfums des salons de coiffure ouverts sur la rue, gaz d'échappement, tortillas fraîchement préparées et à un endroit – ils sont obligés d'attendre qu'un camion finisse d'être déchargé de ses sacs en plastique – ça sent exactement comme dans le jardin d'hiver de sa grand-mère : l'engrais aux nitrates.

Alexander paie, range consciencieusement son porte-monnaie jusqu'à ce que le chauffeur de taxi soit hors de vue. Juste à côté de l'Imperial il y a un hôtel plus petit, d'allure modeste. Une nuit coûte ici deux cents pesos. Il paie une semaine d'avance, sa chambre est au premier étage et donne sur une jolie place avec un campanile et des palmiers, le tout entouré par des maisons aux couleurs pastel qu'Alexander prend pour du style colonial, peut-être à cause des arcades à l'ombre desquelles sont nichés de nombreux bars et cafés. Mais il est soudain envahi par la crainte que le bruit des cafés et surtout du restaurant de l'hôtel dont les tables et les chaises sont installées directement sous sa fenêtre puisse l'empêcher de dormir et il va demander aux deux jeunes filles de la réception une chambre plus calme, à l'écart. Les deux filles ont beau lui assurer en chœur et avec une rigueur toute mathématique que la place est calme la nuit, Alexander insiste pour changer. En échange de sa grande chambre claire avec vue sur la place, on lui donne une petite chambre sans fenêtre éclairée par une meurtrière en verre dépoli et aérée par le système de climatisation. Cette chambre est sans doute moins chère que ce qu'il a payé pour l'autre mais il préfère dormir plutôt que d'avoir une belle vue.

Il va manger dans un *restaurante familiar*, quel que soit le sens de ce terme. Le garçon, un homme d'environ vingt-cinq ans avec un polo bleu ciel comme pour les bébés, lui pose son carnet à souche sur la table pour qu'il écrive lui-même le numéro du plat qu'il commande, avant d'aller directement au comptoir où la commande est décryptée par une jeune femme affairée puis transmise à deux femmes plus âgées qui préparent avec agilité tous les plats, devant tout le monde. La salade de crevettes aux herbes qu'Alexander a commandée est excellente et, en dépit des toiles cirées, des chaises blanches en plastique, des portes grandes ouvertes, et même en dépit des néons au plafond allumés en plein jour, il émane de ce restaurant quelque chose qui ressemble à du bien-être, quelque chose de familier, de chaleureux et c'est peut-être justement ce qui fait qu'Alexander s'arrête une seconde et ce qui, l'espace d'un instant, l'empêche d'avaler. C'est peut-être cette harmonie affairée derrière le comptoir où les deux femmes, l'une d'un certain âge et l'autre très vieille, préparent le poisson qu'il a commandé. Ou est-ce le geste à peine esquissé du serveur qui, après avoir traversé le restaurant en portant en équilibre sur une assiette plate sa salade de crevettes, sans mettre le pouce dans la sauce, et après avoir déposé l'assiette sur la table, lui fait un petit signe d'encouragement de la tête et lui pose – presque tendrement – la main sur l'épaule ?

La nuit tombe quasiment sans transition, à dix-huit heures. Alexander fait encore un crochet pour se rendre sur la promenade du port tout éclairée. Les températures sont insupportables à présent, l'océan le rafraîchit de son souffle, mais ici aussi l'air semble comme imbibé de mélancolie. Alexander respire prudemment, sans forcer pour ne pas trop en imprégner son corps.

Arrivé près du mur qui longe le quai, où un groupe de policiers lourdement armés errent comme une bande de jeunes désœuvrés, il se retourne et regarde la ville de Veracruz, l'observant comme s'il venait de la mer : c'est ce qu'ont dû voir – les immeubles neufs plantés le long du quai mis à part – ceux qui arrivaient d'Europe. Nuit après nuit, debout sur le pont, ils ont dû plonger leurs regards dans la profonde perspective de la promenade du port, sur l'intérieur du pays qui, pour beaucoup, représentait l'ultime espoir. Pendant des années, se dit Alexander, qui essayait d'imaginer ce qui s'était passé avant la fameuse histoire que lui avait racontée un jour sa grand-mère – pendant des années ces gens-là avaient été en fuite, ils avaient échappé aux camps d'internement français, dans un état de grande misère, ils avaient réussi à éviter les troupes allemandes en route pour Marseille, ils avaient obtenu à force de faire le siège des bureaux des visas de transit ou des prolongations d'autorisation de séjour, ils avaient attendu des semaines ou des mois dans une désespérante ville d'Afrique du Nord, sans aucun subside, jusqu'à ce qu'arrive un bateau prêt à les embarquer en troisième classe pour leur faire traverser l'océan et, une fois arrivés devant Veracruz, ils n'avaient pas eu l'autorisation de débarquer, parce que toutes les formalités n'étaient pas réglées, parce que toutes les autorisations n'avaient pas été accordées. C'est dans ces circonstances que l'un des passagers avait craqué et sauté dans le bassin du port, en pleine nuit, pour atteindre le Mexique à la nage. L'homme avait disparu dans l'eau, lui avait raconté sa grand-mère, et il n'était jamais remonté à la surface. À l'endroit où l'homme avait disparu, on n'avait pas tardé à voir les pointes d'ailerons noirs fendant doucement l'eau et tournant en cercles réguliers.

Quand il rentre, la place devant son hôtel est raisonnablement animée, pas autant qu'il l'avait craint mais suffisamment quand même pour se dire qu'il a eu raison de demander à changer de chambre. Toujours est-il qu'il n'a d'autre choix, une fois arrivé dans sa chambre sans fenêtre à l'air confiné, que de mettre en marche la climatisation qui, comme il s'en rend compte, est reliée à un puits de lumière qui draine des nuages de fumée de cigarettes. En plus, le système ne cesse de cliqueter, et il met du temps à savoir ce que ce cliquettement lui rappelle, comme un déjà-vu, et il est obligé d'allumer la lumière pour s'assurer qu'il n'est pas de retour à l'hôpital.

Le lendemain, il a des maux de tête et se sent mal. Il évite de toucher ses ganglions, il évite tout ce qui pourrait le perturber ou le bousculer. Il renonce à la douche froide qu'il a l'habitude de prendre depuis des années et descend l'escalier avec une sensation de léger vertige. Quand il sort sur la place, il s'aperçoit que le ciel qui a toujours été d'azur jusque-là est soudain voilé. S'il ne savait pas que la saison des pluies ne commence qu'en mai au Mexique, il se dirait qu'il va pleuvoir.

Il trouve vite une *farmacia* et profite, un instant de déloyauté, de l'omniprésence ici des grandes multinationales, qui lui permet de dire simplement dans un souffle *aspirine* pour en obtenir. Mais il est plus difficile de faire comprendre au pharmacien en quoi consiste son second souhait. Il tente sa chance :

— *Quiero algo para tapar las orejas.*

Le pharmacien dodeline de la tête d'un air pénétré puis commence à poser à Alexander des questions insistantes mais totalement incompréhensibles, auxquelles il semble vraiment attendre une réponse avant d'avoir soudain une illumination, alors qu'Alexander n'a émis que des sons plus ou moins articulés, et de se mettre à répéter de façon empathique le mot *ferreteria* ; Alexander doit alors encore l'écouter lui décrire un trajet compliqué, bien qu'il soit certain que l'autre a mal compris : en aucun cas il ne veut se mettre quoi que ce soit de métallique dans les oreilles.

Il trouve un grand café sur la place. Il y a là toute une armada de serveurs en costume de couleur chocolat mais, en raison d'une répartition compliquée des attributions, qu'Alexander ne saisit pas d'emblée, il doit attendre une éternité avant de pouvoir commander – chaque fois auprès d'un serveur différent – un café, un verre d'eau et un croissant, et encore une éternité avant d'être servi, et pour finir il met un temps infini à identifier le serveur en charge d'encaisser et à le faire se diriger vers sa table. Sa tête est à deux doigts d'éclater lorsqu'il quitte le café. Une fois dehors, sur la place, il a encore l'impression de ne pas avoir assez d'air. Il part sans réfléchir, sans trop savoir où et, au bout de quelques minutes, il se retrouve sur la promenade du port où, cette fois, il respire à pleins poumons, narines dilatées au vent marin, même s'il est aussi lourd, humide et dangereux que la veille.

Il se dirige vers le sud en longeant le quai. Le vent souffle par rafales et fait tourbillonner le sable. Alexander se rend compte, presque incidemment, que de petits Mexicains d'environ une douzaine d'années sont en train de se baigner dans le bassin du port. Ils sautent du quai en poussant des cris et personne, ni homme ni requin, ne semble se soucier de ce qu'ils font… Un peu plus loin il y a même un bout de plage, déserte il est vrai. Une petite pluie fine commence d'ailleurs à tomber, tandis que le vent continue à soulever des tourbillons de sable, ambiance étrange et lourde de révolte. Voitures qui passent, moteurs qui tournent trop vite. Sirène de pompiers. Et soudain il n'y a plus personne dans la rue, à qui Alexander pourrait demander son chemin – pour aller où d'ailleurs ?

Vingt minutes plus tard, la pluie a eu raison du sable et aussi de sa certitude qu'il ne peut pas vraiment pleuvoir au Mexique en cette saison. Sa chemise et ses cuisses sont trempées. Tout à coup, plus un seul taxi, et il en comprend la raison au moment où il se dirige vers le centre-ville pour prendre un bus et rentrer : il n'y a plus de bus – du moins pas sur la ligne qui l'intéresse. Reste la solution de prendre un autre itinéraire. Mais sur ce nouveau trajet aussi il attend en vain. Aucun taxi en vue. Il commence à avoir froid et décide de rentrer à pied.

En chemin, il essaie encore une fois de résoudre son problème de bouchons d'oreilles. Mais au moment où il entre dans la pharmacie avec ses chaussures mouillées et son chapeau tout dégoulinant, il sent le reproche irrité dans le regard du pharmacien qui lève les yeux de son livre de comptes. *Trempé comme une soupe* – voilà exactement les mots qui lui viennent à l'esprit ; il est là, trempé comme une soupe, devant le vieux monsieur à qui il débite sa phrase – sans effet apparent. Pendant quelques secondes, il reste là sans bouger, regardant les gouttes qui tombent de son chapeau, puis le vieux monsieur se replonge dans ses papiers – ou réfléchit-il à la question qu'Alexander vient de lui poser ? Alexander sort de la pharmacie sans attendre l'issue de son entreprise.

Il ose pénétrer dans une autre pharmacie. Cette fois, c'est une jeune femme et elle semble même le comprendre, elle prononce le mot *tampón*, ce doit être ça : un *tampón* pour les oreilles, mais la femme secoue la tête :

— *No hay. No tenemos.*

Ça n'existe pas. Nous n'avons pas ça. À quoi bon, d'ailleurs ? À quoi pourraient servir des bouchons pour les oreilles chez un peuple qui ne sait faire que du bruit et qui est sourd comme un pot ? Un peuple qui regarde des films avec des lapins roses. Un peuple qui attache deux chiens sur un toit exposé à l'ardeur du soleil à seule fin de les faire aboyer pour empêcher les autres de dormir...

Il renonce à éviter les flaques et à sauter par-dessus les torrents de pluie qui barrent les trottoirs. Il a de toute façon les pieds mouillés. Il est trempé jusqu'à la peau, jusqu'aux os. Tout lui semble saturé de ce chagrin qui ne cesse de venir par-dessus l'océan, porté par le vent, ce chagrin qui envahit la ville, qui rend les gens fous, qui fait sauter les passagers des bateaux par-dessus bord et les fait disparaître dans la mer, sans laisser de traces. Il achète deux bouteilles d'eau dans un *supermercado* et il se dit soudain que même l'eau minérale que l'on vend ici dans les supermarchés de Veracruz pourrait être contaminée par ce chagrin.

Il est allongé sur son lit, dans sa chambre sans fenêtre. Il sent la fièvre monter. Prend des cachets, boit de l'eau minérale contaminée. La climatisation cliquette, sans que ses oreilles puissent s'en défendre. Il se lève encore une fois et va éteindre la climatisation, mais il a vite l'impression de ne plus avoir d'air. Il a de plus en plus mal à la tête. Il entend des voix qui viennent du bar de l'hôtel. Il fait un effort pour se lever encore une fois, enclenche de nouveau la climatisation, se bourre les oreilles de petits morceaux de papier toilette. Prend un autre comprimé. Tire la couverture sur sa tête.

Allongé sur le côté droit, il se fait tout petit. Des frissons commencent à parcourir son corps, d'abord uniquement d'un côté, il suit leur trajet dans l'obscurité de sa caverne sous la couverture : ils viennent des reins, envahissent le côté gauche au niveau des hanches et, de là, remontent vers le cœur, avant de filer sur son dos et de disparaître au moment d'atteindre sa nuque. Que se passera-t-il si son système immunitaire ne peut faire face à l'agression de maladies infectieuses étrangères ? L'appareil à oxygène cliquette dans sa tête – tout à coup, c'est son propre appareil à oxygène. Tout à coup, il est le vieil homme moribond dont l'appareil à oxygène cliquette. Tout à coup, il lui apparaît logique de mourir ici, dans ce bunker à Veracruz, abandonné de tous, avec du papier toilette dans les oreilles : il n'a pas désiré autre chose. C'est la suite logique, la conséquence ultime de sa vie.

Il est obligé de se tourner de l'autre côté pour échapper à ces pensées. Échapper aux images qui lui traversent l'esprit. Il cherche d'autres images. Il cherche à se rappeler quelque chose. Il cherche, dans le flot des frissons qui le submergent, à invoquer quelque chose d'agréable, mais c'est toujours la même image : il se voit errer dans des villes étrangères, toujours la même chose, comme s'il n'y avait rien d'autre dans sa vie, toujours des rues, des maisons, des visages qui s'évanouissent quand il essaie de les toucher, voilà le film de ma vie, se dit-il pendant qu'il claque des dents, même si c'est une version pitoyablement raccourcie, et il essaie de ne plus claquer des dents pour ne pas faire s'effondrer encore plus de bâtiments. Il va demander une autre version, se dit-il, il a quand même bien le droit, nom d'un chien, de monter lui-même son propre film, et il serre les dents jusqu'à ce que ses mâchoires lui fassent mal, puis il fait très chaud, il court, tout le monde quitte la ville, il court à travers le désert, l'air brûle sa gorge, il court, son cœur bat à une allure incroyable, il frémit plus qu'il ne bat, ça grimpe raide, ça grimpe tout droit, sans qu'on puisse voir le moindre sommet, le désert est penché, constate Alexander, ça grimpe droit vers l'horizon, impossible de réussir cette ascension par cette chaleur, avec ce problème cardiaque, « pas opérable », il le sait, il devrait s'arrêter mais le paysage derrière lui s'effondre, tombe morceau par morceau dans l'abîme, ou plutôt : dans le ciel qui est partout, en haut et en bas, et dans ce ciel qui est partout il y a une croûte friable qui ne fait guère plus d'un mètre d'épaisseur – le monde : stupéfiante découverte. Maintenant ses parents sont à côté de lui, ils lui tiennent chacun une main, il est malade du cœur. Ils ont mis leurs habits du dimanche, son père a un pantalon à revers comme dans les années cinquante, sa mère porte la robe ample sous laquelle il venait toujours se cacher, mais ils ne font pas attention à leurs vêtements, ils courent, grimpent, rampent sur la fine croûte dressée en oblique vers le ciel qui est partout, tombent, se redressent et le tirent derrière eux, lui, le malade du cœur, ils lui disent de presser le pas sur un ton certes posé mais impitoyable, comme si on était en retard pour aller à la crèche, ils lui répètent de continuer à marcher, de ne pas se retourner tout le temps vers l'endroit qui se brise morceau par morceau mais de regarder devant, vers le haut où, tout en haut, au bout du monde, un petit groupe d'*Indios* habillés de plumes tentent de créer un nouveau monde en dansant : cinq ou six hommes, petits et ventripotents qui se balancent en mesure d'un pied sur l'autre. La musique sur laquelle ils dansent vient d'un petit appareil comme en portent autour du cou les marchands ambulants du métro, ils viennent juste d'acheter leurs parures de plumes dans un magasin de souvenirs et ils tiennent dans leurs mains non pas des poignards mais de petites tortues noires en obsidienne.

Il garde le lit deux jours durant. Une fois, il se lève et va jusqu'à un supermarché pour acheter de l'eau, le corps courbé par la fièvre. Le troisième jour, il fait ses bagages, commande un taxi à la réception et, sans demander qu'on lui rembourse quoi que ce soit sur ce qu'il a payé d'avance, se fait conduire à la gare routière où il achète un billet pour la côte pacifique. L'homme au guichet lui présente une grande carte au format A3 et Alexander pose au hasard un doigt à un endroit quelconque au bord de l'autre océan, le pacifique, le tranquille.

— Pochutla, annonce l'homme.

— Pochutla, répète Alexander – un endroit dont il est sûr de n'avoir encore jamais entendu le nom de toute sa vie.

Le bus part le soir même à dix-neuf heures. C'est un bus luxueux avec des sièges couchettes et surtout – il est calme. Le son des films ne peut être entendu que grâce à un casque, comme dans les avions. Alexander réussit à dormir quelques heures.

Le matin, le ciel est de nouveau bleu – d'un bleu démentiel. D'une façon générale, les couleurs lui paraissent plus intenses que sur la côte est. Les maigres cabanes en bordure de la côte resplendissent dans le soleil du matin, rouges et vertes, les publicités peintes à la main défilent devant ses yeux et il n'est pas étonné le moins du monde de voir un homme balayer le sable devant son restaurant. Quelque chose d'indéfini – l'air, le ciel, ces fragiles architectures de tôle et de bois – trahit la proximité du Pacifique.

Puis il arrive à Pochutla. Le nouveau bus dans lequel il est monté pour prendre sa correspondance le laisse devant un garage désaffecté transformé en café. Ses genoux tremblent encore un peu quand il descend. Il se sent léger. Comme s'il avait fait peau neuve. La brise du matin l'effleure comme une révélation. Le soleil chatouille sa peau. Il demande à la propriétaire du café qui est en train de poncer le trottoir devant son établissement dans quelle direction se trouve la mer – et il apprend que la mer est encore à quinze kilomètres. On ne peut y aller qu'en taxi, lui dit-on, mais un ami de la propriétaire du café-garage est chauffeur de taxi, et la propriétaire du café-garage va l'avertir. Veut-il prendre son petit déjeuner en attendant ?

Alexander accepte et la femme – qui, en dépit de ses allures d'Indienne, ressemble à ces mères de famille de Prenzlauer Berg qui, tôt le matin, se frayaient un passage entre le flot des autobus avec leurs deux enfants sur un vélo –, la femme file tout droit chez le boulanger en face pour lui rapporter deux petits pains tout chauds.

Bonne décision. Il boit du café. Il mange une succulente tartine à la confiture. Il voit les fissures dans la bordure du trottoir en face, voit l'éclat du trottoir que la propriétaire du café-garage vient juste de nettoyer. Il voit un homme qui court après un taxi en faisant de grands gestes. En voit un autre qui ressemble à un éléphant bleu. Il voit l'éléphante blanche qui est avec lui. Un enfant entre dans son champ de vision, s'arrête et sourit.

Le prix de la course est de dix pesos, c'est convenu d'avance. La route descend lentement en lacets à travers un paysage qui manque à ce point de caractère qu'il ne peut être que le prélude à quelque chose d'autre, quel que soit ce quelque chose.

La localité s'appelle Puerto Angel, s'il a bien compris. Pas de panneau indicateur. À gauche, déjà visible, la plage. À droite, devant la pente face à la mer, quelques maisons qui ne paient pas de mine, serrées les unes contre les autres sous l'habituel imbroglio de câbles. Un marchand de légumes. Une *ferreteria*. La filiale d'une banque de toute évidence en cours de rénovation.

Sans qu'Alexander ait rien demandé, le chauffeur lui recommande un hôtel ou plus exactement une *casa de húespedes*, une auberge, avec une insistance qui pourrait faire croire qu'il aura un pourcentage.

Ça s'appelle Eva & Tom. Alexander redoute que ce nom cache en fait des Allemands, mais le chauffeur de taxi lui assure énergiquement que non, et Alexander prend le chemin qui monte jusque chez Eva &&Tom et se termine par un escalier.

Arrivé à une sorte de réception abritée par des feuilles de palmier, il appelle plusieurs fois, avant qu'apparaisse une femme corpulente qui n'est plus toute jeune et que l'on pourrait effectivement prendre pour une squaw à cause de son hâle cuivré et de ses longs cheveux gris rassemblés en une tresse. Elle porte des tongs et une robe délavée ; elle feuillette presque à contrecœur dans un grand agenda et s'adresse alors sans transition à Alexander en allemand, du moins dans un fort dialecte du Sud, sans doute autrichien. Puis elle monte avec lui l'escalier fait de grosses planches et qui relie entre eux les différents niveaux de cette auberge.

Le niveau supérieur se trouve au sommet de la colline. Hibiscus en fleur et palmiers. Depuis la terrasse on peut voir une crique entourée de falaises, d'un bleu aussi *démentiel* que celui du ciel au-dessus.

La chambre se trouve dans une aile maçonnée, à un seul étage, entièrement mais négligemment peinte avec les couleurs de Frida Kahlo (rouge-bleu-vert) ; et, avant que la squaw autrichienne lui ait montré sa petite chambre sans fenêtre (la lumière vient d'en haut : quelques tuiles que l'on voit posées sur les longerons ont été remplacées à un endroit par un morceau de plastique ondulé), avant que son regard ait pu se poser sur le maigre ameublement fait seulement d'un lit, d'une moustiquaire, d'une table et d'un coffre, avant qu'il ait demandé le prix (elle coûte cinquante pesos, cinq dollars), il se plaît à l'idée de pouvoir s'allonger, par les chauds après-midi, dans le hamac accroché juste devant sa porte, à l'ombre du toit de palmes, tout en regardant le bleu démentiel du Pacifique.

— Et secouez les draps, dit la squaw autrichienne, il y a des scorpions ici.

1er octobre 1989

Kurt

À vrai dire, c'était à deux pas – mais Nadejda Ivanovna, qui marchait à côté de lui, avançait si lentement à cause de ses pieds abîmés qu'il avait l'impression qu'il n'arriverait jamais chez sa mère. Kurt avait l'impression de faire du sur-place. Son besoin d'avancer augmentait à chaque pas. Le temps splendide lui portait sur les nerfs. Les tiraillements dans son ventre augmentaient. Il regrettait à présent de n'être pas sorti ce matin, sans rien dire à personne, pour aller dans le parc et marcher une ou deux heures entre les arbres, d'un pas mesuré.

Ça n'avançait à rien de discuter avec Irina. Elle était restée dans sa chambre à écouter du Vissotski. Toute la maison en profitait. Kurt croyait encore entendre la musique traverser portes et fenêtres. Comme si quelqu'un hurlait à la mort. Une musique de malheur, selon Kurt. Une musique – pour autant qu'on puisse appeler ça une musique – qui permettait à Irina de se plonger plus profondément dans son malheur, c'était ce qui déplaisait à Kurt : ce besoin de se plonger dans le malheur, qu'Irina rapportait à son *âme rousse*, alors que pendant des années elle avait voulu se couper de ses racines russes.

À cela il fallait ajouter l'effet de l'alcool – produit pour lequel l'*âme rousse* avait des prédispositions hors normes. Certes, Irina avait toujours bien levé le coude, contrairement à lui, mais dans les limites d'une sorte d'activité « conviviale ». La nouveauté, c'était qu'elle se retirait désormais dans sa chambre pour écouter du Vissotski et se soûler toute seule. Certes, ce n'était pas une alcoolique : elle pouvait parfois rester des jours, voire des semaines sans toucher à une goutte d'alcool. Mais Kurt était inquiet en repensant à la réaction en chaîne totalement imprévisible qu'un simple cognac pouvait déclencher chez elle.

Ce *petit cognac*, Kurt n'avait pas pu le lui refuser – après la nouvelle de la fuite de Sacha. Mais à peine avait-elle bu ce *petit cognac* qu'elle en avait demandé avec véhémence un deuxième (et dernier). Elle avait alors commencé à déblatérer de façon presque ordurière sur Catrin, qu'elle accusait (peut-être pas forcément à tort) d'avoir poussé Sacha à fuir à l'Ouest. Le troisième cognac, elle se le servit toute seule et menaça d'en venir aux mains lorsque Kurt voulut lui enlever la bouteille. Il avait ensuite suffi que Kurt lui rappelle prudemment, dans l'intention de tempérer son désespoir, qu'elle avait aussi le droit d'aller voir son fils à l'Ouest puisqu'elle avait dépassé les soixante ans, pour que sa fureur se porte contre Kurt qui s'imaginait qu'il allait pouvoir lui faire passer le seuil de la maison de *cette femme* et, finalement, au bout du quatrième cognac, elle s'en était même pris à Sacha sur qui elle n'avait jamais rien eu à redire jusque-là : *Mone fiss m'a tlahie*, telle était la formule qui exprimait de façon

344

définitive sa déception ; et même si Kurt ressentait une once de satisfaction en voyant que Sacha, pour une fois, en prenait lui aussi pour son grade, il s'était vaillamment opposé à cette déclaration et avait au moins essayé – face aux attaques dévastatrices et totalement irrationnelles, même eu égard à son état – de défendre cette simple vérité : la fuite de Sacha n'était en rien dirigée contre elle ! Là-dessus Irina s'était retirée dans sa chambre avec le reste de la bouteille de cognac tout en brandissant l'étrange menace de prendre un chien, et Kurt était allé se faire des pommes de terre sautées.

Du moins : il avait essayé de se faire des pommes de terre sautées. Les pommes de terre coupées en tranches avaient bêtement attaché sur le fond de la poêle et elles s'étaient cassées quand il avait voulu les retourner, si bien que les morceaux restés collés avaient commencé à brûler et à dégager de la fumée. Pour tenter de sauver le tout, il avait cassé deux œufs dessus : « catastrophe aux œufs », tel était le nom qu'il avait donné à sa préparation, dont le goût était à l'avenant.

Pourquoi Irina ne faisait-elle jamais de pommes de terre sautées ? Avec des œufs au plat ? Il aimait ça depuis qu'il était tout petit. Trouvait-elle ça trop rustique ? Et pourquoi, se demandait Kurt, tout en prenant bien le temps d'éviter les colonnes de punaises rouges qui envahissaient le trottoir bossué de Neuendorf, pourquoi s'entêtait-elle, en dépit de toutes les remarques qui lui étaient faites, à prononcer les « on » comme des « one » et les « u » comme des « ou » ? *L'âme rousse…*

— Il voulait m'épouser, dit soudain Nadejda Ivanovna.

Kurt ne savait pas si elle lui parlait ou si elle parlait toute seule. Il s'avéra qu'elle parlait du père d'Irina, dont Irina prétendait (même si elle ne l'avait vu qu'une seule fois dans sa vie – et encore de loin) qu'il était tzigane. Ce que Nadejda Ivanovna réfutait catégoriquement. On ne pouvait se fier à aucune des deux. Irina avait tendance à voir le monde comme elle voulait le voir, tandis que Nadejda Ivanovna, qui était pratiquement analphabète, n'avait qu'une conscience très parcellaire des événements qui s'étaient passés autour d'elle : collectivisation, guerre civile, révolution – Kurt avait du mal à ordonner ce qu'elle disait selon des repères fiables. Et lorsque, sur le chemin qui les menait à la maison de Wilhelm qui fêtait son anniversaire, Nadejda Ivanovna se mit à lui parler d'une ville où elles étaient allées, Kurt se sentit même un peu perdu :

— Quelle ville ? demanda-t-il.

Elle voulait effectivement parler de Slava.

Kurt revit la « ville » : la route faite de gros cailloux avec, de part et d'autre, des palissades en bois plus hautes qu'un homme et qui cachaient de petites maisons faites de madriers, à un étage et toutes de guingois – une localité tassée entre les marais et qui ne dépassait pas les neuf mille habitants : le trou du cul du monde, se dit Kurt. Il ne devait pas y avoir d'endroit plus sale, plus laid, plus inhospitalier que ce foutu patelin où il avait encore passé sept ans comme « banni à perpétuité » – après avoir purgé sa peine d'emprisonnement. Pourtant, s'il laissait de côté le fait qu'il avait pleuré comme une fontaine (en général une fois par mois) chaque fois qu'il se rendait compte que le temps passait sans la moindre perspective de mener un jour une vie normale et digne de ce nom – s'il laissait ça de côté –, il devait bien avouer qu'il y avait eu du bon, même dans cet infâme trou à rats.

Par exemple, la première soupe qu'Irina lui avait préparée : une soupe de petits pois en sachet ou plutôt en paquet (les petits pois frais n'existaient pas là-bas). Quel délice ! Même s'il s'était avéré plus tard, quand Irina avait un jour ramené un de ces paquets de Slava, qu'ils étaient carrément infects...

Ou se baigner, le matin, dans la rivière.

Ou les nuits blanches passées près du feu jusqu'au lever du soleil, à en perdre peu à peu la notion du temps... Ils étaient tous bannis à perpétuité : un ensemble de perpétuités ! Comme on pouvait être drôle à force de désespoir !

Ou encore les premières photos qu'Irina et lui avaient faites. Sobakin leur avait rapporté l'appareil de Sverdlovsk ; ils avaient fabriqué du révélateur en mélangeant de la potasse avec – comment ça s'appelait déjà ? – du sulfate de sodium et, comme les proportions devaient être strictement respectées, ils avaient bricolé une balance à fléau et utilisé des kopecks comme poids ; et Kurt qui, en pensant aux « premières photos », repensait surtout à certaines photos qui – comment dire ? – n'étaient pas desti- nées à être vues par tout le monde, se souvenait maintenant assez précisément, alors qu'il se rendait à l'anniversaire de Wilhelm avec Nadejda Ivanov- na accrochée à son bras, du moment où, sur le papier plongé dans le révélateur qu'ils avaient fait eux-mêmes, les contours commençaient à apparaître, timidement d'abord, à peine marqués, à peine si l'on savait où était le haut et le bas, jusqu'à ce que soudain, sur le fond devenu sombre, apparais- sent – blanches et puissantes – les hanches d'Irina : moment si excitant qu'ils en avaient oublié de mettre le papier dans le fixateur et s'étaient rués l'un sur l'autre, debout... Dommage, songea Kurt, qu'ils aient été obligés de détruire ces photos au moment de quitter l'Union soviétique.

D'un autre côté : comment savoir ? Ça aurait peut-être été comme la première soupe en sachet après dix années de camp. De toute façon, Irina n'aimait pas beaucoup parler de *ces choses* (comme elle disait depuis peu). Elle commençait même à trouver dégoûtant et bas tout ce qu'elle avait trouvé autrefois érotique et excitant : une sorte de pessimisme à rebours. Était-ce aussi dû à son *âme rousse* ? Ou à son opération des ovaires ? Quoi qu'il en soit, la vie avec Irina était soudain devenue difficile. Et ce n'était pas le passage de Sacha à l'Ouest qui allait arranger les choses.

Qu'allait-il dire au juste à Charlotte et Wilhelm ?

Ils approchaient de la maison. On voyait déjà dépasser de la cime des arbres aux couleurs d'automne la chambre de la tour avec ses fenêtres arrondies et ses créneaux. C'était là qu'il avait autrefois tapé sa thèse et, même si cette tour était au fond pour lui le summum d'une grave erreur de goût (toute la maison était d'ailleurs un ensemble assez glauque et éclectique – un nouveau riche nazi avait réalisé ici un de ses rêves au cours des derniers jours de la guerre), Kurt ne pouvait nier qu'il avait toujours bien aimé cette petite chambre dans la tour. C'était ici qu'avait commencé sa deuxième – ou était-ce sa troisième ? – vie et il se souvenait avec plaisir du calme qui planait sur Neuendorf quand, le matin à cinq heures et demie, il ouvrait grande la fenêtre et installait sa machine à écrire, il se souvenait de l'air piquant, des feuilles jaunies devant la fenêtre, même si ça ne pouvait pas avoir été toujours l'automne. Mais au lieu de se demander pourquoi, dans son souvenir, les platanes étaient toujours jaunes, il ferait mieux de réfléchir à la façon dont

348

il allait répondre aux questions qu'on n'allait pas manquer de lui poser.

Mais il n'y avait pas là matière à réflexion. À quoi bon provoquer un éclat aujourd'hui, le jour de l'anniversaire de Wilhelm ? Ça servait à quoi ? Wilhelm était un vieil imbécile buté et il aurait en fait bien mérité qu'on lui dise la vérité, pour le punir d'être aussi obtus. En fait, se disait Kurt, tandis qu'apparaissaient la façade grise entre les arbres tachetés de couleurs puis la porte massive et les petites fenêtres du vestibule munies de grilles qui finissaient de transformer cette maison en citadelle – en fait, il faudrait effectivement le lui dire, se disait Kurt tout en essayant d'imaginer le visage que ferait Wilhelm : « Aujourd'hui, pour ton anniversaire – voilà ce qu'il faudrait lui dire –, ton petit-fils a décidé qu'il en avait ras le bol de vous tous. Joyeux anniversaire ! » Voilà ce que se disait Kurt en réfrénant le besoin d'utiliser l'un de ces stupides battants de porte – ça faisait longtemps que cet écriteau l'agaçait : *Ne pas frapper !* Être ainsi reçu d'emblée par une interdiction ! D'autant plus que, même en l'absence de ce petit mot, il ne serait venu à l'idée de personne de frapper, et il ne serait même sans doute venu à l'idée de personne non plus de penser que ces stupides têtes de lion pouvaient être des battants de porte !

Kurt prit une profonde inspiration, comme s'il allait devoir vivre plusieurs heures avec l'air inspiré, et appuya sur la sonnette.

La porte s'ouvrit, un visage apparut : un visage rond et stupide – il y avait peu de gens chez qui on pouvait voir au premier coup d'œil ce qu'ils étaient, mais ici c'était le cas : un *fonctionnaire* – l'une des injures favorites d'Irina. Kurt essaya de passer rapidement devant Schlinger, mais Schlinger, qui tenait à présent la main de Kurt dans la sienne, ne voulait plus la lâcher, il la secouait, faisait des signes de tête à Kurt comme il savait si bien le faire, avec une familiarité désagréable, et Kurt se surprit, à son grand dam, même si c'était pour abréger la scène, à lui répondre aussi par un signe de tête.

— Attendez s'il vous plaît la camarade Powileit, lança Schlinger à Kurt qui venait de passer.

Kurt ne pensait pas le moins du monde attendre la *camarade Powileit* ; de toute façon, la *camarade Powileit* arrivait déjà à petits pas rapides – agile comme une araignée qui fonce sur sa proie –, avant même que Nadejda Ivanovna ait pu se défaire de son manteau.

— Hé, là ! Où est passée Irina ?

— Irina est malade, dit Kurt.

— Malade ? Qu'est-ce qu'elle a ? demanda Charlotte.

— Elle ne se sent pas bien, dit Kurt.

— Et Alexander ? Ne me dis pas qu'Alexander ne se sent pas bien non plus !

— Maman, je suis désolé… commença Kurt.

Mais Charlotte lui coupa aussitôt la parole.

— Bon, les enfants, vous voyez les choses comment ? Qu'est-ce que je vais dire à Wilhelm ? Il a quatre-vingt-dix ans aujourd'hui.

— Mais arrête maintenant, maman…

— Oui, excuse-moi, dit Charlotte, excuse-moi… Mais je deviens chèvre ici. Je n'en peux plus !

Elle poussa un soupir et prit son air tragique.

— Jühn a aussi décommandé, tu te rends compte ! Il se fait remplacer, incroyable ! Wilhelm a quatre-vingt-dix ans ! Il va avoir l'Ordre du mérite en or ! Et l'autre se fait remplacer !... Où tu as mis tes fleurs ?

— Ah, zut, dit Kurt. Je les ai oubliées à la maison.

— Ce n'est pas grave, tu n'as qu'à en prendre d'autres, dit Charlotte. Il y en a suffisamment ici.

Kurt jeta un coup d'œil vers le renfoncement de la penderie où d'innombrables bouquets brillaient d'un faible éclat dans la pénombre, tandis qu'il entendait la voix de sa mère, comme venue de très loin...

— ... et s'il te plaît, Kurt, une fois entré : aucun mot sur les derniers événements. Tu sais : la Hongrie, Prague... Et rien sur l'Union soviétique.

— Et rien sur la Pologne, ajouta Kurt.

— Exactement, dit Charlotte.

— Et rien sur l'univers, rien sur la lune, poursuivit Kurt.

— Kurt, je t'en prie, il n'est plus... (Charlotte leva les yeux au ciel d'un air entendu.) Il a bien décliné, ces derniers temps.

— J'ai pas mal décliné aussi ces derniers temps, dit Kurt.

Il décida de renoncer aux fleurs.

En pénétrant dans la pièce, il aperçut Wilhelm assis dans son fauteuil, comme toujours, avec son allure de toujours et son comportement de toujours. Depuis des années, il avait pris l'habitude de rester assis quand on venait lui souhaiter son anniversaire, une attitude humiliante, selon Kurt et, lorsque Wilhelm lui demanda sur un ton impérieux, à peine était-il entré, où était passé Alexander, il eut à nouveau envie de dire la vérité.

— Alexander est malade !

Charlotte venait de le précéder dans l'explication. Wilhelm opina du chef, fit signe à Nadejda Ivanovna de s'approcher, et celle-ci lui souhaita un bon anniversaire. Elle lui offrit un bocal de cornichons faits maison et Wilhelm, qui ne manquait pas une occasion de jouer les importants avec ses quelques bribes de russe, hasarda un « *Garosch, garosch !* »

Il voulait dire sans doute : « *Charascho* (bon) »,
mais même ça, il ne savait pas le dire. En réalité, Wilhelm ne connaissait pas le russe, il n'avait
jamais su parler russe. Même s'il aimait bien parler
de ses « années à Moscou », ces fameuses « années
à Moscou » n'avaient en fait jamais existé. Certes,
il était bien allé à Moscou en 1936, avec lui, Kurt,
et aussi Werner (qui étaient ensuite restés là-bas
« pour raisons de sécurité »), pour – comme Kurt le
supposait – suivre une formation d'agent secret dans
les services de renseignements de l'Armée rouge.
Mais ce séjour n'avait pas duré des années, juste
quelques semaines. En plus, le lieu de formation
qui était tenu secret se trouvait tellement loin de la
capitale que Wilhelm n'avait finalement vu Moscou
guère plus de trois fois dans sa vie : *Garosch,
garosch !*

Pour que tout le monde soit bien au courant,
Wilhelm fit signe à Mählich de s'approcher, lui fit
ouvrir le bocal de cornichons – et mangea un cornichon… Même ça, il pouvait le faire en se pavanant :
avec cette façon désabusée d'égoutter le cornichon
au-dessus du bocal, de mordre ensuite dedans, de
faire tourner entre ses doigts le cornichon ainsi
entamé et de le regarder pendant qu'il mâchonnait
à grand bruit, comme s'il était l'instance ultime
chargée de juger de la qualité d'un cornichon.

— *Garosch*, répéta Wilhelm encore une fois,
avant de permettre enfin à Kurt de lui souhaiter
un bon anniversaire.

Mais, lorsque Kurt, surmontant son dégoût de
devoir serrer ses doigts encore humides du cornichon, lui tendit la main, Wilhelm fit juste un geste
en manière de refus :

— Va porter ces légumes au cimetière.

« Ces légumes au cimetière » ! Kurt en restait bouche bée : avait-il vraiment « décliné » à ce point, pour reprendre l'expression de Charlotte ?

Kurt se tourna alors vers les invités. Autrefois des gens intéressants venaient à l'anniversaire de Wilhelm : Frank Janko, qui avait été le plus jeune commandant de division des Brigades internationales ; ou Karl Irrwig, qui avait voulu imposer un modèle allemand de socialisme contre l'avis d'Ulbricht, rien que ça. Et aussi Stine Spier, l'actrice qui jouait Brecht et que Charlotte et Wilhelm avaient connue lors de leur exil au Mexique. Mais on ne prononçait plus le nom de Janko dans cette maison depuis qu'il avait fait six ans de prison pour de prétendues « manigances » ; Karl Irrwig, qui avait été exclu du Politburo mais n'était pas pour autant tombé entièrement en disgrâce, ne se montrait plus ; Stine Spier, qui racontait toujours à table des histoires de théâtre politiquement incorrectes, avait été définitivement remerciée par Charlotte, il y avait deux ou trois ans, et c'était ainsi que tous les gens un peu intéressants avaient peu à peu disparu pour ne laisser la place qu'à *ce qui* était rassemblé ici aujourd'hui :

Mählich évidemment, le plus grand admirateur de Wilhelm (un type gentil en fait mais d'une lourdeur intellectuelle absolument pathétique) ; la femme de Mählich, toujours plus ou moins malade, ancienne agent de police (blonde et autrefois si jolie qu'elle aurait parfaitement eu sa place, si elle n'avait pas été aussi désespérément prude, dans le tableau de chasse de Kurt) ; à côté, les voisins d'en face qui se ressemblaient comme deux corniauds – Kurt avait encore oublié leur nom, comme tous les ans : lui avait été concierge dans l'école où allait Sacha et il rendait maintenant de petits services à Charlotte et Wilhelm ; quant à elle, Kurt ne savait rien de sa vie, si ce n'est qu'elle avait un anus artificiel (un anus artificiel : drôle d'idée) ; et puis il y avait l'îlotier, le camarade Krüger, que Kurt ne voyait jamais que de loin quand il passait devant sa maison à vélo ; Bunke, bien sûr, qui avait trop de tension, colonel en retraite de la Stasi, qui faisait toujours comme s'ils avaient gardé les miradors ensemble – *Salut ! Salut ! Mais où est Irina ?* (alors qu'ils ne l'avaient invité qu'une seule fois pour le thé afin de parler des deux sapins du jardin qui faisaient de l'ombre aux plantations de cornichons de Nadejda Ivanovna) ; Harry Zenk était aussi venu s'égarer ici : un type intelligent, voire habile (mais malgré tout suffisamment stupide pour se faire nommer directeur de la prétendue Académie de Neuendorf) ; et enfin Gertrud Stiller, qui rougissait chaque fois qu'ils se rencontraient ici : longtemps, Charlotte avait voulu le caser avec cette femme et, le plus humiliant dans cette histoire, c'était que Kurt avait effectivement envisagé cette possibilité, même si ce n'était pas à cent pour cent – un des secrets les plus secrets de Kurt, tellement secret qu'il avait lui-même du mal à s'en souvenir. Voilà, quant au reste de la troupe, il ne le connaissait pas ; des vendeuses, des vétérans du parti et… mon Dieu ! Quelle tête il avait !

— Infarctuf, dit Till.

Tillbert Wendt, avec qui il avait été dans les Jeunesses communistes à Berlin-Britz : un an de moins que lui ! Kurt essaya de ne pas prendre une mine trop effrayée.

— Et à part ça ?

Question stupide.

— À part fa, fa va, dit Till.

— Ma foi, l'important, c'est qu'on soit toujours en vie, dit Kurt, en lui donnant une tape sur l'épaule, même s'il était sûr qu'il se suiciderait s'il lui arrivait *une chose pareille*.

Autrefois, il n'aurait pas touché à la tarte à la crème au beurre. Mais depuis qu'on lui avait enlevé les trois quarts de son estomac, la tarte à la crème au beurre ne lui faisait plus rien. Le café aussi, il pouvait en boire comme il voulait ; il prit l'une des vieilles tasses mexicaines toutes rayées en plastique dur qui, comme chaque année, complétaient le « bon service » qui ne suffisait pas, héritage de la période nazie. Charlotte et Wilhelm avaient en effet repris la maison avec tout ce qu'elle contenait (ou plus exactement : avec tout ce qui était resté après le départ des officiers russes qui avaient habité ici un bon moment). Ils avaient juste laissé le service de table avec les minuscules croix gammées gravées derrières les initiales, ce qui faisait qu'on mangeait sa tarte dans des assiettes nazies – mais avec des petites cuillères tout ce qu'il y avait de plus démocratiques et populaires.

— *Da sdrawstwujet*, trinqua Bunke en levant son gobelet en aluminium.

Encore une conquête de la RDA, ce gobelet, ainsi que le truc qu'il contenait et, si Kurt s'était refusé pendant trente-trois ans à boire de ce cognac et pire encore du Goldbrand dans ces gobelets, aujourd'hui il acceptait.

— À Gorbatchev, dit Bunke. À la perestroïka en RDA !

Till refusa quand on lui tendit un gobelet. L'îlotier fit comme s'il n'avait rien entendu. Les deux corniauds avaient déjà trempé leurs lèvres en entendant : « *Da sdrawstwujet.* » Seul Mählich leva son gobelet en jetant des regards prudents à la ronde – avant de le baisser à nouveau, au moment où Harry Zenk objecta :

— À Gorbatchev, oui. À la perestroïka en RDA, non.

Et la femme de Mählich – elle s'appelait Anita, ça lui revenait maintenant – se montra effectivement assez gourde pour caser le bon mot que l'autre Kurt, le Kurt du Politburo (Kurt Hager que Kurt appelait pour lui « Kurt Trouduk ») avait utilisé récemment dans l'interview avec un journal de l'Ouest, publié ensuite dans le *ND* :

— Ce n'est pas parce que le voisin refait ses tapisseries qu'on est obligé de refaire aussi les nôtres.

Un vétéran de Neuendorf approuva, et Bunke se tourna brusquement vers Kurt :

— Kurt, dis quelque chose !

Tous les yeux étaient soudain braqués sur lui : Anita avec son nez devenu pointu ; Mählich qui commençait à opiner du chef avant même que Kurt ait pu prendre sa respiration ; les corniauds avec leur tête penchée exactement selon le même angle... Seul Till, hermétique à tout ça, essayait obstinément d'enfourner un morceau de tarte dans sa bouche à moitié paralysée.

— Santé ! dit Kurt.

— Oui, santé ! répéta Bunke.

Kurt fit cul sec. Ça brûlait, descendait lentement le long de l'œsophage. La sensation de brûlure se diffusait peu à peu – jusqu'à l'endroit où, depuis quelques heures, il sentait un tiraillement : ce n'était pas l'estomac. Un peu en dessous... C'était quoi, cet organe qui se manifestait quand son fils fuyait la République ?

Un organe du parti, se dit Kurt, mais il n'était pas d'humeur à trouver ça drôle et, pour ne pas être entraîné dans une discussion sur Gorbatchev, il se concentra sur son morceau de tarte. C'était peine perdue d'essayer de faire comprendre à ces gens-là son avis sur Gorbatchev : Gorbatchev n'allait pas assez loin... il n'avait aucun plan ni aucune logique... et son livre sur la perestroïka ne contenait pas l'ombre de l'esquisse d'une réflexion théorique...

Il en était encore à sa tarte lorsqu'une personne entra dans la pièce, il ne sut pas tout de suite où la cataloguer : une femme beaucoup trop jeune pour les gens d'ici, beaucoup trop séduisante aussi, qu'il ne reconnut qu'en apercevant le garçon dégingandé d'une douzaine d'années qu'elle poussait devant elle en direction de Wilhelm... Elle s'était mise sur son trente et un, sacré nom d'un chien ! Avec même des talons. Ça voulait dire quoi, tout ça ?

Kurt les regarda se placer devant le fauteuil de Wilhelm, vit Melitta s'incliner devant Wilhelm, une jupe vraiment courte ; Markus offrit à Wilhelm une image, et Kurt se souvint que Markus lui avait aussi offert une fois une image pour son anniversaire. Un animal quelconque, bon sang, il fallait qu'il l'accroche quelque part, songea Kurt en voyant Markus faire la tournée des invités, silhouette délicate, pâle et un peu gênée, exactement comme Sacha à son âge, se dit-il, et soudain il n'eut d'autre choix que de serrer Markus contre lui : lui serrer simplement la main comme le faisaient les autres lui parut insuffisant. Et brusquement il ressentit même le besoin de serrer Melitta contre lui, ce qu'il se retint de faire naturellement, mais après les salutations, il s'arrangea pour se pousser un peu et laisser une chaise libre à côté de lui.

Elle portait des bas avec des motifs. Malheureusement, Kurt était assis un tout petit peu plus bas qu'elle dans son fauteuil, si bien que, tout en se demandant ce qu'il allait bien pouvoir lui dire d'aimable, il était fortement distrait par la vue de ses bas à motifs. Tous les compliments qui lui venaient à l'esprit lui semblaient abolir un préjugé ancien, et il lui fallut quelque temps pour dire enfin :

— Tu as bonne mine.

— Toi aussi, dit Melitta en le regardant de ses grands yeux verts.

— Oh, tu sais ! objecta Kurt – même si, pour être franc, il n'était pas contre le fait de le croire.

— Et où est Irina ? demanda Melitta.

— Irina ne se sent pas bien, dit Kurt qui attendait que Melitta pose une question sur Sacha.

Elle ne posa pas de questions, peut-être parce que Charlotte entra à ce moment-là dans la pièce et frappa énergiquement dans ses mains comme une maîtresse d'école en essayant de ramener au calme tout son monde qui devenait de plus en plus bruyant : le délégué était arrivé. Remise de la décoration !

Kurt reposa sa petite cuillère et se renversa dans son fauteuil. L'orateur commença d'une voix sèche et sur un ton extraordinairement monocorde, même pour un fonctionnaire, à lire son texte qui, à quelques infimes détails près, était le même chaque fois que Wilhelm recevait une décoration (ce qui arrivait pratiquement chaque année, ces derniers temps, sans doute parce qu'il donnait chaque fois l'impression que c'était son dernier anniversaire – dans ce domaine aussi il avait développé une certaine virtuosité) : la biographie de Wilhelm le combattant, d'où avait disparu au fil des années tout ce qui aurait pu être plus ou moins intéressant, était une grandiose preuve de stupidité. Seul avantage : Kurt pouvait désormais regarder sans se priver les bas à motifs de Melitta qui s'était tournée vers l'homme en train de faire son discours. Ou plus exactement ses collants, ou plus exactement encore l'endroit situé juste à la limite de sa jupe, cet endroit, dont il ne savait pas le nom, où les motifs s'arrêtaient et passaient dans l'uni, et le fait que Melitta rajuste sa jupe ne rendait la chose que plus intéressante, car la jupe se remit aussitôt à remonter, tandis que ses cuisses frottaient l'une contre l'autre dans un crépitement de nylon à peine perceptible.

Kurt sentit quelque chose remuer dans son bas-ventre et il se demanda s'il devait éprouver un malaise, vu qu'il s'agissait de son ancienne bru... Non, ce n'était pas une femme véritablement *belle*, pensa Kurt, tandis que l'orateur parlait de la façon dont Wilhelm avait trouvé le chemin du parti de la classe ouvrière, mais quand il la voyait comme ça, il devait bien s'avouer que c'était justement ça qui lui plaisait. C'était justement la beauté imparfaite, se disait Kurt, qui avait aussi quelque chose d'excitant chez les femmes. Difficile à expliquer. Peut-être fallait-il être arrivé à un certain âge pour comprendre ça.

Son regard glissa sur la jupe dont la texture grossière avait quelque chose d'aguichant, se posa sur le corsage un peu transparent, effleura les avant-bras musclés, se prit, pendant que l'orateur rappelait l'éternelle blessure ressentie par Wilhelm lors du putsch de Kapp, dans le réseau de fines bretelles noires qui se croisaient dans le dos de Melitta, vérifia l'effet du rouge à lèvres sur son visage, remarqua les sourcils soigneusement épilés (et la légère rougeur laissée par l'épilation) et... cela le rendit triste. Il fut soudain ému de découvrir ainsi cette jeune femme, il vit soudain en elle la réprouvée, le symbole de tout ce que Sacha avait rejeté, abandonné, détruit dans sa vie et – c'était symptomatique de sa façon de faire – de tout ce qu'il laissait simplement derrière lui. Mais en même temps – et Kurt était étonné de voir que les deux pouvaient coexister dans un seul et même corps –, en même temps cela l'excitait, et il lui semblait que c'était justement le fait qu'elle soit réprouvée, rejetée qui l'excitait, cette part réprouvée de volonté et de soumission chez cette personne-pas-totalement-belle ressortait d'autant mieux qu'elle était rejetée – c'était justement ça qui excitait Kurt et qui, alors qu'il percevait tout ce qu'il y avait d'aventureux chez cette femme qui osait s'apprêter ainsi, lui fit même entrevoir les prémices d'une petite *Théorie de l'érotisme de la femme pas-totalement-belle* mais dont, pour l'heure, il remettait l'élaboration à plus tard.

Pendant un moment, les deux choses se maintinrent en équilibre : tristesse et attirance, tiraillements dans son ventre et excitation un peu plus bas, *organe du parti* d'un côté et *opposition* de l'autre ; mais lorsque l'orateur, en une longue phrase brinquebalante (qui disait simplement que Wilhelm avait été second Gauleiter du Rotfrontkämpferbund de Berlin, association paramilitaire du parti communiste allemand), balaya vingt années de sa vie et arriva à 1933 en ayant soigneusement laissé de côté la grande défaite, l'opposition prit peu à peu le dessus dans le pantalon de Kurt et, tandis que l'auditoire était figé de solennité, tandis que les deux corniauds inclinaient la tête dans un même mouvement de recueillement, tandis que Till dormait (ou s'exerçait à prendre la pose pour son masque mortuaire), tandis que Harry Zenk essayait de bâiller en gardant la bouche fermée et que Mählich faisait une tête comme s'il entendait tout ça pour la première fois, Kurt se trouvait depuis longtemps dans la cave de Wilhelm réservée aux réunions du parti : « résistance antifasciste », disait l'orateur, alors que Kurt était pris par des activités précipitées où la grande table jouait un certain rôle, les images étaient floues, seuls les motifs des bas étaient nets et précis, ou plus exactement l'endroit, il ne savait pas comment ça s'appelait, « illégalité », disait l'orateur et, lorsqu'un moment plus tard Kurt refit surface au sein de cet auditoire figé, l'opposition dans son pantalon était tellement « héroïque », disait l'orateur, tellement raffermie, que ça commençait à coincer et à pincer dans les plis de son slip.

L'orateur termina son discours en continuant à glorifier celui qui s'était engagé sans relâche pour la cause. Kurt essaya en vain de rajuster son pantalon sous la table. Ce fut seulement lorsque les applaudissements retentirent que la détumescence commença, à l'instant précis où l'auditoire figé reprenait vie et se mettait à applaudir le discours du délégué avec un enthousiasme démesuré. Kurt se fit la réflexion, tout en se forçant à applaudir, que personne parmi ceux qui applaudissaient ne savait en fait pourquoi il applaudissait. Il n'y avait rien dans ce discours, se disait Kurt, toujours en train d'applaudir, qui correspondît à la réalité, Wilhelm n'avait jamais été un membre du parti « de la première heure » (il avait été au début membre de l'USPD, le parti social-démocrate indépendant, et ce n'était qu'avec la fusion des deux partis qu'il était devenu membre du KPD, le parti communiste allemand) et il n'avait jamais été blessé lors du putsch de Kapp (certes, il avait bien été blessé mais pas en 1920, lors du putsch de Kapp, c'était en 1921 au cours de ce que l'on appelait l'« action de mars », une véritable catastrophe qui faisait naturellement beaucoup moins bien dans une biographie de combattant). Mais ce qui était pire que ces demi-vérités, c'était tout ce qui avait été éliminé, le silence notoire sur ce qu'avait fait Wilhelm dans les années vingt : à l'époque – et Kurt s'en souvenait très bien – Wilhelm avait été un ardent défenseur de la « politique d'unité » voulue par l'Union soviétique, qui avait diffamé les chefs de la social-démocratie, les traitant de « sociaux-fascistes » et les avait même présentés comme un mal pire encore que le nazisme. En fait, se disait Kurt, *tout en continuant à applaudir*, Wilhelm était – considéré de façon purement objective – personnellement coresponsable du fait que les forces de gauche se soient affrontées et annihilées durant les années vingt et aient permis en fin de compte la victoire du nazisme en Allemagne. Même en 1932, se souvenait Kurt, *recommençant à applaudir* (après que Wilhelm avait reçu l'Ordre du mérite national en or) – même en 1932, Wilhelm, en tant que second Gauleiter du RFB à Berlin avait contribué à organiser une grande action commune réunissant nazis et communistes. Et même après la « prise de pouvoir », qui n'était nullement mentionnée dans sa biographie, Wilhelm avait soutenu la thèse sociale-fasciste qui ne fut officiellement corrigée qu'en 1935, avant d'être dépassée en bêtise et en obscénité, quelques années plus tard, par un traité d'amitié entre l'Union soviétique et l'Allemagne de Hitler : rien que des mensonges, se disait Kurt *toujours en train d'applaudir*. Toutes les années vingt étaient un tissu de mensonges – et les années trente aussi. Même la « résistance antifasciste » était au fond un pur mensonge, car la raison qui faisait que Wilhelm ne parlait pas de cette période n'était pas – ou pas simplement – le fait qu'il était un incurable vantard et un dissimulateur mais le fait aussi que l'histoire de la résistance antifasciste n'était rien d'autre (et ne pouvait être rien d'autre sur fond de politique soviétique !) qu'une histoire de l'*échec*, de *luttes fratricides*, de *mauvaises* appréciations et de *trahison* – la trahison du « grand timonier » envers ceux qui, dans l'illégalité, se sacrifiaient. Lorsque Kurt arrêta enfin d'applaudir, juste un tout petit peu avant que les autres ne le fassent, il ne restait de l'*opposition* qu'une drôle d'impression… dans son pantalon.

Lorsque le buffet fut ouvert, il hésita d'abord à se lever, craignant qu'une tache ait pu se former sur son pantalon (ce qui se révéla complètement absurde quand il y regarda de plus près), mais Melitta restait aussi assise et Kurt songea qu'elle restait assise pour poser des questions sur Sacha et il resta donc assis lui aussi. Mais elle ne posa pas de questions. Et avant que Kurt ait pu prendre une quelconque décision, voilà que Bunke arrivait déjà avec une assiette remplie à ras bord, bientôt suivi de Harry Zenk et Anita, et aussitôt la discussion sur Gorbatchev reprit de plus belle :

— Nous devons la vérité à notre peuple, déclara Bunke.

Est-ce parce que Melitta avait approuvé d'un mouvement de tête, toujours est-il que Kurt se mêla à la discussion :

— Et qui décide de ce qu'est la vérité ?

Bunke le regarda d'un air effaré.

— Qui en décide ? demanda Kurt. C'est nous qui décidons ? C'est Gorbatchev ? Un autre ?

— Exactement, dit Zenk. La vérité est toujours partiale.

— Non, dit Kurt, agacé d'être aussi mal compris. La vérité, dit-il ou aurait-il voulu dire – la phrase qu'il était sur le point de former aurait été à peu près celle-ci : la vérité n'est pas quelque chose que possède le parti et qu'il distribue ensuite à la population comme une aumône (auraient sans doute suivi quelques considérations de fond sur le prétendu centralisme démocratique, les structures de pouvoir du socialisme existant et le rôle du parti dans le système soviétique) – mais il n'en eut pas l'occasion, car l'attention s'était depuis longtemps détournée de lui pour se porter vers un espace légèrement à gauche derrière son dos, dans le coin où Wilhelm était assis dans son fauteuil et – chose incroyable – où il *chantait*.

Au début, Kurt prit ça pour un simple bafouillage. Il lui fallut un moment pour se rendre compte que c'était un chant et ce ne fut que lorsque les deux corniauds se mirent à hocher la tête en rythme, et que Mählich se mit à chanter aussi sans être bien sûr du texte (ou sans être sûr que l'on avait encore le droit de chanter le couplet sur Staline), qu'il comprit ce que Wilhelm chantait : Non ! Impossible de faire plus stupide. Ou plutôt non, ce n'était pas stupide, c'était criminel. Au fond, se disait-il, c'était la façon la plus courte d'exprimer la misère générale. Au fond, se disait-il, c'était la justification de toute l'injustice commise au nom de la « cause », c'était bafouer des milliers d'innocents sur les os desquels avait été édifié ce que l'on appelait le « socialisme » : le célèbre hymne du parti, qu'une lavette de poète (était-ce Becher ou Fürnberg ?) avait osé composer : *Le parti, le parti a toujours raison...*

Mais qu'est-ce que je fais ici ? se demanda Kurt, les mains paralysées, en voyant l'auditoire se remettre à applaudir, en voyant un sourire presque béat se dessiner sur le visage d'Anita, en voyant Mählich – ou avait-il vu de travers ? – essuyer une larme. En voyant Zenk approuver d'un air satisfait, comme s'il venait d'être confirmé dans ses opinions par les plus hautes instances. Bunke aussi applaudissait en riant, comme s'il s'agissait d'une bonne blague. Et les corniauds se regardaient en opinant du chef pour marquer la mesure.

Seule Melitta n'applaudissait pas, se contentant de rapprocher deux ou trois fois ses mains, paume contre paume, pour la forme, et jetant à Kurt un regard qui en disait long et auquel il répondit en levant les sourcils. Il espérait presque qu'elle allait lui poser maintenant des questions sur Sacha, mais avant qu'ils aient pu reprendre leur conversation, quelque chose d'autre survint, ça venait cette fois de la droite et une fois de plus, parce que c'était tout aussi invraisemblable, Kurt eut besoin de quelques instants pour se rendre compte qu'il s'agissait de quelqu'un qui chantait : Nadejda Ivanovna ! La chanson du chevreau qu'elle avait chantée à Sacha quand il était petit, une psalmodie monotone avec un nombre effarant de strophes. Mais la honte qui était prête à saisir Kurt se révéla totalement infondée, car tout le monde se montra enthousiasmé par la *babouchka russe*, soucieux de prouver leur attachement au peuple socialiste frère ; dès la deuxième strophe les gens commencèrent par pure bêtise à chanter avec elle, et en un clin d'œil on vit s'installer une ambiance semblable à celle d'une conférence des délégués de la FDJ (même si, pour être franc, Wilhelm n'avait jamais participé à une conférence des délégués de la FDJ), et comme dans le refrain chaque ligne commençait par *wot kak, wot kak* – « Écoutez, écoutez ! » –, tout le monde crut qu'il s'agissait d'une chanson à boire russe et tout le monde se mit à brailler en chœur : *Vodka, vodka !* et même à frapper dans ses mains en rythme, et finalement sa voisine de table à droite (sans doute une vétérane du parti de Neuendorf) essaya de le prendre par le bras pour se balancer avec lui en rythme – ce qui glaça Kurt. Il était là comme une pierre au milieu de cette fête d'anniversaire. Tout se mit à chavirer. Les têtes, comme séparées des corps, montaient et descendaient : la tête blonde d'Anita, les cheveux sombres de Mählich, la boule violacée de Bunke, qui à tout moment – oui, là, maintenant ! – menaçait d'éclater.

— Je crois, dit Kurt, après l'arrivée, enfin, des loups qui avaient enfin mangé le chevreau, avaient enfin rongé ses os jusqu'à la moelle, n'avaient rien laissé d'autre que les petites cornes et les petits sabots du chevreau qui avait appelé en vain, rien que les petites cornes et les petits sabots – je crois, dit Kurt, que le moment est venu de te dire que Sacha est passé à l'Ouest.

— Humm, fit Melitta.

— Eh oui, dit Kurt.

Il s'était attendu à plus, mais Melitta se taisait, et même Kurt ne sut soudain plus quoi dire. Un instant, il crut que Melitta n'avait pas compris ce qu'il venait de lui dire. Sans détacher son regard de la tasse à café – c'était *sa* tasse, une tasse nazie sur le bord de laquelle on voyait nettement la marque de son rouge à lèvres –, il dit :

— Je ne sais pas comment ça va être maintenant avec la pension alimentaire mais tant que Sacha ne pourra pas payer, je la prendrai évidemment à ma charge.

À ce moment-là il y eut un grand bruit dans l'autre pièce. Kurt vit les gens se lever et filer à côté – seul Markus avançait à contre-courant pour essayer de sortir et il demanda ce qui s'était passé.

— On s'en va, dit Melitta.

— Pourquoi ? ronchonna Markus.

— Je t'expliquerai dehors, dit Melitta.

Markus alla prendre en boudant l'iguane empaillé de Wilhelm sur l'étagère de la bibliothèque.

— Wilhelm m'en a fait cadeau, expliqua-t-il à Kurt.

— C'est gentil de sa part, dit Kurt en secouant la main que Markus lui tendait.

Il voulut serrer la main de Melitta – mais elle le prit dans ses bras. Il était tellement étonné que sa tête ne sut pas tout de suite où se mettre. Son menton heurta le front de Melitta. Entre ses mains qui n'osaient la serrer, il sentit malgré tout que son buste était raide comme une bûche.

Kurt se servit encore un Goldbrand et se dirigea vers l'autre pièce. Il remarqua en passant que le buffet s'était écroulé. Il s'arrêta à quelque distance et regarda l'agitation grandir autour de la table effondrée.

Il sentait sur sa lèvre inférieure la pression du front de Melitta.

Le Goldbrand avait une odeur infecte.

Il but cul sec et posa son verre sur la première étagère venue. Puis ses pieds se mirent en marche et le portèrent hors de la pièce, ils lui firent traverser le couloir et le vestibule avant de l'amener dehors.

Il marchait un peu vite, comme si quelqu'un pouvait le rappeler au dernier moment. Quand il eut l'impression d'être enfin hors de portée, il sentit monter en lui une joie blasphématoire. Kurt se força à la modération. Garda sa joie en lui. La laissa s'exprimer par petites doses.

Ce ne fut qu'au bout de trois cents mètres qu'il se rappela qu'il avait oublié Nadejda Ivanovna. Il ralentit le pas et pensa même rebrousser chemin – mais à quoi bon ? Elle arriverait bien à rentrer sans lui… Kurt reprit son allure et continua. S'engagea dans le Fuchsbau. Alla jusqu'au numéro 7, où Irina devait être allongée sur son canapé, totalement ivre…

Ne s'arrêta pas au numéro 7.

Il alla jusqu'au bout de la rue avant de bifurquer dans le Seeweg. Il suivit le Seeweg où les maisons devenaient de plus en plus ordinaires à mesure qu'on s'éloignait du lac. La Heinrich-Heine-Straße le conduisit hors du quartier résidentiel et l'amena dans le quartier des tisserands, la partie la plus ancienne de Neuendorf. Ici les maisons étaient si basses que l'on pouvait toucher les gouttières avec la main. Kurt suivit les zigzags des petites rues pavées qui, dans ce quartier où les fenêtres laissaient échapper des odeurs de cuisine et d'alcool, portaient des noms de poètes et d'écrivains : Klopstockstraße, Uhlandstraße et Lessingstraße. La Goethestraße qui passait devant le cimetière était plus longue, elle croisait la Karl-Liebknecht-Straße qui, à son tour, était plus longue que la Goethestraße. Arrivé devant la mairie de Neuendorf, il aurait eu la possibilité de prendre le tram – il l'entendait crisser de façon barbare sur les rails qui tournaient, mais il continua à pied. Il parvint à la Friedrich-Engels-Straße qui reliait Neuendorf à Potsdam et, juste au moment où le tram brinquebalant le doublait dans un bruit de ferraille, il traversa la chaussée rétrécie à l'endroit où se produisaient beaucoup d'accidents et au bout de laquelle, par-dessus le mur hérissé de barbelés du site de maintenance de la Reichsbahn, une banderole d'un rouge passé, portant l'inscription : *Le socialisme vaincra !* s'effilochait lentement depuis des années (des décennies ?).

Bruit de feuilles mortes sous ses pas quand il longea le mur du site de maintenance de la Reichsbahn. Il traversa le pont qu'on appelait *die Lange Brücke*, puis les rails du train, obliqua près de l'Interhotel et, après avoir pris la Wilhelm-Külz-Straße, arriva dans la Leninallee, la rue la plus longue de

Potsdam, même si c'était loin d'être la plus belle. Il la suivit pendant deux ou trois kilomètres dans la direction opposée au centre-ville ; la rue semblait de plus en plus sombre, et il obliqua à droite au moment où il n'y avait presque plus aucun lampadaire.

Gartenstraße. Deuxième maison à gauche. Kurt donna deux brefs coups de sonnette et attendit qu'une fenêtre s'ouvre au deuxième étage.

— C'est moi, dit-il.

La lumière éclaira l'allée, et des pas se firent entendre dans l'escalier. La clef tourna dans la vieille serrure.

— Pour une surprise, c'est une surprise, dit Vera.

Une heure plus tard, Kurt était allongé sur le dos dans le lit de Vera, dans la position où Vera l'avait honoré « oralement », comme il disait, et il sentait l'odeur de lard grillé qui imprégnait peu à peu l'appartement. Il se sentait soulagé mais aussi un peu déçu, sans bien savoir si c'était le phénomène bien connu du « post-coïtum, animal triste » ou parce que ça n'avait pas été tout à fait comme il l'avait espéré : la chambre de Vera (la dernière fois qu'il l'avait vue, c'était trois ans plus tôt) lui paraissait encore plus en désordre et plus confinée que dans son souvenir. La lumière de la lampe de chevet était vive et elle avait éclairé de façon très peu favorable les petites veines bleues sur ses gros *machins* – il n'avait toujours pas trouvé d'autre mot pour les désigner. Mais ce qui l'avait surtout gêné, c'étaient les plis qui s'étaient formés sur son front dans l'effort qu'elle faisait pour l'honorer. Et il avait soudain été assailli par l'idée qu'il faisait ça avec une vieille femme, et il n'avait pu évacuer ce trouble qu'en prenant sa tête dans ses mains pour lui imprimer – de façon un petit peu brutale – son rythme et son amplitude.

Lorsqu'il avait ensuite senti son visage posé sur son ventre et sa respiration sur les poils de son pubis, il avait été un peu gêné par son accès de brutalité. Il avait caressé longtemps le dos de Vera et réfléchi à sa façon mystérieuse d'être toujours bien disposée à son égard depuis toutes ces années. Un « mariage à la petite semaine », telle était l'expression qui lui était venue à l'esprit – pourquoi parlait-on de « mariage à la petite semaine » ? Kurt était étonné de voir qu'il ne pouvait répondre à cette question et c'est pour mettre un terme à son embarras qu'il dit tout de go :

— Et si tu me faisais des pommes de terre sautées ?

— Bien sûr, avait répondu Vera, qui s'était levée pour passer à la cuisine.

Et maintenant ça sentait les pommes de terre sautées : odeur de son enfance ; Kurt ferma les yeux et cette odeur le catapulta en une fraction de seconde dans la chambre à coucher de ses parents où il s'était caché sous la couverture (bien que ce fût interdit). Il crut entendre la voix de sa mère.

— Kurt, tu viens ?

Il ouvrit les yeux. S'étonna pendant une seconde de l'étrange situation où il se trouvait après presque soixante-dix années de vie. S'assit au bord du lit. Enfila son slip. Mit sa chaussette gauche de couleur noire, qui n'était pas de la toute première fraîcheur. Et soudain, à l'instant précis où il cherchait sa seconde chaussette d'un air distrait, il sut que *le moment était venu.*

Il n'y avait plus à tergiverser. Il n'avait plus aucune raison de gaspiller son temps avec des choses sans importance : des comptes rendus pour la *ZfG,* des articles pour le *ND* à l'occasion d'un quelconque jubilé… même la collaboration à un ouvrage collectif qui était couplée à une conférence très attirante à Sarrebruck, dans la mesure où il regroupait des contributions de l'Est et de l'Ouest, même ça, il allait le refuser – en invoquant des raisons de santé – et dès demain il s'assiérait à son bureau et se mettrait à écrire ses mémoires en commençant (il le sut tout de suite) par cette fameuse journée d'août 1936 où il était debout sur le pont du ferry à côté de Werner et regardait le phare de Warnemünde pâlir dans le brouillard du matin.

— Tu viens ? demanda Vera.

— Oui, dit Kurt.

Il frissonnait un peu dans l'air humide… Et il sentait le pansement avec lequel il avait collé à l'intérieur de sa cuisse droite, soigneusement repliée, l'autorisation soviétique d'entrée dans le territoire.

1991

Irina

Si Irina avait dû dire d'où venaient les abricots
dont elle avait besoin pour farcir son oie à la
bourguignonne, il aurait suffi d'une phrase : les
abricots venaient du supermarché.

Même les raisins venaient du supermarché. Les
figues venaient du supermarché. Les poires, les
coings, tout venait du supermarché. Dans ces conditions, se disait Irina, ce n'était pas sorcier de préparer une oie à la bourguignonne. Il y avait même des
châtaignes au supermarché, toutes préparées, grillées
et épluchées et, après avoir refusé l'année précédente
d'acheter au supermarché des châtaignes toutes
préparées, elle n'avait pas hésité cette fois – à quoi
bon se donner du travail inutile ? Et ce fut pourtant
ce détail qui, l'espace d'une seconde, perturba Irina,
car c'était en général la première chose qu'elle
faisait : allumer le four et, pendant qu'il chauffait,
couper en croix la coque des châtaignes… Erreur.
Elle éteignit le four et commença à préparer les
fruits pour la farce.

Il était un peu plus de quatorze heures. Dehors la neige fondait et l'eau gouttait sur le rebord en zinc de la fenêtre. La radio de la cuisine diffusait les nouvelles de la Deutschlandfunk. On évoquait la dissolution imminente de l'Union soviétique.

Irina éplucha les coings sans faire une peau trop épaisse puis les coupa en gros dés d'environ un centimètre de côté. Les coings étaient durs, ses doigts lui faisaient mal. Par ce temps, ses articulations étaient douloureuses : le dos, les mains... Et qui sait, pensa Irina, tandis qu'on reparlait à la radio de la région du Haut-Karabakh dans l'Azerbaïdjan où des Arméniens (qu'Irina considérait comme un peuple de grande culture, et pas seulement à cause de leur excellent cognac) avaient assassiné cette nuit vingt civils, qui sait, pensa-t-elle, quelles cochonneries elle avait pu encore attraper : tous ces produits faits pour protéger le bois et qu'elle avait respirés. La poussière de laine de verre, dont on avait soudain dit qu'elle provoquait le cancer... et tout ça en pure perte.

Irina écarta les doigts plusieurs fois de suite et se souvint de sa bonne résolution : ne pas penser à tout ça aujourd'hui – une résolution qu'il n'était pas facile de tenir quand on allait dès le matin à la boîte aux lettres avec une drôle d'impression dans le ventre, pour voir s'il n'y avait pas par hasard une lettre d'huissier... Stupide, bien sûr ! Il avait été stupide de ne pas acheter la maison. D'un autre côté : qui sait si le service communal du logement aurait voulu vendre la maison ? Elle aurait dû poser la question ? Personne n'avait posé de questions. Toutes les maisons des environs appartenaient au service communal du logement et il n'était venu à l'idée de personne (sauf à ce drôle de Harry Zenk) d'acheter la maison dans laquelle il habitait : à quoi bon, d'ailleurs, quand on payait à peine cent vingt marks de loyer ?

Et voilà qu'elle se retrouvait dans la situation où elle se disait « si... ». Un cognac lui ferait du bien, pensa Irina, pendant que le Bundestag décidait d'une loi sur la mise en place d'une allocation pour les mères dans les *nouveaux Bundesländer* – il s'agissait d'eux, les Länder de l'Est, étrange cette expression qui avait surgi depuis peu : comme si l'on venait juste de découvrir ces « nouveaux » Länder, comme Christophe Colomb avait découvert l'Amérique... Oh, oui, un cognac lui ferait du bien, se dit Irina pour ne plus ressasser les mêmes idées... mais elle avait décidé de ne pas boire aujourd'hui, pas seulement à cause de Charlotte qu'elle devait aller chercher tout à l'heure à la maison de retraite. Les enfants n'allaient pas tarder à arriver, Sacha avec cette Catrin. Il ne fallait pas boire si elle ne voulait pas qu'il y ait encore un éclat.

À la place, elle s'alluma une cigarette. Le bip bien connu retentit à la radio et Irina s'arrêta pour écouter... stupide habitude. Autrefois, elle ne faisait pas du tout attention aux informations routières, comme tout individu normalement constitué. Mais, depuis que Sacha habitait à Moers – une localité dont le nom sonnait aux oreilles d'Irina comme *mjörs* qui voulait dire « geler » en russe – depuis qu'il habitait à Moers, elle s'était mise à écouter parce que, à sa grande surprise, ce Moers était souvent cité dans les informations routières : *A57, Nimègue en direction de Cologne : entre Kamp-Lintfort et l'échangeur de Moers, cinq kilomètres de bouchon* – c'était ce genre d'information qui lui donnait l'impression que Sacha existait encore. Et même aujourd'hui où Sacha devait être en route pour venir ici, à Neuendorf, elle essayait de deviner, en écoutant le nom des différentes localités, combien de retard il aurait, et elle adressait de minuscules prières au ciel quand il était question d'un accident quelque part.

En fait, elle avait espéré que la chute du Mur allait ramener Sacha. Cela avait été sa première pensée quand elle avait vu à la télévision les images de ces gens qui se serraient dans les bras en pleurant, et elle avait pleuré elle aussi sans retenue et s'était fâchée contre Kurt qui, pendant tout ce temps, avait regardé la télévision sans dire un seul mot et s'était bourré une pipe après l'autre. Elle avait pleuré et lutté contre l'idée idiote que tout cela n'arrivait que pour elle.

Mais, au lieu de revenir, Sacha s'était éloigné encore plus. Au lieu de revenir à Berlin où se passaient les choses les plus incroyables, au lieu d'y prendre part, au lieu de mettre sa chance à profit, il était parti à Moers... Tout ce qu'il aurait pu faire ! se lamentait Irina. Ça lui faisait mal au cœur de voir tous ces pantins qui se produisaient depuis peu à la télévision, alors que Sacha était enterré dans son Moers, quelque part à la frontière néerlandaise. Une ville que même Kurt ne connaissait pas... Et pour quoi faire ? Parce que Catrin avait trouvé une place là-bas : au théâtre de Moers ! Sans doute impossible de faire mieux, se dit Irina.

Mais, après l'éclat de cet été, lors de leur dernière visite, elle avait décidé de ne plus rien dire à ce sujet. Les brefs moments que Sacha passait à Neuendorf étaient trop précieux pour se disputer. Et on pouvait s'estimer heureux qu'il vienne. L'année précédente, ils avaient annulé peu avant Noël et avaient pris l'avion pour passer les fêtes – drôle d'idée – aux îles Canaries, et Irina avait passé Noël seule avec Kurt et Charlotte. Mais cette année, elle était bien décidée à faire encore un vrai Noël : qui sait, ce serait peut-être la dernière fois dans cette maison. Mais elle ne dirait pas un mot non plus là-dessus, ce soir, promis juré.

Elle préparerait une oie à la bourguignonne, comme chaque année. Pour le café il y avait un *Stollen* qu'elle avait fait elle-même. Et quand l'oie de Noël serait bien raclée, que le *Stollen* serait mangé, songea Irina tout en coupant en lamelles les figues et les abricots séchés, quand les discussions sur la politique seraient terminées, quand l'épreuve du déballage des cadeaux serait surmontée, quand elle aurait fait tremper la vaisselle et reconduit Charlotte dans sa maison de retraite, alors, songea Irina, elle s'offrirait un cognac – un seul ! – et elle savourerait ce moment qui avait toujours été le plus beau moment de Noël : l'heure d'après, quand ils se laissaient choir sur la banquette en angle de la cuisine et que Kurt commençait à fumer son tabac à la vanille, quand les hommes, après s'être encore moqués une dernière fois des petites et des grandes catastrophes du monde, relevaient leurs manches et faisaient encore une ou deux parties d'échecs…

Une musique d'église sirupeuse se fit entendre à la radio. Irina baissa le son mais n'éteignit pas, par précaution, même si c'était de la pure superstition de craindre qu'il puisse arriver quelque chose à Sacha si elle arrêtait de suivre les informations routières. Elle prit sa cigarette posée dans le cendrier et déjà à moitié consumée, tira quelques grosses bouffées avant de l'écraser consciencieusement. Puis elle fit fondre une demi-plaquette de beurre dans une casserole, versa les fruits coupés et ajouta un filet de cognac. Un fumet sucré monta vers elle, c'était une odeur de… whisky, *tschort poberi* !

Interloquée, Irina prit la bouteille qu'elle avait achetée exprès pour cette soirée de Noël. Elle avait bien passé dix minutes devant les rayons. Elle ne s'était toujours pas habituée au nombre impressionnant de marques différentes. La seule chose qu'on ne trouvait plus – même occasionnellement –, c'était du cognac arménien. À la place il y avait du cognac français, grec, espagnol, italien, autrichien et bien d'autres encore. Et après de longues hésitations, elle s'était finalement décidée pour un cognac particulièrement cher, un cognac indien, quelque chose qui sortait de l'ordinaire, s'était-elle dit, pour les fêtes – et voilà que c'était du whisky !

Elle goûta le mélange de fruits et de whisky – pas mauvais, mais étrange. Il ne lui restait plus qu'à verser avec précaution dans un verre le jus particulièrement fruité des grains de raisin, qu'elle venait juste de couper en deux (il n'y en avait pas beaucoup, mais à quoi ça pouvait servir d'autre ?) et à faire tremper encore une fois les fruits – mais dans quoi ? Peut-être du rhum, réfléchit Irina. Du moins pour la farce. Pour la sauce, elle s'en sortirait avec du porto et du miel.

Elle laissa les fruits tremper cinq minutes dans le rhum. Pendant ce temps, elle s'occupa de l'oie : la vida, mit les abats dans un récipient, lava la bête, la tamponna avec de l'essuie-tout – l'essuie-tout, l'invention qui à elle seule justifiait la réunification, disait souvent Kurt pour plaisanter. Elle enleva le gras en trop, coupa la glande sébacée, piqua l'oie sous les ailes, la frotta avec du sel à l'intérieur et à l'extérieur. Puis elle la remplit de farce et cousit la bête, opération qui depuis quelque temps, plus exactement depuis son opération à elle, la totale, suscitait de désagréables associations d'idées... Mais, aujourd'hui, elle préférait ne pas penser à ça non plus.

Voilà qu'elle avait oublié de préchauffer le four. Elle alluma le gaz et, avec la même allumette, alluma la gazinière pour faire chauffer de l'eau et se brûla un peu les doigts en voulant encore allumer une cigarette avec la même allumette. Puis elle regarda tranquillement la bouteille qu'elle avait achetée par erreur : dessus était écrit *Single Malt* mais nulle part le mot *whisky* – ou alors écrit en si petit qu'elle était incapable de le lire sans ses lunettes. Il fallait au moins qu'elle goûte pour savoir à quoi ça ressemblait pur. Au moment où elle portait la bouteille à sa bouche, Kurt apparut dans l'encadrement de la porte.

— Je goûte juste, se défendit Irina.

Pour le prouver, elle leva haut la bouteille, mais comme elle en avait déjà versé dans la farce, il en manquait une bonne dose.

— Merveilleux, dit Kurt. Maintenant, c'est à moi d'aller chercher Charlotte.

— Attends, je mets l'oie au four et j'y vais.

Kurt leva la main en signe de refus :

— Je vais prendre un taxi.

— Je n'ai rien bu, répéta Irina.

— Non, c'est non, dit Kurt. Je vais le faire maintenant. Juste une chose, Irouchka : arrête de boire. Il y a les enfants qui arrivent aujourd'hui…

— Je ne bois pas !

— Bien, dit Kurt, c'est bien !

Et il sortit de la cuisine.

Irina versa un fond d'eau très chaude dans le plat, posa l'oie dedans, mit le couvercle par-dessus, glissa le tout dans le four et régla le minuteur sur une heure et demie. Puis elle enleva les feuilles extérieures du chou rouge, s'empara du grand couteau et coupa le chou en deux d'un coup sec. Elle prit ensuite le mélange de jus de fruits et de whisky – et le but.

Primo, ce n'était pas du vrai alcool. *Secundo*, elle était en colère.

Elle reprit le grand couteau et commença à couper le chou rouge en fines tranches... Oh, oui, elle était en colère. Non seulement parce qu'il insinuait qu'elle buvait – ça aussi ! –, mais aussi à cause de ce ton offensé qu'il prenait pour lui faire des reproches... Comme si c'était lui demander l'impossible d'aller chercher sa mère ! Et voilà qu'elle, Irina, avait mauvaise conscience. Alors que c'était quand même *sa* mère ! Pourquoi c'était pris comme une évidence que c'était à *elle* d'aller à la maison de retraite ? Simplement parce que Kurt ne savait pas conduire ? Si on voyait les choses comme ça, il ne savait rien faire... C'était le cas, d'ailleurs.

Kurt ne s'occupait de rien, ruminait Irina en coupant le chou rouge. Bien sûr, ça avait toujours été comme ça. Mais, ces derniers temps, c'était devenu de pire en pire. Elle comprenait que tout cela l'énervait. Il bataillait contre la « liquidation », comme on disait depuis peu, de son institut. Il était tout le temps parti. Il allait à Berlin, plus souvent qu'autrefois, il avait même été à Moscou, parce que des archives étaient soudain accessibles au public. Il n'arrêtait pas d'écrire des lettres, des articles. Il s'était exprès acheté une nouvelle machine à écrire : électrique ! Quatre cents marks ! Kurt, qu'il fallait battre comme plâtre pour qu'il s'achète de nouvelles chaussures, avait acheté une machine à écrire à *quatre cents marks de l'Ouest* ! – alors qu'elle avait toujours mauvaise conscience quand elle dépensait cette nouvelle et précieuse monnaie pour du beurre et des petits pains...

En outre, on n'arrivait toujours pas à savoir combien Kurt allait toucher de retraite après tous ces changements. Sans parler de sa retraite à elle. Il lui fallait soudain présenter des attestations de travail remontant à l'époque où elle était à Slava : quelle bureaucratie ! Et elle avait toujours cru que la RDA était un État bureaucratique... Elle ne toucherait sûrement pas non plus sa retraite complémentaire (la RDA lui avait accordé une retraite comme ancienne persécutée du régime nazi, qui servait à remplacer sa retraite d'honneur qu'elle aurait touchée comme « vétéran de guerre » en Union soviétique) : il était peu probable que les autorités de l'Ouest la récompensent pour avoir combattu contre l'Allemagne comme colonel de l'Armée rouge... Et, si en plus elle perdait la maison, c'était la fin des haricots. Même si après la « rétrocession » – encore un de ces mots qui avaient fait leur apparition avec la réunification – on les laissait encore habiter ici, ils n'arriveraient pas à payer le loyer à la longue. Et l'ironie du sort, c'était qu'avec les travaux qu'elle avait entrepris pour l'aménagement des combles et la construction de la chambre de Nadejda Ivanovna, elle avait presque doublé la surface habitable – et de ce fait le loyer aussi.

Elle se versa encore une petite goutte. D'ici à ce qu'elle aille chercher Charlotte à la maison de retraite, l'effet de l'alcool se serait depuis longtemps dissipé. Rien qu'une ! Et ensuite, juré, elle mettrait la bouteille dans le cellier. Mais, pour l'instant, elle avait besoin d'une petite goutte : l'idée que, bientôt, des personnes étrangères allaient mettre les pieds ici lui bouffait carrément les tripes. Et pire encore que l'éventualité qu'ils reprennent tout tel que c'était, sans vergogne, il y avait la perspective que les nouveaux propriétaires pourraient tout abattre parce que les trucs de la RDA, ce n'était pas assez bien pour eux... Elle voyait déjà les carreaux de la cuisine sur le tas de gravats... Oh, oui, elle se rappelait encore très bien le moment où elle était allée chercher ces carreaux sous une pluie battante dans une arrière-cour quelconque et comment elle les avait chargés sur sa remorque. Elle se rappelait très bien le visage de fripouille du concierge qui avait « détourné » le mitigeur d'un stock quelconque destiné à la direction du district... Elle se rappelait tout et elle se rappelait aussi, au moment de prendre vraiment une dernière goutte, ce que Kurt lui avait dit il y avait deux semaines :

— Dans ce cas, on se cherchera un petit appartement pratique. Cette maison est de toute façon trop grande pour nous deux !

L'eau qui tombait du toit faisait toujours un bruit régulier sur la plaque en zinc. La radio parlait encore de l'Union soviétique qui se désagrégeait et, bien qu'Irina ait déjà entendu ces informations des dizaines et des dizaines de fois, elle resta plantée devant la fenêtre, le chou vert à la main... Pendant un instant, elle regarda le sol mouillé du jardin encore à moitié recouvert de neige, et il lui parut invraisemblable que c'était bien elle – dans un lointain, lointain passé – que c'était bien elle qui avait rampé sur un sol froid et boueux, pleurant, maudissant, les doigts meurtris... Comme c'était lourd, un blessé ! Et comme il était long, toujours plus long, le trajet pour rejoindre ses propres lignes... Et juste au moment où elle se demandait s'il était légitime de boire encore une rasade symbolique au déclin de l'Union soviétique, elle entendit un klaxon.

Elle se dirigea aussitôt vers la fenêtre du vestibule pour regarder dehors : Catrin refermait le portail, et Sacha descendait d'une grosse voiture gris métallisé à côté de laquelle sa Lada ressemblait à une antiquité.

La dernière fois qu'Irina avait vu Catrin, c'était en été et elle se rappelait maintenant qu'à l'époque déjà un changement lui avait sauté aux yeux : cette femme mal attifée aux allures engoncées était devenue une belle créature. Elle ne savait pas si cela venait des vêtements de l'Ouest (elle portait un tailleur sombre) ou de son teint hâlé (sans doute artificiellement) – toujours était-il que Catrin ressemblait à ces femmes des catalogues que le facteur mettait depuis peu automatiquement dans les boîtes aux lettres ; et, pour faire bonne mesure, elle portait des chaussures avec de très hauts talons, dépassant ainsi Irina de deux bonnes têtes.

Mais, en totale opposition avec son allure, elle se comportait de façon étonnamment timide. Elle restait obstinément près de Sacha, se cachant à moitié derrière lui. Elle salua Irina d'une petite voix, en souriant, la regarda par en dessous d'un air interrogateur (elle parvenait effectivement, en dépit de sa taille, à regarder Irina *par en dessous*), bref, dès la première seconde, son attitude parut fausse et affectée à Irina, presque vexante.

Même Sacha lui parut au premier abord un peu étranger. Peut-être que cela venait simplement de sa coiffure – il avait rasé ses pattes, c'était la nouvelle mode. Son jean inhabituellement large (autrefois il tenait absolument à avoir des pantalons très moulants) et sa veste très chic coupée dans un tissu grossièrement tissé qu'Irina ne connaissait pas le faisaient paraître plus mûr, plus posé, d'une certaine façon. Mais, au moment où il la prit dans ses bras, elle reconnut son odeur et, quand elle découvrit l'éclat un peu gris de ses cheveux, elle ne put retenir ses larmes.

— Allez, maman, dit Sacha. Ça va aller !

Sacha semblait d'excellente humeur. Irina retourna effeuiller son chou vert tout en écoutant ce qu'il avait de nouveau à raconter : le nouvel appartement – « Vous allez quand même venir nous voir bientôt ! » – la nouvelle voiture et cette « foutue autoroute de l'Est », où ils étaient restés coincés dans un embouteillage pendant près d'une heure ; puis Paris où ils étaient allés récemment mais qui leur avait moins plu que Londres, même si la nourriture à Londres était infecte, « presque aussi mauvaise qu'en RDA », affirma Sacha, et il raconta comment ils avaient vainement cherché à manger un *fish and chips* à Londres, tandis que Catrin gloussait pour approuver, passant d'un pied sur l'autre, changeant constamment de position, ce qui mettait Irina hors d'elle.

— On trinque avec quoi ? demanda Sacha.

— Du whisky ?

— Peu importe, dit Sacha. Toujours est-il qu'il y a une bonne raison ! Je vais faire de la mise en scène au théâtre de Moers. J'ai signé le contrat il y a deux jours.

Irina se força à faire bonne figure.

— Hé, maman, c'est super ! s'exclama Sacha. C'est la première fois que je fais une mise en scène dans un vrai théâtre.

— Alors à la tienne, dit Irina – qui d'un coup se raidit.

— J'ai l'impression qu'il y a quelque chose qui brûle, fit remarquer Catrin.

Effectivement : elle avait oublié de baisser le gaz… Elle se dépêcha d'aller sortir le plat du four. Toute l'eau s'était évaporée et ça fumait beaucoup.

— Je peux vous aider ? demanda Catrin.

Mais Irina refusa de façon énergique.

— Montez vos affaires dans la chambre de Sacha, je vais le faire.

Irina ferma la porte de la cuisine et inspecta les dégâts – ils étaient limités. Elle enleva un morceau de peau sur le dessus, racla le plat et le fit refroidir un peu. Pendant ce temps elle mélangea une moitié de verre de miel avec trois quarts de litre de porto, puis elle versa le tout sur l'oie qu'elle remit dans le four.

— Tout va bien ?

Sacha avait glissé sa tête dans l'embrasure de la porte.

— Tout va bien, assura Irina.

— Dans ce cas... dit Sacha en levant encore une fois son verre.

— Et toi, tu vas bien, toi ? demanda Irina.

Mais, au lieu de répondre, Sacha posa une question :

— Comment tu vas, maman ?

— Bien, dit Irina en haussant les épaules.

— Qu'est-ce qui se passe ?

— Tu ne sais pas comment c'est ici. Tu ne vis pas ici.

— Ah, maman, arrête un peu avec ça.

— Et ils vont réduire notre retraite, enchaîna Irina pour vite dévier du point douloureux : Moers.

— Mais non, dit Sacha, ce sont encore des rumeurs. Vous allez bien ! Vous devriez profiter de la vie ! Allez faire un tour à Paris ! Venez nous voir !

Sacha la saisit fermement par les épaules et la regarda droit dans les yeux :

— Maman, Catrin n'a absolument rien contre toi.

— Je ne dis pas ça.

— Alors tout va bien. D'accord ? Tout va bien ?

Irina fit oui de la tête. Elle tapota son paquet de cigarettes pour en faire sortir deux ou trois et les lui tendit.

— Autre bonne nouvelle, dit Sacha. Je ne fume plus.

Un peu plus tard, Kurt rentra. Sans Charlotte.

— Ben, voilà, dit-il.

Il fit un bref compte rendu, à contrecœur. Charlotte n'allait pas bien. Elle ne l'avait pas reconnu, c'était à peine si elle était consciente. Et le médecin lui avait fait comprendre qu'on devait s'attendre au pire.

Pendant un moment, ils gardèrent tous le silence. Sacha se tenait debout dans l'embrasure de la porte qui menait au jardin d'hiver et regardait au-dehors (ou regardait le petit sapin rabougri – le sapin de Kurt : avec ses guirlandes en paquets et sa fausse neige en faux coton bleu). Catrin avait une mine d'enterrement, comme si Charlotte était déjà morte. Irina était agacée.

Bien sûr, ce n'était pas juste d'être agacée ainsi, elle le savait. Évidemment, elle n'y pouvait rien si Charlotte mourait. Et pourtant Irina était agacée. Elle se retira dans la cuisine sans dire un mot et commença à éplucher les pommes de terre pour les *Klöße*. Elle essayait de justifier son manque de tristesse en repensant à toutes les vexations que Charlotte lui avait fait subir. Non, elle n'avait pas oublié comment elle avait dû récurer les interstices dans le bois de la penderie. Comment Charlotte avait voulu marier Kurt à cette Gertrud… Le pire moment de sa vie, songea Irina, en mettant les pommes de terre à cuire et en se servant un whisky – au moins, elle n'aurait plus à reprendre la voiture aujourd'hui ! Pire que la guerre. Pire que les premiers tirs de l'artillerie allemande, et ce n'était pas peu dire !

Elle but son whisky – ce truc donnait vite le tournis ! – et s'alluma une cigarette. Soudain elle ne put s'empêcher de rire en pensant à la poignée de poubelle que Charlotte lui avait offerte au Noël dernier : une vieille poignée de poubelle toute rouillée ! Incroyable !... Non, on ne pouvait pas lui en vouloir. Elle était vieille et complètement fêlée, et maintenant elle mourait, seule, dans une maison de retraite. Demain, elle irait faire un saut, décida Irina. Malgré tout.

Elle posa sa cigarette sur le bord du cendrier et commença à râper les pommes de terre crues – pour les *Klöße* de Thuringe, moitié-moitié. Plus exactement, un peu plus de ces trucs que l'inverse, mais dans quelle proportion ? Son livre de cuisine devait être là quelque part. Irina se mit à le chercher mais au bout d'un moment elle constata qu'elle n'était pas du tout en train de chercher son livre de cuisine et que ses pensées tournaient toujours autour de Charlotte... Car il fallait bien dire une chose : au cours des deux dernières années, plus exactement, depuis la mort surprenante de Wilhelm – car il avait beau avoir déjà quatre-vingt-dix ans, personne n'avait pensé qu'il allait bientôt mourir –, depuis la mort surprenante de Wilhelm, Charlotte avait changé de manière étrange. Et ce qui était étrange, ce n'était pas tant sa folie qui avait soudain fait irruption – elle avait toujours été un peu folle –, mais la façon dont elle était soudain devenue douce et sociable. Brusquement toute sa mauvaise énergie, celle qui l'avait toujours maintenue, avait disparu. D'un coup, elle avait commencé à parler à Irina en l'appelant « ma chère fille ». Elle écrivait à Kurt des lettres confuses mais presque tendres ou appelait en pleine nuit pour le remercier à propos d'une broutille... jusqu'à ce qu'une nuit elle débarque en caleçon long, sa valise mexicaine à la main, et demande si elle ne pouvait pas loger dans l'ancienne chambre de Nadejda Ivanovna maintenant décédée. Cette fois, ce fut Kurt qui avait refusé catégoriquement. Non, bien sûr, Irina ne la voulait pas dans la maison. Mais la mettre tout bonnement dans une maison de retraite lui paraissait brutal, et même si Charlotte s'était laissé faire sans opposer la moindre résistance, Irina devait chaque fois lutter pour ne pas pleurer quand elle allait la voir là-bas au milieu de tous ces gens qui erraient dans les couloirs, le regard éteint…

Dans le livre de cuisine, il était marqué : *éplucher deux tiers des pommes de terre, les laver et les râper finement*… Irina essaya de se débrouiller avec les proportions… Est-ce que ça voulait dire plus ou moins que… ? Mon Dieu, il fallait vraiment qu'elle arrête de boire. Juste un dernier ! Elle en avait besoin pour diluer l'amertume qui l'oppressait. Quel qu'ait été le caractère de Charlotte, quoi qu'elle ait fait, il était malgré tout impensable de fêter Noël sans elle. Sans Charlotte et sa fourrure en raton laveur, sans sa voix de fausset, ses compliments alambiqués, ses vantardises, son sac en Perlon d'où elle sortait généreusement des cadeaux à faire pitié – et même si ça avait été le cadeau le plus idiot qu'elle ait jamais reçu, cette poignée de poubelle que Charlotte lui avait tendue, *le visage rayonnant*, avait été le premier et le seul cadeau dont Irina sentait qu'il venait du cœur…

Encore un, se dit Irina. Pour Charlotte, sur son lit de mort.

On entendait les voix des hommes venir du salon, discussion habituelle : le chômage et le socialisme… « Ce qu'on est en train de faire ici, c'est tout simplement de brader la RDA », disait Kurt. Irina connaissait ça par cœur, on ne parlait que de ça chaque fois qu'on avait de la visite – même s'ils n'avaient plus guère de visites. Soudain tout le monde avait mille choses à faire. Même s'ils étaient tous au chômage. Étrange, ça aussi, pensa Irina. « La RDA était en faillite, disait Sacha, elle s'est bradée toute seule... » Suivirent des calculs qu'elle ne comprit pas bien... « Si les salaires passent de un à un, disait Kurt, pendant qu'Irina pensait à ses deux tiers, un tiers, alors les entreprises peuvent mettre la clef sous la porte du jour au lendemain. » Mais Sacha répliquait : « S'ils ne sont pas payés à un pour un, les gens vont passer de l'autre côté... » Un pour un, se dit Irina. Ou un tiers pour deux tiers... « Je ne comprends pas, poursuivait Sacha, tu as pourtant toujours dit que le socialisme était fini. C'étaient donc juste des mots... » Soudain tout lui parut très loin... « Je ne parle pas ici de la RDA mais du socialisme, d'un vrai socialisme démocratique ! » Même les *Klöße* lui paraissaient soudain très loin... « Il n'y a pas de socialisme démocratique », disait Sacha. Et la voix de Kurt : « Le socialisme est par essence démocratique, parce que ceux qui produisent peuvent décider eux-mêmes de... »

Irina prit une fourchette pour voir si les pommes de terre étaient cuites... Peu importait. Disputes stupides... Encore un Noël dans cette maison. Encore une oie à la bourguignonne. Encore des *Klöße*, comme c'était la tradition. Et après, ils peuvent bien m'emmener où ils veulent, se dit-elle... Et même les pieds devant. Elle fit cul sec avec le reste, mais il n'y avait pas de reste. Elle s'en versa alors encore un fond et commença à peler les pommes de terre. Tout à coup, les voix étaient toutes proches :

— Ha ha, disait Kurt, maintenant il n'est plus permis de réfléchir à des alternatives au capitalisme ! Magnifique, c'est donc ça, votre démocratie…

— Eh bien ! heureusement que tu as pu réfléchir à des alternatives pendant ton socialisme à la con.

— Tu es déjà complètement corrompu ! dit Kurt.

— Corrompu ? C'est moi qui suis corrompu ? Tu t'es tu pendant quarante ans, cria Sacha. Pendant quarante ans, tu n'as pas osé parler de tes grandes expériences soviétiques.

— Je vais le faire…

— Ah, oui, maintenant que ça n'intéresse plus personne !

— Et qu'est-ce que tu as fait, *toi* ? (C'était au tour de Kurt de crier.) Où sont tes actes d'héroïsme, à *toi* ?

— Merde, cria à nouveau Sacha. J'emmerde une société qui a besoin de héros !

— J'emmerde une société où deux milliards d'individus crèvent de faim, cria Kurt.

Soudain Irina se retrouva au salon, elle ne savait pas comment elle était venue. Elle se retrouva au salon et cria :

— Arrêtez !

Pendant une seconde, ce fut le silence. Puis elle dit :

— Noël.

À proprement parler elle avait voulu dire : Aujourd'hui, c'est Noël. Elle avait voulu dire : Sacha est là pour la première fois depuis des mois, alors faites que l'on puisse passer ces deux jours en paix – quelque chose dans ce genre. Mais, bien qu'elle ait encore les idées *parfaitement claires*, elle avait étrangement du mal à parler.

— Noël, dit-elle.

Puis elle tourna les talons et repartit à la cuisine.

Son cœur battait la chamade. Elle suffoquait tout à coup. Elle prit appui sur le rebord de l'évier. Resta un moment ainsi. Regarda le récipient maculé de sang qui était toujours posé sur l'égouttoir à côté de l'évier… Oubliés : les abats. Elle prit le grand couteau à viande… Se sentit soudain incapable… Incapable de prendre ça dans le récipient. Elle avait soudain l'impression que c'étaient ses viscères à elle. Comme si c'était ce qu'on lui avait enlevé, là où elle avait mal, dans le bas-ventre…

— Je ne peux vraiment pas vous aider ? (C'était la voix de Catrin, aimable et bienveillante.) Je peux vite faire la pâte pour les *Klöße*…

— Je vais le faire, la coupa Irina. Elle ne dit pas que c'était la recette de Thuringe, il était préférable de ne pas employer de mots compliqués. À la place elle dit : C'est moitié-moitié… Mais un peu plus que…

— Je sais, dit Catrin. Tu as mis combien de pommes de terre crues ?

Combien de pommes de terre crues ?

— Je vais le faire, répéta Irina.

— Ça doit faire cinq ou six, dit Catrin, en prenant la râpe. Mon Dieu, c'est vraiment compliqué…

Catrin parlait vite, beaucoup trop vite, et Irina avait besoin d'un petit délai pour saisir ces syllabes qui filaient à voix basse et les remettre dans l'ordre. Mais, une fois remises en place, ça donnait ceci :

— Tu sais… il y a aussi de la pâte toute prête… Et franchement… elle n'est pas si mal que ça… Tu veux… que je t'écrive la marque ?

Irina prit la râpe des mains de Catrin.

— Désolée, dit Catrin. Je ne pensais pas à mal… Je me disais juste, à cause du travail…

— Je. Vais. Le. Faire, dit Irina.

Ce n'est qu'une fois Catrin partie qu'elle se rendit compte qu'elle avait toujours le couteau à viande dans la main.

Elle posa le couteau. S'appuya un instant contre l'évier. Quand on respirait, ça faisait moins mal. Irina inspira. Mais de nouveau la voix des hommes.

— Tu n'y es simplement pas resté assez longtemps ! Ils auraient dû te faire rempiler pour dix ans !

Les abats commençaient à danser devant ses yeux.

— Tu n'as aucune idée de ce que c'est le capitalisme !

Irina regardait les carreaux sur le mur et essayait de se concentrer sur les joints.

— Le capitalisme assassine, criait Kurt. Le capitalisme empoisonne ! Le capitalisme bouffe la planète…

Irina expira. « Seize heures, Deutschlandfunk », dit la radio. L'Union soviétique était liquidée pour la troisième fois. Elle s'étonnait quand même un peu. À propos de la météo.

— Quatre-vingts millions de morts, criait Sacha. Quatre-vingts millions !

C'était elle, ça ? Ces mains. Ce ventre. *Pour la patrie, pour Staline*. Belle saloperie. Si seulement on pouvait ne faire qu'inspirer.

— Deux milliards, criait Kurt.

Elle mit tout dans la poubelle : les pommes de terre. Puis elle enfila le truc. Sauf que la bouteille était difficile à ouvrir… avec un gant. À la patrie ! À Staline ! À tous ceux qu'ils avaient trompés !

— Oui, les enfants en Afrique, hurlait Kurt. Qu'est-ce qu'il y a de drôle là-dedans ?

Elle sortit l'oie du four. L'oie, l'oie blanche. Allongée là. L'ouverture avait sauté, le trou était béant. Ça faisait mal quand elle mettait les doigts dedans. Pour enlever toute cette purée, sans gant. La farce. C'était brûlant. Mais peu importait… impossible de faire autrement. Elle inspira. En revanche, les abats étaient froids. Elle prit tout. D'un coup. Et refourra tout dedans. Oie blanche. Et elle avait encore la main dedans, le contact froid dans la main, brûlant à l'extérieur, froid dedans… lorsque tout se mit à vaciller. Toute la cuisine. Les carreaux. Et à danser. Mais maintenant, c'étaient les carreaux par terre.

Catrin la prit sous les bras.

— Ne me touche pas, gronda Irina.

— Irina, dit Catrin.

Et puis le reste sortit. Tout seul. Un cri sorti tout seul. Collé au reste, minuscule reste :

— Ne me touche pas, charogne !

Puis le sol se rapprocha encore. Les carreaux. Dansaient. Mais l'oie était immobile. Au bout d'un moment. Immobile sur le carrelage. L'oie, stupide oie blanche. Avec son trou au milieu.

— Ah, c'était ça, dit Sacha.

Il va encore falloir recoudre, pensa Irina.

1995

Markus

Comme toujours, quand il rentrait chez lui le vendredi, en fin de semaine, il était le premier. Ce fut donc lui qui trouva la lettre bordée de noir, adressée à Melitta et Markus Umnitzer, même si Melitta s'appelait Greve depuis trois ans (elle avait pris le nom de Klaus, et Markus était donc le seul Umnitzer dans la nouvelle famille).

La lettre faisait très distingué, c'est ce qui le frappa tout de suite. Ne sachant pas s'il avait le droit de l'ouvrir, il la plia en deux et la mit dans sa poche revolver. Il y avait plus important à faire pour le moment.

Il balança son linge sale dans la salle de bain, fila dans sa chambre et ouvrit la carte-son qu'il avait achetée dans le magasin d'informatique de Cottbus. Par précaution, il déchira aussitôt l'emballage, qu'il fourra tout au fond de sa corbeille à papier (tout ce qui avait rapport avec l'informatique passait pour une perte de temps et une débilité aux yeux de Meli). Il ouvrit le côté de sa tour, qui n'était fermée que par une seule vis, glissa la carte dans la prise correspondante, la relia par un câble à son ampli stéréo (connecteur RCA), boota son ordinateur et fit un essai en jouant une partie de DOOM : fabuleux ! Les grognements des monstres étaient tellement vrais que ça faisait peur. On entendait le bruit des fusils que l'on rechargeait et celui des monstres qui s'effondraient, touchés à mort. Markus accéda au niveau supérieur sans parvenir à sortir, malgré ses multiples tentatives, d'un espace occupé par des créatures infernales où il fallait aller chercher une clef pour pouvoir continuer.

Tout à coup, il était dix-sept heures trente. Meli rentrait généralement à dix-huit heures de Berlin. Depuis qu'elle ne gagnait plus rien avec ses poteries, elle s'était remise à la psycho dans la « boulistique » ou un nom dans le genre (un truc avec des criminels complétement mabouls), et Markus ne voulait plus être là quand elle arriverait. Il trouva des choses à réchauffer dans le réfrigérateur, et aussi, malheureusement, un papier à côté de la cuisinière, laissé par Meli, avec toute une liste de choses à faire. Il décida de ne rien toucher dans le frigo et ainsi de faire comme s'il n'avait pas vu le papier. Il se coupa deux grosses tranches de pain, étala du fromage dessus et, tout en mangeant son sandwich, chercha en vain la dope qu'il avait planquée dans sa chambre, le week-end dernier. Dix-huit heures approchaient dangereusement, il se mit encore un peu de gel dans les cheveux et quitta la maison.

Depuis la réunification (ou au plus tard un ou deux ans après), la gare de Großkrienitz avait rouvert. Il ne fallait guère plus de quarante minutes pour rejoindre le centre et à peine vingt pour aller jusqu'à Gropius-stadt – chez Frickel. Chose bizarre : Gropiusstadt, que Markus admirait autrefois de loin, s'était révélé un quartier plutôt prolo, alors que Großkrienitz était devenu une banlieue chic, et la maison que Meli avait achetée à l'époque avec des marks de l'Est s'était avérée une super affaire. Quand Klaus avait emménagé, ils l'avaient faite entièrement rénover, avec toit végétal et tout le tralala : l'argent n'était pas un problème, Klaus s'était soudain fait une place en politique et il siégeait au Bundestag – le pasteur Klaus, qui avait distribué au temple des poèmes tirés sur stencils, était devenu député et je ne sais quoi encore, il prenait tous les lundis l'avion pour Bonn et gagnait un max de tune. Meli gagnait aussi de l'argent de son côté et elle s'était acheté une Audi gris métallisé – alors que la mère de Frickel avait entre-temps divorcé, perdu son emploi et habitait avec Frickel dans une cité nouvelle à Gropiusstadt.

Markus ne pouvait rien à tout ça. Personnellement, il ne retirait aucun profit du fait que ses parents étaient soudain pleins aux as. Klaus, qui, depuis peu, voulait jouer les pères de famille, attachait de l'importance à ce que Markus s'en sorte uniquement avec ce qu'il gagnait comme apprenti ; il lui retirait même de l'argent quand, par exemple, il laissait traîner des outils dans le jardin ou cassait quelque chose sans faire exprès, et de toute façon Meli trouvait très bien tout ce que Klaus disait. Elle allait même au culte le dimanche. Et elle aurait bien aimé obliger Markus à y aller aussi, chose à laquelle il pouvait échapper grâce à l'article sur la liberté de croyance inscrit dans la Loi fondamentale. Ce qui était en revanche beaucoup plus difficile à éviter, c'était la « journée en famille » qui suivait l'office, faire bien la cuisine, des choses comme ça ou, l'horreur absolue : aller tous ensemble à une exposition, si ce n'était pas le jour de ce qu'on appelait le « conseil de famille », euphémisme pour

« engueulades », parce qu'il n'avait pas fait ce qu'il aurait dû faire ou à cause de la croix gammée dans sa chambre, qui n'avait absolument rien à voir avec les nazis mais avec l'Inde et l'hindouisme, sur quoi ils devenaient brusquement hystériques. Tout ça était incroyablement soûlant, mais il avait chaque fois un peu mauvaise conscience quand il retrouvait Frickel, il avait l'impression d'être un privilégié qui pouvait se la couler douce et il ressentait le besoin de dire du mal de la vie à Großkrienitz ; d'un autre côté, ce n'était pas cool de beaucoup parler, si bien que le résumé de la semaine était généralement concis et expressif :

— À dégueuler, disait Markus au moment où ils fumaient leur première cigarette mélangée à un peu d'herbe, dans le petit pavillon en pierre de la cité, complètement délabré.

Et Frickel de renchérir :

— On les emmerde.

Et il passait la cigarette à Markus.

Puis arrivèrent Klinke et Zeppelin, et Zeppelin eut l'idée d'aller crever les pneus de l'Opel à la con d'un Turc à la con qui avait fait du gringue à une ancienne fille de sa classe, mais il était encore trop tôt et en plus l'Opel n'était pas là, heureusement, car même si Markus avait tout de suite dit oui pour ne pas donner l'impression de se dégonfler, cette idée était quasiment du suicide.

Ils arrivèrent au Bunker peu avant minuit, Zeppelin connaissait le videur. Ils descendirent les escaliers. Déjà là, la musique était très forte. Une odeur de cave, à la fois aigre, enfumée, mélange de moisi et de crasse, les accueillit, tellement forte que Markus préféra retenir sa respiration, mais lorsque la porte de métal s'ouvrit, les basses frappè-rent sur son corps comme un gigantesque poing invisible, et l'odeur avait disparu. Il n'y avait plus que le bruit et la lumière cisaillante, et la foule qui ondulait, et les gogo danseuses là-bas, inaccessibles, debout sur les estrades, qui agitaient leur chevelure, faisaient tourner leur ventre, faisaient tourner leur cul, faisaient tourner leur chatte, qui voulaient se faire baiser mais ne seraient jamais baisées, en tout cas pas par lui, pas par Markus Umnitzer ni par Frickel de Gropiusstadt, et sans doute pas non plus par Klinke et Zeppelin, même s'ils avaient deux ans de plus et portaient un tatouage obscène sur le bras.

Zeppelin fit passer un comprimé d'ecstasy, Markus paya tout de suite et l'avala avec un grand verre de Coca (il ne supportait pas le mélange d'ecstasy et d'alcool). Il resta un moment à se balancer un peu en rythme d'une jambe sur l'autre, à regarder d'autres femmes inaccessibles, et plus il y pensait plus il y avait de super nanas sur la piste. Peu à peu, la gêne le quitta entièrement. Certes, il ne savait pas danser, il n'avait jamais su danser, mais il devenait plus relax ; un instant, il eut une sorte de contact physique invisible avec une petite à l'allure sportive et aux cheveux d'un blond sale, vêtue d'un top trop large qui ne cessait de glisser dévoilant ses petits seins ronds et fermes ; il n'arrêtait pas de les regarder et elle le laissait faire. Le regardait à peine mais le laissait faire. Il devenait complètement accro, même si ses nibars étaient, à strictement parler, tellement petits que ça aurait pu être une poitrine d'homme. Puis il la perdit, dansa un moment tout seul, but une bière. Se remit à danser, dragua de loin une fille avec des collants déchirés, des yeux de zombie pleins de rimmel et puis, à un moment donné, tout lui fut égal, il se trouvait d'un coup incroyablement sexy, puis il n'y eut plus rien pendant un moment, juste la musique qui lui arrachait le souffle des poumons. Puis il retrouva la blondasse aux petits tétons de sportive, ils convinrent en échangeant des regards de ce qu'ils allaient boire et puis, après avoir éclusé chacun deux Black Russian, ils se retrouvèrent à baisouiller dans un couloir près des toilettes, il évalua la taille effective de ses nibars, farfouilla un peu entre ses cuisses, mais impossible d'aller plus loin avec elle.

À un moment donné, quelqu'un fit circuler de la dope. Markus en prit pour évacuer sa déception. Lorsqu'ils partirent, il avait perdu toute notion du temps. Il ne comprenait pas pourquoi les autres étaient pliés de rire. Ils attendirent une éternité un tram. Le froid commençait à s'insinuer doucement dans les corps vidés par la danse et la drogue, qui peu à peu se détendaient et, lorsqu'il se réveilla sur le banc, il avait mal partout, à la tête, aux hanches, aux reins, il eut toute les peines du monde à monter dans la rame qui venait d'arriver et, quand il se réveilla une nouvelle fois, il se retrouva dans une piaule qu'il ne connaissait pas, la tête posée sur les chaussures de Zeppelin. Sa gorge lui faisait mal tant elle était sèche. Et, dans son crâne, sa cervelle ballottait tellement de droite à gauche qu'il faillit perdre l'équilibre en allant à la salle de bain.

L'après-midi, ils allèrent au McDo. Ils étaient un peu plus nombreux. Il y avait deux hools, des amis de Zeppelin, des types un peu à côté de leurs pompes, qui faisaient du boucan pour rien, si bien qu'ils finirent par quitter ce McDonald's pour aller dans un autre McDonald's, avant de retourner vers dix-huit heures au club pour un after, où ce fut à peu près la même chose que la veille, sauf que Markus, cette fois, réussit à rentrer à Großkrienitz, sans bien savoir comment, et il se réveilla le dimanche à midi dans sa chambre, ou plus exactement il fut réveillé par Meli qui revenait juste du culte.

Il se doucha longuement, prit deux aspirines, jeta dans la corbeille à linge ses vêtements qui puaient la transpiration, la fumée et le moisi, avec lesquels il avait dormi et fit son apparition dans la cuisine qui avait doublé de surface après les travaux de rénovation ; Meli et Klaus étaient déjà en train de faire la cuisine (ce qui voulait dire que Klaus cuisinait et qu'elle avait le droit de grignoter en attendant), et ce n'est qu'au moment où Meli lui mit deux oignons et un couteau dans la main qu'il repensa à la lettre qui était toujours dans la poche arrière de son pantalon désormais dans la corbeille à linge.

— J'ai oublié quelque chose, dit Markus, et il retourna à la salle de bain pour prendre dans son pantalon la lettre déjà toute chiffonnée et abîmée. Il y a ça qui est arrivé, dit-il en donnant la lettre à Meli.

Meli posa le couteau, s'essuya les mains à son tablier et ouvrit la lettre.

— Oh, mon Dieu, dit-elle.

Klaus se penchait aussi sur la lettre à présent. Meli lui jeta un regard interrogateur, sans que Klaus y réponde. Soudain Markus comprit que quelqu'un était mort.

Meli lui donna la lettre, ou plus exactement la carte, elle aussi bordée de noir, qui se trouvait à l'intérieur et sur laquelle étaient écrits ces simples mots :

Irina Umnitzer
7 août 1927 – 1er novembre 1995

Meli le regardait, il ne savait pas ce qu'elle attendait de lui. Cela faisait une éternité qu'il n'avait plus revu sa grand-mère Irina et, la dernière fois qu'il était allé rendre visite à ses grands-parents, elle était complétement soûle et n'avait pas arrêté de pleurer en prétendant qu'elle ne pleurait pas et elle se pendait à son cou en ne cessant de l'appeler « Sacha ». À partir de là, il n'y était plus jamais retourné. Et maintenant... Markus regarda le nom qui était écrit là et qui était pour moitié le sien. Il regarda le nom et tout disparut autour de lui pendant quelques instants, et il se sentit un peu mal, mais peut-être que c'était à cause d'hier soir.

Il rendit la carte à Meli. Celle-ci retourna la carte, s'assit, lut ce qui était écrit au dos et annonça à Klaus :

— L'enterrement est vendredi, Goethestraße.

Elle jeta un nouveau regard interrogateur à Klaus.

— De toute façon, je n'y vais pas, dit Klaus. On va voir arriver toute la clique des anciens camarades de la SED...

— Mais elle n'était pas au parti, objecta Meli.

— Tu peux y aller, si tu veux, dit Klaus. Et ce fut encore moins convaincant, quand il ajouta : Je n'ai rien contre !

Tout en préparant le repas, Klaus et Meli parlèrent encore un peu de grand-mère Irina (et de son alcoolisme), de grand-père Kurt (se demandant s'il était encore au parti) et de Wilhelm, que Klaus n'avait jamais connu mais dont il parlait comme si c'était un criminel. Markus était agacé de voir que Meli était d'accord avec lui (comme toujours). En pliant les serviettes unies de couleur verte et en disposant les bougies vertes sur la table, il se rappela le jour où il était allé à l'anniversaire de Wilhelm et comment Meli avait dit à Klaus qu'ils allaient à l'anniversaire de sa mère à elle et, s'il se taisait maintenant, c'était simplement pour ne pas faire honte à Meli devant Klaus.

Pendant le repas, Klaus recommença à se montrer énervant en parlant de politique ou plus exactement en racontant de petites histoires avec lesquelles il voulait se faire mousser : ça intéressait qui de savoir ce que Helmut Kohl avait dit la semaine précédente pendant le déjeuner ou bien que l'on volait des cuillères au restaurant du Bundestag ? Markus n'écoutait pas, il avait soudain très faim. Il y avait du rôti de porc et des boulettes d'épinard, mais le filet de porc était farci au roquefort. Markus enleva le roquefort de façon ostentatoire et Klaus n'était pas content du tout, ça se voyait. Pourtant, il ne dit rien.

Et puis tout à coup, on annonça le « conseil de famille ».

Il s'avéra qu'on avait de nouveau reçu une lettre de la Telekom. Comme d'habitude : absences, mauvaises notes, mais soudain ça devint chaud.

— Le problème n'est pas que je t'aie trouvé cet apprentissage, dit Klaus – mais bien sûr que c'était en vérité le problème, se dit Markus.

Il laissa passer le sermon habituel, la vie, la profession, et si maintenant tu ne veux pas… Ensuite, il devait s'expliquer.

— De toute façon, c'est de la connerie, lança Markus. Au départ, la Telekom avait promis que tout le monde serait pris et voilà que maintenant il n'y en a plus qu'un !

Klaus : il pouvait se présenter ailleurs, quand on faisait bien les choses, etc., et Markus se demanda ce que Klaus avait bien pu faire de si génial dans sa vie. Avait-il fait des études de député ou quelque chose dans le genre ? Quant à savoir s'il serait capable de résoudre les problèmes de math qu'on lui posait en cours, sinus, cosinus, il en doutait fortement ! Et puis il ne put s'empêcher de bâiller, comme ça – le repas, les deux dernières nuits ; exceptionnellement, ce n'était *pas du tout* dirigé contre Klaus, mais Meli soudain s'emporta... Il pourrait au moins mettre sa main devant sa bouche (comme si c'était ça, l'important, de mettre sa main devant sa bouche)... et il devrait être reconnaissant à Klaus de lui avoir trouvé un apprentissage, blablabla...

— Je ne lui ai rien demandé, dit Markus.

C'était la stricte vérité : jamais il n'avait demandé à Klaus de lui trouver un apprentissage dans l'électronique et le téléphone (en fait, il aurait bien aimé s'occuper d'animaux, et si ce n'était pas possible parce qu'il n'y avait, paraissait-il, pas de poste en apprentissage, il aurait bien aimé devenir cuisinier, là, il y avait des postes en apprentissage, mais non ! Électronicien dans les télécommunications).

Il aurait mieux fait de se taire. Dis la vérité ! – mais quand on disait vraiment la vérité, Meli commençait à crier, ou plutôt elle essayait de crier avec sa voix qui ne voulait jamais vraiment sortir et, après avoir crié un moment (le contenu était sans intérêt), elle fit un grand geste et, d'un mouvement exagéré, plaqua sur la table un tout petit sachet en plastique :

De la dope. De l'herbe. Une substance qui, d'après Markus, était mille fois moins dangereuse que l'alcool, aucune raison de s'énerver – mais Meli s'énervait. Meli s'énervait énormément. Il avait promis de ne plus fumer d'herbe (que pouvait-il faire d'autre ?). C'était vrai que la simple existence de ce petit sachet ne suffisait pas à prouver qu'il avait fumé. Le petit sachet posé là prouvait même plutôt le contraire, se disait Markus. Mais l'heure n'était plus à la logique.

— Ça suffit, dit Meli. J'en ai jusque-là ! Tu entends, jusque-là ! – et elle avait levé la main jusque sous son nez.

Puis de nouveau la voix du pasteur :

— Si tu ne te reprends pas très vite, Markus, nous serons nous aussi obligés...

— Oh, là, là ! dit Markus.

— Tu vas écouter maintenant, cria Meli.

— Il n'a rien à me dire, ce branleur, répondit Markus en criant.

Et le branleur se mit à crier à son tour.

— Dégage, criait le branleur, dégage !

Markus fit ses affaires et partit pour Cottbus.

Il passa toute la soirée du dimanche seul devant la télévision dans sa colocation, zappant entre « White men can't jump » et un mauvais feuilleton policier, avant d'atterrir sur une émission de sexe avec des numéros de téléphone commençant par 900 et il se branla.

Le lundi matin, il arriva pile à l'heure au travail. Cette semaine, il était affecté au service technique pour la clientèle et il accompagna un collègue qui avait déjà de l'ancienneté : transmissions de données, dépannage. Le collègue s'appelait Ralf. Il avait déjà au moins quarante ans. Dehors, il pleuvait, une froide journée de novembre qui rendait les doigts gourds. Ils s'arrêtèrent à un stand, et Ralf lui paya une saucisse au curry avec un thé chaud. Ils restèrent assis dans la voiture pendant que le moteur continuait à tourner, il faisait bien chaud, la seule chose pénible, c'était que Ralf n'éteignait pas sa musique débile.

Le mardi soir, ses colocataires étaient de nouveau tous là. Ils allèrent se chercher quelques bouteilles de bière et parlèrent des filles qu'ils s'étaient faites.

Markus en eut vite assez et alla se coucher tôt, et il se branla encore (cette fois en pensant à la blondasse aux petits nibars de sportive).

Le mercredi, après le travail, il erra un peu dans ce qui passait pour être le centre-ville, regarda deux automobilistes s'engueuler pour un accrochage. Puis il se rendit dans le seul club qui était ouvert durant la semaine. Il resta un moment debout dans un coin à reluquer les filles.

Le jeudi, il essaya de faire un peu de math.

Le vendredi matin, il dit à Ralf qu'il devait aller à l'enterrement de sa grand-mère. Ralf le conduisit à la gare.

Il arriva au cimetière, dans la Goethestraße, vers onze heures. Il était déjà passé par là autrefois avec ses grands-parents, il avait vu depuis l'extérieur les pierres tombales et les mamies avec des arrosoirs, mais jamais il ne lui était venu à l'idée que ce qui se trouvait là derrière ce mur en ruine, derrière ce portail accroché à des piliers de guingois, pourrait un jour le concerner. Il avait toujours eu l'impression que c'était un espace hors du temps, hors du monde et, même si c'était un cimetière, il se demanda, en arrivant, si c'était bien sa grand-mère qu'on enterrait ici ce jour-là. Mais, dans la petite vitrine rongée par les intempéries et réservée aux annonces, à l'entrée du cimetière, il y avait effectivement un papier indiquant un enterrement pour ce midi.

Même si le thermomètre n'était pas descendu au-dessous de zéro, il faisait un froid de canard. L'humidité restait accrochée aux branches des arbres, elle traversait tout, le sol, l'air, et elle n'allait pas tarder à traverser son manteau militaire suédois qu'il avait acheté à Berlin dans un magasin où l'on vendait des fringues au kilo. Markus fit les cent pas devant le cimetière. Le magasin en face était fermé et condamné avec des planches. Il y avait seulement un magasin de fleurs d'ouvert, un bâtiment sans étage datant de la RDA, tout abîmé avec des tags autour de la devanture. Markus entra dans le magasin. Il faisait chaud, mais la vendeuse vint tout de suite lui demander ce qu'il désirait, et Markus fit semblant un moment de choisir des fleurs et il eut effectivement l'idée qu'il pouvait acheter des fleurs pour sa grand-mère Irina. Mais il n'avait que dix marks en poche et il se dit qu'il était plus avisé d'aller boire quelque chose de chaud au bistrot le plus proche.

Cinq cents mètres plus loin, il trouva un petit bistrot en sous-sol, qui s'appelait Friedensburg. Il était le seul client. Un vieux boxer avec des bubons cancéreux était allongé à côté du comptoir et ronflait. Un garçon aux cheveux clairsemés et peignés en arrière, une serviette toute tachée posée sur l'avant-bras, traversa la salle très lentement, presque au ralenti, en traînant des pieds et vint poser devant Markus un petit plateau où se trouvaient une tasse de thé, un petit verre de rhum et un sucrier, en disant : « À votre service, monsieur ! » Markus versa le rhum dans son thé et ajouta deux cuillères de sucre en se disant que c'était comme ça qu'il fallait faire. L'alcool lui monta tout de suite à la tête et, pour la première fois depuis qu'il avait appris la mort de sa grand-mère Irina, il ressentit quelque chose qui ressemblait à de la tristesse et il en fut soulagé, presque content. Il imagina comment ils allaient se tenir bientôt au bord de la tombe de grand-mère Irina – lui, grand-père Kurt et son père, scène muette et émouvante. Ou bien y aurait-il aussi un curé ? Avec un parapluie comme dans le film

qu'il avait vu une fois ? Où était la tombe, au fait ?
Ou alors on se retrouvait tous devant l'entrée ?

Lorsqu'il arriva de nouveau près du cimetière
– peu avant midi, par précaution – la légère ivresse
engendrée par le thé au rhum s'était dissipée. La
rue toute défoncée était à présent encombrée de
voitures en stationnement, des gens arrivaient de
partout. Ils portaient des couronnes et des fleurs.
Markus les suivit dans une allée qui menait à un petit
bâtiment. Devant le bâtiment se trouvait une foule
aussi dense qu'à une station de S-Bahn aux heures
de pointe. À l'intérieur, c'était archiplein. On ouvrit
la porte à deux battants pour que les personnes qui
étaient dehors puissent aussi voir quelque chose et
les gens ne cessaient d'affluer, seuls ou en couple
ou par petits groupes. Markus regardait les visages
– c'était donc ça, les camarades du parti dont avait
parlé Klaus : cette femme avec des cheveux teints,
l'acteur qu'il avait déjà vu une fois à la télévision,
ou cet individu vraiment énorme avec des cheveux
hirsutes qui partaient dans tous les sens… Et ce type
avec la grosse tête violacée, n'était-ce pas celui qui
avait braillé autrefois, à l'anniversaire de Wilhelm :
Plous de démogradie ?

Il regarda par-dessus les têtes et les épaules jusque
dans l'intérieur du bâtiment. Tout au fond se trouvait
une grande croix noire. À droite et à gauche de la
croix, des pots avec des palmiers qui, même de
loin, faisaient faux. Devant se trouvait un pupitre
en bois recouvert d'un tissu noir – pas très propre,
il manquait une punaise et le tissu pendouillait à
cet endroit. Puis il aperçut grand-père Kurt, devant
à droite, dans la première rangée : une tête grise
avec un endroit chauve au milieu et, l'autre à côté
à droite, c'était lui.

De la musique s'éleva, musique classique, un peu stridente, sortant de haut-parleurs surdimensionnés. La foule se tut. Les gens baissèrent la tête. Puis une femme s'approcha du pupitre recouvert de ce tissu sale, ce n'était pas une pasteur, ça se voyait tout de suite, et elle commença à parler :

« Irina, chère Irina, dit la femme, comme si elle s'adressait à Irina, il reste encore beaucoup de temps avant l'adieu – cette idée ne cesse de nous induire en erreur »… Mais elle était où ?

Markus se dressa sur la pointe des pieds. Là-bas, tout devant, c'était là que les gens avaient posé leurs fleurs et leurs couronnes, gigantesque tas entourant un tabouret noir qui arrivait aux genoux et sur lequel se trouvait un truc qui ressemblait à un vase – mais où était le cercueil ? Ça lui paraissait d'autant plus étrange que la femme s'adressait toujours à Irina en disant « tu », comme si elle était quelque part au milieu des gens… « Tu aimais recevoir des gens, nous venions frapper à ta porte »… Et, même si c'était complètement idiot, il essaya de voir s'il n'avait pas mal compris en fait et si Irina n'était pas tout simplement assise à côté de grand-père Kurt dans la rangée de devant, ou bien à côté de son père, mais évidemment elle n'y était pas. À la place, il y avait la *Tussi*, la nouvelle de son père. Il avala sa salive de déception.

« Je t'appelais Nausicaa », disait la femme derrière le pupitre… Qui était Nausicaa ? Aucune idée. « … femme de l'antiquité venue jusqu'à nous… » Il jeta un regard prudent autour de lui : est-ce que le type à la tête violacée comprenait de quoi il était question ? « … de guerres, d'exil, de migration, cette femme qui rend vivable la vie invivable… » La tête opina. « … c'était là ta place, Irina. Tu pouvais… » La tête opina encore une fois – et Markus imagina qu'il prenait un fusil et envoyait une décharge de chevrotine dans cette tête imbécile qui n'arrêtait pas d'opiner.

Puis soudain la femme se mit à parler cuisine : « ... mais ce n'était pas de l'eau qui était servie ici en guise de soupe », disait la femme. Au début, Markus crut qu'il avait mal entendu. Mais non, il était bien question de cuisine, du moins de table que l'on dresse : « Ta table était une œuvre d'art », poursuivait la femme et puis, de nouveau un peu pompeuse : « Ta table qui invitait les gens à s'asseoir et à parler. »

Silence.

« Savais-tu à quel point c'était délicieux ? »

Silence.

« Te l'avons-nous dit ? »

Autrefois, il y avait très longtemps, grand-mère faisait parfois des *pelmeni* et il avait le droit de l'aider. Il savait encore comment on faisait : comment on préparait la pâte, comment on la roulait pour en faire un cylindre. Comment on coupait ensuite des tranches et comment on les aplatissait avec de la farine (pour qu'elles ne collent pas) mais pas trop de farine (pour qu'on puisse encore les travailler) et comment on faisait des petites galettes à peine de la taille d'une paume de la main. Et puis venait ce qu'il y avait de plus difficile... Et pendant que la voix fragile de la femme qui n'était pas pasteur filait dehors par les portes grandes ouvertes, il se retrouva un instant dans la cuisine de grand-mère Irina, il sentait cette odeur à nulle autre pareille, mélange de pâte, d'oignons et de viande hachée crue, et son pouce et son index se rappelaient exactement la façon de faire : mettre une petite cuillère de viande hachée sur chaque petite galette de pâte, replier la galette en une demi-lune, appuyer tout autour pour bien fermer, avant de tirer sur les deux extrémités de la demi-lune et les faire se rejoindre par-dessus pour former une sorte de petite coiffe... Une *coffe*, disait toujours grand-mère Irina ; on pouvait lui faire répéter cent fois, elle prononçait toujours de travers et, même si Frickel n'était jamais venu chez elle, il avait toujours eu un peu honte que sa grand-mère parle allemand avec un tel accent russe.

« Ta chaise reste vide », entendit-il dire la non-pasteur. Pendant un instant il eut une boule dans la gorge, peut-être parce qu'il ne pouvait s'empêcher de penser à la vieille chaise de cuisine tout abîmée sur laquelle il se mettait à genoux pour faire les *pelmeni*. Puis il entendit quelqu'un sangloter à côté de lui et il revint dans le présent.

Vit les palmiers en plastique.

Vit le lutrin bancal avec son morceau d'étoffe noire.

Sentit ses pieds qui lui faisaient mal tant ils étaient froids.

« Et il nous faut le supporter », disait la non-pasteur.

Elle fit une pause.

« L'heure est venue. »

Les sanglots augmentèrent d'intensité. Et la tête violacée s'essuya une larme au coin de l'œil. Mais plus ça sanglotait autour de lui, plus il devenait insensible.

« Il nous faut te dire adieu. »

Silence.

« Sois remerciée. »

La musique stridente reprit. Soudain surgit – d'où ? – un petit homme qui ressemblait à un poisson ratatiné, dans un ancien uniforme des chemins de fer. En plus, il portait une casquette des chemins de fer retenue par une lanière passant sous son menton. L'homoncule prit sur le tabouret le *truc-qui-ressemblait-à-un-vase* et le porta devant lui comme une tarte ou une coupe, marchant très lentement, bientôt suivi par d'autres personnes, et les premiers à venir furent son père et grand-père Kurt. Les gens massés devant la porte firent de façon presque automatique une haie d'honneur, et Markus se retrouva soudain au tout début de cette haie d'honneur. Il aurait pu toucher son père. Oui, il le toucha presque ! Mais son père passa devant lui sans le voir.

Markus resta debout près de la sortie à regarder la procession qui s'éloignait et n'en finissait pas de s'allonger. Elle suivit l'allée principale, obliqua à droite puis encore une fois à droite au moment où les derniers disparaissaient au tournant, puis elle réapparut dans la direction opposée, toujours conduite par l'homoncule, qui s'arrêta enfin. Le gazon avait été fraîchement retourné, une large bande comme un plan de légumes divisé en carrés plus petits. Sur les premiers étaient déjà posées des fleurs et là où les fleurs s'arrêtaient il y avait un trou dans la terre, juste assez grand pour pouvoir accueillir le *truc-qui-ressemblait-à-un-vase* et, au moment où l'homoncule se penchait pour mettre dans le trou ce *truc-qui-ressemblait-à-un-vase*, Markus comprit deux choses :

Premièrement, il comprit pourquoi l'homoncule fixait sa casquette de chemin de fer avec une lanière passée sous le cou.

Deuxièmement, il comprit que *ce machin*, le *truc-qui-ressemblait-à-un-vase*, c'était sa grand-mère Irina.

Sur le chemin du retour, il se mit à pleuvoir. Son vieux manteau militaire était lourd. Il fallut longtemps avant que ses pieds se réchauffent.

1er octobre 1989

Charlotte

Elle se sentait toujours abasourdie. Elle avait eu du mal à dire au revoir à tout le monde ; serrer des mains, sourire, entendre le verbiage d'ivrogne de Bunke, acquiescer aux paroles d'Anita qui n'arrêtait pas de répéter à quel point cet anniversaire avait été malgré tout *réussi*… S'excuser encore une fois auprès de Zenk.

Elle était debout dans le salon à présent et regardait le désastre occasionné par Wilhelm… La table à rallonges avait l'air d'un oiseau fracassé. Les deux plateaux se dressaient en l'air. Et tout ce qui était tombé à terre : viscères d'une bête en train de crever.

Elle aurait bien aimé appeler tout de suite le docteur Süß : des faits tangibles – n'était-ce pas ce qu'il avait dit ?

— Camarade Powileit, pour ça, vous avez besoin de faits tangibles !

Elle les avait maintenant, ses « faits tangibles ».

Elle fit un pas en avant, toucha la pointe du clou qui dépassait du plateau de la table… tapota le bois.

Vérifia si ça se rapprochait du bruit qu'avait fait le plateau de la table quand il était venu frapper le crâne de Zenk, au moment où ce dernier y avait pris appui pour aller pêcher un cornichon à l'autre bout… Il avait fallu que ce soit Zenk, en plus ! Elle le revoyait, tenant dans ses mains ses lunettes cassées. Tremblant. Ses grands yeux au regard perdu…

Qui allait payer les lunettes, d'ailleurs ?

— Je vais m'y mettre, annonça Lisbeth.

Elle était soudain debout à côté d'elle.

— Magnifique, dit Charlotte. Je pensais que tu étais déjà en vacances.

Elle se détourna et quitta la pièce. Elle envisagea un moment de se retirer quelques instants dans la chambre de la tour pour reprendre ses esprits. C'était la seule pièce qui lui restait dans cette maison. Mais les quarante-quatre marches à gravir la retinrent, et elle décida de se contenter de la cuisine.

Dans le couloir, elle croisa Wilhelm. Charlotte leva les bras au ciel, sans pouvoir prononcer un seul mot. Wilhelm dit quelque chose, mais Charlotte ne l'entendit pas, ne le regarda pas. Elle fit un crochet pour l'éviter, fila dans la cuisine et ferma la porte. Tourna la clef dans la serrure par précaution, tendit l'oreille…

Rien. Seule sa respiration sifflait de façon inquiétante. Elle plongea la main dans la poche droite de son pantalon pour voir si les gouttes d'aminophylline étaient bien là : elles étaient bien là. Charlotte serra le petit flacon dans sa main. Parfois, ça aidait, de simplement serrer le petit flacon dans sa main et de compter jusqu'à dix.

Elle compta jusqu'à dix. Puis elle contourna la table encombrée de soucoupes et de tasses à café qui n'étaient pas encore lavées et se laissa tomber sur le tabouret. Demain, c'était décidé, elle parlerait au docteur Süß et prendrait un rendez-vous. Des « faits tangibles » !

Pourtant, elle lui en avait déjà donné, des « faits tangibles » ! Ce n'étaient pas des « faits tangibles », ça : les factures du serrurier – il y en avait dix ou douze ? Simplement parce que Wilhelm faisait monter partout des serrures de sécurité et perdait ensuite les clefs, ou plus exactement : les cachait et ne les retrouvait plus… C'était rien, ça ? Ou bien le *ND* où il marquait tous les articles d'un trait rouge pour ne pas oublier ce qu'il avait déjà lu. Ou les lettres qu'il envoyait à toutes les institutions possibles… Certes, elle n'avait pas les lettres. Mais les réponses, elle les avait : réponse de la télévision de la RDA, parce que Wilhelm s'était plaint d'une émission. Sauf qu'il s'était avéré que c'était une émission de l'Ouest. Et qu'avait fait Wilhelm, alors ? Wilhelm avait écrit à la Sécurité d'État. Avec sa petite écriture à l'encre rouge, ses pattes de mouche que personne ne pouvait lire, de toute façon. Il avait écrit à la Sécurité d'État pour dire qu'il pensait que les téléviseurs couleur Sony dont la RDA avait importé quelques milliers de postes devaient sans doute être munis d'un système automatique malveillant qui se calait secrètement sur la chaîne de l'Ouest…

Et que disait Süß ?

— Mais, chère camarade Powileit, on ne peut quand même pas le faire interner pour ça.

Interner ! Qui parlait d'interner ? Mais on devait bien pouvoir trouver une place pour Wilhelm dans une maison quelconque et convenable. Wilhelm avait quand même été pendant soixante-dix ans au parti ! Il avait reçu l'Ordre national du mérite en or ! Alors, s'il vous plaît !

Un nullard, ce Süß ! Et ça se disait médecin d'arrondissement. Même un aveugle aurait vu quel était l'état de Wilhelm : « J'ai déjà assez de quincaillerie comme ça dans ma boîte ! » Ça avait quel nom, ça ? On lui décernait l'Ordre national du mérite en or – il ne l'avait même pas eu en argent ! – et lui : « J'ai déjà assez de quincaillerie comme ça dans ma boîte ! » Une chance que le secrétaire du district n'ait pas été là. Quelle honte ! Et son petit numéro de chant ! Pourtant, elle avait bien dit à Lisbeth : « Plus une seule goutte d'alcool pour Wilhelm. » Il était déjà difficile à supporter quand il était à jeun… Et sa façon de traiter les gens : « Va porter ces légumes au cimetière. » Il voulait dire quoi avec son : « Va porter ces légumes au cimetière » ?

Charlotte n'avait pas allumé la lampe de la cuisine, mais la lumière bleutée du lampadaire dehors remplissait la pièce et par la porte ouverte qui menait au couloir de service on voyait l'autre porte, qui conduisait directement dans le bureau de Wilhelm et qu'il avait fait condamner trente-cinq ans auparavant. À ce moment-là, alors qu'elle était en train de réfléchir à ce que Wilhelm avait pu vouloir dire avec son *cimetière*, elle se rendit compte qu'elle fixait depuis tout ce temps la porte condamnée. Voir cette porte condamnée lui était désagréable. Elle se leva et ferma la porte menant à l'ancien couloir de service. Puis elle retourna sur son tabouret.

Une fois que Wilhelm ne sera plus dans la maison, elle fera rouvrir cette porte, décida-t-elle. Faire tout ce détour par le vestibule : c'était idiot. Toujours courir à droite et à gauche, comme si elle n'avait pas déjà assez à faire comme ça. Chaque fois qu'elle avait besoin de quelque chose dans la cuisine, il fallait qu'elle coure à droite et à gauche. Quand elle cherchait Lisbeth : à droite et à gauche. Tout ce qu'elle n'avait pas couru aujourd'hui à droite et à gauche ! Des « faits tangibles » ! Un autre fait tangible : la façon dont Wilhelm saccageait la maison petit à petit. Partout où l'on regardait : rien que des « faits tangibles » !

Il faudrait peut-être tout prendre en photo, songea Charlotte. Malheureusement, elle ne possédait pas d'appareil. Kurt avait bien un appareil, mais il ne le ferait pas, évidemment. Peut-être que Weihe avait un appareil ? Avec flash ? C'était important ! Le plafonnier ne marchait pas dans le couloir. En plus, Wilhelm avait fait obscurcir les fenêtres du couloir du haut pour que les voisins ne puissent pas espionner quand il allait se coucher. Maintenant, c'était la conque marine qui restait allumée jour et nuit dans le couloir du bas, celle qu'il avait ramenée, à l'époque, de Pochutla. Et, d'une certaine façon, on pouvait s'estimer heureux que seul le coquillage soit allumé, comme ça au moins on ne voyait pas tout le chambardement que Wilhelm avait fait ici : la couleur du sol ! Ce n'était pas un fait tangible, ça ? La penderie, l'escalier et aussi la rampe... Il avait commencé à peindre toutes les portes de l'étage ! Tout ce qui était en bois, Wilhelm le peignait en rouge foncé, un peu brun et, quand on lui demandait pourquoi il peignait tout en rouge un peu brun, il disait : « Le rouge foncé un peu brun pour le sol est la couleur qui tient le mieux » !

Qui était au-dessus du médecin d'arrondissement ? Le médecin de district ?

Et la salle de bain. Il faudrait aussi la photographier. Toute foutue. Il avait tout cassé avec son marteau électrique. La mosaïque du sol, irrécupérable ! Et pourquoi ? Parce qu'il avait voulu faire un écoulement intégré au sol. Un écoulement intégré au sol ! Depuis, la lumière ne marchait plus dans le couloir. Bien sûr, c'était dangereux ! Quand l'eau et l'électricité se mélangeaient ! Des « faits tangibles »…

Toute la journée, Wilhelm ne cessait de produire des « faits tangibles ». En réalité, il ne faisait plus rien d'autre. S'attelait à des choses dont il n'avait aucune idée. Réparait des choses qui étaient ensuite hors d'usage. Et si elle ne le calmait pas de temps en temps en lui mettant deux cuillères de valériane dans sa tisane, qui sait, peut-être que la maison serait depuis longtemps brûlée ou effondrée, ou elle serait déjà morte par intoxication au gaz !

Et ce qu'il avait fait avec la terrasse ! C'était le pire. Pourquoi n'avait-elle rien dit ? Appelé la police ? Pas plus de deux centimètres, on lui avait dit… Dieu sait pourquoi : parce que la mousse entre les dalles en pierre le gênait ? C'était pour ça qu'il avait bétonné la terrasse ! Ou plutôt : Schlinger et Mählich avaient bétonné. Et Wilhelm avait donné les ordres. Il tendait des fils, bricolait avec le mètre d'arpenteur. Et pour quel résultat ? L'eau de pluie se déversait à présent dans son jardin d'hiver. Le plancher avait sauté. La porte donnant sur la terrasse avait gonflé, la vitre s'était fendue…

Et que disait notre Süß ?

— C'est très regrettable, disait Süß.

Regrettable ! Tout son monde ! Son bureau et sa chambre ! Son espace de repli ! Son petit bout de Mexique qu'elle avait conservé toutes ces années – tout ça détruit ! Désormais, elle montait plusieurs fois par jour les quarante-quatre marches jusqu'à la chambre de la tour, où le vent sifflait à travers les interstices et où elle était obligée de rester assise au bureau, enroulée dans une couverture. Où ça sentait la poussière et les poutres quand il faisait très chaud – une odeur qui lui rappelait de façon honteuse l'odeur du cagibi où l'enfermait sa mère quand elle voulait la punir.

Rien que d'y penser, sa respiration se mit à siffler. Elle se demanda si elle ne devait pas prendre encore dix gouttes d'aminophylline. Elle en avait déjà pris deux fois aujourd'hui et, depuis que le docteur Süß lui avait dit qu'un surdosage pouvait entraîner une paralysie des muscles de la respiration, elle avait toujours peur que son souffle s'arrête ; en pleine nuit, sans prévenir, elle pouvait s'arrêter de respirer. Elle pouvait cesser d'être là, sans même s'en rendre compte... Non, elle ne ferait pas ce plaisir à Wilhelm. Elle était encore là et bien décidée à y rester. Elle avait encore quelques projets – une fois que Wilhelm aurait quitté la maison. Tout ce que Wilhelm l'empêchait de faire : vivre, travailler, voyager ! Aller encore une fois au Mexique... Voir au moins une fois fleurir la reine de la nuit...

Elle eut l'impression qu'on grattait à la porte. Ou c'était sa respiration ? Charlotte ne bougea pas. Elle regarda si la poignée de la porte de la cuisine bougeait mais au lieu de ça... elle tressaillit : lentement, très lentement, la porte menant au couloir de service s'ouvrit, celle qu'elle venait juste de fermer et apparut, faiblement éclairé par la lumière de l'escalier de la cave... quelque chose d'effroyable... de tout courbé... avec des cheveux en bataille...

— Nadejda Ivanovna, lança Charlotte. Vous m'avez fait peur !

Il s'avéra que Nadejda Ivanovna était allée se perdre dans la cave en cherchant son manteau. Charlotte avait en effet bien dit de porter les manteaux à la cave, parce que la penderie était encombrée par des vases. Certes, Lisbeth avait bien remonté les manteaux lorsque les invités étaient partis. Seule

Nadejda Ivanovna n'avait pas eu le sien, et il devait encore se trouver à la cave, mais à la cave il n'y avait plus rien, avait dit Nadejda Ivanovna, et cette histoire avait commencé à énerver Charlotte. Elle avait vraiment des choses plus importantes à faire que de s'occuper du manteau de Nadejda Ivanovna !

Et voilà que tout à coup le manteau se retrouvait accroché dans la penderie. Pendant une seconde, Charlotte se demanda si elle ne devait pas demander des comptes à Lisbeth : *pourquoi dans la penderie ?* Mais, à la place, elle saisit vivement le manteau et le tendit à Nadejda Ivanovna.

— Où est Kurt ? Pourquoi il ne vous a pas emmenée avec lui ?

— *Ne snaju*, dit Nadejda Ivanovna : Je ne sais pas.

Puis elle chercha ses manches, l'une après l'autre, arrangea son châle, boutonna lentement son manteau, bouton après bouton, tandis que Charlotte dansait d'un pied sur l'autre, vérifia deux fois si la chaîne avec la clef était toujours là, vérifia encore une fois la rangée de boutons, chercha son sac à main avant de dire, dans une illumination, qu'elle était venue sans sac à main.

— *Nu wsjo, pojedu*. Je prends la voiture.

— Comment ça, *la voiture* ? demanda Charlotte. *Peschkóm*, à pied !

— *Njet, pojedu*, insista Nadejda Ivanovna : *Domoi !* Pour rentrer !

Charlotte se dit qu'elle ne voulait sans doute pas faire le chemin toute seule la nuit. Elle fila au salon appeler Kurt et lui dire de venir la chercher – mais personne ne décrocha. Incroyable ! Laisser en plan une vieille femme comme ça ! Elle réfléchit quelques secondes puis appela un taxi.

— *Saditjes*, dit-elle à Nadejda Ivanovna. *Sejtsz-chas budjet taxi !*

— *Njet, nje nada taxí*, dit Nadejda Ivanovna.

— Nadejda Ivanovna, dit Charlotte. *Ja otschenj sansjata,* j'ai du travail ! Asseyez-vous et attendez le taxi.

Mais la vieille femme ne voulait pas de taxi. Elle ne voulait pas marcher mais elle ne voulait pas non plus prendre un taxi. Ces tergiversations mettaient Charlotte hors d'elle.

— *Spasiba sa wsjo*, dit Nadejda Ivanovna : Merci pour tout.

Et avant que Charlotte ait eu le temps de dire ouf, la vieille femme lui avait sauté au cou et s'agrippait à elle avec ses bras de singe. Charlotte essayait en vain de tenir son nez éloigné du châle de Nadejda Ivanovna, qui sentait la naphtaline et le parfum russe – un mélange digne d'un laboratoire de munitions.

Puis Nadejda Ivanovna partit à petits pas dans l'obscurité. Charlotte resta un instant dehors, dans la fraîcheur de la nuit, à regarder la vieille femme qui se dirigeait à tout petits pas, toute courbée, vers le portail du jardin – et disparut. Une feuille virevolta sans bruit dans le cône de lumière du lampadaire, et Charlotte se dépêcha de rentrer avant d'être submergée par la mélancolie de l'automne.

Un instant, elle resta dans le couloir, indécise. Il y avait encore des tas de choses à faire, et elle ne savait pas par où commencer. Dans le couloir, tout semblait plus ou moins rangé. Il fallait juste se débarrasser encore des fleurs mais on avait bien sûr encore le temps. Ce qui était embêtant, c'était qu'une fois de plus ça n'avait pas marché avec l'étiquetage des vases, se dit Charlotte en voyant les étiquettes qu'Irina – typique ! – avait apportées au tout dernier moment : trop tard pour les utiliser. En effet, une fois que tous les vases étaient là, en toute logique on ne savait plus à qui appartenait tel ou tel vase – chose que tout le monde comprenait, sauf Lisbeth bien entendu, qui avait malgré tout collé les étiquettes. Ainsi tous les vases se retrouvaient avec des étiquettes où il n'y avait rien marqué dessus. Mais c'était quoi, ça ?

L'une des étiquettes était marquée. Charlotte s'approcha. C'était écrit en rouge, les pattes de mouche de Wilhelm :

TCHEV. Simplement : TCHEV.

Des « faits tangibles ». Charlotte décolla l'étiquette du vase pour aller la mettre dans la boîte en métal où elle conservait depuis longtemps tous les documents importants. On ne pouvait pas faire confiance à Lisbeth. Elle espionnait au profit de Wilhelm. Mais la boîte en métal était quarante-quatre marches plus loin ! Elle pouvait difficilement mettre ce truc collant dans la poche de son pantalon... Elle le colla donc en attendant sur sa veste en laine.

Elle passa dans le salon et appela Weihe pour lui demander s'il avait un appareil photo.

— Oui, j'en ai un, répondit Weihe.

— Je vous rappellerai, dit Charlotte et elle raccrocha.

À ce moment-là elle se souvint qu'elle avait oublié de parler du flash. Elle rappela Weihe et lui demanda s'il avait un flash.

— Oui, j'en ai un, dit Weihe.

— Je vous rappellerai, dit Charlotte et elle raccrocha.

C'était un type fabuleux, ce Weihe. Tous les deux, Rosi aussi, même si elle était malade. On pouvait compter sur eux. Charlotte se demanda si elle avait déjà dit merci à Weihe, qui avait collecté les vases.

Par précaution, elle appela encore une fois Weihe et le remercia d'avoir collecté les vases.

— Mais vous m'avez déjà remercié, madame Powileit, dit Weihe.

— Je vous rappellerai, dit Charlotte et elle raccrocha.

Puis elle pensa à ce qu'elle avait à faire. Et il y avait encore des tas de choses à faire, et maintenant qu'elle était en train de les faire, elle était agacée de voir que Lisbeth était toujours sous la table à rallonges. Seul son derrière dépassait.

— Qu'est-ce que tu fais là ? demanda Charlotte.

Sans répondre à sa question, Lisbeth dit :

— Dis donc, Lotti, on n'aurait pas encore des récipients en plastique dans la cuisine ?

— Bah ! Les récipients en plastique ! Tout ça part à la poubelle.

— À la poubelle ?

— À la poubelle, répéta Charlotte. Ici, les mots ont encore un sens.

— Mais c'est dommage, Lotti ! Si tu n'en veux pas, moi, je l'emporte.

— À quoi bon l'emporter ? fit Charlotte qui se disait que l'on devrait peut-être aussi photographier le buffet effondré, avant que Lisbeth nettoie tout.

On sonna à la porte. Qui pouvait sonner à cette heure ? Quelle horreur, on n'arrivait à rien ! En colère, elle traversa le couloir à grands pas et ouvrit la porte d'un coup.

— Taxi, annonça l'homme.

— Merci, mais c'est arrangé, dit Charlotte.

Elle voulait déjà refermer la porte, cependant, le chauffeur tenait à être payé pour la prise en charge.

La prise en charge ! On aura tout vu.

Mais elle avait mieux à faire que de se quereller avec le chauffeur de taxi. Elle lui mit dix marks dans la main. Et avant que l'homme ait sorti la monnaie, elle referma la porte, excédée.

Elle fila dans le salon et dit à Lisbeth :

— Terminé maintenant !

On ne voyait toujours que le postérieur de Lisbeth. Charlotte commençait à avoir l'impression de dialoguer avec le postérieur de Lisbeth.

— Lotti, on ne peut pas faire ça. On ne peut pas tout laisser comme ça !

— On a vraiment plus important à faire, dit Charlotte. Il y a encore toute la vaisselle dans la cuisine. Et il faut préparer le thé de Wilhelm, sinon il va encore se plaindre qu'il est trop chaud.

— Je ferai la vaisselle plus tard, proposa Lisbeth, et toi, tu peux vite faire infuser le thé pendant que je nettoie ici.

— Bien sûr, dit Charlotte. Désolée ! J'avais oublié que c'était toi, la maîtresse de maison ici !

Furieuse, elle se dirigea vers la cuisine et ferma la porte. Verrouilla par précaution. Écouta.

Chuintement de sa respiration.

Jamais, songea Charlotte, jamais elle n'aurait dû proposer le tutoiement à cette femme. Aucun respect, rien. Elle lui marchait sur les pieds. Faisait ce qui lui chantait... Une fois que Wilhelm sera parti d'ici, la Lisbeth, elle ira voir ailleurs, se dit-elle.

Elle serra le petit flacon dans la poche de son pantalon et compta jusqu'à dix. Puis elle prit la bouilloire et la posa sur la gazinière.

Bizarrement, la porte qui donnait sur l'ancien couloir de service était de nouveau ouverte. Et quelqu'un avait oublié d'éteindre la lumière dans l'escalier de la cave. Une faible lueur faisait ressortir le relief des briques sur la porte que Wilhelm avait fait condamner, trente-cinq ans plus tôt... Elle se hâta d'aller éteindre la lumière de la cave et ferma la porte donnant sur l'ancien couloir de service.

Une fois que Wilhelm sera parti d'ici, elle fera rouvrir la porte. C'était idiot, tout ça ! Il avait aussi enlevé la sonnette pour appeler le personnel, la première chose qu'il avait faite à l'époque : parce que ça allait à l'encontre de son honneur prolétarien ! Mais elle avait le droit de s'égosiller pour appeler Lisbeth qui était on ne savait où dans la maison. Ça, ça n'allait pas à l'encontre de son honneur prolétarien ! Elle avait d'ailleurs bientôt quatre-vingt-six ans ! Ça ne comptait pour rien ? Ça faisait aussi soixante-deux ans qu'elle était au parti ! Elle avait été directrice d'institut après quatre années passées dans une école ménagère ! Ça comptait pour rien, tout ça ? Il n'y avait que l'honneur prolétarien de Wilhelm qui comptait ?

Elle se laissa tomber sur le tabouret et appuya sa tête contre le mur. La bouilloire commençait à siffler.

Tout à coup, elle se sentit très faible.

Elle ferma les yeux. L'eau commençait à crépiter, à clapoter... Il y aurait bientôt un léger sifflement qui se mêlerait à ces différents bruits, elle les connaissait par cœur. Des centaines, des milliers de fois, elle était restée assise à côté de la bouilloire, à écouter le murmure de l'eau, et sa mère lui donnait un coup sur l'arrière de la tête si elle entendait ne serait-ce que l'amorce d'un sifflement : économiser le gaz pour que son frère puisse faire des études ! C'était pour ça qu'elle avait surveillé la bouilloire et, l'ironie du sort dans tout ça, c'était qu'elle avait à présent quatre-vingt-six ans, que son frère était mort depuis longtemps et qu'elle était toujours là à surveiller la bouilloire... Pourquoi, se demanda-t-elle, alors que le sifflement se transformait peu à peu en un bourdonnement régulier, pourquoi c'était toujours à *elle* de surveiller la bouilloire… alors que d'autres avaient le droit de faire des études… alors que d'autres recevaient l'Ordre national du mérite ?…

Le bourdonnement cessa pour se transformer en un gargouillement saturé. Charlotte se leva et ferma le gaz au moment précis où la bouilloire allait se mettre à siffler. D'un geste mécanique, elle versa de l'eau sur la tisane de Wilhelm, alla chercher les gouttes de valériane dans l'armoire à produits d'entretien, sous l'évier. Elle en versa une cuillère dans la tisane. Mit les gouttes de valériane dans la poche de son pantalon… eut un mouvement d'étonnement. Elle avait soudain deux flacons dans sa main : de la même taille, difficiles à distinguer l'un de l'autre…

Idée insensée. Charlotte sortit le flacon de valériane de la poche de son pantalon, le rangea dans le placard et se remit au travail.

Lisbeth était toujours à quatre pattes sous la table.

— Tu es toujours sous la table, lui dit Charlotte.

Le postérieur de Lisbeth sortit avec une lenteur infinie de dessous la table. Elle tirait un seau rempli de vaisselle cassée ainsi que différents récipients dans lesquels elle avait mis les restes qu'elle avait pu sauver.

— Tu m'as ramené d'autres récipients en plastique ? demanda-t-elle, une saucisse à la main.

— Bah, les récipients en plastique, dit Charlotte. Tout ça part à la poubelle.

— Ça, ça n'ira pas à la poubelle, dit Lisbeth en mordant dans la saucisse.

Charlotte regardait Lisbeth mâcher. La mâchoire de Lisbeth bougeait en partie de façon latérale, broyant comme un ruminant… Charlotte regarda un moment les mouvements de mâchoire de Lisbeth. Puis elle lui prit la saucisse des mains et la jeta sur le tas des restes du buffet froid. Elle saisit aussi deux récipients remplis par Lisbeth et les renversa également sur le tas.

— Mais qu'est-ce que tu fais ? cria Lisbeth en posant les mains sur les autres récipients pour les protéger.

Charlotte prit le seau plein de vaisselle cassée et le vida aussi par-dessus.

— Mais qu'est-ce que tu fais ?

Cette fois, c'était la voix de Wilhelm.

— Toi, tu restes en dehors de tout ça, dit Charlotte. Tu as déjà fait assez de dégâts pour aujourd'hui.

— Pourquoi moi ? dit Wilhelm. C'était Zenk.

— Ah, c'était Zenk ! (Charlotte se mit à rire de colère.) Maintenant, c'était Zenk ! Je t'avais dit de ne pas toucher à la table à rallonges !

— Oui, oui, se moqua Wilhelm. C'est le travail d'Alexander. Et il est où, ton Alexander ?

— Alexander est malade.

— Foutaise, dit Wilhelm. Pas fiable politiquement.

— Ne commence pas à dire des inepties.

— Pas fiable politiquement, répéta Wilhelm. Toute la famille ! Rien que des arrivistes, des défaitistes !

— Ça suffit, dit Charlotte.

Mais impossible de freiner Wilhelm.

— Là ! (Il se mit à rire en désignant l'étiquette collée sur la veste en laine de Charlotte.) On y est, coassa-t-il. Voilà que tu fais de la publicité pour le traître !...

Et il se mit soudain à aboyer. Il renversa la tête en arrière et se mit à aboyer vers le plafond :

« Tchev », aboyait Wilhelm, « Tchev, Tchev » et, à l'instant où Charlotte décidait de le considérer effectivement comme fou, il lui lança un regard parfaitement limpide et dit :

— Ils savaient ce qu'ils faisaient. Ils savaient très bien pourquoi.

— Pourquoi *quoi* ? demanda Charlotte.

— Pourquoi ils éliminaient des individus pareils, dit Wilhelm, et il ajouta après un silence : des individus comme tes fils.

Charlotte inspira de l'air mais elle ne pouvait plus expirer… Elle regardait Wilhelm… Son crâne brillait, ses yeux étincelaient dans son visage bruni par les UV… La moustache – avait-elle toujours été aussi petite ? – sautillait au rythme des mouvements de sa lèvre supérieure, une moustachette, à peine plus grande qu'un insecte. Sautillait, tournait, bourdonnait devant ses yeux… Soudain Wilhelm avait disparu. Il ne restait plus que ses mots, ou pour être précis, ses derniers mots.

Ou pour être plus précis encore : *le dernier.*

— Et je fais quoi, maintenant ? (Voix de Lisbeth.) Il faut que j'enlève de nouveau toute cette saloperie ?

— Tu rentres chez toi, ordonna Charlotte.

Lisbeth sembla ne pas comprendre. Charlotte essaya de parler plus fort :

— J'ai dit : tu rentres chez toi.

— Mais, Lotti, ça veut dire quoi ? Je ne peux quand même pas…

— Tu es renvoyée, dit Charlotte. Dans trois minutes, tu as disparu d'ici.

— Mais, Lotti…

— Et ne m'appelle pas Lotti. Sinon, j'appelle la police.

Elle passa dans le vestibule, s'assit sur la chaise qu'elle utilisait pour changer de chaussures et attendit que Lisbeth ait disparu.

Puis elle attendit encore que ses mains aient cessé de trembler.

Puis elle alla dans la cuisine et ferma la porte. Tourna la clef dans la serrure, écouta.

Son souffle était calme.

Elle versa la tisane de Wilhelm dans la tasse réservée à sa tisane du soir. Prit les gouttes dans la poche de son pantalon. En mit deux cuillerées à soupe dans la tisane. Monta les dix-huit marches jusqu'à l'étage et posa la tasse sur la table de nuit de Wilhelm.

Puis elle alla se laver les dents dans la salle de bain.

Elle monta encore vingt-six marches jusqu'à sa chambre dans la tourelle. Elle se déshabilla, plia soigneusement ses affaires, qu'elle posa sur la chaise. Elle enleva l'étiquette collée sur sa veste en laine, la déchira et la jeta dans la corbeille à papier.

Elle mit ses chaussettes dans ses chaussures.

Elle enfila sa chemise de nuit en coton blanc et se glissa dans le lit. Elle lut un certain temps *Oliver Twist*, de Charles Dickens. Elle connaissait déjà ce livre, elle l'avait lu il y avait quarante ans, mais en ce moment Charlotte relisait volontiers les livres qu'elle connaissait déjà et qu'elle aimait bien, et par-dessus tout : ceux qu'elle connaissait, aimait bien mais qu'elle avait oubliés, de sorte que le plaisir était doublé d'une curiosité qui n'avait en rien perdu de sa force.

Au moment où Oliver, blessé et inconscient, était allongé dans le fossé, elle ferma le livre d'un coup sec, gardant la suite pour le lendemain matin.

Elle éteignit la lumière. La nuit était claire. Un fin croissant de lune était accroché dans le ciel. Elle repensa au visage de Lisbeth en train de mastiquer. Elle pensa à la bonne qu'elle avait eue au Mexique autrefois : une personne délicate et discrète qui – bien entendu – avait toujours appelé Charlotte *señora*. Malheureusement, elle ne se souvenait plus de son nom. Puis il lui revint : Gloria ! Qu'était-elle devenue ? Gloria. Vivait-elle encore ?

Elle resta allongée un moment, les yeux ouverts, à penser à Gloria. Et à la terrasse sur le toit. Et au croissant de lune au Mexique, toujours un peu penché sur le côté… Plus un navire qu'un croissant. Et puis Adrian était là.

Elle savait bien sûr que c'était un rêve. Mais elle essayait quand même de lui parler. Essayait de le convaincre, même si elle comprenait que ça faisait aussi partie du rêve – ce fameux rêve qu'elle faisait depuis qu'elle était rentrée. Adrian la regardait. Il y avait des taches de lumière sur son visage, comme les reflets d'un liquide en mouvement. Il avait fière allure. Mais, en même temps, il avait un air un peu fantomatique. Elle le suivait malgré tout. Ils descendaient dans la salle des machines. Ils traversaient un labyrinthe de couloirs et d'escaliers. Cela prenait une éternité, et plus ça durait, plus ça devenait inquiétant. Elle courait derrière lui pour le rattraper mais, même s'il marchait d'un pas tranquille, elle avait du mal à le suivre. Adrian avait maintenant une bonne longueur d'avance. Elle le voyait obliquer dans un couloir. Il obliquait toujours dans ce couloir. Et elle le suivait toujours, même si la porte au bout de ce couloir était condamnée.

C'était ce que Charlotte croyait. Elle ne savait pas si elle le croyait simplement en rêve. Si elle le croyait toujours en rêve ou simplement cette fois-ci.

Ou si elle croyait chaque fois qu'elle ne le croyait que cette fois-là.

La porte était ouverte. Charlotte passait. Adrian était de nouveau là, il souriait. Il la touchait doucement, la faisait pivoter – et Charlotte sentait ses cheveux remonter sur sa nuque : Coatlicue, déesse de la Vie, de la Mort. Coatlicue au visage à deux serpents. Avec son collier fait de cœurs arrachés.

Et l'un d'eux, celui-là là-bas, elle le savait, était celui de Werner.

2001

Alexander

Il se balance légèrement, se poussant de temps
en temps du bout des doigts sur la rambarde de
la terrasse. Les sonorités d'Allemagne du Sud
qui arrivaient parfois de la grande table installée
de l'autre côté se sont tues. Fini aussi les cris et
les rires montant parfois du village, la rumeur des
moteurs de voiture, les voix fantomatiques de la
radio apportées de temps à autre par le vent, et les
cliquetis affairés venus de la cuisine de l'auberge.
Même les palmiers ont cessé de bruire. Le monde
semble s'être arrêté un instant dans la canicule de
cet après-midi.

On entend seulement le grincement régulier des
cordages. Et la rumeur lointaine et indifférente de
la mer.

État de lévitation. Passivité embryonnaire.

Plus tard, une fois qu'il sera sorti de son sommeil
poreux, une fois qu'il se sera ressaisi, qu'il aura
surmonté la gravité qui le presse dans son hamac
avec une irrésistible douceur, une fois qu'il sera

allé chercher son café et qu'en passant, levant juste un peu le nez de sa tasse, il aura salué les deux routards qui viennent juste d'arriver et qui, comme lui quand il est arrivé, se tiennent debout sur la terrasse et regardent le panorama d'un air interdit – plus tard, comme tous les jours, il ira s'asseoir sur le banc derrière le bâtiment Frida-Kahlo, d'où l'on voit les toits en tôle ondulée des cabanes où habitent les employés mexicains d'Eva & Tom, et il lira le journal.

C'est toujours le même journal. Toujours celui avec l'avion qui fonce dans un gratte-ciel. Il lit lentement. Il lit et relit les articles jusqu'à ce qu'il comprenne plus ou moins.

Il ne comprend pas tout.

Il comprend que le Président américain a dit que l'on se trouve engagé dans une guerre sans merci contre le mal. Et que l'Amérique est le flambeau de la liberté.

Il comprend qu'une partie de la population d'Amérique latine souffre encore de la faim ; qu'une partie se nourrit encore de déchets et d'ordures.

Il comprend que l'introduction de l'euro comme moyen de paiement bat son plein et que les Bourses du monde entier enregistrent des pertes catastrophiques.

Ce qu'il ne comprend pas : pourquoi les Bourses enregistrent des pertes catastrophiques ? Quel est le rapport entre la valeur des actions de la Poste, par exemple, et l'effondrement de deux tours en Amérique ? Est-ce qu'on envoie désormais moins de lettres ?

Ce qu'il ne comprend pas non plus et ne comprendra pas non plus, même s'il lit pour la troisième et quatrième fois aujourd'hui cet article sur la pauvreté en Amérique latine – ou du moins ce qu'il aura compris paraîtra tellement inouï qu'il doutera avoir bien compris –, c'est que, sur les dépôts d'ordures des grandes métropoles d'Amérique latine s'est développée une race spécifique d'individus de petite taille, qui serait mieux adaptée aux conditions de vie imposées par les dépôts d'ordures.

Une fois qu'il aura lu le journal, il ira encore une fois sur la plage, s'assiéra dans le transat en bois avec un parasol bleu planté à côté, pour la location duquel il a déboursé dès le premier jour une somme considérable (et qui traîne depuis dans le sable), et il regardera le soleil se coucher.

Le coucher de soleil sera comme d'habitude. Tous les couchers de soleil au bord du Pacifique, il s'en est fait la remarque, sont identiques : larges et rouges, marqués par une indifférence dont il ne sait si elle est apaisante ou inquiétante.

Chère Marion. Ces derniers temps, il m'arrive souvent de penser à toi. Souvent pour une raison futile et parfois même incompréhensible. Que je pense à toi au moment où le soleil se couche, ça peut encore se comprendre. Mais pourquoi je pense à toi en voyant un parasol bleu – alors que tu n'aimes pas le bleu ? Pourquoi je pense à toi quand des oiseaux s'envolent d'un fil électrique ? Pourquoi je pense à toi quand je pose ma main sur le sable chaud ?

Une fois que le soleil aura définitivement plongé dans la mer, il sera le dernier client assis à l'une des tables en plastique blanc du Al Mar, en train de manger du poisson. Il boira un verre de vin. Il regardera le reflet nacré du ciel qui aura presque la même couleur que l'intérieur brillant du grand coquillage de grand-mère Charlotte.

Il s'étonnera de voir à quel point le croissant de lune est penché. Il cherchera (la plupart du temps

432

sans succès) des constellations elles aussi penchées sur le côté.

Une fois qu'il fera complètement nuit, il montera sans se presser les marches conduisant jusque chez Eva & Tom, où la même clique aux accents d'Allemagne du Sud sera toujours réunie autour de la table de la terrasse. Rien que des amis d'Eva, la squaw, qui se retrouvent ici chaque année : un individu aux cheveux gris, fumant cigarette sur cigarette, dans une chemise à fleurs trop large ; un chauve un peu plus jeune qui dort dans la même chambre que celui qui fume comme un pompier ; la femme à qui il manque une dent et qui est habillée d'une robe de batik qu'elle a faite elle-même ; un autre homme qu'Alexander appelle le « chapeau de paille », parce qu'il porte à n'importe quelle heure du jour ou de la nuit un vieux chapeau de paille défoncé qui s'accorde à ses vieux vêtements de lin qui ont dû autrefois être blancs ; et un motard aux allures de rocker avec plusieurs anneaux dans l'oreille.

Le motard (qui se révélera plus tard être membre du comité d'entreprise d'un grand hôpital municipal en Allemagne) a raconté à Alexander qu'ils se sont tous rencontrés ici dans les années soixante-dix, à l'exception du chauve, et qu'Eva et Tom y sont restés, transformant peu à peu une gargote pour drogués en cette auberge ; et avant d'avoir appris par le motard que Tom est décédé depuis longtemps, Alexander a toujours cru que le « chapeau de paille » était Tom – peut-être parce que c'est lui qui parle toujours le plus fort, évoquant toujours des réparations et des transformations à faire et se plaignant toujours à ces occasions du manque de fiabilité des Mexicains et de leur nonchalance.

— Seul un Mexicain mort est un bon Mexicain, dira-t-il quand Alexander, ce soir-là, une fois arrivé en haut des marches, obliquera sur la terrasse ; et l'homme en chemise à fleurs trop large se mettra à ricaner comme on ricane d'une blague que l'on pourrait soi-même raconter parce qu'on la connaît déjà, et son ventre se mettra à sautiller sous sa large chemise à fleurs.

Le pire – le pire ? –, c'est la nuit quand je suis allongé sous ma moustiquaire et que j'entends, à travers les murs dérisoires de ma tanière, les voix de ces hippies devenus vieux qui sont assis au-dehors et se racontent des histoires. Alors je pense intensément à toi. Pourquoi à ce moment précisément ? Parce que je me sens exclu ? Parce que j'ai l'impression de ne pas faire partie des leurs ? Mais toute ma vie j'ai eu l'impression de n'avoir eu de place nulle part. Même si, toute ma vie, j'aurais bien aimé avoir une place quelque part, je n'ai jamais trouvé l'endroit où j'aurais eu ma place. C'est ça, être malade ? Est-ce qu'il me manque un gène ? Ou bien c'est en rapport avec mon histoire ? Avec l'histoire de ma famille ? Si je veux être honnête, je dirai : quand je suis allongé sous ma moustiquaire, rien ne m'attire au-dehors, vers cette table. Et pourtant, quand je les entends rire, je ressens un désir ardent, presque douloureux.

Il secouera ses draps comme la squaw le lui a recommandé de le faire. Il pensera alors au scorpion qu'il a vu il y a quelques jours sur la terrasse. Ici, les scorpions ne sont pas mortels, même s'ils sont presque aussi gros que la paume de la main – et ils sont d'une beauté étonnante. Il était tellement touché par cette fragile construction qu'il n'a pas eu la force d'écraser l'animal. La squaw l'a fait – avec sa tong. Depuis, il se dit qu'elle doit le mépriser.

Ce soir-là, il entendra encore longtemps les voix sur la terrasse. L'homme avec la chemise à fleurs trop large ricanera en faisant rebondir son ventre. Le chapeau de paille parlera du manque de fiabilité et de la nonchalance des Mexicains. Et, à un moment donné, la femme à qui il manque une dent sortira une guitare et chantera du Joan Baez, et les autres chanteront avec elle, pleins d'une ferveur aussi vraie que destructrice.

Puis, à une heure tardive de la nuit, on n'entendra plus que les quintes de toux de l'homme à la chemise à fleurs et le chant d'un grillon rappelant une alarme, et Alexander sera allongé sous sa moustiquaire en train de penser aux lettres pour Marion :

Parfois, je me dis que je n'ai pas le droit de t'écrire. Que je devrais disparaître de ta vie. Que je devrais boire seul le vin que j'ai tiré. Comment vouloir me glisser sous tes draps maintenant que la maladie m'a attrapé ? Comment puis-je imaginer avoir du désir pour toi ? Mais j'ai du désir. Et ce qui est étrange, c'est que ce n'est même pas grave. Si, c'est grave, mais en même temps c'est récon-fortant. Il est réconfortant de savoir que tu existes. Il est réconfortant de penser à tes lourds cheveux noirs. À l'odeur de ta nuque quand je suis allongé derrière toi. Ou quand tu gémis d'aise, dans un demi-sommeil.

Il se lèvera vers sept heures et demie et se fera servir du café par une employée mexicaine, la seule à s'affairer dans la cuisine à cette heure-là. Il restera assis un moment sur la terrasse en tenant dans ses mains la tasse de café un peu trop chaude et il regardera le jour se lever en entendant son propre souffle refluer vers lui dans le creux de sa tasse.

Ou bien au crissement de tes sous-vêtements quand tu te changes derrière la porte de l'armoire. Ou à ta façon d'entrouvrir la bouche quand tu es excitée.

435

Un colibri restera un bon moment entre les hibiscus, comme un gros insecte. Et, plus haut dans le ciel du matin, les oiseaux noirs aux allures de vautour tourneront.

Ou à tes muscles (qui m'ont fait honte au début). Ou à ton ventre. Ou à tes mains toujours un peu rugueuses à cause du travail.

Puis les premiers pêcheurs feront leur apparition sur la gigantesque jetée en béton et, l'espace d'un instant, Alexander sera préoccupé par la question de savoir pourquoi personne ne vient accoster le long de cette jetée. Comme si, pensera-t-il, cette petite localité voulait justifier son nom de « Puerto » par cette construction. Comme si l'on avait espéré pouvoir attirer ainsi les bateaux de la mer.

Ou à aller te chercher au travail. Toi en salopette avec de l'herbe jusqu'aux genoux en train de t'essuyer le front du revers de la main.

Ou à ta lenteur – te l'ai-je déjà dit ?

Ou à ta façon de froncer le nez et de dire « Humm ».

Ou à l'éclair narquois dans tes yeux.

Ou – a-t-on le droit de dire ça ? – à ton visage quand tu pleures.

Une seconde, il sera tenté de noter ce qu'il est en train de penser – au cas où il écrirait vraiment une lettre. Mais il craint que le seul fait d'aller chercher quelque chose pour écrire, le moindre geste, dissipe son envie.

Oui, il est réconfortant de pouvoir penser ainsi à toi et je me demande parfois : peut-être que ça suffit ? D'un côté, ça me fait mal de me dire que j'ai été si négligent avec tout ça, alors que tu étais si près. D'un autre côté, je fais justement l'étrange expérience qu'on n'est pas forcément obligé de posséder ce que l'on aime. D'un côté, je me sens poussé vers toi pour rattraper ce que je n'ai pas donné. D'un autre côté, je redoute – après ce que m'a diagnostiqué la médecine – d'être encore davantage celui qui prend. D'un côté, j'aimerais bien te dire tout ça. D'un autre côté, je crains que tu prennes ça pour une demande en mariage – ce qui n'est d'ailleurs pas faux.

Une fois qu'il aura bu son café, il mettra ses chaussures de marche et fera quelques kilomètres. Il s'est acheté des chaussures de marche à Pochutla. Au début, il a envisagé de faire des promenades : comme Kurt – il a ri en se surprenant à penser qu'il serait peut-être opérable, comme Kurt, s'il imitait son style de vie. Mais il s'est vite avéré que cette région n'était guère propice aux balades. L'arrière-pays, qu'il a déjà vu quand il était dans le taxi, n'a rien de très attrayant. Seule la plage pourrait inviter à la promenade si les différentes baies n'étaient pas séparées entre elles par des barres de rocher infranchissables. Seule la route permet d'aller d'une baie à l'autre, et la route est ennuyeuse. Alors il court.

Il va trottiner – comme toujours, et aujourd'hui aussi donc – en direction du nord, en empruntant l'étroite route asphaltée qui serpente ; il abordera les montées sans forcer, sans trop faire accélérer son pouls, en gardant l'impression qu'il pourrait courir ainsi une éternité.

De temps en temps des voitures passeront. Les gens dans les taxis collectifs se retourneront pour le regarder. Il y a rarement des piétons ici et, quand il verra au loin deux hommes venir dans sa direction, il se demandera malgré lui comment il arrivera à leur faire comprendre, au cas où ils voudraient le détrousser, qu'il n'a que vingt pesos sur lui.

Il se rend compte assez vite que ce sont deux hommes d'un certain âge, des individus secs à la peau hâlée, qui ressemblent exactement aux ouvriers qui se sont rassemblés il y a quelques jours devant le bâtiment de l'administration communale de Puerto Angel pour se plaindre de la mauvaise qualité de l'eau potable. Ils le salueront sans un mot mais de façon aimable, comme seuls savent le faire les hommes entre eux, et Alexander, il ne saura pas pourquoi, sera ému jusqu'aux larmes par ce salut.

Puis Zipolite sera en vue. Le propriétaire du kiosque lui fera comprendre par des signes exagérés (et en fait totalement incompréhensibles) qu'il va lui préparer son eau : au fil des jours, Alexander a pris l'habitude d'acheter ici de l'eau sur le chemin du retour au lieu de courir en transportant une bouteille d'un demi-litre. Mais, avant de rentrer, il va d'abord obliquer à gauche en direction de la mer, un peu avant le kiosque.

Au bout de quelques centaines de mètres, il atteindra la baie de Zipolite. C'est la baie des hippies. Elle fait environ deux kilomètres de long et, à la différence de la crique plus petite de Puerto Angel où se baignent aussi des autochtones, on ne trouve ici presque que de jeunes touristes étrangers qui, avec leur coiffure et leurs petites chaînes, pourraient effectivement passer pour des hippies – s'ils n'étaient pas tous un peu trop bien bâtis, un peu trop chic.

Pour l'instant, ils sont encore allongés dans leur hamac ; ils dorment directement sur la plage dans des constructions sur pilotis recouvertes de palmes, que l'on appelle des *palapas* et que les nombreux petits bars et hôtels leur louent – c'est ce qu'il suppose. Pourtant, l'un d'eux, bien bâti et chic avec ses yeux bleus, ses cheveux éclaircis par le soleil, se joindra brusquement à lui, et Alexander, en dépit de toutes ses bonnes résolutions, allongera à peine ses foulées.

— *Hi !* dira l'homme bien bâti. *Where're you just coming from ?*

— Puerto Angel, répondra Alexander, et l'homme bien bâti dira :

— Wow, *great !*

Au bout de quelques centaines de mètres, l'homme bien bâti commencera à donner des signes d'essoufflement. Et, avant d'avoir atteint l'extrémité de la baie, il aura abandonné.

— Wow, *great,* dira-t-il encore une fois en levant la main en signe d'au revoir, et Alexander sera tellement enthousiasmé par la facilité de cette victoire par K.-O. totalement inattendue qu'il décidera de pousser jusqu'à Mazunte.

Il s'est déjà rendu à Mazunte avec un taxi collectif. Il a visité le musée des Tortues. Les tortues ne l'intéressent pas le moins du monde, mais le motard rocker lui a conseillé d'y aller, et de façon si insistante que cela aurait ressemblé à une offense de ne pas le faire. Autrefois, lui a raconté le motard rocker, il y avait une usine à Mazunte où les tortues de mer qui venaient chaque année sur cette côte, et uniquement à cet endroit, pour y pondre leurs œufs étaient tuées de façon atrocement sauvage et transformées en soupe en boîte. Il était désormais interdit de tuer les tortues, on les protégeait au contraire. Pendant une heure, Alexander a effectivement étudié le cycle d'évolution des tortues de mer, il a contemplé les différentes espèces, grandes et petites, placées dans des bassins, et il a été touché par l'attention des gardiens qui s'occupent des tortues, les soignent avant de les remettre en liberté et vont même chercher leurs œufs quand ils n'ont pas été assez bien enterrés par l'un de ces animaux pour les faire éclore ensuite dans la station ; et il a décidé de ranger cet endroit dans la catégorie des expériences qui, à l'inverse de nombreuses autres, prouvent que l'humanité s'améliore petit à petit.

Le soleil dépassera de la largeur d'une main l'horizon au moment où il atteindra Mazunte ; les maisons de Mazunte projetteront des ombres sombres et anguleuses, et quand Alexander traversera la largeur de la plage, il sentira encore à travers ses chaussures la chaleur du sable où les tortues viennent déposer leurs œufs. La baie de Mazunte est plus large que celle de Zipolite, plus large, plus sauvage et plus déserte. La mer ici est plus dangereuse, c'est ce qu'on lui a dit. Et le ciel est plus vaste – à moins que ce soit l'effet de la petite dose d'endorphine que son corps a sécrétée au bout de la dizaine de kilomètres qu'il a parcourus en courant. Un sourire se dessinera sur son visage. Ses jambes avanceront toutes seules et ses pieds trouveront tout seuls la partie ferme du talus de sable, cette fine arête entre le sable trop humide et le sable trop sec, entre terre et eau. La mer avancera par longues vagues vers lui. La mer voudra l'enivrer. Il jubilera, sans qu'on l'entende, car le son de sa voix ira se perdre dans la rumeur de la mer. Il évitera les hautes vagues comme un jeu, à pas comptés. Il sera fasciné par la précision de ses mouvements. Il aura le sentiment de ne pas se conduire lui-même, comme si son corps prenait les commandes, comme s'il se détachait peu à peu de ce qui commande – et au même instant, à l'instant où il se sentira en apesanteur, il sera assailli par la pensée que tout ça, ce sentiment d'être là, sera totalement et irrémédiablement effacé, et cette pensée le frappera avec une telle violence qu'il aura du mal à tenir sur ses jambes.

Quand il sera de retour à Puerto Angel, ce jour-là, il aura couru vingt-quatre kilomètres. Il montera les escaliers en sentant que ses tendons d'Achille tirent un peu, il sentira ses muscles à l'arrière de ses cuisses et la sourde pression dans ses articulations sollicitées par des centaines et des milliers de tassements causés par la course. Il fera patiemment des mouvements d'extension en prenant appui contre le mur de sa chambre, il cambrera les reins jusqu'à ce que le raidissement cède dans un craquement libérateur et il repoussera sans effort particulier l'espoir têtu que le diagnostic est une erreur. Il ira s'asseoir sur la large balustrade en pierre de la terrasse, une bouteille d'eau à la main, le tee-shirt encore trempé de sueur, et il éprouvera comme une sorte d'agrément, pendant un moment du moins, le fait de sentir la dureté du pilier contre son dos.

Les deux routards arrivés la veille sortiront de leur chambre, deux jeunes gens aimables qui viennent sans doute juste de passer leur bac : une fille d'une beauté immaculée et un garçon dégingandé. Ils sortiront de leur chambre et demanderont à Alexander si l'on peut louer du matériel de plongée ici.

Alexander sera incapable de répondre à cette question.

Les deux jeunes gens diront que ce n'est pas un problème. Qu'ils peuvent demander en bas dans le village.

Quand ils partiront, ils lui feront un signe de la main comme à une vieille connaissance et Alexander répondra à leur signe. Il les suivra du regard, il les verra prendre le chemin de l'escalier, s'arrêter brièvement sur la première marche pour discuter de quelque chose qu'Alexander n'entendra pas. La beauté froncera les sourcils. Le grand garçon maigre prendra ses mains dans les siennes. Ses omoplates se dessineront sous son tee-shirt comme des ailes rognées.

Alexander ira se doucher. Les deux mains appuyées contre le mur, il laissera l'eau chaude couler sur son dos et ses jambes : longtemps – aussi longtemps qu'il y aura de l'eau dans le chauffe-eau.

Puis il mettra sous son bras le jeu d'échecs de son père, celui qui peut se replier, et, frissonnant en dépit de la forte chaleur, il descendra jusqu'à la plage. Il s'assiéra dans le transat sous le parasol bleu et, avant de s'adonner à son occupation du matin, il ira acheter de quoi se composer un petit déjeuner auprès de l'une des Mexicaines qui déambulent sur la plage.

Il achète toujours chez la même et toujours la même chose : un gobelet en plastique plein de fruits épluchés et trois tortillas ; pourtant, la femme qui surgira bientôt à côté de lui – après un petit délai de convenance – et qui lui présentera ce qu'elle a à proposer le regardera avec le même regard inter-rogateur (mais en rien quémandeur) ; une fois qu'il aura eu son gobelet rempli de fruits et ses tortillas, elle calculera le prix de tête et elle arrivera à une somme chaque fois un peu différente, ce qu'Alexan-der s'explique en se disant que la composition de fruits change chaque fois (aujourd'hui, c'est de la mangue, de l'ananas et de la pastèque), mais cela n'a pas d'importance, car ce qu'il lui donne à la fin en y incluant un petit pourboire est toujours pareil. Alexander suppose que le but est seulement de lui donner l'impression à lui – ou à elle-même ? – qu'il s'agit là d'une transaction entre deux partenaires jouissant des mêmes droits, ce qui naturellement n'est pas du tout le cas. Rien n'est plus manifeste que leur inégalité – une inégalité qui, il s'en rend bien compte, ne repose finalement sur rien d'autre que sur quelques billets de banque, volés de surcroît.

C'est la raison pour laquelle Alexander décidera – à moins que ce soit la faim qui le rende progressivement nerveux – d'abréger ce rituel et de mettre l'argent dans la main de la femme. Pourtant il ne le fera pas mais attendra qu'elle ait choisi avec un soin méticuleux (parmi les trois qui sont là) un gobelet rempli de fruits, qu'elle ait disposé (parmi les six qui sont là) trois tortillas sur une assiette en carton et qu'elle ait compté ses chiffres invisibles, le regard vide ; il contemplera ses mains hâlées et sombres mais d'un rose enfantin à l'intérieur, son visage étroit et sévère entouré d'un fichu de couleur bleu mat et il se demandera quel âge peut bien avoir cette femme : cinquante ? Trente ? Quelle est l'espérance de vie au Mexique ? Ou plutôt : quelle est l'espérance de vie d'une femme issue des milieux les plus populaires ?

Même s'il commence un peu à trembler d'hypoglycémie, il attendra que la femme se soit éloignée, à pas lents, ralentis par le sable. Puis il lavera encore une fois consciencieusement les fruits avec de l'eau potable.

Il mangera tous les fruits à la fois. Il mangera en tremblant d'avidité et ne pourra s'empêcher, en regardant ses doigts tout collants de fruit et levés comme pour prêter serment, de penser à Kurt qui, quelque part de l'autre côté de la Terre, erre dans une maison qui part à vau-l'eau. Il se demandera si Kurt déplore d'une façon plus ou moins floue son absence à lui, Alexander. Puis, après avoir mangé les tortillas, il ira se rincer les mains avec un peu de sable et d'eau, il ouvrira le vieux jeu d'échecs où il garde les papiers qu'il a pris dans le classeur de Kurt, celui où était marqué : PERSONNEL.

Il a retrouvé ces papiers la première fois qu'il a joué aux échecs avec le motard rocker. Au début, il a cru qu'il ne s'agissait que de lettres de Kurt à Irina. Mais, en réalité, il y a là différents papiers. Il y a effectivement des lettres, quelques lettres choisies et adressées à Irina, mais il y en a aussi d'elle, ainsi que quelques lettres de Kurt à lui, Alexander, dont Kurt – typique – a conservé un double. Il y a aussi des notes faites par Kurt au dos d'anciennes factures ou de pages dactylographiées d'un côté, rédigées de son écriture en pattes de mouche de l'autre. Des notes – pour quoi ? Sur quoi ?

Au début, Alexander avait lu avec impatience, de façon non systématique. Bien que soigneuse à première vue, l'écriture de Kurt n'est pas facile à déchiffrer. Ces pages entièrement remplies et sans marge ont rebuté Alexander. Ça sentait la chose à faire. Ça sentait Kurt. C'était comme si lui revenait dans cette écriture toute la part d'exigence, d'empiètement, de domination, qui avait été synonyme de Kurt pour lui pendant un temps.

Un certain nombre de choses est resté incompréhensible, même s'il a réussi à déchiffrer les lettres constituant chaque mot – comme si Kurt avait veillé à ce que le contenu de ce qu'il avait noté reste caché.

Une note sur une réunion du parti : il est question de l'« exécution de Rohde ». D'un homme du Comité central qui rappelle à Kurt un certain (*illisible*). D'une Trabi dans la forêt avec des vitres embuées.

Il y a même ici et là des annotations en russe, cryptées en plus, avec des tas d'abréviations, si bien qu'Alexander met longtemps à comprendre de quoi il s'agit – des protocoles d'expériences érotiques. Pourquoi Kurt a-t-il noté tout ça ? Pourquoi en russe ?

Bien lisible : une récrimination contre Charlotte qui vient d'écrire un article sur le développement économique au Mexique :

Ne comprend rien à rien. Appelle sept fois par jour. Veut savoir combien il y a de zéros dans un million.

Il y a parfois des choses insolites sur ces papiers : une plainte de Kurt à propos d'une note de gaz multipliée par dix ou une lettre où il est question d'honoraires collectifs pour une « publication partielle » au Japon et pour laquelle Kurt doit recevoir quarante-quatre marks, la moitié payable en devises, au cas où il aurait un compte en devises ; sinon en chèque : *Répondre par retour du courrier !* La lettre est signée du directeur de l'Institut et de l'un de ses représentants.

Il y a aussi des annotations dans lesquelles Alexander apparaît et où les souvenirs de Kurt, chose étonnante, diffèrent notablement de ce dont il se souvient lui-même : il ne se souvient pas d'avoir mis *volontairement* son uniforme pour aller voir Wilhelm à l'hôpital ; ça l'étonne de découvrir que Kurt considérait que la blonde Christina était *intelligente mais un peu trop tatillonne* ; il se demande où il était lorsque sa mère *a éclaté en sanglots* en le voyant en uniforme, parce qu'elle se rappelait, aux dires de Kurt, qu'un supérieur lui avait ordonné un jour de donner le coup de grâce à un soldat allemand – et elle avait refusé, alors que refuser d'obéir aux ordres était passible de la peine de mort. Entre parenthèses : *À mettre dans description des personnes.*

C'est quoi ? Des notes pour un roman ? Pour une seconde partie de ses mémoires, la période en RDA ?

Ce jour-là – le jour de Mazunte –, Alexander va tomber sur une note de février 1979. Il se souvient bien sûr de cet hiver. Mais il ne se doutera qu'il est question de lui que lorsqu'il aura réussi à déchiffrer les mots suivants :

A manifestement pété les plombs.

Et un peu plus bas :

Me dit que ma vie n'est qu'un mensonge.

Et encore un peu plus bas (et encore plus étonnant) :

À en croire Melitta, il va depuis peu à l'église.

L'image qui surgira : la Schönhauser Allee. Des bandes de neige sale. Son père marche à côté de lui – mais pour aller où ? Où vont-ils ?

Assez net : Kurt qui s'arrête brusquement et se met à crier, et Alexander aura l'impression d'entendre – chose parfaitement absurde – ce que son père crie :

« En Afrique, les gens crèvent de faim ! »

Suit toute une liste des avantages en argent que lui, Alexander, a reçu en décembre 1978 – y compris les cadeaux de Noël (en tout, deux mille marks) ; suivent les plaintes disant à quel point Irina souffre – à cause d'Alexander ; suit une phrase difficilement déchiffrable sur la vie que Kurt ne veut pas se laisser *gâcher* (si Alexander lit bien).

L'après-midi, quand approche l'heure la plus chaude de la journée, Alexander remettra dans le plateau d'échecs les feuillets épars et remontera à l'auberge. Le motard rocker le voyant avec un jeu d'échecs sous le bras lui proposera de faire une partie et Alexander acceptera, même si la torpeur de l'après-midi commencera déjà à lui faire fermer les yeux.

Comme toujours quand ils jouent aux échecs, ils iront s'asseoir sur le banc derrière le bâtiment Frida-Kahlo, pour ne pas être dérangés, là où Alexander lit sinon le journal du 12 septembre, à demi tournés l'un vers l'autre, le plateau d'échecs ouvert entre eux deux, légèrement incliné, comme l'endroit où ils sont assis.

Alexander ouvrira avec f2-f4, une variante agressive et un peu risquée qu'il a souvent jouée – non sans succès au début – contre Kurt. Le motard rocker répliquera sans se laisser démonter par d7-d5 et, pour se prémunir contre une dame en h4, Alexander avancera en f3 son cavalier qui, il y a plus d'un demi-siècle, a été sculpté dans du bois de cèdre de Sibérie par un prisonnier, et auquel a toujours manqué, aussi loin que remontent les souvenirs d'Alexander, le nez.

Les poules des employés mexicains picoreront derrière le grillage dans le sable stérile.

Les pensées d'Alexander reviendront encore une fois à cette lointaine journée d'hiver, pendant qu'il jouera mécaniquement 2... c5, 3. e3 e6, 4. b3 Cc6, 5. Fb2 Cf6 et 6. Fd3 : les trottoirs gelés de la Schönhauser, ce trajet étrange et sans but, la scène d'Afrique… Mais soudain le film continuera : l'Alexanderplatz, le vent froid. Le vieux restaurant avec les distributeurs automatiques qui n'existe plus depuis longtemps, à gauche à côté de l'horloge universelle – est-ce possible ?

Le motard rocker, qui s'appelle du reste Xaver, se penchera au-dessus de l'échiquier après le roque effectué des deux côtés, si bien que sa tête surplombera presque la moitié du plateau et, pour ne pas être obligé de voir la peau un peu rouge entre les cheveux clairsemés, Alexander portera son regard au loin et, pendant que la tête du motard commencera à osciller en réfléchissant à la position, il se souviendra soudain des détails : les tables où l'on mangeait debout, modernes à l'époque, en stratifié, même si elles étaient déjà bien abîmées ; le comptoir en métal ; l'odeur – du goulasch ? Il verra Kurt dans son manteau d'agneau retourné et son méchant bonnet en fourrure, debout à l'une de ces tables en stratifié en train de manger sa soupe à la cuillère ; il se verra lui-même, de l'extérieur : le crâne tondu, dans une parka toute déchirée et – incroyable, ça aussi, il s'en souvient encore ! – dans ce fameux pull-over bleu plusieurs fois reprisé avec de la laine qui n'était pas forcément de la bonne couleur, et qu'il trouvait nécessaire de porter à l'époque parce qu'il éprouvait le besoin inexpliqué d'avoir l'air repoussant.

Le motard rocker jouera sa dame en b6 et, au moment où le motard aura joué, Alexander sentira qu'il n'aura pas la concentration nécessaire pour contrer cette attaque somme toute assez grossière et difficile à prendre au sérieux, visant son roi fragilisé par une ouverture f2-f4.

Après la partie d'échecs qu'il abandonnera au bout du dix-septième coup, il ira s'allonger dans le hamac accroché devant la porte de sa chambre. Il se balancera en poussant un peu du bout des doigts la rambarde de la terrasse, il sentira ses muscles et ses tendons fatigués par la course et, pendant que la pesanteur le prendra dans ses bras, des pensées incontrôlées lui passeront par la tête, il pensera à Christophe Colomb qui a rapporté le hamac en Europe, et l'idée qu'il pourrait s'agir là de l'un des plus grands malentendus de l'histoire entre ces deux civilisations – le fait que Christophe Colomb en voyant les hamacs indiens n'y ait rien vu d'autre que la possibilité d'entasser ainsi des marins dans des bateaux –, apparaîtra un instant à Alexander comme une grande découverte ; il se demandera aussi s'il aurait dû jouer tout de suite le fou en d5 ; une fois encore, il repensera au méchant pull-over plusieurs fois reprisé avec des couleurs qui n'allaient pas et il se demandera pourquoi il est beau, pourquoi il est réconfortant de s'en souvenir.

Puis les palmiers auront cessé de bruire. Les cris et les rires dans le village se seront tus, tout comme les cliquetis dans la cuisine de l'auberge. Les moteurs se tairont, comme se tairont aussi les voix venues de la radio qui, à n'importe quelle heure du jour, arrivent par vagues depuis les haut-parleurs de la filiale d'une banque qui vient d'ouvrir.

On n'entendra plus que le grincement des cordages. Et la rumeur indifférente et lointaine de la mer.

Table des matières

10/18, une marque d'Univers Poche,
est un éditeur qui s'engage pour
la préservation de son environnement
et qui utilise du papier fabriqué à partir
de bois provenant de forêts gérées
de manière responsable.

Impression réalisée par

La Flèche (Sarthe), 3001067
Dépôt légal : août 2013
X05841/01

Imprimé en France